ELLA ADAMS

The Way We Kis

GOLDMANN

Ella Adams

The Way We Kiss

Roman

GOLDMANN

MIX
Papier | Fördert gute Waldnutzung
FSC® C014496

Penguin Random House Verlagsgruppe FSC® N001967

1. Auflage
Originalausgabe Oktober 2023

Die Veröffentlichung dieses Werkes erfolgt auf Vermittlung der
literarischen Agentur Peter Molden, Köln
Umschlaggestaltung: UNO Werbeagentur GmbH, München
Umschlagmotiv: FinePic®, München
Redaktion: Lisa Wolf
LK · Herstellung: ik
Satz: GGP Media GmbH, Pößneck
Druck und Bindung: GGP Media GmbH, Pößneck
Printed in Germany
ISBN 978-3-442-49258-9

www.goldmann-verlag.de

Kapitel 1

Endlich war es so weit. Heute war der Tag des großen Turniers. Mit einem aufgeregten Kribbeln im Bauch richtete ich mich im Bett auf und schaute auf meinen alten Vintage-Radiowecker. 6:58 Uhr stand in gelben Zahlen auf dem Display. Perfektes Timing. In zwei Minuten würde der Alarm losgehen. Ich schaltete den Wecker aus und machte wie jeden Morgen das Radio an. Ich mochte es, gleich nach dem Aufwachen Musik und die Nachrichten des Tages zu hören. Ein Rocksong aus den Achtzigern erklang aus den Lautsprechern, und ich musste lächeln.

Mit Schwung richtete ich mich auf, meine nackten Füße sanken in den flauschigen Teppich, der frische Wind von draußen wehte durchs offene Fenster und strich über meine Haut. Die fast durchsichtigen Vorhänge bewegten sich sanft davor, beleuchtet von der Morgensonne, die längst den Tag eingeleitet hatte.

Gut gelaunt atmete ich die frische, kühle Sommerluft ein, in die sich ein leicht süßlicher Duft der blühenden Blumenbeete von draußen mischte. Mrs Darborough, die Haushälterin des Herrenhauses, hatte sie angelegt und pflegte sie mit hingebungsvoller Leidenschaft. Dad und ich hatten beide keinen grünen Daumen, jede Zimmerpflanze beging nach kürzester Zeit in unserem kleinen Cottage Selbstmord.

»And I'm free!«, sang ich den Song mit, schlüpfte aus meinen Pyjamashorts und zog mir das Tanktop über den Kopf. Beides warf ich aufs Bett, zog einen BH aus dem Schrank und huschte an der Vitrine mit gewonnenen Pokalen und Schleifen vorbei in mein kleines Badezimmer. »Free fallin'!« Dort band ich mir die langen blonden Haare hoch zu einem Dutt, beugte mich übers Waschbecken und spritzte mir kaltes Wasser ins Gesicht. Es gab keine bessere Methode, um richtig wach zu werden.

In Gedanken ging ich meine Aufgaben für heute durch, während ich mir die Zähne putzte und dann in gemütliche Stretch-Jeans und ein Oversize-T-Shirt schlüpfte. Meine liebsten Arbeitsklamotten. Meine Haare stopfte ich unter eine weiße Baseballkappe mit dem aufgestickten Logo des Red-Oak-Gestüts und legte meine Kette mit dem Sichelmondanhänger um, die auf dem Kästchen neben dem Waschbecken lag. Ich hütete sie wie einen Schatz. Sie hatte meiner verstorbenen Mum gehört und war das Einzige, was mir von ihr geblieben war.

»Und nun kommen wir zu den Verkehrsnachrichten mitten aus dem Herzen Englands mit Harry Durham«, klang es aus dem Radio, als ich zurück in mein Zimmer ging. »Was für ein Trubel heute Morgen!«, meldete sich der Nachrichtensprecher auch schon. »Sollten Sie in Kent unterwegs sein, meiden Sie die B2069, dort werden Ihnen Dutzende Pferdeanhänger begegnen, die auf dem Weg zum großen Turnier der Springpferdezüchter auf dem Red-Oak-Gestüt des Earl of Huntington sind. Alles, was Rang und Namen hat, wird sich dort versammeln, um die jungen Nachwuchspferde in Augenschein zu nehmen. Es wird gemunkelt, dass sogar ein paar Royals das Event mit ihrer Anwesenheit beehren, und auch der Duke of Winterset wurde wieder im Lande gesichtet! Ob er an seine alten Erfolge anknüpfen kann? Auf der A10 Richtung Wood Green kommt der Verkehr nur stockend voran, rechnen Sie mit zehn Minuten Zeitverlust, und auf der …«

Mit einem Lächeln schaltete ich das Radio aus. »Alles, was Rang und Namen hat«, murmelte ich nervös und rückte die Bilder auf meiner Kommode zurecht. Bilder, die immer einen beruhigenden Einfluss auf mich hatten.

Ganz vorne in einem pastelllila Rahmen stand ein Foto von meinem Lieblingspferd Meteor. Er war ein wunderschöner Warmblut-Rappe, den ich mit der Flasche aufgezogen hatte, nachdem seine Mutter bei der Geburt gestorben war. Wahrscheinlich fühlte ich mich Meteor deshalb so verbunden, ich hatte ebenfalls kaum Erinnerungen an meine Mutter. Ihr Bild stand gleich daneben. Sie schaute mit ihren großen grünen Augen direkt in die Kamera. Ihre hellblonden Haare umrahmten ihr zartes Gesicht wie fließender Honig, und wie so oft hatte ich bei diesem Anblick das Gefühl, in einen Spiegel zu sehen. Auf einem anderen Bild war ich noch als Kind auf Dads Schoß zu sehen, vor mir eine Geburtstagstorte mit fünf Kerzen. Ebenfalls ein Kinderfoto war jenes von mir und dem Earl of Huntington zusammen mit seiner Tochter Vanessa auf einer mit Blumen geschmückten Pferdekutsche. Ich liebte alles an diesen Bildern, sie waren mein Zuhause.

Das Piepsen meines Handys holte mich zurück in die Gegenwart. Es war eine Nachricht von Dad: *Guten Morgen, Bonnie. Schon wach? Ich fahre jetzt gleich den Reitplatz ab, hilfst du Charlie mit den Gästen?*

Dad arbeitete als Stallmeister des altehrwürdigen Landsitzes und musste an einem so wichtigen Tag vor allen anderen im Gestüt nach dem Rechten sehen und letzte Vorbereitungen treffen. Ich schickte ihm ein Daumen-hoch-Emoji, schob das Handy in meine Hosentasche und ging zum Fenster. Der Tag konnte nicht richtig beginnen, bevor ich nicht wenigstens kurz die Aussicht genossen hatte. Auch heute erfüllte mich sofort eine Welle der Wärme und des Glücks, als ich meine Hände auf das Fensterbrett legte, mich hinausbeugte und all die Eindrücke auf mich wirken ließ. Von hier aus konnte ich das gesamte herrschaftliche Gestüt überblicken.

Links von mir erhob sich das Herrenhaus aus dem späten 17. Jahrhundert mit dem gewaltigen Springbrunnen davor. Dort lebte der Earl of Huntington mit seiner Familie. Von da ging es über eine Zufahrt zu den Stallungen hinunter, die mit den Sattelkammern und Geräteräumen aus zwei lang gezogenen und zwei kürzeren Holzgebäuden bestanden. Sie bildeten ein an den Ecken offenes Rechteck um einen gepflasterten Innenhof, über den man Zutritt zu allen Gebäuden auf dem Gestüt hatte. Links von mir befand sich die Zufahrt zum Herrenhaus und rechts der gepflasterte Pfad zur Reithalle. Weiter vorne führte eine Kirschbaumallee zu den Reitplätzen und dem von einer Tribüne umgebenen Turnierplatz und rechts die Straße zum Eingangstor des Gestüts. Um dieses Herz der Anlage zogen sich die im Morgentau glitzernden Grünflächen der Weiden. Auf manchen erkannte ich sogar aus der Ferne die Stuten mit ihren Fohlen.

Es gab keinen schöneren Ort auf der ganzen Welt.

Ich verließ mein Zimmer und ging die Treppe hinunter. Das Sonnenlicht brannte durchs Dachfenster und beleuchtete gnadenlos die vielen Dellen auf den hellen Buchenholzstufen, die ich als kleines Kind mit meinen Spielzeugpferden dort hinterlassen hatte. Mein Teleskop verstaubte neben einem alten Futon auf dem Zwischenpodest, das eine Galerie mit Blick auf den Vorraum bildete. Dad und ich hatten oft in die Sterne geblickt – so, wie er es früher mit Mum gemacht hatte –, und ich wusste noch, wie begeistert ich gewesen war, zum ersten Mal die Ringe des Saturns zu sehen. In der Nacht vor Meteors Geburt hatten wir dann Sternschnuppen beobachtet, und da der Earl mir erlaubt hatte, das Fohlen zu benennen, war Meteor so zu seinem Namen gekommen.

Im Flur fiel mein Blick auf einen Zettel auf der Kommode unter dem Wandspiegel.

Das Frühstück ist die wichtigste Mahlzeit des Tages, stand dort in der fein geschwungenen Schrift von Mrs Darborough.

Neugierig spähte ich in Richtung Küche, und tatsächlich war da neben dem Duft von Dads Kaffee auch der nach frisch gebackenem Kuchen.

Eigentlich hatte ich gleich in den Stall gehen wollen, aber so bog ich doch noch in unsere alte Landhausküche ab. Auf der rustikalen Frühstückstheke stand ein großer Teller mit herrlich duftenden Blaubeermuffins unter einer Kuchenglocke bereit. Mrs Darborough musste sie in den frühen Morgenstunden frisch gebacken und mir und meinem Dad auf die Veranda gestellt haben.

»Wahnsinn! Danke, Mrs Darborough.« Ich nahm mir gleich zwei Muffins, ging damit zurück in den Vorraum und schlüpfte in meine blaue Stalljacke mit dem knallroten Red-Oak-Logo und in meine festen Arbeitsschuhe. Draußen war der süße Blumenduft noch viel intensiver. Nicht nur wegen des in allen Farben blühenden Beetes, sondern auch wegen der Rhododendronsträucher, die den gepflasterten Fußweg vom jahrhundertealten Cottage zu den Stallungen hinunter säumten. Vermischt mit der rein gewaschenen Luft des Regens, den ich nachts aufs Dach prasseln gehört hatte, atmete ich tief ein.

Mein Magen knurrte, ich steckte mir einen Muffin in die Jackentasche, vom anderen brach ich mir ein großzügiges Stück ab und schob es mir in den Mund. In der Ferne fuhren die ersten Anhänger vom Tor die lange Auffahrt zum Gestüt hoch und parkten auf einer Wiese neben der Straße, die normalerweise als Koppel diente. Eigentlich hatten wir keine Turnierteilnehmer vor acht Uhr erwartet, aber einige kamen von weiter her und wollten offensichtlich lieber rechtzeitig vor Ort sein. Hoffentlich hatte unser Chefpferdepfleger Charlie noch alles im Griff.

Ich stopfte mir den Rest meines Muffins in den Mund und lief mit schnellen Schritten über den weitläufigen Hof, der zu allen vier Seiten von Stallgebäuden mit roten Fensterläden an den Außenboxen gesäumt wurde.

Schrilles Wiehern hallte von der Wiese dumpf in meine Richtung, aber ansonsten war hier alles noch still. Auch von Charlie fehlte jede Spur. Dafür kam mir Theresa durch das doppelflügelige rote Holztor des rechten Stallgebäudes entgegen. Sie hatte letztes Jahr als Pflegerin hier angefangen. An der Hand führte sie Wishmaster, einen wunderschönen Schimmel des Earl of Huntington, der heute vorgestellt werden sollte.

»Hey, Bonnie!« Theresa verzog ihre glossig schimmernden Lippen zu einem Lächeln und blieb stehen, was der Schimmel sofort ausnutzte, um an ihren zu einem Kranz geflochtenen roten Haaren zu knabbern. Das schien sie aber nicht sonderlich zu stören, obwohl sie für dieses Kunstwerk bestimmt ewig vor dem Spiegel gestanden hatte. Sie kam immer top gestylt und mit einem perfekten Make-up zur Arbeit. Etwas, wozu ich mich nie aufraffen konnte. Auf dem Hof machte man sich eh viel zu schnell wieder schmutzig. Ich sah den Sinn hinter dem Aufwand nicht, auch wenn Theresa echt super aussah.

Mit sanftem Druck schob sie Wishmasters Nase von sich weg und kraulte seinen Hals. »Suchst du deinen Dad? Der war vorhin noch beim Reitplatz.«

»Nein, eigentlich Charlie.«

Theresa kniff nachdenklich die Augen zusammen, dann deutete sie hinter sich. »Gerade war er noch auf dem Weg zum Tor, vielleicht will er die Neuankömmlinge einweisen. Mit dem Hübschen hier muss ich jetzt jedenfalls erst mal zum Tierarzt.«

Ich sah ihr kurz hinterher. Auch ich hätte mich am liebsten schon um die Pferde gekümmert, besonders um meinen Liebling Meteor. Aber das musste warten, zuerst brauchte Charlie mich. Also überquerte ich den Hof, das Klackern von Wishmasters beschlagenen Hufen hinter mir in den Ohren, und umrundete den Zuchtstutenstall, um der Zufahrtsstraße Richtung Tor zu folgen.

Allerdings kam ich nicht weit, ein Traktor stand mitten in der Biegung, im Schatten unter den Eichen, die einen kleinen Hain bildeten. Daneben entdeckte ich meinen Dad, der sich mit einer schlanken Frau in einem mintgrünen Spitzenkleid unterhielt. Sie hatte mir den Rücken zugewandt. Blonde Haare fielen unter dem farblich passenden Hut in Wellen auf ihren Rücken hinunter. Selbst aus der Entfernung war der Stolz in ihrer aufrechten Haltung zu erkennen, an der Art, wie sie eine Hand in die Taille gestemmt hatte und den Kopf hochtrug. Ich wusste sofort, um wen es sich handelte. Lady Kerry. Die Schwester des Earl of Huntington, dem Besitzer des Gestüts Red Oak.

»Das können Sie vergessen!«, donnerte Dads tiefrauchige Stimme durch den Morgen. »Die zerbeißt mir alle Stuten!«

»Und wenn Sie sie einfach zu den Reitpferden stellen? Zu den Wallachen?«, erwiderte Lady Kerry. Ein Hauch von Ungeduld hatte sich in ihren eigentlich so liebenswürdigen Tonfall geschlichen.

Seit der skandalösen Scheidung vor einem halben Jahr lebte sie wieder hier. Mit ihrem eleganten Outfit wirkte sie zwischen Stall und Traktor zwar ein wenig fehl am Platz, aber daran war ich schon gewöhnt. Ich fand es vielmehr beeindruckend, dass sie es in den grünen Pumps heil über den gepflasterten Hof geschafft hatte.

»Guten Morgen.« Ich ging auf die beiden zu und war nicht überrascht, zwischen Dads Augenbrauen eine tiefe Zornesfalte zu sehen. Sein Kiefer war angespannt, sodass sich ein paar kleine Fältchen um seinen Mund in die glatt rasierten Wangen gruben. Er hatte ein schmales, scharf gezeichnetes Gesicht, was ihn strenger wirken ließ, als er tatsächlich war. Die schulterlangen braunen Haare trug er wie immer im Nacken zusammengebunden, was diesen Eindruck noch verstärkte.

Lady Kerry wandte sich mir zu. Der genervte Ausdruck in ihrem Gesicht wich Erleichterung, als sie mich erblickte. »Bonnie, du kommst genau richtig. Kannst du deinen Vater bitte darüber aufklären, dass Pferde Herdentiere und durchaus soziale Wesen sind? Einzelhaft ist einfach grausam! Nach Jahrzehnten als Stallmeister scheint er das immer noch nicht gelernt zu haben.«

»Geht es um Everdream?«, fragte ich vorsichtig nach. Everdream war die Stute, die Lady Kerry kurz nach ihrer Scheidung für die Zucht ihres Bruders erworben hatte – sehr zu dessen Missfallen und dem meines Dads.

»Gäbe es eine Möglichkeit, sie mit anderen Pferden zusammenzustellen, würde ich das tun«, stieß Dad zwischen zusammengebissenen Zähnen aus. Seine Finger rieben unruhig aneinander, wie immer, wenn er ungeduldig wurde. Ich wusste, dass er an einem so wichtigen Tag mit seiner Arbeit vorankommen wollte, und auch, dass er dieses Gespräch mit Lady Kerry nicht zum ersten Mal führte.

»Ich mag es genauso wenig, ein Pferd zu isolieren, Mylady, das können Sie mir glauben. Aber Sie haben selbst gesehen, was passiert, wenn wir versuchen, sie in die Herde zu integrieren. Wir können es uns nicht leisten, dass sie noch mehr Tiere verletzt.«

»Ach, ich bitte Sie. Rangstreitigkeiten gehören dazu, die gibt es immer wieder unter Pferden.«

»Pferde infolge einer solchen Rangelei einschläfern zu lassen sollte aber nicht dazugehören.«

Lady Kerry warf die Arme in die Luft. »Das ist doch absurd! Wieso wickeln Sie die Pferde nicht gleich in Luftpolsterfolie ein, damit ihnen nichts passiert? Das sind Tiere, Daniel, sie brauchen Freiheit, Bewegung und ihre Artgenossen. Verletzungen gibt es immer wieder, deshalb können wir sie nicht auseinandersperren.«

»Ich stimme Ihnen zu, Mylady, aber Verletzungen zu provozieren ist auch nicht der richtige Weg. Everdream kann nicht mit anderen Pferden, das hat sie jetzt oft genug unter Beweis gestellt. Sie ist zu dominant.«

»*So* nennt man das also? Ich finde, sie ist *stark*. Aber es ist ja nichts Neues, dass Männer ein Problem damit haben.«

Dad blickte Hilfe suchend Richtung Himmel, als würde er auf göttlichen Beistand hoffen.

»Vielleicht sollten wir es noch mal mit einer Nebenkoppel probieren«, schlug ich in versöhnlichem Ton vor, bevor die beiden noch richtig aneinandergerieten. »Wie Lady Kerry schon sagte – bei den Wallachen. Durch einen Zaun getrennt. Sie können sich über diese sichere Barriere beschnuppern, wenn sie wollen. Everdream ist dann nicht ganz allein, aber es kommt auch nicht zu Verletzungen. Und wenn das gut klappt, können wir ja …«

»Du meinst, wenn sie uns nicht den Zaun zerlegt«, erwiderte Dad und strich sich mit einem Seufzen übers Gesicht. »Aber davon abgesehen ist es sowieso egal, was ich sage, Mylady, Ihr Bruder will Everdream nicht in der Nähe seiner Pferde haben, und daran muss ich mich halten. Belästigen Sie also lieber *ihn* damit.«

Lady Kerry klappte den Mund auf, von einem Moment zum anderen färbten sich die Wangen ihres Porzellangesichts rot. Auch ich war sprachlos. Es kam nicht oft vor, dass Dad die Beherrschung verlor.

»Eine Unverschämtheit ist das!«, stieß Lady Kerry hervor, nachdem sie ihre Fassung wiedererlangt hatte. »Eine bodenlose Unverschämtheit.« Und damit wandte sie sich auf dem Absatz um und stolzierte davon.

Dad lehnte sich gegen den großen Hinterreifen des Traktors und sah mich mit einem müden Lächeln an. »Und wie war dein Tag so bisher?«

»Dad!« Ich deutete in Lady Kerrys Richtung und hob dann in einer hilflosen Geste die Hände. Ich wusste gar nicht, was ich sagen sollte.

»Schon gut, ich weiß. Ich werde mich nachher bei ihr entschuldigen. Bleibt mir ja nichts anderes übrig.«

Ich verdrehte die Augen, zog den zweiten Muffin aus meiner Jackentasche und reichte ihn meinem Vater. »Ich glaube, du bist unterzuckert.«

Dad nahm den Muffin entgegen und biss zu meiner Erleichterung gleich davon ab. So wie ich ihn kannte, hatte sein Frühstück nur aus einer Tasse Kaffee bestanden. Während er immer darauf achtete, dass ich keine Mahlzeit ausließ, vergaß er oft selbst den ganzen Tag, etwas zu essen, und stopfte sich dann abends mit Tiefkühlpizza voll. Nicht besonders gesund. In meinen Gedanken notierte ich mir gleich, ihm später etwas Obst vorbeizubringen.

»Ich gehe dann mal zu Charlie, okay? Theresa hat gesagt, er ist beim Tor.«

»Ja, da konnten es wieder mal ein paar nicht erwarten und sind viel zu früh dran.« Dad stopfte sich den Rest des Muffins in den Mund, rieb die Hände aneinander, um sie von Krümeln zu befreien, und stieg dann hoch ins Fahrerhaus des Traktors. »Danke fürs Frühstück.« Er zwinkerte mir noch zu, dann ließ er den Traktor an und rollte davon. Hoffentlich war das Thema Everdream für heute erledigt, sodass er das Turnier auch ein wenig genießen konnte.

Ich folgte weiter der Straße und fand Charlie wie erwartet am gusseisernen Tor zur Einfahrt ins Gestüt, ein Klemmbrett in der Hand. Charlie war nicht nur der Chefpfleger, sondern auch fast so etwas wie ein Familienmitglied. Ich kannte ihn schon mein ganzes Leben lang. Meine frühesten Erinnerungen an ihn waren die an einen jungen Stallburschen mit Zahnspange. Jetzt mit Ende zwanzig unterstand er nur noch meinem Dad und Lord Huntington persönlich. Alle vierunddreißig Stallangestellten holten sich ihre Anweisungen von ihm.

Trotz der kühlen Temperaturen so früh am Morgen trug er nur ein T-Shirt und Jeans, und seine halblangen roten Haare standen unter seiner Red-Oak-Baseballmütze in alle Himmelsrichtungen ab. Gerade passierte ihn ein Anhänger, dem er den Weg zum Standplatz wies, dann wandte er sich mir zu.

»Bonnie Harper, bereit zum Dienst.« Ich salutierte vor ihm, und Charlie lachte.

Mir kam der Gedanke, dass ich auch ihm einen Muffin hätte mitbringen sollen, aber so wie ich Mrs Darborough kannte, hatte sie auch welche in den Pausenraum des Personals gestellt.

»Wo brauchst du mich?«

»Kannst du zu den Zeltboxen rübergehen? Eigentlich ist alles gut beschriftet, und die Leute sollten wissen, wohin sie müssen. Viele sind auch nicht zum ersten Mal hier. Aber vielleicht braucht ja doch jemand Hilfe. Vergiss nur nicht, dass du Meteor und Everdream rechtzeitig fertig machen musst, die beiden sind früh dran. Capital und Lucifer kommen erst am Nachmittag bei den älteren Pferden.«

Er zog ein Blatt mit der Startaufstellung für den heutigen Turniertag aus seinem Klemmbrett und reichte es mir. Um Meteor musste ich mich zuerst kümmern. Das passte mir gut, denn so konnte ich mir in Ruhe Zeit nehmen, um ihn turnierfertig zu machen. Wenn ich ihn nur auch reiten dürfte! Aber das war dieses Jahr einfach noch nicht für mich drin.

Auf dem Gestüt waren eine Handvoll professionelle Bereiter angestellt, die die Pferde ausbildeten und sie auf Turnieren und Verkaufsveranstaltungen vorstellten. Trevor Tallwell war einer von ihnen. *Er* ritt heute Meteor, und ja, ich war ein bisschen eifersüchtig. Schließlich hatte ich Meteor mit ausgebildet und war ihn oft geritten – meist zum Aufwärmen oder Abreiten, aber manchmal, wenn Trevor nicht aufgetaucht war, hatte ich den Wallach selbst trainiert. Nicht nur im Sattel, auch vom Boden aus mit Vertrauensübungen, damit er nicht nur ein gutes Springpferd wurde, sondern auch angstfrei und selbstbewusst in die Parcours ging. Aber auch wenn es heute noch nicht so weit war, wusste ich, dass ich bald an der Reihe sein würde. Vor ein paar Wochen hatte ich die Schule beendet, meinen Abschluss in der Tasche, der Sommer begann, und bald würde ich als fest angestellte Bereiterin auf Red Oak anfangen. Endlich wurde mein Traum wahr. Es war schon ein großes Glück, auf diesem idyllischen Gestüt aufwachsen zu dürfen, aber mein Geld damit zu verdienen, die Pferde in ihrer Ausbildung zu begleiten, sie formen und wachsen zu sehen, bedeutete für mich alles. Ich konnte es kaum erwarten loszulegen. Und wer weiß, vielleicht durfte ich bereits beim nächsten größeren Turnier selbst eines der Pferde von Red Oak vorstellen? Doch jetzt war keine Zeit für Träumereien.

»Keine Sorge. Du kannst dich auf mich verlassen«, sagte ich zu Charlie, faltete die Startaufstellung zusammen, schob sie in meine Gesäßtasche und machte mich im Schatten der Bäume auf den Weg zurück zur Wiese mit den Stallzelten für die Besuchspferde. Ein paar Pferde-Lkw und Autos mit Anhänger fuhren an mir vorbei. Für diese Uhrzeit, es war noch nicht mal acht Uhr, war schon richtig viel los.

»Entschuldigen Sie bitte, Miss?« Ein blauer Pferdetransporter hielt neben mir an. »Können Sie mir sagen, wo ich Abstellplatz 54C finde?« Ein kräftiger Mann um die vierzig sah mir aus dem Fahrerfenster entgegen. Seine schwarzen, grau durchwebten Haare fielen ihm lockig bis unter die Schultern und verbanden sich auf der Brust mit dem langen Bart. Er hielt einen zerknitterten Zettel in der Hand hoch. Es war der Lageplan des Gestüts. Zerknirscht verzog er den Mund.

Ich lächelte ihn freundlich an. »Ganz genau weiß ich es auch nicht, aber die Abstellplätze für die Anhänger müssten dort drüben bei den Koppeln sein.« Ich hob meine Hand an die Stirn und schirmte meine Augen vor der aufgehenden Sonne ab, im Versuch, Zahlen und Beschriftungen auf der zweckentfremdeten Wiese auszumachen. Aber es war zu weit weg. »Ach, ich muss sowieso dahin, folgen Sie mir einfach.«

»Weiß nicht, ob denen das schnell genug geht«, erwiderte der Mann und wies mit dem Daumen hinter sich. Tatsächlich hatte sich schon eine Kolonne mit weiteren Autos mit Anhängern hinter ihm gebildet. »Los, springen Sie rein.« Der Mann schloss das Fenster, ohne auf eine Antwort von mir zu warten, beugte sich dann auf die andere Seite und drückte die Beifahrertür auf.

Ich wollte die anderen Autos nicht noch länger warten lassen, also lief ich schnell um den Transporter herum und kletterte hinein. Sofort fiel mein Blick auf den Bildschirm in der Mittelkonsole, der durch eine Kamera das Pferd im Ladebereich zeigte. Ein großgewachsener schlanker Brauner ohne Abzeichen. Er hatte den Kopf hochgereckt, und selbst auf dem kleinen Bild erkannte ich, dass die Augen des Tieres vor Aufregung und Nervosität weit aufgerissen waren.

»Vor den Ställen da vorne müssen Sie rechts reinfahren«, erklärte ich, als der Mann den Gang einlegte und langsam anrollte. »Beim Schild mit dem Parkplatz-Zeichen.«

»Darauf hätte ich auch selbst kommen können.« Der Fremde lachte nervös auf und fuhr weiter, im Sitz nach vorne gelehnt, das Lenkrad vorbildlich in zehn vor zwei Stellung. Seine langen dunklen Haare verliehen ihm zusammen mit dem Bart einen etwas wilden Ausdruck, als wäre er von einem Wikinger-Filmset entflohen. Muskulöse Arme spannten sich unter einem langärmligen Hemd, die zeigten, dass er anpacken konnte. Er wirkte, als könnte er alles Unangenehme aus dem Weg räumen, umso stärker war der Kontrast zu seiner offensichtlichen Unsicherheit. »Es ist unser erstes Mal hier, und ich bin ein ziemliches Nervenbündel.« Er nahm eine Hand vom Lenkrad und reichte sie mir. »Ich bin Sam.«

»Bonnie.« Ich schlug ein.

Sam hatte einen festen Händedruck, der meine Finger knacken ließ, aber seine Haut war schwitzig, bestimmt vor Aufregung. Ich ließ mir nichts anmerken und deutete zur Koppel, wo bereits ein paar Anhänger parkten. Sam fuhr an den bereits stehenden Hängern vorbei und folgte dem Seil, das den Parkbereich von den anschließenden Stallzelten trennte. Fast am Ende der weiten Fläche fanden wir die 54C.

»Die Zeltbox hat dann dieselbe Nummer«, erklärte ich und warf wieder einen Blick auf den Bildschirm. Das Pferd stand immer noch mit hocherhobenem Kopf im Transporter und ignorierte das vor ihm hängende Heunetz. Gleich darauf erscholl ein schrilles Wiehern von hinten. »Da will jemand raus.«

»Ja, Joker ist noch hibbeliger als ich, mal sehen, wie er sich heute macht. Ich bin ja schon froh, wenn er es auf den Reitplatz schafft. Zu Hause springt er wirklich gut, aber sobald er nicht in seiner gewohnten Umgebung ist, wird er unberechenbar. Deshalb sind wir hier. Ich will ihn daran gewöhnen, auswärts klarzukommen, auf einem Turnier, das nicht zu weit von seinem Zuhause entfernt ist.«

»Werden Sie ihn denn selbst reiten?«, fragte ich.

Sam brach in schallendes Gelächter aus. »Sehe ich so aus? Nein, mein Neffe reitet ihn, er müsste gleich hier sein.« Sam stellte den Motor ab und zog den Schlüssel aus der Zündung, im nächsten Moment ließ mich ein kräftiger Knall zusammenzucken. Es war Joker, der mit seinem Huf gegen die Wand des Transporters donnerte.

Sam lehnte sich nach vorne übers Lenkrad und sah sich in alle Richtungen um. »Wo er nur bleibt? Er wollte mir beim Abladen helfen.«

»Das kann ich doch machen.« Ich sprang aus dem Auto und ging direkt zur Laderampe an der Seite des Transporters. Mit ein paar wenigen geübten Handgriffen öffnete ich sie und drückte auch die Dachaufstellklappe hoch. Der braune Wallach sah mir schon aus großen ängstlichen Augen entgegen.

»Na, mein Hübscher? Was veranstaltest du hier für einen Radau?« Ich ging die Laderampe hoch und streckte meine Hand nach ihm aus. Sofort lehnte er sich über die Absperrstange und beschnupperte meine Finger. »Es gibt gar keinen Grund für die Aufregung. Es ist toll hier, du wirst sehen.«

Joker ließ sein samtig weiches Maul über meine ausgestreckte Hand gleiten, vermutlich roch sie noch süß nach dem Muffin, und ich streichelte ihn mit meiner anderen sanft am Hals. Er hatte seidig glattes Fell, das unter den einfallenden Sonnenstrahlen glänzte. Ein Zeichen für gutes Futter und gute Pflege. Aber er war leicht verschwitzt – vermutlich von der Aufregung.

»Na dann holen wir dich hier mal raus.«

Sam machte einen Schritt auf die Laderampe zu. »Ich weiß nicht …«, begann er und ließ seinen Blick über mich wandern, den dunklen Bart um einen Finger zwirbelnd. »Joker ist wirklich ein Kaliber, und Sie … ich will Ihnen ja nicht zu nahe treten, aber Sie sehen sehr zierlich aus.«

»Keine Sorge, ich bekomme das hin.« Ich öffnete den Verschluss der Absperrstange und musste lachen, als ich Sams besorgtes Gesicht sah. »Das ist nicht das erste Pferd, das ich auslade.«

»Vielleicht warten wir doch lieber …«

Ich hielt inne und hob ergeben die Hände. »Wie Sie wollen. Es ist Ihr Pferd.« Wenn er nicht wollte, dass ich Joker auslud, musste ich das wohl oder übel akzeptieren. Joker aber drängte bereits vorwärts und scharrte ungeduldig mit dem Huf. Ich fände es klüger, ihn aus dem Transporter zu lassen, damit er sich in Ruhe die Beine vertreten und sich umsehen konnte.

»Wann wollte Ihr Neffe denn kommen?«

Sam musterte mich noch einmal von oben bis unten, dann seufzte er. »Na schön. Wir machen es gemeinsam.« Er kam die restliche Laderampe zu mir hoch, duckte sich unter der Absperrstange hindurch und löste auf der anderen Seite Jokers Anbindestrick.

»Okay, wir sind so weit«, sagte er schließlich gepresst. Er stand mindestens genauso angespannt da wie das Pferd.

»Bleiben Sie ruhig, das überträgt sich dann auf Joker.« Ich hob die Stange aus der Verankerung und ließ sie langsam zur Seite gleiten. Aber kaum war die Barriere verschwunden, schoss Joker schon vorwärts. Er hätte mich beinahe über den Haufen gerannt, wenn ich nicht geistesgegenwärtig seitlich von der Laderampe gesprungen wäre. Sam zog er dabei am Strick hinter sich her. Außerhalb des Transporters stellte das Pferd sich hin, den Schweif hochgetragen, den Kopf in die Höhe gerissen, die Ohren gespitzt, lautstark durch die Nüstern schnorchelnd. Sam packte den Strick so kurz wie möglich am Pferdekopf und stemmte sich mit seinem Körper gegen Jokers Schulter, als müsste er ihn jeden Moment wieder davon abhalten, nach vorne wegzurennen. Joker begann, nervös zu tänzeln, warf seinen Kopf hin und her, um dem Druck zu entgehen, drängelte gegen Sam. Dieser war zwar ein Riese, trotzdem schob der Braune ihn mühelos zur Seite. Die Situation schien kurz vorm Eskalieren, ich konnte unmöglich länger nur zusehen.

»Alles gut.« Ich ging mit ausgestreckter Hand auf die beiden zu, hob auffordernd die Augenbrauen in Sams Richtung und griff nach dem Strick. »Geben Sie ihn mir.«

»Auf keinen Fall! Gehen Sie besser zurück«, stieß Sam aus, der das Pferd immer noch mit aller Macht festhielt. Im nächsten Moment stellte Joker sich auf die Hinterbeine. Er stieg nicht besonders hoch, gerade genug, um Sam zurückweichen zu lassen. Ich nutzte den Moment und nahm ihm den Strick aus der Hand, den er beinahe fallen gelassen hätte. »Ganz ruhig, hier passiert dir nichts.«

»Bonnie …«

»Keine Sorge, er braucht nur etwas Platz.« Ich nahm das Ende des Stricks in die Hand, damit Joker genug Raum hatte, sich zu bewegen, gleichzeitig hielt ich ihn mir dadurch auch vom Leib. Jokers Nervosität machte ihn in diesem Moment gefährlich, und daher war es besser, ihm nicht zu nahe zu kommen.

Sam stand unbeweglich und blass da. Aber ich hatte keine Angst. Seit meiner Geburt war ich von Pferden umgeben. Ich war mir sicher, dass ich das Richtige tat.

Joker tänzelte und warf unruhig den Kopf hin und her, um sich einen Überblick zu verschaffen. Was er nicht berücksichtigte, war, dass er mich dabei jedes Mal mitzog. Auch wenn ich Verständnis für ihn hatte, ließ ich mir dieses Verhalten nicht gefallen. Er wollte sich bewegen und Spannung abbauen, das erlaubte ich ihm, aber *ich* bestimmte, wohin er sich bewegte. Daher ließ ich ihn im Kreis um mich herumgehen, und wenn er mir zu nahe kam, wedelte ich den Strick in seine Richtung und ließ ihn so wieder zurückweichen. Wenn er zu sehr nach außen wegdriftete, holte ich mir seine Aufmerksamkeit zurück, indem ich ihn die Richtung ändern ließ. Immer wieder. Ich ließ ihn ein paar Schritte in diese, dann in die andere Richtung gehen, schließlich erhöhte ich den Schwierigkeitsgrad und verlangte von ihm, seine Hinterhand zu weichen. Dafür schwang ich den Strick sanft in Richtung seiner Flanke, und er überkreuzte artig die Hinterbeine von mir weg. Nach ein paar Runden reichte schon ein simpler Fingerzeig von mir, und er verstand, was ich von ihm wollte. So ging er immer weiter im Kreis, ein paarmal auf jeder Seite. Von Sekunde zu Sekunde wurde er immer ruhiger.

»Was machen Sie da?«, wollte Sam wissen. Er klang nicht erbost, weil ich sein Pferd hin und her schickte, sondern eher erstaunt, wenn nicht sogar beeindruckt.

»Es hat keinen Sinn, ihn zum Stehenbleiben zu zwingen. Er war wie eine Bombe kurz vorm Hochgehen, und das wäre auch passiert – ein kleines Geräusch, ein Rascheln im Wind, und er wäre richtig hochgestiegen oder hätte sich losgerissen. Da kann ich ihn noch so sehr am Strick festhalten. Wenn er sich in den Kopf setzt abzuhauen, ist es egal, wie stark ich bin. Ihn hält dann niemand.« Ich intensivierte meine Forderungen an Joker, ließ ihn immer schneller übertreten, wechselte öfter die Richtung. »Er musste sich bewegen, deswegen sage ich zu ihm: Okay, beweg dich, aber dorthin, wo ich will, in die Richtung, die ich bestimme. Ich gebe ihm eine Aufgabe, und die lenkt ihn von seiner Nervosität ab. Sehen Sie? Er leckt sich das Maul, denkt nach, seine Ohren sind auf mich gerichtet, er wartet darauf, was ich als Nächstes von ihm will, und hat ganz vergessen, dass irgendetwas Gefährliches hinter einem Anhänger hervorspringen könnte, um ihn zu fressen.«

Ein leise brummendes Lachen vibrierte aus Sams Kehle. »So habe ich ihn noch nie gesehen.« Sein Staunen erfüllte mich mit Stolz.

Ich entspannte meinen Körper, ließ meine Hände an die Seiten sinken, atmete tief aus, und Joker blieb stehen. Einfach so, ohne dass ich ihn halten oder ihm ein Kommando geben musste, meine Körpersprache reichte aus. Mit gesenktem Kopf und zur Seite fallenden Ohren stand er da, als würde er jeden Moment einschlafen, dabei entlastete er ein Hinterbein und ließ die Unterlippe nach unten hängen.

»Er kann jetzt ganz entspannt sein, denn er glaubt, dass ich alles unter Kontrolle habe. Seine einzige Aufgabe ist es, ruhig dazustehen. Aber sobald er auch nur einen Huf bewegt, schicke ich ihn wieder im Kreis herum. Damit sage ich ihm: Du willst dich bewegen, dann arbeite. Irgendwann wird er merken, dass es sehr viel angenehmer ist, einfach nur dazustehen.«

»Wo haben Sie das denn alles gelernt?«

Ich ging auf Joker zu, um ihm den Mähnenkamm zu kraulen. »Na ja, ich bin hier auf dem Gestüt aufgewachsen und habe schon mein Leben lang mit Pferden zu tun. Außerdem habe ich ein paar Kurse in Natural Horsemanship belegt. Dort läuft alles nach dem Prinzip: Mache dem Pferd das Falsche schwer und das Richtige leicht. Sehen Sie? Für mich ist es das Falsche, wenn er herumtänzelt, also mache ich Arbeit für ihn daraus, ich mache es schwer für ihn. Ich möchte, dass er ruhig steht, das ist das Richtige, und sobald er das tut, lasse ich ihn in Ruhe. Er wird sehr schnell dahinterkommen, dass wir beide eigentlich dasselbe wollen.«

»Davon kann ich mir noch viel abschauen.«

»Haben Sie Joker noch nicht lange?« Tatsächlich kam mir nicht nur Sam, sondern auch der Wallach ziemlich grün hinter den Ohren vor. Das waren die Pferde hier zwar alle, schließlich war das Turnier heute eine Jungpferdevorstellung. Aber die Tiere wurden bereits geritten und bewältigten einen kleinen Parcours, dafür sollten sie eigentlich auch ein bisschen Selbstvertrauen haben.

»Na ja, eigentlich von Anfang an. Ich habe mein Gestüt vor gut zwei Jahren gekauft, mit allem, was dazugehört. Joker war da noch ein halbes Fohlen. Aber die Fluktuation der Trainer war in letzter Zeit sehr hoch bei uns. Und wir hatten bislang noch kein Pferd, das wir vorstellen konnten, Joker ist der Erste. Mein Gestüt ist noch im Aufbau, aber ich hoffe, dass wir in den kommenden Jahren immer mehr Nachwuchstalente präsentieren können. Zum Glück unterstützt mich von jetzt an mein Neffe. Er kennt sich mit Pferden sehr viel besser aus als ich.«

Ich wollte fragen, wieso er ein Gestüt gekauft hatte, wenn er sich mit Pferden kaum auskannte, aber in diesem Moment knallte jemand eine Autotür zu, und Joker tänzelte zur Seite weg.

»Hey, das war nicht abgemacht«, schimpfte ich mit ihm und schnipste wieder in Richtung seiner Flanke, damit er übertreten und arbeiten musste. »Hast du denn vergessen, dass du im Kreis gehen musst, wenn du dich bewegst?«

»Was soll das werden?«

Eine genervte männliche Stimme ertönte, heiser, unausgeschlafen und irgendwie arrogant.

Ich stellte mich auf die Zehenspitzen und sah über Jokers Rücken hinweg. Ein junger Mann in Reitklamotten trat an Sams Seite, die schwarzen halblangen Haare geschniegelt zurückgekämmt, die schmalen Augenbrauen zusammengezogen. Ich erkannte ihn sofort.

Er war Henry Beaumont, Duke of Winterset. Mir fiel wieder ein, dass ich seinen Namen heute Morgen im Radio gehört, dieser Nachricht aber keine besondere Beachtung geschenkt hatte. Soweit ich mich erinnern konnte, hatte Henry die letzten Jahre nach dem Tod seines Vaters im Ausland verbracht. Jetzt war er ganz offensichtlich zurück und sah alles andere als glücklich aus. Ungeduldig streckte er die Hand in meine Richtung aus, um Joker zu übernehmen.

»Wir haben's gleich«, sagte ich und lächelte ihn an.

Früher war er oft auf dem Gestüt gewesen und hatte auf mich immer einen netten Eindruck gemacht. Seine Eltern und die Huntingtons waren seit jeher befreundet, daher waren die Wintersets häufig zu schicken Abendveranstaltungen im Herrenhaus eingeladen worden. Manchmal hatten sie auch einen Abstecher zu den Ställen gemacht, und Henry hatte mir sogar einmal eine Brosche mit einem Hufeisen darauf geschenkt. Ich nahm an, dass er sie selbst von irgendjemandem bekommen und sie ihm nicht gefallen hatte. Trotzdem hatte ich mich darüber gefreut.

Ich schickte Joker weiter, doch Henry schien nicht gern zu

warten. Plötzlich stand er neben mir und riss mir den Strick aus der Hand.

»Danke, wir kommen schon klar«, sagte er kühl und wandte sich mit dem Wallach von mir ab. Perplex stand ich da und ballte meine plötzlich leere Hand zur Faust.

»Sie geht wirklich gut mit ihm um«, hörte ich Sam sagen, dem die Situation offensichtlich unangenehm war. Er sah zwischen uns beiden hin und her und warf mir einen entschuldigenden Blick zu. »Er ist schon viel ruhiger, Henry.«

»Ich war zwei Minuten zu spät, Sam, du kannst Joker nicht einfach irgendjemandem in die Hand drücken, nur weil du selbst nicht mit ihm klarkommst. Was, wenn er ihr den Schädel eingetreten hätte?«

»Entschuldige mal …«, fing ich an, aber Henry wedelte mich nur mit einer ungeduldigen Geste davon.

»Sagen Sie mir einfach, wo seine Box ist, dann helfen Sie bitte denen, die es wirklich nötig haben.«

Fassungslos starrte ich zu ihm hoch. Offensichtlich hatte er keinen Schimmer mehr, wer ich war. Gut, unsere letzte Begegnung lag Jahre zurück, wir waren noch fast Kinder gewesen und nicht wirklich Freunde, sondern eher flüchtige Bekannte. Hoher Besuch des Herrenhauses freundete sich nicht mit dem Personal an. Aber so abgehoben hatte ich ihn nicht in Erinnerung. Ehrlich gesagt nervte mich seine arrogante Art. Nicht nur mir gegenüber, sondern auch Sam. Wenn ich es richtig verstanden hatte, war Sam Henrys Onkel und verdiente meiner Meinung nach mehr Respekt. *Jeder* verdiente mehr Respekt.

»54C«, zwitscherte ich mit verstellt hoher Stimme, als wäre ich eine überfreundliche Hostess. »Gleich neben 53C. Einen schönen Aufenthalt auf Red Oak, Euer Gnaden.«

Ich knickste übertrieben demütig, verdrehte die Augen, zwinkerte Sam aber im Gehen noch verschwörerisch zu. Aus dem Augenwinkel konnte ich sehen, dass Henry überrascht zu mir herumfuhr, aber ich ging betont gleichgültig weiter. Ich hatte wirklich wichtigere Dinge zu tun.

»Danke, Bonnie!«, hörte ich Sam noch rufen und gleich darauf wütend an seinen Neffen gerichtete Worte: »Zuerst kommst du zu spät, und dann bist du auch noch unhöflich!«

Die Antwort konnte ich nicht mehr verstehen, sie war mir aber auch egal. Henry Beaumont mochte der Duke of Winterset und seines Zeichens begehrtester Junggeselle des Landes sein, aber das beeindruckte mich wenig. Hier auf dem Gestüt gingen Adelige und Superreiche ständig ein und aus, mein Boss war selbst einer von ihnen. Und im Gegensatz zu Henry hatte der es nicht nötig, seine Herkunft so heraushängen zu lassen.

Ich beeilte mich, zu den Stallungen zu gelangen, denn jetzt musste ich wirklich anfangen, die Pferde fertig zu machen.

Die idyllische Stille von heute Morgen war mittlerweile einem regen Treiben gewichen. Während ich mich durch das Gewusel an Hängern, Pferden, Pflegern, Reitern und Gestütspersonal kämpfte, kam vom Eingang eine weitere Auto- und Anhängerkolonne die von Eichen gesäumte Straße herunter. Wir erwarteten nicht nur Dutzende Reiter mit ihren Pferden von den angesehensten Züchtern des Landes, sondern auch Käufer aus aller Welt und die Presse. Ich war heilfroh, als ich den Jungpferdestall erreicht hatte und die Tür hinter mir verschließen konnte. Ich legte meine Jacke in der Sattelkammer ab, schnappte mir Putzzeug, Halfter und Strick und holte meinen wunderschönen, einen Meter achtzig großen Liebling aus der Box. Fast schon gelangweilt ging Meteor neben mir die betonierte, sauber gefegte Boxengasse entlang. Er schien keine Ahnung zu haben, dass es sich heute nicht nur um ein einfaches Training handelte.

»Du bist wie immer die Ruhe selbst«, sagte ich und streichelte ihm über den Hals, schon jetzt unglaublich stolz.

Ich führte Meteor zur letzten freien Putznische nahe des Eingangs und band ihn dort fest. Sonnenstrahlen drangen durch das Oberlicht und offenbarten gnadenlos den Staub in seinem schwarzen Fell. »Na, dann wollen wir dich für deinen großen Auftritt mal zum Glänzen bringen.«

Ich holte eine Bürste aus der Putztasche und begann, sein seidenglattes Sommerfell zu striegeln. Dabei sang ich leise vor mich hin, was Meteor fast einschlafen ließ. Mit gesenktem Hals und zur Seite gekippten Ohren stand er da, das Hinterbein entlastete er, seine Unterlippe hing schlaff hinunter. Als ich ihn fertig gestriegelt hatte, kratzte ich noch seine Hufe aus und fettete sie ein, damit sie ebenfalls schön glänzten.

»Du wirst heute alle beeindrucken, da bin ich mir ganz sicher. Du wirst der Beste sein … und der Schönste«, sagte ich, als ich seine eingenähten Zöpfe überprüfte, die ich ihm schon gestern Abend gemacht hatte. »Alles perfekt.« Ich kämmte noch seinen Schweif ein letztes Mal durch, als plötzlich ein gequältes Stöhnen erklang.

»Es ist eine Katastrophe!«

Überrascht ließ ich den Kamm sinken und spähte an der Trennwand der Putznische vorbei in die Stallgasse.

Die Tochter des Earl of Huntington, Vanessa, kam vom hinteren Bereich des Stalls auf mich zu, leichenblass, eine Hand gegen ihren Bauch gepresst, mit der anderen hangelte sie sich entlang der Boxen weiter zu mir. Sofort warf ich den Kamm in die Putztasche und lief ihr entgegen.

»Was ist los?« Ich ließ meinen Blick über sie gleiten und suchte nach irgendetwas, das ihren fürchterlichen Zustand erklärte. Auf den ersten Blick war sie zwar perfekt herausgeputzt in ihren weißen Reithosen, den glänzenden schwarzen Stiefeln, dem makellosen Turniersakko über einer blütenweißen Bluse und den blonden Haaren, die zu einem perfekten Knoten am

Hinterkopf geflochten waren. Aber ich kannte Vanessa schon ewig, wir waren zusammen auf diesem Gestüt aufgewachsen, und allein das Zittern in ihrer Stimme ließ bei mir alle Alarmglocken schrillen.

»Ist was mit Everdream?« Ich hatte noch das Gespräch zwischen Dad und Lady Kerry im Ohr, über die Stute, die schlecht mit anderen Pferden zurechtkam. Auch im Umgang mit Menschen war sie nicht unbedingt einfach. Vanessa sollte sie heute vorstellen, und mein erster Gedanke war, dass sie einen Unfall mit dem Pferd gehabt hatte.

»Ich kann das nicht.« Vanessa taumelte auf mich zu und ließ sich dann vor mir entlang der Boxenwand zu Boden sinken. Sie lehnte ihren Kopf zurück gegen das Holz und schluckte schwer.

»Was kannst du nicht? Vanessa, jetzt sag schon, was ist passiert?« Ich ging vor ihr in die Hocke und legte ihr die Hand auf das angewinkelte Knie. »Bist du verletzt?«

Sie schüttelte den Kopf, schloss die Augen und versuchte, betont langsam ein- und auszuatmen. »Mir ist *so* schlecht«, flüsterte sie dann. »Ich habe mich schon zweimal übergeben.«

Übergeben? Das machte mir noch mehr Angst. Vanessa hatte schließlich eine Vergangenheit. Nein, sagte ich mir, das lag hinter ihr, sie war gesund.

»Hast du dir was eingefangen?«, fragte ich daher und versuchte, mir meine Anspannung nicht anmerken zu lassen.

»Nein, es ist nichts. Ich bin nur so … nervös.« Sie hob die Lider, und in ihren veilchenblauen Augen funkelten Tränen. »Ich hätte mich nie anmelden dürfen, Bonnie. Vor all diesen Leuten! Hast du gesehen, was da draußen los ist?«

Erleichtert lächelte ich. »Es ist doch jedes Jahr dasselbe, du kennst das.«

»Ja, aber ich bin noch nie mitgeritten, ich musste noch nie … unseren Namen repräsentieren. Was habe ich mir nur dabei gedacht?« Sie erstarrte kurz, dann hob sie die Hand an den Mund, schüttelte aber den Kopf. »Fehlalarm«, seufzte sie und ließ die Stirn stöhnend auf die Knie sinken.

Sie tat mir aufrichtig leid, und ich versuchte, sie zu beruhigen, indem ich ihr sanft den Rücken streichelte. Tatsächlich war ich plötzlich froh, dass ich mich diesem Stress heute nicht aussetzen musste. Ja, es war mein großer Traum, Pferde auf diesem prestigeträchtigen Turnier vorstellen zu dürfen, Pferde, die ich als fest angestellte Trainerin selbst ausgebildet hatte. Aber wenn der Tag dann kam, würde es mir bestimmt nicht anders gehen als Vanessa gerade. Der Earl war lange selbst geritten und hatte auch immer persönlich das beste Pferd seines Stalls vorgestellt. Aber er hatte seit Monaten Rückenprobleme. Es gab auch ohne ihn genügend Reiter für Red Oak, aber Vanessa hatte sich angeboten, selbst mitzureiten. Die Huntingtons veranstalteten das Turnier, und es machte einen guten Eindruck, wenn ein Mitglied der Familie aktiv daran teilnahm. Besonders wenn tatsächlich Vertreter der königlichen Familie hier auftauchen sollten, wie im Radio angekündigt. Das wäre nicht das erste Mal, es gab begeisterte Reiter unter ihnen, die es sogar bis zu Olympia geschafft hatten, aber dieser Fakt half Vanessa bestimmt nicht, sich zu beruhigen.

»Du bist eine ausgezeichnete Reiterin, Vanessa, das weißt du. Und im Training bist du hervorragend mit Everdream zurechtgekommen. Ihr seid ein tolles Team.«

»Im Training hing nie so viel davon ab. Was wird Tante Eleanor sagen, wenn ich den Parcours in den Sand setze? Wenn niemand Everdream kaufen will?«

»Was für ein Quatsch. Du wirst den Parcours nicht in den Sand setzen, und selbst wenn – Lady Kerry will, dass es dir gut geht, das ist das Wichtigste. Mach dir keinen Druck, du weißt, wie sensibel Pferde sind, ganz besonders Everdream. Tu einfach so, als wäre es ein Training.«

»Es sind ja nicht nur die Käufer! Auch die Gäste! Die Presse! Morgen wird in jeder Zeitung stehen, wie ich grandios aus dem Sattel geflogen bin. *Vanessa of Huntington frisst Dreck.*«

»Mit dieser Einstellung ganz bestimmt. Also beruhige dich, und steh auf.« Ich packte Vanessas Schultern und zog sie hoch. Mühsam rappelte sie sich auf.

Immer wenn sie so direkt vor mir stand, konnte ich nachvollziehen, warum Fremde uns ständig für Schwestern hielten. Wir sahen zwar nicht unbedingt wie Zwillinge aus, aber wir waren uns doch sehr ähnlich. Wir hatten beide lange blonde Haare, waren bis auf ein paar Monate gleich alt, waren beide sportlich, da wir so gut wie jeden Tag im Sattel saßen, und fast gleich groß. Wir unterschieden uns nur in den Details unserer Gesichter. Vanessas war länglicher, meines eher herzförmig, und ich hatte ein paar Sommersprossen um die Nase, während Vanessa makellose Porzellanhaut vorzuweisen hatte. Zudem hatte Vanessa blaue Augen und ich grüne. Aber auch abgesehen von den Äußerlichkeiten bestand zwischen uns eine Vertrautheit wie unter Schwestern. Wir waren zusammen auf Red Oak groß geworden, so wie unsere beiden Väter früher – Dad der Sohn des Stallmeisters und George Huntington der Sohn des Earls. Sie war mein Zwilling, zumindest im Herzen.

»Ich muss Meteor und noch ein paar andere Pferde fertig machen, willst du mir nicht dabei helfen? Das lenkt dich ab.«

Vanessa warf einen Blick an mir vorbei zu den Putznischen, wo Meteor geduldig wartete, vermutlich war er längst eingedöst, und schüttelte dann den Kopf. »Ich schaue lieber schon mal nach, ob der Parcours steht. Dann kann ich ihn mir einprägen.«

»Okay.« Ich war nicht überrascht. Vanessa kam meistens in den Stall und stieg auf das vom Personal fertig vorbereitete Pferd. Es war selten, dass sie selbst striegelte, sattelte und zäumte oder ein Pferd danach versorgte. Für mich war gerade das das Schöne am

Pferdesport, aber auf Red Oak war es üblich, dass die Reiter sich aufs Reiten konzentrierten und die Pfleger auf die Pflege. Da wurde nichts vermischt. Aber jetzt war nur wichtig, dass Vanessa sich beruhigte, auf welche Weise auch immer.

Vanessa umarmte mich kurz und verließ dann langsam und etwas zittrig den Stall, während ich zurück zu Meteor in die Putznische ging. »Dann bleiben nur noch wir beide, mein Schöner.« Ich zupfte Strohhalme aus seinem eingeflochtenen Schweif und löste dann die Zöpfe, sodass die schwarzen Haare wunderschön wellig und glänzend herabfielen.

Der Gedanke an das Turnier machte mich ganz hibbelig. Ich konnte es kaum erwarten, die Reaktionen im Publikum auf Meteor zu sehen. Aber da war auch Wehmut. Denn Ende des Sommers fand die große Auktion statt, auf der die heute vorgestellten Pferde an den Meistbietenden verkauft wurden. Dann hieß es für mich Abschied nehmen. Aber noch wollte ich nicht daran denken. Wir hatten noch viele Wochen miteinander, und wenn ich nach dem Turnier meinen Arbeitsvertrag unterschrieb, durfte ich vielleicht in der übrigen Zeit noch intensiver mit ihm arbeiten.

Meteor fertig zu machen lenkte mich wie immer von allem anderen ab. Nach der Fell- und Hufpflege begann ich, ihn zu satteln. Dann verschnallte ich noch das Vorderzeug mit dem Martingal, das verhinderte, dass Meteor im Falle eines Sturzes des Reiters in die Zügel treten konnte, und führte ihn auch schon aus dem Stall.

Die Sonne brannte schon jetzt auf uns herunter, dabei war es erst Vormittag, aber sie hatte bereits erstaunliche Kraft, und nach dem diffusen Licht drinnen fühlte ich mich geblendet.

Meteor sah sich mit hoch erhobenem Kopf um. Jetzt merkte also auch er, dass heute etwas anders war. Von allen Richtungen ertönte das Wiehern fremder Pferde, Hufeisen klackerten auf dem Pflaster, und vom Vorstellungsplatz drüben klang dumpf eine männliche Stimme aus einem Lautsprecher herüber, die den Turnierstart in einer halben Stunde ankündigte. Der Duft von Heu und Pferden lag in der Luft, für mich gab es nichts Besseres, und ich streichelte Meteor beruhigend über den Kopf.

»Na, dann wollen wir mal.« Ich führte den Wallach am langen Zügel über den Innenhof zwischen den Ställen und schließlich weiter durch die Allee aus Kirschbäumen zum Abreiteplatz. Ein paar Reiter waren bereits da und wärmten ihre Pferde auf. In der Mitte des Sandplatzes waren zwei kleine Sprünge aufgebaut. Niemand hier kam mir bekannt vor, Meteor war der Erste, der für Red Oak starten würde.

»Wie ist er drauf?«

Trevor Tallwell kam von den Tribünen in seinem schicken Turnieroutfit auf uns zu und nahm mir die Zügel aus der Hand. Vermutlich war er gerade den Parcours abgegangen, um sich die Hindernisse und Wege einzuprägen.

»Gut«, erwiderte ich mit dem typischen Stich in der Brust, dass ein anderer meinen Liebling der Welt zeigen durfte. »Er ist total entspannt.«

»Gut, dann wollen wir ihn mal aufwecken.« Trevor zog die Steigbügel runter, kontrollierte ihre Länge und reichte mir dann seine kurze Springgerte. Er führte Meteor auf den Sandplatz zur Aufstiegshilfe, trat auf die dreistufige Treppe und schwang sich von dort in den Sattel. Ich reichte ihm die Gerte hoch und konnte es mir nicht nehmen lassen, Meteor noch einen kleinen Kuss auf die Nüstern zu geben.

»Ich weiß, du wirst großartig sein«, flüsterte ich, streichelte ihm noch einmal über den Hals, dann trat ich zurück.

»Viel Erfolg«, wünschte ich Trevor noch, der mir selbstbewusst zuzwinkerte und dann losritt.

Mit flauem Gefühl sah ich den beiden hinterher und strich den

Mondanhänger meiner Mutter mit den Fingern nach. Ich wusste, wie toll Meteor war, und auch, dass Trevor zu den besten Reitern gehörte. Trotzdem war es komisch, ihn nach all der Arbeit und des Hinfieberns auf diesen Turnierplatz zu schicken. Meteor war am Höhepunkt seiner Ausbildung auf Red Oak angekommen, und bald ging es für ihn zu einem anderen Besitzer.

Am liebsten wollte ich beim Aufwärmen zusehen, aber ich hatte noch ein Pferd fertig zu machen, also musste ich zurück zum Stall.

Auf dem Weg fiel mein Blick zwischen den Kirschbäumen hindurch zu den Zeltboxen, bei denen jetzt schon einiges los war. Vorhin war Joker noch einer der Ersten gewesen, aber jetzt waren überall Pferde. Sie wurden ausgeladen, herumgeführt, gesattelt … Für den Jungpferdewettbewerb waren fast hundert Pferde in der Altersklasse der Vier- bis Fünfjährigen angemeldet, und heute Nachmittag gab es dann auch noch ein Springen zur Vorstellung erfahrenerer Verkaufspferde.

Auf der Wiesenfläche direkt neben der letzten Zeltbox graste ein großer Brauner an der Hand eines Reiters in Turnierklamotten. Es waren Joker und Henry.

Überrascht blieb ich stehen. Ich wusste nicht, was genau an dem Bild mir so seltsam vorkam. Vielleicht weil ich immer noch Trevor mit Meteor vor meinem geistigen Auge hatte – einen Reiter, der aufs Pferd stieg, seine Runden ritt und dann wieder verschwand. Trevor war niemand, der mit seinem Pferd spazieren und grasen ging.

Nach Henrys Auftritt vorhin hatte ich ihn ähnlich eingeschätzt. Aber jetzt stand er da drüben und streichelte Jokers Hals, den Strick hielt er locker in einer Hand, der Wallach war auch sehr viel ruhiger als vorhin. Offensichtlich hatten die beiden noch Zeit, bis sie dran waren, ansonsten wäre Joker schon gesattelt. Aber dass Henry ihn nicht einfach allein in seine Box stellte, sondern ihm Gelegenheit gab, die Umgebung kennenzulernen, sich die Beine zu vertreten und sich zu entspannen, hatte ich nicht erwartet. Früher vielleicht. Da war Henry zwar auch nicht sonderlich gesprächig gewesen. Aber er hatte eine ruhige Art gehabt, etwas Sanftes, das sich auf Pferde übertrug, wenn er durch unsere Stallungen spazierte. Hatte ich ihn heute Morgen nur in einem schlechten Moment erwischt? Hatte er vielleicht wirklich Angst gehabt, dass Joker mich verletzen könnte? Nicht jeder Adelige war automatisch ein Snob – so viel hatte ich auf dem Gestüt gelernt, aber ich wusste ebenso, dass man als Nicht-Adelige auch immer auf der Hut sein musste.

»Du hast ihn also auch schon entdeckt.« Theresa war plötzlich neben mir aufgetaucht. Sie verschränkte die Arme abschätzig vor der Brust und musterte Henry mit schräg gehaltenem Kopf. »Unser Skandal-Herzog ist wieder im Lande.«

»Skandal-Herzog?«, fragte ich lachend und drehte mich zu ihr. »Wieso das denn?«

»Liest du denn gar keine Klatschnachrichten auf deinem Handy?«

»Eigentlich nicht.« Alles, was mir wichtig erschien, erfuhr ich über das Internet. Viel lieber aber war ich im Stall oder draußen bei den Pferden. »Ich weiß nur, dass sein Vater vor zwei Jahren gestorben ist. War er danach nicht unterwegs?«

»Ja, er war die letzten beiden Jahre in Europa, und zwar ständig auf irgendwelchen Partys.« Theresa zog ihr Handy aus der Jackentasche und scrollte mit ihren manikürten Fingern darauf herum. »Hast du die Fotos nicht gesehen? Die aus Prag? Oder die aus Monaco? Es gibt doch dauernd etwas zu lesen über ihn.« Sie streckte mir das Handy entgegen. Auf dem Display prangte ein Foto von Henry, an jedem Arm eine wunderschöne Frau in knappem Outfit. Die beiden schienen Henry aufrecht zu halten, eine streckte ihre beringte Hand Richtung Kamera aus, als wollte sie ihn vor dem Fotografen abschirmen. Henry trug einen Anzug, aber das Jackett stand offen, und das weiße Hemd war zur Hälfte aus dem Hosenbund gezogen, die schwarzen Haare in alle Richtungen zerzaust. Es fiel mir schwer, diesen Henry auf dem Foto mit dem adretten, unnahbaren Adligen dort drüben zusammenzubringen.

»Da habe ich offensichtlich was verpasst.«

Theresa zuckte mit den Schultern und packte ihr Handy wieder ein. Dann grinste sie mich verschwörerisch an. »Also ich bin jedenfalls froh, dass er zurück ist. Vielleicht taucht er ja jetzt öfter hier auf. Er ist hot, oder?«

Da musste ich ihr zustimmen. Früher als Teenager hatte er immer ein wenig schlaksig gewirkt, als wäre er zu schnell gewachsen. Aber jetzt war er erwachsener, männlicher und dadurch um einiges attraktiver. Er war immer noch groß und schlank, dafür aber nicht mehr so unbeholfen. Aus irgendeinem Grund konnte ich den Blick nicht von ihm abwenden. Eigentlich mochte ich von sich selbst eingenommene Typen nicht besonders, trotzdem spürte ich so ein Kribbeln am ganzen Körper. Ich mochte es, wie selbstbewusst er wirkte und dass er gleichzeitig so liebevoll mit Joker umging.

»Er gefällt dir.«

Theresas Stimme riss mich zurück in die Wirklichkeit, und ich spürte, wie meine Wangen heiß wurden.

»So ein Quatsch«, erwiderte ich so gelassen wie möglich, verabschiedete mich von ihr und machte mich endlich auf den Weg zum Stall.

Als ich Everdream schließlich zu Vanessa hinausbrachte, sah sie schon deutlich besser aus. Der Schweiß stand ihr zwar noch auf der Stirn, aber sie war nicht mehr so blass. Charlie stand bei ihr und versuchte, sie zu beruhigen. Ich konnte mich also guten Gewissens auf den Weg zum Turnierplatz machen, während Vanessa Everdream in Charlies Begleitung zum Abreiteplatz brachte.

»Und so ist es mir eine große Ehre, diesen Tag mit Ihnen begehen zu dürfen«, erklang Lord Huntingtons Stimme aus einem Lautsprecher direkt neben mir.

Ich ging schnell weiter, am Fuß der Tribüne entlang, die in einer U-Form um den weitläufigen Sandplatz mit den Hindernissen führte. Hunderte Zuschauer tummelten sich dort, was meine Aufregung für Vanessa, aber auch für Meteor noch verstärkte. Hoffentlich würde heute alles gut gehen.

Lord Huntington stand am Rande des Platzes auf einem Podest, gleich neben dem Richterhäuschen, ein Mikrofon in der Hand. Mit seinem olivgrünen Tweed-Anzug und der dazu passenden Schiebermütze sah er für mich nicht viel anders aus sonst. Aber heute auf dem Podest wirkte er dabei so unglaublich stolz und zufrieden. An seiner Seite entdeckte ich Mr Barrington, einen berühmten Sportkommentator, der die Moderation für das Turnier übernahm.

»Das ganze Jahr trainieren wir und fiebern diesem Tag entgegen. Wir feiern heute ein Zusammenkommen im gemeinsamen Sportgeist und die Liebe zu diesen majestätischen Geschöpfen.« Lord Huntington hielt weiter seine Eröffnungsrede, während ich mich auf der Tribüne nach Dad umsah. Hoffentlich hatte er es hierhergeschafft, um auch einen Moment zum Durchatmen zu finden. Tatsächlich entdeckte ich ihn ein paar Reihen weiter oben, an seiner Seite ließ sich gerade Lady Kerry nieder.

Oje, ging es schon wieder um Everdream? Schnell lief ich die paar Stufen zu den beiden hoch, schob mich an einigen Zuschauern vorbei und setzte mich neben ihn.

»Gerade noch rechtzeitig«, sagte ich schnell, bevor die beiden wieder Gelegenheit hatten, miteinander zu streiten. »Oder hab ich schon was verpasst?«

»Nein, nein, mein werter Bruder fängt gerade erst an.« Lady Kerry strahlte mich an Dad vorbei an. Selbst hier im Schatten unter dem Tribünendach schienen ihre blauen Augen regelrecht zu funkeln. Ihre langen blonden Haare, die offen unter dem Hut hervor auf ihre Schultern fielen, verliehen ihr etwas Jugendliches. Sie war eine Erscheinung, und wie so oft bei ihrem Anblick kam ich mir in meinen staubigen Klamotten ein wenig schäbig vor. Ich vernahm den süß-blumigen Duft ihres Parfüms und wusste, dass Dad und ich eher nach Pferden rochen. Das schien sie aber nicht zu stören, denn sie rückte gleich noch etwas näher heran.

»Hast du Vanessa auf dem Abreiteplatz gesehen?«, wollte sie wissen und knetete ihre Hände im Schoß. »Ich bin schon so gespannt.«

»Everdream wird bestimmt für Unterhaltung sorgen«, knurrte Dad, ohne nach links oder rechts zu sehen, seinen Blick auf die Hindernisse gerichtet, als hätte er gar nicht mit uns geredet. Seine Worte aber waren unmissverständlich, und ich musste mich zusammenreißen, ihm den Ellbogen nicht in die Seite zu rammen. Musste er Lady Kerry jetzt unbedingt noch provozieren?

Wie aufs Stichwort kniff sie auch schon die Augen zusammen, holte Luft zu einer Erwiderung, aber ich kam ihr zuvor.

»Everdream wird das bestimmt toll machen. Vanessa kann mit ihr umgehen, die beiden sind ein Spitzenteam.«

Lady Kerry zögerte kurz, dann lächelte sie und tätschelte an Dad vorbei mein Knie. »Ja, Bonnie, das sind sie.« Sie zwinkerte mir zu, und ich atmete erleichtert auf. Aus Erfahrung wusste ich, dass zwischen den beiden wirklich wegen jeder Kleinigkeit die Fetzen fliegen konnten. Erst letzte Woche hatte Lady Kerry im Streit einen Besen nach meinem Dad geworfen.

Fürs Erste schien die Krise aber abgewendet, und so widmete ich mich wieder dem Geschehen auf dem Turnierplatz. Der erste Reiter ritt gerade auf einem Schimmel mit weichen, federnden Gängen ein.

Wenn ich nur auch dabei sein könnte … Einerseits war ich ja

froh darüber, sicher auf der Tribüne zu sitzen, andererseits beneidete ich die Reiter aber ein wenig. Nächstes Jahr … Meine Gedanken schweiften erneut ab, und ich stellte mir vor, wie ich mit einem von mir selbst ausgebildeten Pferd über den Parcours schwebte.

Der Geruch nach knusprig heißen Pommes stieg mir in die Nase und holte mich wieder ins Hier und Jetzt zurück. Am Fuße der Tribüne kam gerade ein Verkäufer mit seinem kleinen Wagen vorbei.

Dad hatte ihn ebenfalls entdeckt und stand auf, bevor ich etwas sagen konnte. Er kaufte drei Portionen und kam mit ausdrucksloser Miene zu uns zurück, reichte mir eine Tüte und die andere zu meiner großen Verblüffung Lady Kerry, ohne sie dabei aber anzusehen. Dann ließ er sich wieder zwischen uns nieder und konzentrierte sich auf sein Essen.

Lady Kerry drehte die Tüte in ihren Händen, als wüsste sie nicht, was sie damit anstellen sollte. Dann faltete sie sie sorgfältig auseinander und zog mit spitzen Fingern einen dampfenden Kartoffelstift heraus. Sie führte ihn zu ihren dezent geschminkten Lippen, blies kurz darauf und knabberte dann wie eine Maus daran. »Noch nie Pommes gegessen?«, knurrte Dad plötzlich.

Lady Kerry zuckte zusammen und ließ beinahe die Tüte fallen. Auch ich hob überrascht die Brauen. Wie hatte er das mitbekommen? Er sah sie ja nicht einmal an, sondern hatte den Blick stur geradeaus in Richtung des Reiters unten auf dem Platz gerichtet.

»Wenn es Ihnen nicht passt, wie ich esse …«, fing Lady Kerry an, aber Dad zuckte nur mit den Schultern und machte eine abwehrende Geste mit der Hand.

»Ist mir völlig egal.«

»Wieso kommentieren Sie es dann?«

»Dachte, Sie wollen vielleicht wissen, wie dämlich das aussieht. Sie befinden sich immerhin in der Öffentlichkeit.«

Lady Kerry biss sichtlich die Zähne zusammen, die Papiertüte in ihrer Hand raschelte unter ihrem fester gewordenen Griff. Aber sie sagte nichts mehr, sondern atmete sichtlich durch und schob sich dann zwei Pommes auf einmal in den Mund.

»Was ist los mit dir?«, zischte ich und umfasste Dads angespannten Arm. Ich konnte die steinharte Wölbung der Muskeln spüren, als stünde er kurz vorm Explodieren.

»Sie macht mich einfach wahnsinnig«, flüsterte er zurück. »Was will sie überhaupt hier? Gleich fängt sie wieder von Everdream an, du wirst sehen.«

»Dad …«

»Ich unterbreche dieses unhöfliche Geflüster ja nur ungern, aber ich dachte, es interessiert euch vielleicht, dass Meteor gleich startet.«

Schuldbewusst lehnte ich mich zurück, faltete meine Pommestüte auseinander und schaute gebannt auf den Turnierplatz. »'tschuldigung«, murmelte ich. Für das Essen war ich jetzt viel zu nervös.

Trevor hielt sich schon auf Meteor am Eingang zum Turnierplatz bereit. Der Wallach stand ganz entspannt da, so wie ich ihn kannte, die Ohren leicht zur Seite gekippt, ein Bein entlastet. Der Rummel schien ihm überhaupt nichts auszumachen, nicht einmal beim Applaus für den Schimmel zuckte er zusammen.

»Nun kommen wir zur Startnummer zwei«, erklang es gleich darauf aus dem Lautsprecher. Ich presste meine Handflächen zwischen die Knie, um sie am Zittern zu hindern.

»Halten Sie sich fest, meine Damen und Herren. Es folgt nicht nur ein Hingucker, sondern auch ein Pferd mit hervorragender Abstammung, gezogen aus der Amaranth und High Hopes auf Red Oak, im Besitz des Earl of Huntington, vorgestellt von Trevor Tallwell.«

Locker trabte Trevor mit Meteor auf den Platz, hielt kurz vor dem Richterhäuschen und führte seine Hand zurück zum Gruß. Die Glocke zur Freigabe des Parcours ertönte, dann trieb Trevor den Wallach auch schon in einen ruhigen, gesetzten Galopp. Meteors Ohren zuckten zum Publikum, zurück zu seinem Reiter, nach vorne zu den Hindernissen. Seine Aufmerksamkeit war überall. In ruhigem Tempo ritt Trevor das erste Hindernis an, einen Steilsprung.

»Komm schon, du schaffst das …« Ich hielt den Atem an, maß vor meinem geistigen Auge die Weite der Galoppsprünge und den Abstand zum Hindernis ab. Kleine Parade!, dachte ich und ballte meine Hände zwischen den Knien zu Fäusten. Ihr kommt zu dicht hin. Galoppsprünge verkürzen.

Trevor schien dasselbe gesehen zu haben wie ich, denn Meteor schob sich noch ein wenig enger zusammen, und dann trafen die beiden den Absprungpunkt perfekt und flogen über das Hindernis, als wäre es doppelt so hoch.

Beeindruckendes Raunen brummte von allen Seiten um mich herum. Es ging weiter zum nächsten Sprung. Trevor hielt Meteor immer noch sehr kontrolliert und ruhig. Er spielte nicht auf Zeit, sondern auf Fehlerlosigkeit. Er wollte den Käufern zeigen, wie leicht Meteor zu händeln war, wie fein zu reiten und wie gelassen sein Charakter. Ich hätte genau dasselbe getan.

Die beiden überwanden die Reihe aus drei hintereinanderliegenden Sprüngen mühelos. Meteor verlor beim Anreiten nicht den Kopf, er dachte mit und nahm sich dem Anschein nach sogar selbstständig zurück, wenn die Distanz zum Absprung nicht stimmte. Er war einfach etwas ganz Besonderes, und ich war stolz, dass er Trevor so sicher durch den Parcours trug. Sie flogen über das letzte Hindernis, und obwohl Meteor erst der zweite Starter war, wussten alle der engagierten Pferdebegeisterten hier, dass er gerade etwas ganz Besonderes geleistet hatte.

Applaus brandete auf, Lady Kerry sprang sogar von ihrem Sitz, während ich mich nicht rühren konnte. Tränen schossen mir in die Augen, der Stolz blubberte in mir hoch, ließ meine Brust weit werden und nahm mir den Atem. Perfekter hätte dieser Auftritt nicht laufen können.

»Großartig!«, hörte ich Lady Kerry rufen, sie setzte sich wieder hin, lehnte sich an Dad vorbei und nahm mich in den Arm. Dad beugte sich so weit wie möglich zurück, um ihr Platz zu lassen, beschwerte sich aber nicht, sondern lächelte mir glücklich zu. Auch er hatte auf Meteors Erfolg gehofft, das wusste ich.

Der nächste Reiter startete, und obwohl ich gern zu Meteor wollte, um ihn zu versorgen, blieb ich noch hier. Theresa hatte mir versprochen, sich um ihn zu kümmern, denn ich musste unbedingt noch Vanessa sehen. Zu Meteor konnte ich nachher immer noch, mit haufenweise Möhren.

Die nächsten Starter hatten allesamt Abwürfe, nur ein Pferd schaffte eine fehlerfreie Runde, der Ritt war aber alles in allem nicht so harmonisch wie der von Trevor und Meteor.

Ich genoss es, einfach dem Turnier zuzusehen und meine Pommes zu essen. Sogar Dad und Lady Kerry blieben friedlich, zu konzentriert waren beide auf das Turniergeschehen.

»Na, genießt ihr die Show?«

Ich blickte auf. Lord Huntington und seine Frau Clementine standen vor uns. Der Earl grinste unter seiner Schiebermütze hervor auf uns herab. Grübchen zeichneten sich in die glatt rasierten Wangen seines rundlichen Gesichts. »Was sagst du zu Meteors Auftritt, Bonnie? Der wird uns ein halbes Vermögen einbringen.«

»Ein ganzes«, erwiderte ich lächelnd und rutschte zur Seite, damit er sich neben Dad setzen konnte, während seine Frau an Lady Kerrys Seite Platz nahm.

Lord Huntington setzte sich und tätschelte kurz mein Knie. »Ihr habt gute Arbeit geleistet, Bonnie. Du und Trevor. Ihr habt das großartig gemacht.«

Sprachlos sah ich ihn an. Lord Huntington hatte wirklich bemerkt, dass ich auch an Meteors Ausbildung beteiligt gewesen war? Vielleicht hatte er mich manchmal beim Aufwärmen und Trainieren gesehen und nicht nur beim Putzen und Füttern. »Es hat auch wirklich Spaß gemacht, Mylord. Starlight bekommen wir bestimmt auch so super hin.« Starlight war ein noch junger Hengst, dessen Ausbildung gerade begann. Vielleicht konnte ich ihn als Bereiterin bei einem der nächsten Turniere schon selbst vorstellen.

Lord Huntington lächelte mir zu und öffnete den Mund, um etwas zu sagen, als seine Frau unvermittelt aufstand.

»Ich sehe noch kurz nach Vanessa, bevor sie dran ist«, sagte sie und stakste in ihren schicken Pumps über die Tribüne davon.

Lord Huntington winkte ihr nur nach und wartete ein paar Sekunden, ehe er tief ausatmete und sich in alle Richtungen umsah. »Wieso duftet es hier nur so köstlich?«

Dad hob seine leere Pommestüte. »Sind leider schon weg.«

»Ach, der Wagen kommt sicher wieder vorbei.« Lord Huntington lehnte sich nach vorne, wie um Ausschau zu halten, während Lady Kerry kicherte.

»Lass dich nur nicht von Clementine erwischen, liebster Bruder. Du weißt ja: in guten wie in schlechten Zeiten.«

»Jaja, schon gut«, erwiderte Lord Huntington knurrend. »Ich kann mich allerdings nicht daran erinnern, dass ein Ehegelübde bedeutet, jede Saftkur mitzumachen, die meine Frau mir vorschreibt. Wenn ich noch einen einzigen grünen Smoothie hinunterwürgen muss, werde ich zum Mörder.«

»Ich kann Ihnen gern eine Tüte holen«, bot ich an, Lady Kerry schüttelte aber entschieden den Kopf.

»Auf keinen Fall, du musst hierbleiben.« Sie deutete zum Rand des Reitplatzes, wo Vanessa auf Everdream wartete. Lady Huntington ging gerade auf die beiden zu. »Sie sind gleich dran.«

Sofort beugte ich mich nach vorne, um besser sehen zu können. Jetzt ging es um alles! Meteor hatte mich schon nervös gemacht, aber im Grunde wusste ich, dass auf ihn Verlass war. Anders als bei Everdream. Bei ihr hing vieles von der Tagesverfassung ab.

Auch Lord Huntington schien seinen Hunger vergessen zu haben, er beugte sich ebenfalls vor und ballte die Hände auf seinen Oberschenkeln zu Fäusten.

»Wenn das nur gut geht …«, murmelte er, was Lady Kerry theatralisch seufzen und die Augen verdrehen ließ.

»Jetzt ist wohl wirklich nicht der richtige Zeitpunkt, um noch einmal davon anzufangen, George. Vanessa reitet Everdream, weil sie das so wollte, weil sie es kann, und du hast letztlich doch auch zugestimmt.«

»Ihr beide habt mich überstimmt, ich war nie wirklich einverstanden, meine Tochter auf dieses schwierige Pferd zu setzen. Stimmt's, Daniel?«

Dad presste die Lippen aufeinander, ein Muskel zuckte in seiner Wange. Dann deutete er runter auf den Platz, wo Vanessa auf der nervös tänzelnden Everdream einritt. »Es geht los.«

Gut abgelenkt. Es wunderte mich nicht, dass er sich nicht in diese geschwisterliche Diskussion reinziehen lassen wollte. Auch wenn ich wusste, dass er Lord Huntington zustimmte und nicht viel von Lady Kerrys Pferd hielt.

»Kommen wir zur Startnummer acht. Eine vierjährige Stute im Besitz Lady Kerrys, die auf den Namen Everdream hört, gezogen aus der berühmten Estella Queen. Und auch der Hengst muss sich nicht verstecken. Bei ihm handelt es sich um keinen anderen als den Olympiastar Ramiro. Vorgestellt wird diese wunderschöne Fuchsstute von Vanessa of Huntington.«

Vanessa grüßte wie alle vor dem Richterhäuschen, hatte dabei aber ihre liebe Mühe, Everdream unter sich ruhig stehen zu lassen. Die Stute piaffierte, schaute immer wieder hektisch zum

Publikum. Vanessa hielt sie kurz vor den ersten Hindernissen an und gab ihr Zeit, sich umzusehen. Dabei fiel ihr Blick zu uns auf der Tribüne, und ich nickte ihr aufmunternd zu.

»Du kriegst das hin«, flüsterte ich, als könnte sie es mir von den Lippen ablesen. Ich erkannte deutlich, wie Vanessa sich innerlich sammelte, wie sie die Zügel nachfasste und tief durchatmete. Dann trabte sie die Stute an und schickte sie gleich darauf in einen Galopp. Es war ein völlig anderer Galopp als der von Meteor. Everdream war sichtlich schwer zurückzuhalten, sie hatte ein viel höheres Grundtempo, vermutlich, weil sie nervös war. Die beiden rasten auf den ersten Sprung zu, ich konnte kaum hinsehen. In diesem Tempo war es gut möglich, dass Everdream im letzten Moment einen Haken schlug, zur Seite auswich und verweigerte oder direkt ins Hindernis knallte.

»Bitte, bitte, bitte ...« Ich presste die Hände auf meinen Mund, hielt den Atem an, und dann hob Everdream ab und flog über das erste Hindernis hinweg. Ich atmete auf, alle anderen um mich herum ebenfalls. In Sekundenschnelle erreichten die beiden den nächsten Sprung, da war keine Zeit, um sich kurz zu sammeln und zu orientieren. Und schon waren sie drüber. Jetzt kam die Reihe.

»Langsamer«, flüsterte ich, »nicht so hektisch.« Gerade die Reihe musste kontrolliert und ruhig geritten werden, aber die beiden rasten schon wieder kopflos darauf zu. Das war gefährlich. Die Sprünge kamen direkt hintereinander, wenn Everdream bei einem stolperte, landete sie direkt im nächsten.

Lord Huntington richtete sich kerzengerade auf, packte plötzlich meine und Dads Schultern, als müsste er sich irgendwo festhalten. Ich konnte es ihm nicht verübeln. Es war so still auf der Tribüne, ich könnte schwören, dass die Leute nicht einmal mehr atmeten. Und dann waren Vanessa und Everdream plötzlich auf der anderen Seite der Reihe. Fehlerlos. Ich konnte es nicht fassen.

Auch die nächsten Hindernisse nahmen sie in viel zu hohem Tempo, aber es sah nicht so aus, als müsste Vanessa kämpfen, sie schmiegte sich den Bewegungen an, gab Everdream ihren Freiraum und vertraute ihr. Ein Kunststück, das ich nie zustande bringen könnte. Nicht bei diesem Pferd.

Die beiden legten sich in die Kurven, als wäre Everdream ein Motorrad, sie nahmen jede Wendung viel zu eng, preschten auf die Hindernisse zu, und trotzdem sprang Everdream jedes Mal perfekt.

Die beiden hoben ein letztes Mal ab, und noch ehe Everdreams Hufe den Boden auf der anderen Seite des Hindernisses berührten, brandete Jubel auf wie eine Welle, die sich stürmisch an den Strand warf.

»Null Fehlerpunkte und bislang Bestzeit!«, erklang es atemlos aus dem Lautsprecher. »Was für ein Ritt! Wer kann den noch überbieten?! Wer will eine solche Zeit schlagen?«

Es hielt mich nicht länger auf meinem Platz, auch Lord Huntington und Lady Kerry sprangen auf, genauso wie viele andere Zuschauer um uns herum.

Sie hatten es geschafft! Und wie!

Vanessa gab Everdream die Zügel hin und galoppierte noch eine halbe Runde locker um die Hindernisse. Dabei sah sie zur Tribüne, und ich winkte ihr aufgeregt zu und jubelte.

Vanessa strahlte übers ganze Gesicht, ich konnte mir vorstellen, was für eine Last gerade von ihren Schultern fiel.

Jetzt konnte mich wirklich nichts mehr auf der Tribüne halten, ich wollte Vanessa gratulieren und danach direkt zu Meteor.

»Bis später«, sagte ich, schob mich an Lord Huntington, Dad und Lady Kerry vorbei und lief die Tribüne hinunter.

Ich kam gerade wieder zum Lautsprecher, als daraus ertönte: »Der Duke of Winterset auf Joker.«

Unwillkürlich blieb ich stehen und sah über die Schulter zurück zum Reitplatz. Henry trabte gerade auf dem schönen Braunen auf die Sandfläche und hob kurz die Hand zum Gruß Richtung Publikum. Joker kam mir nicht so aufgestachelt vor wie Everdream, aber er war eindeutig angespannt, seine Gänge abgehackt, der Kopf hochgerissen.

Die Glocke zum Start ertönte. Henry grüßte formell, ehe er den Wallach in einen kurzen, aufgerichteten Galopp schickte. Ich wusste nicht, wieso, aber ich ging nicht weiter. Diesen Ritt wollte ich mir unbedingt ansehen. War Sam auf der Tribüne? Ich hatte ihn noch nicht entdeckt. Bestimmt fieberte er genauso mit wie ich gerade bei Meteor und Everdream.

Henry und Joker ritten auf das erste Hindernis zu, kurz darauf geriet der Wallach aber ins Stocken. Er wankte mal nach rechts, mal nach links, als wollte er ausweichen und abhauen, aber Henry gelang es, ihn zwischen seinen Schenkeln und damit gerade zu halten. Sie schafften es über den ersten Sprung und ritten auf den Oxer zu. Ich erkannte, dass Henry versuchte, Joker mehr vorwärtszureiten, ein bisschen mehr Schwung aus dem Pferd rauszuholen, aber der Wallach war stocksteif, seine weit aufgerissenen Augen hatten immer die Tribüne im Blick, und seine Ohren zuckten bei jedem kleinsten Geräusch. Das Pferd konzentrierte sich überhaupt nicht auf den Sprung vor sich, sondern beugte den Hals in Richtung Tribüne. Und dann erreichten sie das Hindernis.

Aus irgendeinem Grund fieberte ich genauso mit wie noch vorhin. Ich wollte, dass Sam Erfolg hatte.

Aber Joker schien überrascht, plötzlich bunte Stangen vor sich zu haben, abrupt stoppte er, grub seine Hufe in den Boden.

Henry kippte nach vorne, konnte sich mit den Händen aber noch am Pferdehals abstützen, um nicht in den Sand zu fliegen. Keine Sekunde später fasste das Pferd sich doch noch ein Herz und sprang mit einem gewaltigen Satz ab. Henry, der noch nicht wieder richtig gesessen hatte, hob es aus dem Sattel. Aus der Vollbremsung heraus schaffte der Wallach das Hindernis nicht und landete mitten in den Stangen. Der Lärm des Aufpralls – von Hufen auf Holzstangen, vom Zusammenbrechen des gesamten Hindernisses und das entsetzte Aufschreien des Publikums – ging mir durch und durch. Der Wallach knickte kurz ein, es sah aus, als würde er gleich stürzen und Henry mit ihm, aber dann fing das Pferd sich wieder, und auch sein Reiter saß noch immer im Sattel. Gemeinsam standen sie da, und einen Moment lang schien die Welt stillzustehen. Man hätte eine Stecknadel fallen hören können, so leise war es.

Plötzlich regte Henry sich. Er führte seine Hand vor und tätschelte beruhigend den Hals des Pferdes. Eine liebevolle Geste, die mich überraschte. Ich hatte die Gerte erwartet, Wut auf das Pferd, wie man es so oft sah, besonders dort, wo es um etwas ging.

Henry hob seinen Arm als Zeichen, dass er aufgab. Er verzichtete auf einen weiteren Versuch? Damit hätte ich nun wirklich nicht gerechnet. Henry war nicht gestürzt, das bedeutete, er war nicht disqualifiziert. Das Hindernis würde wieder aufgebaut werden, und er könnte weiterreiten, es noch einmal versuchen. Die Präsentation des Pferdes war wichtig. Aber Henry war das offensichtlich egal. Er zwang sein überfordertes und aufgeregtes Pferd nicht noch einmal in den Parcours.

Eine Erinnerung blitzte in mir auf. Ich sah mich selbst mit zehn Jahren, aufgeregt auf der Tribüne. Es gab auch damals schon viele grandiose Reiter und Pferde zu beobachten. Und dann war da eine ähnliche Situation gewesen. Ein Reiter auf einem Schimmel. Nachdem das Pferd nach einer Verweigerung ins Hindernis gerutscht war, hatte der Reiter ausgeholt und mit der Gerte auf den Hintern des Pferdes geschlagen, immer und immer wieder. Der Schimmel hatte sich aufgebäumt, hatte versucht zu entkommen, aber der Reiter hatte ihn im Maul herumgerissen. Es war schrecklich gewesen. So hilflos und verzweifelt hatte ich mich an diesem Tag gefühlt. Die Tränen waren mir über die Wangen geströmt, während ich ihn gebeten hatte, doch damit aufzuhören. Nur Dads fester Griff hatte mich davon abgehalten, auf den Reitplatz zu rennen. Ich sah noch immer die panisch geweiteten Augen des Schimmels vor mir, der für seine Angst viel zu heftig bestraft wurde.

Der Vorfall war nicht ohne Konsequenzen geblieben, der Reiter hatte eine Geldbuße und eine Sperre bekommen. In meinen Augen war das aber viel zu milde.

Und dann war da jetzt Henry. Erneut tätschelte er Joker beruhigend den Hals und ritt ohne einen Blick zu den Richtern oder zum Publikum hinaus.

Kapitel 2

Auf ein gelungenes Turnier!« Lord Huntington streckte sein Champagnerglas in die Höhe, und die versammelten Gäste in ihren Anzügen und Cocktailkleidern taten es ihm nach.

Die Flüssigkeit schimmerte im Licht der Kristallkronleuchter golden, die Stimmen Dutzender Feiernder, die den Trinkspruch wiederholten, hallten durch den Saal. Ich hatte gerade noch Zeit, mich mit meinem leeren Tablett an die stuckverzierte Wand des großen Salons zurückzuziehen, ohne dass Champagner aus den erhobenen Gläsern auf mich schwappte. Die Uniform gehörte mir nicht, ich hatte sie nur vom Cateringservice geliehen, und auch wenn Champagnerflecken nicht so schlimm waren wie Rotwein, wollte ich es nicht darauf ankommen lassen.

»Wir stoßen nachher an«, flüsterte mir Theresa zu, die plötzlich neben mir aufgetaucht war und mir mit einem Augenzwinkern die Krawatte der Uniform zurechtzupfte. Sie nutzte den Abend genauso wie ich, um fürs Catering zu arbeiten und dadurch etwas dazuzuverdienen. »Alex hat da diesen super Pub gefunden, nur eine halbe Stunde von hier. Du kommst doch mit, oder? Alle vom Catering gehen.«

Zögernd sah ich zu Vanessa hinüber, die sich gerade mit ihrer Mutter und ihrer Tante unterhielt. Sie lachte über etwas, das Lady Kerry gesagt hatte, und drückte sanft ihren Arm. In dem pastellblauen Kleid, das ihre Augen zum Leuchten brachte, wirkte sie vornehm und selbstbewusst. Kaum zu glauben, dass sie sich vor ein paar Stunden noch völlig aufgelöst im Stall die Boxenwände entlanggeschleppt hatte. Sie feierte und hatte allen Grund dazu. Vermutlich wollte sie den Abend mit ihrer Familie und den Gästen genießen. Unseren wöchentlichen Serienmarathon konnten wir immer noch nachholen.

»Ich sag dir noch Bescheid, okay?«, wandte ich mich wieder an Theresa. »Ich muss das erst mit Vanessa abklären.«

Theresa zog die schmal gezupften Augenbrauen zusammen. »Glaubst du echt, die würde mitgehen? In einen Pub? Da gibt's weder Kaviar noch Hummerhäppchen.« Mit einem breiten Grinsen hob sie ihr Canapés-Tablett und ließ eines der Häppchen in ihrem Mund verschwinden.

Erschrocken schnappte ich nach Luft und schaute mich in alle Richtungen um. Hatte jemand sie gesehen? Zum Glück schienen alle in ihre Gespräche vertieft und schenkten dem Personal keine Aufmerksamkeit.

»Du bringst dich noch in Schwierigkeiten damit. Wenn du etwas essen willst, dann mach das lieber in der Küche.«

»Ach, komm schon. Hat doch niemand bemerkt. Und die sind echt lecker.« Sie stupste mich leicht in die Seite, und ich musste lächeln. Theresa hatte eine so offene, liebenswerte Ausstrahlung, dass ich ihr nie böse sein konnte. Mit ihren leicht abstehenden Ohren, die durch ihre zum Kranz geflochtenen Haare noch deutlicher hervortraten, erinnerte sie mich immer ein bisschen an eine neckische Elfe.

»Du solltest auch etwas essen«, sagte sie und wackelte mit den Augenbrauen, während sie mir die russischen Eier, Trüffel, Hummer- und Kaviarhäppchen entgegenstreckte. »Heute wird so richtig gefeiert, und dafür brauchst du etwas im Magen.«

»Nachher. Ich sage noch Vanessa Bescheid.«

»Okay, so um elf wollen wir los, du kannst bei mir mitfahren«, sagte sie und stolzierte dann davon, das Tablett balancierte sie dabei scheinbar mühelos um die Gäste herum.

Hoffentlich war Vanessa nicht böse, wenn ich den gemeinsamen Abend absagte. Aber wahrscheinlich wollte sie sowieso viel lieber hierbleiben. Doch fragen wollte ich sie trotzdem, und so schob ich mich zwischen den Leuten hindurch. Ein Herr mit grauem Schnurrbart und Brille drehte sich erwartungsvoll zu mir um und sah an mir hinab, aber ich konnte nur mit einem entschuldigenden Lächeln das leere Tablett heben. »Nachschub kommt sofort«, versicherte ich ihm und ging weiter.

Von allen Seiten prasselten Gesprächsfetzen auf mich ein, die meisten drehten sich um den heutigen Tag, die Pferde und die Reiter. Ich hielt nach Vanessa Ausschau, aber sie stand nicht mehr da, wo ich sie zuletzt gesehen hatte. Stattdessen entdeckte ich sie zwischen zwei Mädchen eingehakt auf dem Weg nach draußen. Vor ihnen liefen drei Jungs, die lauthals lachten. Sie schienen etwa in unserem Alter, vielleicht waren sie Schulfreunde vom Internat.

Schnell eilte ich ihnen hinterher. Durch die offen stehende doppelflügelige Tür gelangte ich in die gewaltige Eingangshalle des Herrenhauses. Absätze klackerten auf dem matt geschliffenen Marmor, das Garderobenpersonal suchte gerade die Mäntel von Vanessas Freunden raus. Die nahmen inzwischen auf den antiken Sitzmöglichkeiten Platz und warteten.

»Vanessa!« Ich winkte und lief so schnell wie möglich in meinen zur Uniform passenden hochhackigen Schuhen auf sie zu.

Vanessa drehte sich zu mir um, und ihre Augen weiteten sich bei meinem Anblick. Sie warf einen Blick auf ihre Freunde, zurück zu mir, dann hob sie ihr Kinn an, straffte die Schultern und kam mit kleinen, zögerlichen Schritten auf mich zu. »Bonnie. Was willst du?« Sie hielt ein unverbindliches Lächeln aufrecht, ihre Worte waren mehr ein Zischen.

Perplex blieb ich stehen. Was war los mit ihr?

»Na, erst mal will ich dir richtig gratulieren! Du warst ja den ganzen Tag unauffindbar.« Ich beugte mich vor, um sie zu umarmen, aber Vanessa wich zurück.

»Du weißt doch, dass heute viel los ist und ich Besuch habe, um den ich mich kümmern muss.«

Mein Blick fiel an ihr vorbei zu dem Grüppchen, das uns neugierig beobachtete. Nach Vanessas Ritt hatte ich sie im Stall gesucht, aber Vanessa hatte Everdream gleich abseits des Reitplatzes an Theresa übergeben und war verschwunden. Anscheinend um sich umzuziehen und dann mit ihren Freunden abzuhängen.

»Okay.« Ich ließ meine Arme sinken, meine Gegenwart war Vanessa ganz offensichtlich peinlich. Es machte den Eindruck, als wolle sie nicht mit dem Cateringpersonal gesehen werden. Ich war gekränkt, also fasste ich mich kurz. »Ich wollte dir nur sagen, dass wir unseren Serienabend verschieben müssen, ich bin noch verabredet.«

Sichtlich irritiert zog sie die Augenbrauen zusammen. Kurz meinte ich sogar, einen enttäuschten Ausdruck über ihr Gesicht huschen zu sehen.

»Außer, es ist dir wichtig«, fuhr ich schnell fort. »Ich dachte nur, der Empfang, deine Gäste …«

»Ja … nein … also … du hast völlig recht. Ich hätte gar keine Zeit dafür. Viel Spaß.« Und damit wandte sie sich ab und ging zurück zu ihren Freunden.

»Was war das denn?«, wollte einer der Jungs wissen, ein blonder, selbstbewusst wirkender Typ im Anzug. Lässig lehnte er sich im roten Polsterstuhl zurück und warf mir einen abschätzigen Blick zu.

Vanessas glockenhelles Lachen klang durch die Eingangshalle ihres Elternhauses. »Kleines Drama in der Küche. Sie hat wohl meine Mutter nicht gefunden und dachte, ich wäre dafür zuständig.« Und sie lachte weiter, während sich mein Magen verkrampfte.

Echt jetzt? Konnte sie nicht wenigstens warten, bis ich außer Hörweite war?

Mit einem Kopfschütteln wandte ich mich ab, meine Hand verkrampfte sich um das leere Tablett. Aber eigentlich sollte mich ihr Verhalten nicht überraschen. Es war nicht das erste Mal, dass Vanessa sich vor ihren adeligen Freunden mir gegenüber komisch verhielt. Während wir uns privat so nah waren und uns alles anvertrauten, tat sie vor anderen oft so, als würde sie mich nicht kennen. Obwohl ich wusste, dass sie das nicht so meinte, verletzte es mich immer wieder. Ich hatte genug von dem Empfang, dem unerträglich lauten Surren der Gespräche, der klassischen Musik und der nervigen Etikette. Daher verließ ich den Salon und verschwand durch eine Seitentür ins verlassene Esszimmer. Von dort gelangte ich in den kleinen Frühstücksraum und ging in Richtung der gemütlichen Küche. Da ich schon oft bei Veranstaltungen dieser Art ausgeholfen hatte, kannte ich das Gebäude wie meine Westentasche – obwohl ich nicht hier, sondern in dem kleinen Cottage auf dem Hügel mit meinem Vater wohnte.

In der Küche angekommen schloss ich die Tür hinter mir, lehnte mich gegen das kühle dunkle Holz und atmete erst einmal tief durch. Ich liebte diesen Raum. Er war groß und trotzdem gemütlich mit Möbeln aus dunklem Holz und einem großen schweren Tisch, der wie eine königliche Antiquität in der Mitte des Raumes thronte. Mrs Darborough stand davor und blickte kopfschüttelnd auf die vielen Tabletts vor sich. Wie immer trug sie ihre grauen Locken unter einem Kopftuch verborgen, die dazu passende Schürze spannte sich über ihre runden Hüften.

»Ich verstehe es nicht«, murmelte sie, hob ein Kaviarbrötchen auf und drehte es im Licht des kleinen Kronleuchters über ihr in alle Richtungen. »Das hätte ich doch auch gekonnt.« Mit leicht angewiderter Miene biss sie ein winziges Stückchen ab und verzog gleich das Gesicht. »Hast du die schon probiert, Bonnie?«

Ich ging zu ihr und setzte mein freundlichstes Lächeln auf. Jedes Mal, wenn die Huntingtons einen Cateringservice buchten, fühlte sich Mrs Darborough persönlich angegriffen.

»Du weißt, die Familie will dich nur entlasten«, erklärte ich und schob die Tabletts ein wenig zurück. »Du hast doch schon genug zu tun.« Die Tatsache, dass sie allein völlig überfordert gewesen wäre, verschwieg ich besser, denn das würde Mrs Darborough nur als Herausforderung verstehen.

Die Hauswirtschafterin strich sich mit beiden Händen übers Gesicht, ihr Ehering, den sie trotz des Todes ihres Mannes vor acht Jahren immer noch trug, funkelte im Licht. »Ja, ich weiß. Aber trotzdem. Die schmecken doch nicht. Meine Canapés …«

»… sind sowieso die allerbesten, das wissen wir alle.« Ich trat an ihre Seite, und sofort stieg mir der vertraut süßliche Geruch nach Gebäck in die Nase. Ich wusste nicht, wieso Mrs Darborough immer so roch, als hätte sie Stunden in einem Raum voller frisch gebackener Cookies verbracht, selbst wenn sie vermutlich eher damit beschäftigt gewesen war, die Gästezimmer herzurichten. Aber ich genoss es. Den Duft verband ich mit wunderschönen Kindheitserinnerungen. Wie oft hatte ich bei Mrs Darborough in der Küche gestanden und zusammen mit ihr gebacken. Und wenn ich ihr nicht helfen konnte, hatte ich neben ihr am Tisch gesessen und meine Hausaufgaben gemacht. Ich hatte immer zu ihr gehen können.

Nun legte sie den Arm um mich, zog mich an sich und umarmte mich fest. Und kurz schmiegte ich mich wie früher an sie. Für mich war Mrs Darborough das, was einem Muttersatz am nächsten kam. Doch sie ließ mich gleich wieder los und sah mich entrüstet an.

»Es macht keine Freude, dich festzuhalten«, sagte sie und pikste mir in die Rippen. »Du bist nur Haut und Knochen. Hast du denn die Muffins nicht gegessen, die ich euch heute Morgen gebracht habe?«

»Klar doch, die waren lecker. Danke.« Ich küsste sie auf die Wange.

Mrs Darborough schob mich seufzend von sich und ging zum Kühlschrank, der sich hinter einer Holzverkleidung versteckte. »Trotzdem solltest du jetzt eine Pause machen und etwas essen. Aber nicht diesen grauenhaften Fraß hier. Ich koche dir was Ordentliches. Wie wäre es mit einem Omelett?«

Schnell ging ich ihr hinterher und drückte die Kühlschranktür wieder zu. »Das ist wirklich lieb, aber ich bin mitten bei der Arbeit, ich esse ganz bestimmt später noch was, versprochen.«

Aus zusammengekniffenen Augen sah sie zu mir hoch. »Na schön. Ich muss noch die Wasserflaschen in die Gästezimmer bringen. Aber du übernimmst dich nicht, ja? Was ist denn mit deinem Vater? Hat der denn wenigstens etwas gegessen?«

»Der hat es sich zu Hause mit einer Pizza vor dem Fernseher gemütlich gemacht.«

Ein grummelnder Laut entfuhr ihr, dann warf sie die Arme hoch. »Was ja wieder einmal typisch ist. Drückt sich vor der feinen Gesellschaft und isst lieber diesen Fertigfraß.«

»Du kennst ihn zu gut.« Ich küsste sie noch einmal auf die Wange, dann brachte ich mein leeres Tablett zu den anderen, während Mrs Darborough die Küche verließ.

Unschlüssig stand ich vor den Canapés. Ich hatte wirklich Hunger, vielleicht sollte ich doch eines probieren? Mein Blick fiel zur Küchentür. Es war uns erlaubt, von den Speisen des Caterings zu essen, wenn auch nicht gerade vor den Gästen, wie es Theresa getan hatte. Trotzdem fühlte ich mich, als würde ich etwas Verbotenes tun.

Ach egal, es war doch nur ein Bissen, dann würde ich mir ein neues Tablett schnappen und mich wieder ins Getümmel stürzen.

Vorsichtig nahm ich ein Hummerhäppchen zwischen die Finger, führte es zum Mund, als plötzlich die Küchentür aufschwang. Vor Schreck fiel mir das Canapé auf den Boden. Ich beugte mich schnell hinunter, um es aufzuheben, aber es war unter den Tisch gefallen. Ich kletterte darunter und sah zwei anthrazitfarbene Hosenbeine, die in die Küche kamen. Zu Mrs Darborough gehörten die ganz sicher nicht. Die Tür fiel zu. Die Beine in großen, schwarz glänzenden Schuhen gingen direkt zu einem der Unterschränke. Der Mann hockte sich davor, öffnete die Tür und kramte darin herum.

Verwirrt kroch ich unter dem Tisch hervor und stand auf. Er war gerade dabei, den nächsten Schrank zu öffnen, und hatte mir den Rücken zugewandt, trotzdem erkannte ich ihn sofort: Henry.

Was zur Hölle machte er da? Offensichtlich hatte er mich noch nicht bemerkt. Fluchend warf er die Schranktür zu und riss die nächste auf. Er schob Teller beiseite und suchte offensichtlich nach irgendetwas.

»Kann ich behilflich sein?«

Einen Moment lang war es absolut still. Henry hielt inne, dann schob er vorsichtig die Schranktür zu, richtete sich zu voller Größe auf, rückte die Anzugjacke zurecht und drehte sich mit einem charmanten Lächeln zu mir um.

»Ich dachte, hier wäre niemand.« Seine Augen funkelten, und ich konnte seine Grübchen sehen. Sicher war es ein Lächeln, das er wie auf Knopfdruck beherrschte und das ihm schon aus einigen schwierigen Situationen geholfen hatte.

»Offensichtlich doch. Und?« Ich deutete zu den Schränken. »Was suchst du denn?«

Henry legte den Kopf ein wenig schief, seine Augen verengten sich, während er den Blick über mich wandern ließ. »Kennen wir uns nicht von irgendwoher?«

Ernsthaft? Er konnte sich nicht an mich erinnern? Nicht mal von heute Morgen? Ich konnte ja noch nachvollziehen, dass er die Begegnungen in unserer Kindheit vergessen hatte. Das war schließlich lange her, und wir hatten nie viel miteinander zu tun gehabt. Aber dass selbst sein Kurzzeitgedächtnis schlechter als das eines Goldfischs war, erschütterte mich.

»Ich bin Bonnie.«

Henry hob einen Finger und sah schrecklich zufrieden mit sich selbst aus. Jetzt hatte es offensichtlich geklingelt, was aber keine besondere Leistung war. »Ja, richtig! Bonnie! Daniel Harpers Tochter.« Er schnappte sich ein Brötchen und lehnte sich damit lässig gegen die Küchenschränke. »Du hast doch heute Morgen meinem Onkel geholfen, nicht wahr? Mit Joker?«

Ja, dachte ich, bevor du aufgetaucht bist und dich wie ein Wichtigtuer aufgeführt hast. Stattdessen sagte ich: »Wie geht's ihm denn? Ich hoffe, er hat sich im Parcours nicht verletzt?«

Ein Schatten huschte über Henrys Gesicht, aber nur so flüchtig, dass es auch Einbildung gewesen sein könnte. Denn gleich darauf war da wieder dieses alles einnehmende Lächeln. »Alles okay«, sagte er nur und klopfte einmal mit dem Fuß gegen die Schranktür unter sich. »Also, wo habt ihr hier das gute Zeug versteckt?«

»Das was?«

»Mein Dad hatte immer eine Flasche Scotch in der Küche deponiert, weil meine Mum gern den Schlüssel zur Bar beschlagnahmte. Lord Huntington ist bestimmt ähnlich gestrickt.«

»Du suchst Alkohol? Gibt es davon da draußen nicht genug?«

Henry verzog das Gesicht zu einer Grimasse. »Champagner.«

Mein Blick fiel zu den Flaschen mit den französischen Etiketten auf dem Küchentresen. »Ich fürchte, mit etwas anderem kann ich auch nicht dienen. Außer …« Ich wandte mich ab und ging zum Kühlschrank. Er war prall gefüllt mit frischem Gemüse, Joghurt, Eiern, Butter, Getränken … und Bier. Zufrieden zog ich eine Flasche heraus, warf die Kühlschranktür zu, drehte mich zu Henry um und hielt meinen Fund triumphierend in die Höhe.

Henry zog die Augenbrauen zusammen, eine steile Kerbe erschien dazwischen.

»Was?«, neckte ich ihn. »Etwa zu vornehm für Bier, Euer Gnaden?«

Einer seiner Mundwinkel zog sich zur Seite. »Gib schon her.« Er streckte die Hand aus und kam auf mich zu.

Ich öffnete die Flasche an der Tischkante, indem ich mit der flachen Hand auf den Deckel schlug, und verkniff mir bei seinem überraschten Blick ein triumphierendes Lächeln.

Henry nahm das geöffnete Bier entgegen und lehnte sich direkt neben mir an den Tisch, dabei musterte er mich mit diesen grau funkelnden Augen von oben herab. Ohne den Blick von mir abzuwenden, nahm er einen Schluck, während ich seltsamerweise ein nervöses Flattern in meinem Bauch spürte. Warum starrte er mich denn so an?

»Wo ist dein Onkel?«, fragte ich, um die Situation aufzulockern.

»Der ist mit Joker nach Hause gefahren, solche Veranstaltungen liegen ihm nicht besonders.«

»Wirklich? Dabei würde man denken – bei eurer Familie –, dass er es gewohnt ist, im Frack herumzulaufen.«

»Sam ist anders.« Und damit stieß er sich vom Tisch ab, warf einen Blick auf die Tabletts, verzog das Gesicht und ging zum Kühlschrank, als wäre er hier zu Hause.

»Sam hat mir erzählt, dass er sein Gestüt vor zwei Jahren gekauft hat. Wo liegt es denn eigentlich?«, fragte ich weiter nach, während Henry unbekümmert den Inhalt des Kühlschranks durchstöberte, so wie vorhin die Schränke.

»Eine halbe Stunde nördlich von hier.« Henry warf die Tür mit einem resignierten Seufzen zu und steuerte dann direkt die Kuchenglocke auf dem Tresen an.

»Oh, so nah!« Vor heute hatte ich noch nichts von Beaumont Horses gehört. Vielleicht, weil das Gestüt erst im Entstehen war und noch nicht zu den Top-Gestüten gehörte, mit denen Red Oak in der Regel zu tun hatte. Vielleicht würde ich als Bereiterin später mal mit Sam und seinen Pferden zu tun haben. Zwischen den umliegenden Gestüten gab es viele Verbindungen, nicht nur für das Zuchtprogramm, oft veranstalteten sie auch gemeinsam Kurse bei berühmten Trainern oder Verkaufsveranstaltungen. Ich fand es jedenfalls interessant, dass es so nah bald ein weiteres Gestüt geben sollte. Joker hatte schon großen Eindruck auf mich gemacht, er war wunderschön gebaut, hatte ausgezeichnete Gänge und bestimmt Potenzial, wenn er etwas Ruhe fand.

Henry nahm sich einen Muffin vom Teller. Er brach sich ein Stück ab, steckte es sich in den Mund und stöhnte genussvoll auf. »Die sind von Mrs Darborough, richtig?«

Ich nickte, auch wenn es mir ein wenig komisch vorkam, dass er alle hier so gut kannte. Natürlich wusste ich, dass er früher Zeit auf Red Oak verbracht hatte, aber Mrs Darborough gehörte in meine Welt, nicht in seine.

»Wieso bist du nicht mit Sam zurückgefahren?«, wollte ich dann wissen, ging zu ihm und nahm mir ebenfalls einen Muffin. »Da solche Veranstaltungen für dich ja offensichtlich auch nichts sind.«

Henry straffte die Schultern und zupfte seine Anzugjacke zurecht. »Hey, sieh mich an, ich bin geboren für solche Anlässe.«

»Und warum versteckst du dich dann hier drin?«

Kurz hielt er inne und sah mich perplex an. Dann umspielte wieder ein leichtes Lächeln seinen Mund. Es fiel mir schwer, den Blick von ihm abzuwenden. Ich starrte auf das süße Grübchen direkt am Rande seiner Lippen. Wie gern würde ich jetzt darüberstreichen.

»Wie kommst du darauf, dass ich mich hier verstecke?«, raunte er mit tiefer, rauchiger Stimme, die mir eine Gänsehaut über den Körper jagte. Wieso musste er so heiß sein? In dem Anzug sah er aus wie der Held eines Regency-Romans. Und das schien er auch ganz genau zu wissen. Zumindest meinte ich, das in seinen grauen Gewitteraugen zu erkennen. Ich hasste das.

»Der Duke of Winterset durchsucht die Küchenschränke nach Alkohol«, sagte ich und lehnte mich mit meinem Muffin neben ihn an den Kühlschrank. »Und fällt mit einem Bier in der Hand über das Gebäck von Mrs Darborough her, anstatt mit Champagner und Kaviar unter seinesgleichen zu feiern.«

»Das Bier hast *du* mir gegeben.« Er nahm noch einen Schluck, dann hielt er es mir hin. Seine schlanken Finger schlossen sich um die Flasche, und ich überlegte kurz, nicht nur die Flasche zu nehmen, sondern auch seine Hand zu berühren. Wie sie sich wohl auf meiner anfühlte? Stopp, Bonny, stopp! Ich musste aufhören, über so etwas nachzudenken. Egal, wie schwer das war, wenn er so nah neben mir stand und ich seinen Duft nach Zitronengras und Melisse atmete. Wie würde es sich wohl anfühlen, den Kopf an seine Brust zu lehnen und die Augen zu schließen? Nein! Ich kannte Typen wie Henry. Und ich mochte sie alle aus gutem Grund nicht.

»Danke«, sagte ich daher schroff und biss vom Muffin ab. »Kein Alkohol während der Arbeit.«

»Hältst du dich immer an die Regeln?«

Oh, die Verführung in seiner Stimme. Ich kam mir vor wie

eine Maus in der Falle. Für ihn war ich bestimmt die perfekte Abwechslung an einem langweiligen Abend, ein Spiel. Vielleicht wäre es ja ganz lustig mitzuspielen, aber an Henry konnte ich mir so richtig die Finger verbrennen. Er war kein Unbekannter in einem Pub, mit dem ich zwanglos flirtete, sondern ein mächtiger Adliger, der enge Bande zu meiner Familie und meinen Arbeitgebern hatte.

»Klar, ich liebe Regeln«, sagte ich also und schob mir den Rest des Muffins in den Mund. »So langweilig bin ich.« Mit diesen Worten ging ich zum Tisch und nahm mir eins der Canapés-Tabletts. »Na dann, ich muss zurück, bevor die da draußen noch verhungern. Genieß dein Bier.«

Ich wollte mich schon abwenden, als er sich plötzlich aufrichtete.

»Hey.«

Ich hielt inne und sah ihn abwartend an.

»Das bist du nicht«, sagte er, und aus dem Schalk, dem Flirt, entstand ein echtes Lächeln, das gleich noch viel attraktiver war. Einen Moment lang kam es mir so vor, als würde er mich richtig sehen. Mich. Bonnie.

»Was meinst du?« Nur nicht zittern!

»Langweilig«, erwiderte er und prostete mir mit der Bierflasche zu. »Das bist du nicht.«

Die Luft blieb mir weg, und ich wandte mich schnell ab. Nichts wie raus hier.

*

»Ist es noch weit?« Ich kam mir vor wie ein ungeduldiges Kind, aber während Theresa ihr Auto von einer scharfen Kurve in die nächste lenkte, kämpfte ich darum, mein spärliches Abendessen bei mir zu behalten. Mit aller Kraft hielt ich mich am Türgriff fest und sah mein bisheriges Leben an mir vorbeiziehen. Da gab es nicht viel vorzuweisen, stellte ich erschrocken fest. Pferde, Stallarbeiten, Pferde, eine einzige Liebe, die schon zwei Jahre zurücklag, mir das Herz gebrochen hatte, und dann noch mehr Pferde und Stallarbeit. Irgendwie erbärmlich. Nein, ich hatte auch viele gute Freunde, meinen Dad und wunderschöne Momente, die ich mit ihnen allen geteilt hatte. Wer brauchte da schon Abenteuer? Diese Autofahrt war Adrenalin genug.

»Sind gleich da«, erwiderte Theresa völlig gelassen. Das Auto hinter uns, mit ein paar Freunden aus dem Stall und vom Catering, hatten wir längst abgehängt. Theresa fuhr, als wäre das keine schmale Waldstraße, sondern der Ring von Silverstone.

Schließlich bog sie, ohne zu blinken, scharf ab, und wir rumpelten in ihrem Smart über einen Schotterweg.

Ich wollte Theresa fragen, ob sie sicher war, dass wir richtig waren. Bestimmt hatten wir uns längst verfahren. Hier mitten im Nirgendwo konnte doch unmöglich ein Pub sein! Aber ich wollte nichts tun, das ihre Konzentration von der Straße nahm – wobei man das da draußen kaum als Straße bezeichnen konnte.

Wir ruckelten weiter, ich presste mir die Hand auf den Mund, sicher, dass ich nicht mehr länger durchhalten konnte, als ich zwischen den Bäumen vor uns warme Lichter ausmachte.

Eine Welle der Erleichterung überkam mich. Zivilisation!

Wir nahmen eine letzte Kurve, und dann tat sich vor uns ein uriges Blockhaus auf einer Lichtung auf. Wir gelangten auf einen geschotterten Hof, auf dem unter Laubbäumen eine Handvoll Autos parkte, denen der Schein der Außenbeleuchtung einen goldenen Schimmer verlieh. Rauch stieg aus dem Kamin auf, obwohl der Sommer gerade anfing. Vielleicht gehörte er aber auch zu einem Pizzaofen und nicht zu einer Heizung.

Theresa reihte sich auf dem kleinen Parkplatz neben den anderen Autos ein und machte den Motor aus.

»Alex hat nicht gelogen. Es sieht toll aus.« Sie griff hinter sich und zog ihre Handtasche nach vorne. Dann warf sie ihre Brille hinein, die sie nur fürs Autofahren trug, und rückte den Rückspiegel zurecht, um ihren Lippenstift nachzuziehen. Ich nutzte die Gelegenheit, um selbst ein wenig Lipgloss aufzutragen und mir wenigstens kurz durch die Haare zu fahren. Fürs Umziehen war keine Zeit mehr gewesen, wir trugen alle noch unsere Cateringklamotten. Theresa und die anderen hatten es eilig gehabt loszukommen, es war schon nach elf, und der Pub lag doch ein gutes Stück von Red Oak entfernt.

Der Hof erhellte sich von den Scheinwerfern der beiden nachfolgenden Autos. Alex, ein Typ Anfang zwanzig, der auch fürs Catering arbeitete, stieg aus, kam in seiner Uniform zu uns herüber und klopfte gegen Theresas Fensterscheibe.

»Hast du nicht gesagt, du fährst mir hinterher?«, rief er, beugte sich hinunter und zeigte ihr den Vogel. Seine halblangen dunklen Haare wehten ihm ins Gesicht, die Augen waren verengt. Mit einer Hand stützte er sich am Autodach ab und schien auf eine Antwort zu warten, aber Theresa verdrehte nur die Augen. Dann drückte sie die Autotür auf und scheuchte ihn mit ihrer Handtasche davon, was komisch aussah, da er fast zwei Meter groß war und sie keine eins sechzig. »Ich wusste nicht, ob du das Auto fährst oder darauf wartest, von Heinzelmännchen angeschoben zu werden. Daher bin ich schon mal voraus.«

Alex warf die Arme in die Höhe. »Du hättest dich hier verfahren und wer weiß wo enden können.«

»Mein Orientierungssinn ist ziemlich gut.«

»Daran erinnere ich dich, wenn du das nächste Mal meine Schwester an der Uni besuchen willst und dann in einer völlig anderen Stadt landest!«

»Hey, das war nur dieses eine Mal!«

Linda, Caroline, Sean, Tess und Tom – alle vom Catering – kamen nun auch näher und versuchten, die beiden zu beruhigen. Manchmal wirkten sie wie ein altes Ehepaar, auch wenn Theresa schwor, dass sie lediglich mit Alex' Schwester befreundet war und ihn überhaupt nicht ausstehen konnte.

Während die beiden weiter stritten, stieg ich aus und sah mich um. Dieses gemütliche Häuschen inmitten der Waldlichtung, der warme Schein aus den Fenstern, die kühle Brise und die frische Waldluft waren so idyllisch, dass sich die beschwerliche Fahrt wirklich gelohnt hatte.

Gemeinsam gingen wir den gepflasterten Weg zum Haus entlang und kamen schließlich auf eine Veranda mit kleinen Tischchen und Stühlen. Alex ging voraus, öffnete die schwere rustikale Holztür mit bernsteinfarbenen, rechteckigen Milchglaselementen und hielt sie uns auf.

»Hier gibt es das beste Bier des ganzen Landes«, erklärte er, was Theresa nur seufzen ließ.

»Dass du immer so übertreiben musst!«

»Hey, habe ich mit dem Pub übertrieben?« Alex wies hinein, und wir folgten ihm neugierig.

Wohlige Wärme und der Duft nach Roastbeef und Bier schlugen mir entgegen. Sofort lief mir das Wasser im Mund zusammen, mittlerweile war ich fast am Verhungern, die Übelkeit von der Autofahrt war verflogen.

Wir liefen an der aus Holz gezimmerten Garderobe vorbei und gelangten durch eine Schwingtür in den urigen Gastraum. Sanftes Licht aus goldenen Glaskugeln auf den Tischen und über der Bar beherrschte die Atmosphäre. Der Pub war gut besucht. Fast alle der Tische waren besetzt, und auch an der Bar standen einige Leute. Trotzdem war es nicht zu voll. Der Gastraum war so weitläufig, dass zwischen den einzelnen Tischen auch genug Platz war, um sich zu bewegen.

Diesen Ort musste ich mir unbedingt merken, um mal mit

Dad herzukommen. Er würde sich bestimmt freuen, mal einen Abend lang auf Tiefkühlpizza verzichten zu können.

»Wollt ihr an einem Tisch sitzen oder lieber an der Bar?« Alex deutete zu einer freien Nische weiter hinten, und Theresa ging sofort darauf zu.

»Natürlich wollen wir an einem Tisch sitzen, ich bin am Verhungern. Was meinst du? Bekommt man hier so spät noch was zu futtern?«

»Was auch immer du willst«, ertönte plötzlich eine tiefe Stimme neben uns, die mir seltsam bekannt vorkam.

Theresa blieb stehen, und auch ich drehte mich zur Seite. Ich traute meinen Augen nicht. Vor mir stand Sam!

Seine freundlichen Augen unter den buschigen Brauen wurden riesig, sein Mund klappte auf, und sein Blick glitt über mich, von meiner Krawatte bis hin zu den hochhackigen Schuhen. Nichts davon passte zum Stalloutfit, in dem er mich heute Morgen gesehen hatte.

»Bonnie! Was für eine Überraschung!«

»Das kann man wohl sagen. Was machen Sie denn hier?«

Sam hob mahnend einen Finger. »Also erst mal lassen wir das lästige ›Sie‹ weg, das gibt es hier drin nicht. Und zweitens.« Er zwinkerte mir zu. »Der Laden gehört mir.«

»Was, echt?«

Staunend sah ich mich noch einmal in dem gemütlichen Pub um. Stimmt, er passte perfekt zu Sam! Hier drin wirkte er auch völlig anders als auf dem Turnier. Von Nervosität und Unsicherheit war jetzt nichts mehr zu spüren. Er stand da in seinem karierten Hemd, das sich über die breite Brust und den Bierbauch spannte, die muskulösen Arme verschränkt. Mit seinen langen Locken und dem Kinnbart erinnerte er mich gleich wieder an einen Wikinger. Besonders, da er jetzt auch Selbstbewusstsein und Kraft ausstrahlte.

»Ein Gestüt und ein Pub? Alle Achtung.«

»Ja, beides war mein Traum, das Gestüt liegt auch gleich dahinten.« Sam deutete vage in Richtung Bar. »Wenn du ums Haus gehst, siehst du schon die ersten Weiden.«

»Das muss ich mir unbedingt mal bei Tageslicht ansehen.«

»Du bist jederzeit willkommen. Nach allem, was du heute für mich getan hast ...«

Verlegen winkte ich ab. »Das war doch nichts.«

»Soll das ein Witz sein? Du hast mir den Hintern gerettet. Joker hat dir aus der Hand gefressen.«

»Wie geht es ihm denn jetzt?«

»Ach, der ist mit dem Schrecken davongekommen, alles halb so wild. Wir gehen jetzt einen Schritt zurück und versuchen, ihn mental zu stärken.«

»Das kann nie schaden.«

Sam legte die Hände zusammen und blickte dann in die Runde. »Na, lasst mich mal raten. Ihr kommt von diesem After-Turnier-Empfang.«

Ich öffnete den Mund zu einer Antwort, als Theresa sich plötzlich bei mir einhängte und ihren Kopf an meine Schulter lehnte.

»Gibt es hier echt noch was zu essen?«

Sam zwinkerte ihr zu, streifte sich den schwarzen Samt-Crunchie vom Handgelenk und band sich damit die Haare zusammen. »Ich mache euch höchstpersönlich was. Von den Resten der Fischeier, die die feine Gesellschaft übrig gelassen hat, seid ihr bestimmt nicht satt geworden.«

»Du kochst selbst?«, fragte ich verwundert. Einen Laden zu besitzen war noch einmal etwas anderes, als hinter dem Herd zu stehen.

»Darauf kannst du wetten«, erwiderte er mit stolzgeschwellter Brust. »Und bei mir gibt es das beste Roastbeef, das ihr je gegessen habt.«

»O mein Gott«, stieß Theresa aus und grub ihre Fingernägel in meinen Arm. »Für Roastbeef würde ich gerade morden.«

»Nicht nötig, ihr braucht nur ein wenig Geduld. Josy bringt euch in der Zeit schon mal ein Bier. Hey, Josy!« Er winkte einer jungen Frau, die gerade Getränke an einem Tisch neben der Bar abstellte. Nein, es war eher noch ein Mädchen, vielleicht sechzehn oder siebzehn. Auch wenn das starke Make-up, die übergroßen Creolen-Ohrringe, das enge AC/DC-T-Shirt und die perfekt sitzenden Jeans sie wohl älter machen sollten.

Josy steckte sich das leere Tablett unter den Arm und kam auf uns zu, während Sam sich hinter die Bar zurückzog. Hoffentlich hatte ich später noch die Gelegenheit, mit ihm zu reden, ich wollte mich noch genauer nach Joker und dem Gestüt erkundigen. Aus Henry hatte ich ja kaum etwas herausbekommen.

»Hi, willkommen im Sam's, da hinten ist noch Platz.« Josy bedeutete uns, ihr zu folgen, und marschierte mit wippenden roten Zöpfen zwischen den Tischreihen hindurch.

»Hey, Josy, bring mir noch ein Helles«, kam es von einem grauhaarigen Mann aus einer der Sitznischen. Er saß mit zwei weiteren Männern zusammen und hob ein leeres Bierglas.

Josy zeigte mit dem Finger auf ihn. »Aber klar doch, Hank!«, flötete sie. »Gib mir deinen Autoschlüssel, und du kriegst so viele du willst.«

»Das Alter macht dich unbarmherzig. Früher, als du noch mit Zahnspange und Piepsstimme rumgelaufen bist, hast du mir besser gefallen.«

»Da habe ich dir genauso wenig Bier gegeben, wenn du mit dem Auto hier warst. Also leg schon mal die Schlüssel raus, und dann bin ich in einer Minute bei dir.« Sie winkte ihm noch zu und ging dann weiter in den Gastraum hinein, an weiteren Tischen vorbei.

Vor einer leeren Sitznische, wo wir alle acht Platz fanden, blieb sie stehen und zündete das Teelicht in einem orange-goldenen Glasbehälter an.

Ich ließ zuerst die anderen auf die Bänke rutschen, damit ich am Rand sitzen konnte, das war mir am liebsten. Dann bestellte ich mir das angepriesene Bier. Die anderen ebenso, nur Theresa und Alex die alkoholfreie Version.

»Und dann Roastbeef für alle?«, wollte Josy wissen, was wir mit energischem Nicken beantworteten. Josy grinste und eilte zurück zur Bar, auf dem Weg nahm sie noch den Autoschlüssel von diesem Hank mit.

»Wie hast du den Pub gefunden?«, wollte Tess wissen. Genauso wie Alex und die anderen war sie Studentin und arbeitete nebenbei fürs Catering, um sich was dazuzuverdienen. Ihr Freund Tom hatte den Arm um sie gelegt und spielte mit ihren schulterlangen braunen Haaren.

»Sean und ich waren schon ein paarmal hier«, antwortete Alex und deutete zu seinem Cousin, der ihm gegenüber an seinem Handy tippte. »Sind mal durch Zufall hier vorbeigekommen.«

»Durch Zufall?«, wollte Theresa wissen. »Der Pub liegt so versteckt wie …«

»Waren auf einer Motocross-Tour, hier gibt es ein paar coole Strecken, und bei den Fahrern ist der Pub beliebt. Aber woher kennst du den Besitzer?« Alex sah mich beeindruckt an, und plötzlich waren alle Augen auf mich gerichtet.

»Nur flüchtig«, erwiderte ich und drehte eine Haarsträhne um meinen Finger. »Sam war heute auf dem Turnier, er besitzt ein Gestüt und hatte ein Pferd am Start. Joker.«

»Den ist doch Henry Beaumont geritten«, schaltete Theresa sich ein und warf mir vielsagende Blicke zu.

Na toll, sie glaubte immer noch, dass ich mich in Henry verschossen hatte, nur weil er offensichtlich heiß war. Jetzt sahen mich wieder alle an, und ich spürte, wie meine Wangen rot wurden. Ich dachte an mein Zusammentreffen mit ihm in der Küche, an seine Blicke, seine Stimme, seinen Duft … Reiß dich zusammen, Bonnie!

»Sam ist sein Onkel«, erzählte ich schnell so ungerührt wie möglich und warf einen Blick zurück Richtung Bar. Hoffentlich kam Josy bald mit dem Bier, ich brauchte jetzt dringend eine Abkühlung. Irgendetwas, woran ich nippen konnte. Stattdessen zwirbelte ich weiterhin meine Haare.

Zum Glück bohrte niemand nach, wieso mein Gesicht sich plötzlich in eine Tomate verwandelt hatte. Theresa erzählte von Jokers Problemen beim Parcours, und dann wechselte das Thema schnell zur Uni, wo ich nicht wirklich mitreden konnte. Für mich war es nie eine Option gewesen zu studieren. Das Lernen war mir zwar immer leichtgefallen, aber mein Platz war draußen in der Natur bei den Pferden.

Josy brachte uns die Getränke, und bald darauf kam auch schon Sam persönlich. Er balancierte große Teller, von denen Dampf aufstieg. Roastbeef und Yorkshire Pudding. Auch bekannt als Himmel auf Erden. Josy kam mit den übrigen, und dann hatten wir alle das duftende Essen vor uns. Es war bestimmt schon Mitternacht vorbei, nicht gerade eine übliche Zeit für eine so herzhafte Mahlzeit, aber das war uns egal.

»Lasst es euch schmecken.« Sam teilte noch das Besteck und Servietten aus und verschwand wieder.

Genüsslich nahm ich einen Schluck vom Bier, das malzig und süß schmeckte, und griff nach Gabel und Messer. Um mich herum erklang schon wohliges Stöhnen bei den ersten Bissen.

»O Mann, ist das gut«, ließ sich auch Theresa vernehmen. Und ich musste zustimmen. Das Roastbeef war saftig und zart und der Yorkshire Pudding schön knusprig, in der Mulde in der Mitte sammelte sich der Bratensaft. Ich musste definitiv mit Dad hierherkommen!

Innerhalb von Sekunden war es still an unserem Tisch, weil wir ausgehungert und hoch konzentriert das leckere Essen in uns hineinschaufelten.

Schließlich kam Sam zurück, um die leeren Teller einzusammeln, niemand hatte etwas übrig gelassen.

»Wir wäre es mit Nachtisch?«, wollte er wissen. Erwartungsvoll blickte er in die Runde und stapelte die Teller aufeinander. »Ich hätte Blueberry Crumble und Apfelkuchen.«

»Also ich könnte ein Stück Apfelkuchen vertragen«, erklärte Alex, aber damit war er auch der Einzige.

Ich hatte das Gefühl, gleich zu platzen, und den anderen ging es ähnlich. Vom Bier wurde mir auch ein wenig schwummrig. Ich war es nicht gewohnt, Alkohol zu trinken. Wohl ein Indiz dafür, dass mein Leben wirklich ein kleines bisschen langweilig war. Wenn ich mal feiern ging, dann mit Vanessa.

»Ich geh kurz raus«, sagte ich und stand auf. Nach dem Essen brauchte ich ein wenig frische Luft.

Draußen war es angenehm kühl, tief atmete ich ein und ging zum Geländer der Veranda nach vorne. Ich legte meine Hände aufs Holz, schloss die Augen und sog den Geruch des Waldes ein. Feuchte Erde, Baumrinde, Laub, Moos. Es fühlte sich an, als schwebte ich in einer kühlen, angenehmen Blase, der Nachhall der Stimmen von drinnen kam mir weit weg vor. Eine sanfte Brise fuhr mir durch die Haare, kitzelte mich im Nacken, und eine Gänsehaut überkam mich. Aber selbst die war nicht unangenehm. Ich hätte ewig einfach nur so dastehen können, aber dann hörte ich plötzlich ein Schnauben.

Meine Augen öffneten sich, das sanfte Licht der Lampen reichte kaum bis zu den Parkplätzen, die Bäume waren nicht mehr als schwarze Schatten, die wie knochige Skelette in den Himmel ragten. Es war eine klare Nacht, nur vereinzelte Schleierwolken zogen vor den Sternen vorbei. Wenn man alle Lichter im

Pub ausschalten würde, hätte man hier die perfekten Voraussetzungen, um mit einem Teleskop in den Himmel zu schauen. Keine Lichtverschmutzung, nur die Nacht und das ferne Leuchten. Als Kind hatte ich mit dem Teleskop manchmal meine Mutter gesucht. Sie musste doch dort irgendwo im Himmel sein, hatte ich mir gesagt.

Noch ein Schnauben. Sam hatte ja gesagt, hinter dem Haus lägen die ersten Weiden seines Gestüts. Ein paar runde Tische mit Stühlen drum herum verstellten mir den Weg, ich bahnte mich im Zickzack hindurch und erreichte die Rückseite des Hauses.

Ein weißer Lattenzaun leuchtete vor mir im schwachen Licht, das durch die Fenster hinausdrang, dahinter zeichneten sich die Silhouetten der Pferde auf einer weiten Wiese ab.

Wahnsinn. Dieser idyllische Ort könnte es durchaus mit meinem Zuhause aufnehmen, auch wenn ich normalerweise nichts auf Red Oak kommen ließ. Am liebsten wäre ich einfach hier draußen stehen geblieben und hätte weiter die kühle frische Luft eingeatmet, die sich so angenehm auf meine Haut legte.

Direkt am Waldrand befand sich ein Unterstand, an den sich die Tiere zurückziehen konnten. Daran grenzte ein Schuppen. Von richtigen Stallgebäuden, einem Reitplatz oder gar einer Halle konnte ich nichts erkennen, nicht einmal Lichter in der Ferne. Lagen die Anlagen auf der anderen Seite, oder war Sams Land so groß, dass die Weideflächen derart weitläufig waren?

Ich trat wieder vor ans Geländer der Veranda, und eins der Pferde hob neugierig den Kopf. Ein leise brummendes Wiehern begrüßte mich.

»Hey, Schlafenszeit«, mahnte ich leise lachend. Ich fand es toll, dass die Pferde bei Sam sich frei zwischen Weide und Unterstand bewegen durften und auch nachts genügend Auslauf hatten. Ich musste unbedingt mehr über das Gestüt wissen und bei Sam in Erfahrung bringen, was er für Pläne damit hatte.

Vielleicht fand er ja Zeit, sich ein bisschen mit mir zu unterhalten.

»Schlaft gut«, sagte ich noch zu den Pferden, dann ging ich wieder zurück in den Pub. Der Schwindel und die Schwäche waren verflogen, die paar Minuten draußen hatten mir echt gutgetan. An der Bar hielt ich Ausschau nach Sam.

Nur zwei Barhocker waren unbesetzt, durch die Lücke erkannte ich Josy, die gerade ein Bier zapfte. Von Sam war weit und breit nichts zu sehen.

»Träum weiter, vor Mittag bringt mich niemand aus dem Bett«, sagte Josy gerade und stellte das Glas vor einem Typen in anthrazitfarbenem Anzug ab, der an der Bar saß und mir den Rücken zugewandt hatte. Er wirkte damit so vollkommen fehl am Platz, dass ich verwundert stehen blieb.

»Wie du willst, dann schlaf eben aus«, erwiderte der Typ und griff nach dem Bier. Mein Herzschlag beschleunigte sich. »Wenn du das beim Lärm der Maschinen schaffst. Der Bagger kommt schon um sieben. Ally hilft auch mit.«

Mein Atem stockte. War das etwa wirklich … Henry? Ausgerechnet hier? Gerade hatte ich ihn doch noch auf der schicken Veranstaltung der Huntingtons gesehen. Dann fiel mir wieder ein, dass der Pub seinem Onkel gehörte. Wahrscheinlich nahm er deshalb hier noch einen Absacker.

»Um sieben?!«, rief Josy und starrte Henry mit aufgeklapptem Mund an. »Es ist Sonntag! Kein Bauunternehmen arbeitet am Sonntag!«

»Wenn es gut bezahlt wird, schon. Wir wollen fertig werden, Josy. Ich weiß, es ist gerade stressig, und du arbeitest hier lange, aber in ein paar Tagen ist alles erledigt, und dann hast du frei.«

Josy warf ihre Arme mit einem frustrierten Laut in die Luft, dann fiel ihr Blick an Henry vorbei auf mich, und sie setzte schnell einen weniger genervten Gesichtsausdruck auf.

»Möchtest du was trinken?«

Ich ging näher heran und schob mich auf den freien Stuhl neben Henry. »Ein Wasser bitte.«

Josy nickte und nahm ein Glas vom Regal hinter sich.

Henry wandte sich mir zu und hob eine Augenbraue.

»Bonnie? Sag mal, verfolgst du mich?« Abschätzig sah er mich an, und sofort stieg Wut in mir auf. Was bildete er sich ein? Dass ich ihn wie ein Groupie stalkte? Kurz überlegte ich, ob ich etwas zurückfeuern sollte, dann entschied ich mich aber dagegen. Ich nahm nur wortlos das Glas Wasser entgegen und wandte mich zum Gehen. Was für ein arroganter Idiot.

Aber in dem Moment kam Sam aus der Küche. Als er mich entdeckte, hob er einen Finger, damit ich wartete, und verschwand dann durch eine Schwingtür hinten in der Küche.

Mit einem Seufzen ließ ich mich wieder auf den Barhocker sinken und nahm einen Schluck vom Wasser.

»Nur um eines klarzustellen«, sagte ich dann doch, ich konnte einfach nicht den Mund halten. »Du bist zu *mir* in die Küche gekommen. Und auf *unser* Turnier. Also tu bitte nicht so, als wärst du so unwiderstehlich, dass man dir nachlaufen müsste.«

»Das sage ich ihm auch immer«, mischte sich Josy plötzlich ein. Sie lehnte sich vor mir an den Tresen und grinste Henry herausfordernd an. »Eigentlich ist er auch eher uncool. Stell dir vor, er will, dass ich morgen um sieben Uhr aufstehe. Pedantisch und uncool nenne ich das.«

»Wer Geld verdienen will, muss auch arbeiten.« Henry streckte die Hand aus und zog sanft an einem von Josys roten Zöpfen. Eine vertraute, ungezwungene Geste.

Verwirrt sah ich zwischen Henry und Josy hin und her. Wieso arbeitete Josy für Sam, und als was?

»Wie lange arbeitest du schon hier?«, fragte ich Josy also neugierig.

Josy verzog die knallig geschminkten Lippen und hob ihren Blick zur Decke. »Hm … wie lange hat Dad den Pub jetzt schon?«, fragte sie dann Henry, der seinen Griff ums Bier verstärkte. Es war nur eine winzige Veränderung seiner Haltung, die mir vielleicht gar nicht auffallen sollte, aber ich spürte richtiggehend, wie sich sein ganzer Körper anspannte.

»Seit dem Tod meines Vaters«, sagte er und nahm einen Schluck vom Bier. »Gut zwei Jahre.«

Seit dem Tod seines Vaters. Ich versuchte, mich an Details zu erinnern, aber da war nur die Erinnerung an die Huntington-Familie ganz in Schwarz und eine seltsame Stimmung auf dem Hof. Niemand hatte wirklich darüber geredet, nicht einmal in den Medien war der Tod eines so angesehenen Mannes groß thematisiert worden. Erst jetzt im Nachhinein kam mir das ungewöhnlich vor. Aber vielleicht hatte man nur die Privatsphäre der Familie respektiert.

»Ja, ich habe nur ab und zu ein wenig ausgeholfen«, wandte Josy sich wieder an mich und lenkte mit ihrem offenen Lächeln meine Gedanken zurück zu ihr. »Aber seit ich sechzehn bin, darf ich in den Ferien durchgehend hier arbeiten, um für mein Musikstudium zu sparen. Und um mit meiner Rockband ganz groß rauszukommen. Ich bin Drummerin.«

»Wow, große Pläne. Also Sam … er ist dein Dad?«

»Ja! Ähm … also … nicht wirklich … er ist mein Stiefvater. Aber das schon seit ich vier bin, also ja, er ist mein Dad.«

In diesem Augenblick kam Sam mit einem großen Stück Blueberry Crumble aus der Küche zurück und stellte den Teller vor mir ab.

»Aber …«, begann ich, doch Sam hob mahnend den Zeigefinger und sah mich unter hochgezogenen Brauen streng an. »Keine Widerrede. Niemand verlässt meinen Pub, ohne ein Stück hiervon probiert zu haben.«

»Und die anderen?«, erwiderte ich und deutete in die Richtung, wo sich unser Tisch befand.

Sam grinste breit unter seinem dichten Bart. »Die haben alle schon ein Stück bekommen. Na komm, geht aufs Haus.«

»Iss lieber auf, vorher lässt er dich nicht gehen«, warnte mich Josy gespielt ernst, was mich lächeln ließ. Ich fühlte mich hier so wohl, und jetzt, da der verführerisch duftende Nachtisch vor mir stand, konnte ich es kaum erwarten, mich darüber herzumachen. Ich wollte gerade den Teller nehmen und zurück zu meinem Tisch gehen, als sich Josy über die Theke zu mir beugte, die Ellbogen abgestützt und mit neugierig funkelnden Augen.

»Also, woher kennst du meinen Cousin? Und wann hast du herausgefunden, wie nervig er ist?«

»Wahnsinnig lustig, Josy«, erwiderte Henry, bevor ich etwas erwidern konnte. Er scheuchte sie mit einer ungeduldigen Handbewegung weg. »Jetzt hör auf, unsere Gäste zu belästigen, und lass sie zurück zu ihren Freunden gehen.«

»Hey, ich belästige sie doch nicht! Oder?« Unschuldig mit den Wimpern klimpernd sah Josy mich an.

»Ist schon okay.« Ich warf Henry einen beschwichtigenden Blick zu, der jedoch nur sein Handy hervorzog und darauf herumscrollte.

»Henry und ich kennen uns schon ewig«, erzählte ich dann mit aufgesetzt geheimnisvoller Stimme. »Ja, man könnte fast sagen, wir sind die allerbesten Freunde, unzertrennlich.« Es fiel mir schwer, nicht laut loszulachen, besonders, als Henry sein Handy sinken ließ und sich mir zuwandte. »Ich lebe auf Red Oak, und früher ist Henry ständig zu mir in den Stall gekommen, um zu quatschen. Du weißt ja sicher, wie es ist, wenn er so richtig in Fahrt gekommen ist. Manchmal kommt man gar nicht mehr zu Wort. Jetzt hatte ich zwei Jahre lang Ruhe, aber heute auf dem

Turnier ging es schon wieder los. Er taucht überall auf, wo ich bin, schon merkwürdig, oder?«

»Du solltest mit deinem Comedy-Programm ins Fernsehen«, erwiderte Henry und wandte sich wieder dem Bildschirm zu.

Gespielt getroffen legte ich mir die Hand auf die Brust. »Aber Euer Gnaden, erinnern Sie sich etwa nicht an mich? Sie brechen mir das Herz.«

Josy lachte und drehte sich zu einem anderen Kunden an der Bar, während ich den Blueberry Crumble probierte. Himmlisch! Er war nicht zu süß, sondern hatte neben den Blaubeeren noch eine andere fruchtige Note. Orangensaft. Ja, das war's!

»Spaß beiseite«, wandte ich mich schließlich versöhnlich an Henry. »Wie geht's denn Joker? Will Sam ihn bald noch mal bei einem Turnier vorstellen?«

Henry ließ sein Handy sinken. Kurz hielt er inne, als müsste er darüber nachdenken, ob er mit mir reden wollte, dann wandte er sich mir doch zu. »Wir werden sehen. Das Turnier heute war die größte Veranstaltung, um ihn potenziellen Käufern vorzuführen, aber jetzt wird ihn bestimmt niemand mehr haben wollen. Zumindest nicht für einen Preis, der seiner Abstammung gerecht ist.«

Oh, beim Thema Pferde wurde er ja richtig gesprächig. Da hatten wir etwas gemeinsam.

»Ich bin sicher, es findet sich ein passender Käufer. Sam meinte, ihr geht jetzt einen Schritt zurück. Er wird bestimmt Vertrauen finden. Vor allem, wenn er weiterhin fair behandelt wird.« Ich nahm noch einen Bissen vom Crumble und dachte an Jokers Unfall beim Turnier. »Ich fand es übrigens beeindruckend, wie du mit der Situation heute umgegangen bist. Also dass du ihn nicht weiter durch den Parcours gezwungen hast. Andere Reiter hätten vielleicht weitergemacht, hätten versucht, ihm eine Lektion zu erteilen.«

Henry winkte ab und trank von seinem Bier. »Er war einfach überfordert, kann jedem mal passieren.«

Ja, aber nicht jeder Reiter bricht dann ab, wollte ich erwidern, aber wenn ich ihn zu sehr lobte, bildete er sich vermutlich wieder was ein, und darum lächelte ich nur und konzentrierte mich auf meinen Nachtisch.

»Du fährst heute mit *mir* heim«, riss mich dann Sams Stimme hoch. Ich sah verwundert auf, aber Sam deutete auf Henry und sein Bier, nicht auf mich. »Wie bist du überhaupt hergekommen? Bei den Huntingtons gab es sicher auch jede Menge zu trinken. Sag mir nicht, dass du selbst gefahren bist.«

»Taxi«, erwiderte Henry, was mich fast laut nach Luft schnappen ließ. Aber ich presste schnell die Lippen zusammen und schob mir dann einen weiteren Bissen Crumble in den Mund.

Er war mit dem Taxi hergekommen! Den weiten Weg! Das musste ein Vermögen gekostet haben.

Sam verdrehte mit einem Seufzen die Augen, vielleicht hatte er denselben Gedanken wie ich. Genauso wie Henry gehörte auch Sam zur reichsten Familie des Landes, trotzdem machte er einen viel bodenständigeren Eindruck auf mich. Ob Henry da genauso war, keine Ahnung. Er hatte einen großen Verlust erlitten und war danach verschwunden. Den Fotos nach zu urteilen, die Theresa mir auf der Feier heute noch gezeigt hatte, hatte er es ganz schön krachen lassen. Über Geld schien er sich dabei keine großen Gedanken zu machen.

»Ich habe nicht viel getrunken«, sagte Henry und hob sein halb volles Glas. »Und bei der Feier gab's überhaupt nichts.«

»Hey!« Ich wedelte mit meiner Gabel in Richtung seines Biers. »Rede meine Serviceleistungen nicht klein. Und so wie es aussieht, ist dir Bier doch lieber als Scotch.«

Henry nahm betont langsam einen Schluck. »Das hier ist aber auch richtig gut.« Er warf mir ein Lächeln zu, das mich völlig unerwartet traf und mein Herz kurz stolpern ließ. Nicht schon wieder! Beruhige dich! Sofort! Es ist nur ein Lächeln. Ein attraktives Lächeln mit dem süßen Grübchen im Mundwinkel, aber es hatte nichts zu bedeuten.

Wenn er nur nicht so schwer zu durchschauen wäre! Mal war er völlig unnahbar und arrogant, der leicht genervte Adelige, dem man nichts recht machen konnte, der aber genau wusste, wie er sein gutes Aussehen und seinen Charme richtig einsetzte. Und dann, in flüchtigen Momenten, kam es mir so vor, als würde ganz kurz etwas von seinem wahren Ich hervorblitzen. Ein warmes Lächeln, ein durchdringender Blick, der etwas in mir zum Schwingen brachte. Es machte mir Angst.

»Ich gehe dann mal wieder zu meinen Freunden. Schönen Abend noch.«

»Hey.« Henry streckte die Hand nach mir aus und legte sie auf meinen Arm. Schlagartig blieb ich stehen.

»Ja?«

»Danke für heute.«

Fragend zog ich die Augenbrauen zusammen, was ihn noch einmal so unwiderstehlich lächeln ließ.

»Na für das Bier. In der Küche.«

Tief durchatmen. »Schon gut.« Ich winkte noch kurz Josy und Sam zu, dann drehte ich mich um und ging mit meinem Teller zurück zu meinen Freunden.

Kapitel 3

Das ist echt nicht lustig.« Theresa zog eine Hindernisstange durch den Sand und kam dabei kaum voran. Sie blieb stehen, ließ das schwere Holzteil fallen und griff sich dann an den Kopf. Schließlich beugte sie sich vorneüber und hielt sich den Bauch.

»Geht's?« Ich trug zwei Stangen an ihr vorbei und lud sie auf den Anhänger. Das Turnier war vorbei, und wir beide bauten gerade die Hindernisse ab. Dad wollte den Platz heute Mittag komplett frei haben, um ihn mit dem Bahnplaner abzuziehen und zu bewässern. Aber Theresa war eindeutig nicht fit genug für diese Aufgabe. Die Tatsache, dass sie ihre blonden Haare lediglich zu einem losen Knoten im Nacken gebunden hatte und überhaupt kein Make-up trug, war besorgniserregend.

»Vielleicht legst du dich lieber hin, ich mach das schon.«

Theresa richtete sich auf und schüttelte den Kopf. Langsam atmete sie mit geschlossenen Augen tief ein und aus. »Wenn dein Dad oder Charlie rausfinden, dass ich mich vor der Arbeit drücke, kann ich mich gleich beim Arbeitsamt melden. Nein, ich zieh das jetzt durch.« Sie bückte sich wieder, um die Holzstange hochzuheben, verharrte aber mit nach unten hängenden Armen und richtete sich nicht wieder auf.

»Theresa, jetzt komm schon. Du drückst dich nicht vor der Arbeit, du bist krank.«

Sie drehte leicht den Kopf und verzog das Gesicht. »Du weißt genau, dass das nicht stimmt.«

Ich biss mir auf die Unterlippe. Sie hatte recht. Wir waren gestern viel zu lange weggeblieben, und Theresa hatte sich von Alex zu einem Trinkspiel überreden lassen. Am Ende hatte Alex' Cousin Sean uns nach Hause fahren müssen. Er war der Einzige, der halbwegs nüchtern geblieben war, und ich hatte noch keinen Führerschein. Zwar konnte ich ganz gut fahren, vor allem Traktoren, aber das Geld hätte sowieso nie für ein eigenes Auto gereicht, daher hatte ich die Prüfung noch nicht gemacht. Das nahm ich mir aber für die nächsten Monate vor, sobald ich fest angestellt war. Lord Huntington hatte mir versprochen, mir diese Woche den Dienstvertrag zum Unterschreiben zu geben. Er wollte sich mit mir zusammensetzen und alle Details besprechen. Vor allem war ich gespannt, was ich verdienen würde. Als Stallmädchen neben der Schule hatte ich immer einen guten Lohn bekommen, Lord Huntington war großzügig. Ich erwartete zwar keine Reichtümer, aber ich würde endlich besser planen können.

»Sie müssen ja nichts davon wissen. Wenn es nach mir geht, bist du krank, also geh, und leg dich hin.«

»Ich kann dich hier doch nicht allein lassen.«

»Die paar Hindernisse sind schnell abgebaut. Danach ist sowieso nichts mehr zu tun. Komm, es ist Sonntag, es wird ein ruhiger Tag, und nach dem ganzen Turnierstress und den Vorbereitungen hast du es verdient, deinen Kater im Bett auszukurieren. Jetzt hau schon ab.«

Theresa brachte sich langsam wieder in eine aufrechte Position und sah sich in alle Richtungen um, wie um sicherzustellen, nicht erwischt zu werden. Dann zog sie ihre Mundwinkel zu einem zaghaften Lächeln hoch.

»Danke, Bonnie. Ich schulde dir was.«

»Geh schon.« Ich scheuchte sie mit einer Handbewegung weg und widmete mich dann der Hindernisstange, die sie fallen gelassen hatte. Ich schob sie auf den Anhänger, setzte mich auf den kleinen Traktor, an dem er befestigt war, und fuhr damit zum nächsten Sprung. Die Steher kamen später dran.

Es war keine leichte Arbeit, jede bemalte Holzstange fühlte sich ein wenig schwerer an als die davor, aber ich mochte es, meinen Körper zu spüren, das Brennen der Muskeln, und meinen Verstand dabei völlig abzuschalten.

Es war kühl an diesem Sonntagmorgen, die Sonne schaffte es nicht an den dichten Wolken vorbei, bestimmt fing es bald an zu regnen. Zum Glück hatte ich gestern nach meinem Bier im Pub nur noch Wasser und Saft getrunken. Ich war ein wenig müde, aber abgesehen davon ging es mir gut. Und ich freute mich auf einen ruhigen Nachmittag. Wenn wirklich Regen kam, könnte ich mich einfach mit einem Buch auf die Couch fallen lassen und entspannen.

»Hey, Bonnie.«

Ich drehte mich um und zog überrascht die Augenbrauen zusammen. Vanessa kam auf mich zu. Sie trug eine braune Reithose, ihre Lederstiefel und eine dünne Jacke. Die blonden Haare hatte sie zu einem lockeren Zopf geflochten. Es war nichts Besonderes, und trotzdem sah sie unfassbar gut aus.

»Was gibt's?« Ich nahm die nächste Stange ab und lud sie auf den Anhänger.

Vanessa kam zögerlich näher, so etwas passte gar nicht zu ihr.

»Ich … ich habe mich gefragt, ob du Lust hast auszureiten? Dad habe ich schon gefragt. Er hat sogar erlaubt, dass du Meteor nimmst.« Sie wirkte nervös, und ihre Bitte klang fast wie ein Flehen. Langsam drehte ich mich zu ihr um. Dann wischte ich meine sandigen Hände an meiner Jacke ab und massierte sie kurz, von der Arbeit taten sie ein wenig weh.

»Ausreiten?« Betont sorgfältig sah ich mich auf dem Reitplatz und bei den Tribünen um. »Wo sind denn deine Freunde von gestern? Haben sie keine Zeit?«

Vanessa atmete hörbar aus und ließ die Schultern hängen. »Ich weiß, du hast allen Grund, sauer zu sein. Es war einfach ... diese Situation ... meine Freunde ...«

»Ich weiß«, unterbrach ich sie versöhnlich. Ich wollte es ihr ja gar nicht unnötig schwer machen. Ihr Verhalten gestern hatte mir einen Stich versetzt, das konnte ich nicht leugnen, aber es war ja nicht so, als würde ich nicht verstehen, warum sie es getan hatte. Ich wusste, unter welchem Druck sie stand und wie ungern es besonders ihre Mutter sah, wenn sie sich mit mir abgab. Trotzdem kam Vanessa jeden Tag zu mir und hielt an unserer Freundschaft fest. Das sollte ich ihr hoch anrechnen.

»In einer halben Stunde bin ich fertig.«

»Das geht auch in zehn Minuten.« Vanessa schnappte sich eine der Stangen und warf sie auf den Anhänger.

Überrascht klappte mir der Mund auf. »Was tust du da?«

»Na, dir helfen! Wo ist eigentlich Theresa?«

»Krank.«

»Oh.« Sie zuckte mit den schmalen Schultern. »Na dann, zu zweit geht es schneller, also komm schon.« Ohne zu zögern nahm sie die nächste Stange.

Es kam nicht oft vor, dass Vanessa sich die Hände schmutzig machte, daher freute ich mich umso mehr. Über ihre Hilfe, darüber, dass keine schlechte Stimmung zwischen uns herrschte wegen gestern, und vor allem fieberte ich dem Ausritt mit Meteor entgegen. Vielleicht fand der Earl, dass der Wallach ein wenig Abwechslung und Entspannung verdient hatte nach dem anstrengenden Turnier gestern. Und er vertraute ihn *mir* an, um ihn im Gelände zu händeln und sicher wieder zurückzubringen.

Die Arbeit war mit Vanessa zusammen tatsächlich schnell erledigt, und wir machten uns auf in den Stall, um Meteor und Vanessas eigenes Pferd Dancer fertig zu machen. Als wir beide Pferde striegelten, überlegte ich kurz, sie zu fragen, wie der Abend gestern für sie noch gelaufen war, ließ es dann aber doch bleiben. Ich wollte nicht, dass es so rüberkam, als würde ich ihr ein schlechtes Gewissen einreden. Das war überhaupt nicht meine Absicht. Daher schwiegen wir beide und genossen es, in Ruhe und ohne Stress unsere Pferde zu putzen.

Nachdem wir die zwei gesattelt und gezäumt hatten, setzten wir unsere Helme auf und führten Dancer und Meteor in den Hof, wo gerade die ersten Regentropfen aus dunklen Wolken fielen.

»Wann fahrt ihr zur Uni?«, fragte ich Vanessa, als wir zwischen den Stallgebäuden hindurchritten und dann der Zufahrtstraße Richtung Gestütstor folgten. Die Wiese daneben sah jetzt, da die Anhänger und Zelte weg waren, wirklich schlimm aus. Das Gras war platt gedrückt und braun, hoffentlich erholte es sich schnell wieder.

»Nächste Woche.« Vanessas blaue Augen leuchteten unter dem Helm vor Aufregung, sie stützte ihre Hände auf dem Sattel ab und beugte sich näher zu mir. »Das ist kaum zu fassen. Ich bin so gespannt auf das Wohnheim. Endlich kann ich mich überall umsehen. Vielleicht erfahre ich sogar schon, welches Zimmer ich bekomme und wer meine Mitbewohnerin wird.«

»Ist es dafür nicht früh? Das ist doch ein Kennenlerntag, oder? Du ziehst ja noch nicht ein.«

»Ja klar, aber wer weiß. O Bonnie, ich kann es kaum abwarten, dass endlich Herbst wird und es losgeht.«

Ein leises Lachen entfuhr mir. »Der Sommer hat doch gerade erst angefangen.«

»Ich weiß, aber ich bin es einfach nicht gewohnt, zu Hause zu sein. Die Zeit im Internat war immer super, und bald auf die Uni zu gehen, in einem Wohnheim zu leben, zu studieren … das ist einfach *ein Traum*.«

Wir ritten weiter die Straße entlang, die von den weißen Zäunen der Weiden gesäumt wurde. Ein paar Pferde näherten sich und brummten uns zu, neugierig, wer da vorbeikam.

»Für mich wäre das nichts. Ich bin froh, dass ich hier auf dem Gestüt bleiben kann. Wenn alles gut geht, fange ich in ein paar Tagen schon an. Aber den Sommer genießen wir zwei trotzdem noch, ja?«

»Aber so was von!« Vanessa grinste mir kurz zu, nahm dann die Zügel auf, und wir ritten durchs offen stehende gusseiserne Tor hinaus auf die Landstraße. Weite Wiesenflächen erstreckten sich rechts und links der Straße, die hier allerdings nicht mehr als Weideland genutzt wurden. Das Gras stand hoch, und bald würde Dad es mähen. Vor uns ragten Nadelbäume in den Himmel, dort erstreckte sich ein kleiner Wald, hinter dem das Dorf mit meiner alten Schule lag.

Wir verließen die Straße und folgten einer Traktorspur durch die Wiese, wo das Gras schon niedergedrückt war. Obwohl die Vorstellung, durch eine der hohen Wiesen zu galoppieren, mich reizte, blieben wir auf dem Weg. Wenn mein Dad uns dabei erwischen würde, wie wir durch das Futter ritten, wäre die Hölle los. Aber sobald hier im Umkreis alles gemäht war, würden Vanessa und ich wieder kleine Wettrennen mit den Pferden veranstalten und uns von der goldenen Herbstsonne den Rücken wärmen lassen.

Plötzlich wirkte Vanessa ganz ernst. »Was ist los?«, wollte ich von ihr wissen. Hatte sie nicht gerade noch von der Uni geschwärmt? Sie setzte ein gezwungenes Lächeln auf und zeigte nach vorne über den leicht ansteigenden Pfad.

»Komm, lass uns traben.« Und damit trieb sie ihren Schimmel auch schon an.

Seufzend folgte ich ihr und beschloss, Vanessas umgeschlagene Stimmung kurz von mir zu schieben und den Moment zu genießen.

Wir waren eingeschlossen zwischen dem hohen Gras, das so herrlich duftete, der graue Himmel über uns, die vereinzelten Regentropfen, die sich so angenehm kühl auf mein Gesicht legten, ein paar einzelne Sonnenstrahlen in der Ferne, die sich durch die dicke Wolkendecke gekämpft hatten, Meteors schwungvoller Trab unter mir, die vertraute Bewegung, seine wippende Mähne. Es war traumhaft.

Wir erreichten den Kamm des kleinen Hügels, und von dort führte die Traktorspur in Richtung Wald. Wir folgten ihr, bis wir die ersten Bäume erreichten, nahmen aber nicht den Forstweg hinein, sondern ritten am Waldrand entlang. Auf dem weichen Boden, wo die Wiese in dicht stehende Bäume überging, galoppierten wir los. Solange wir uns ganz am Rand hielten, hatte Dad nichts dagegen, wenn wir durchs wertvolle Gras stoben.

Ich hörte Vanessa befreit lachen, während sie Dancer anfeuerte, und ich war erleichtert, dass die Traurigkeit aus ihrem Gesicht verschwunden war.

»Komm schon, Meteor, du lässt dich doch nicht abhängen!« Ich schnalzte mit der Zunge, Meteor vergrößerte seine Galoppsprünge, und bald waren wir an Vanessas und Dancers Seite. Gleichauf preschten wir die Gerade zwischen hohem duftendem Gras und den überhängenden Ästen des Waldes entlang. Nichts fühlte sich mehr nach Freiheit an als diese Momente mit Meteor.

Wir erreichten das Ende des Waldes und parierten zum Schritt durch, um dem kleinen Schotterweg hinunter zum Bach zu folgen.

»Wieso machen wir das nicht öfter?«, schnaufte Vanessa und tätschelte ihrem Dancer den Hals. »Ich könnte ewig hier draußen bleiben.«

»Na, weil du ja gleich wieder verschwinden willst, ins Internat, zur Uni …«, neckte ich sie und wischte mir Regentropfen aus dem Gesicht.

Vanessa presste die Lippen aufeinander, und ich bereute meine Worte. Der Moment der Leichtigkeit war dahin, offensichtlich hatte ich sie wieder an ihre Sorgen erinnert. Ihr Blick führte über die sanften Hügel. Irgendetwas bedrückte sie.

»Was ist los?«

Sie schüttelte den Kopf und wollte vorausreiten, aber Meteor hielt Schritt, und so streckte ich die Hand aus und berührte ihren Arm. »Hey, jetzt sag schon.«

Vanessa atmete tief ein, während sie erneut Dancer streichelte. »Es ist einfach … meine Mutter.«

Mehr musste sie eigentlich nicht sagen. Clementine of Huntington war kein einfacher Mensch. Und mit mir konnte sie sowieso nichts anfangen. Ich konnte mich nicht an ein einziges freundliches Wort erinnern, das sie je an mich gerichtet hätte. Aber ich war ja auch nur das Stallmädchen, Personal. Doch Vanessa war immerhin ihre Tochter.

»Was hat sie jetzt schon wieder vor? Musst du etwa auch bei dieser elenden Saftkur mitmachen?« Ich versuchte, humorvoll zu klingen, obwohl ich mich über Lady Huntington ärgerte. Wie oft hatte Vanessa heulend im Stroh gesessen, weil ihre Mutter sie wieder einmal als zu dick bezeichnet hatte. *Ab morgen machen wir zusammen eine Diät!* Dieser Spruch war mehr als einmal gefallen und hatte Vanessa während ihrer Pubertät von einer latenten Essstörung in die nächste getrieben, was ihre Mutter kaum beunruhigt hatte. Schließlich blieb ihre Tochter so wenigstens dünn. Im Moment kam Vanessa mir gesund und fit vor, ich bekam aber auch nicht mehr so viel von ihr mit, seit sie auf das Internat gegangen war. Sie hatte eine Topfigur, war sportlich und nicht einfach nur dürr. Vielleicht passte das Lady Huntington nicht in den Kram.

»Meine Mutter ist nicht gerade begeistert davon, dass ich zur Uni will«, erzählte Vanessa mit resignierter Stimme, sie saß völlig in sich zusammengesunken im Sattel. »Ich meine, klar, wenigstens fährt Dad mit mir zur Campusbesichtigung. Mum würde sowieso nur alles kaputtmachen, weil sie an allem etwas auszusetzen hätte, aber trotzdem … wieso kann sie sich nicht einfach für mich freuen?«

»Will sie denn nicht, dass du studierst?«

»Na ja, gegen das Studieren hat sie nichts. Aber sie ist gegen die Uni, weil sie nicht unserem Stand entspricht und ich daher nicht mit den richtigen Leuten zusammen sein werde. Als ob ich nur zur Uni gehen würde, um dort einen Ehemann zu finden. Es ist wirklich zum Verrücktwerden!«

»Ehemann? Verdammt, du bist neunzehn!«

»Das habe ich ihr auch gesagt. Aber sie ist fest entschlossen, noch im Sommer jemanden für mich zu finden, bevor dann auf der Uni mein sozialer Abstieg beginnt.«

»Das kann doch nicht ihr Ernst sein! Was sagt denn dein Dad dazu?«

Vanessa warf mir einen ungeduldigen Blick zu. »Du kennst ihn doch. Er versucht, zwischen uns zu vermitteln, aber am Ende würde er nie etwas gegen Mums Entscheidung einwenden. Die Stimmung zu Hause ist einfach … Na ja, das weißt du ja. Manchmal wünsche ich mir, die beiden würden sich wenigstens anschreien. Aber immer diese angespannte Stimmung, das Schweigen, und wenn sie dann mal etwas sagen, hat es immer diesen aggressiven Unterton.«

»Deshalb freust du dich so auf den Herbst.« Eine Welle des Mitleids überkam mich – nicht zum ersten Mal. Ich dachte daran, wie oft ich sie beneidet hatte, wie einfach mir ihr Leben manchmal vorkam, ohne finanzielle Sorgen. Sie hatte immerhin noch beide Elternteile, die ihr jeden Wunsch von den Augen ablasen – sofern dieser Wunsch mit Geld zu bezahlen war und ihren Vorstellungen entsprach. Aber was Fürsorge und bedingungslose Liebe anging, war Vanessa oft ärmer dran als ich.

»Ja, ich darf mich jetzt auf einen streng durchgetakteten Sommer voller Dates mit reichen und adeligen Junggesellen einstellen – juhu, ich kann es kaum erwarten.«

»Und wenn du einfach Nein sagst?« Ich ärgerte mich sofort über meine Frage. Und auch Vanessa sah mich an, als wäre ich verrückt geworden. Clementine of Huntington war keine Frau, zu der man Nein sagte. Auch wenn ich hoffte, dass Vanessa ihr eines Tages die Stirn bieten konnte.

Wir erreichten den kleinen Bachlauf, der sich gluckernd zwischen Steinen hindurchwand, und die vereinzelten Regentropfen platschten darauf und spritzten wieder hoch. Eine Handvoll Roteichen erhob sich am Ufer und bot uns ein wenig Schutz. Wir blieben darunter stehen, wie so oft bei unseren Ausritten. Es war unser Lieblingsplatz. Von hier aus gab es noch viele weitere Routen, darunter auch einen Weg in den Wald, aber nirgends war es so schön wie hier.

»Und wenn du einfach sagst, du hast zu viel zu tun?« Ich griff in meine Jackentasche, zog ein Möhrenstück heraus und reichte es Meteor vor. Der bog seinen Hals zurück und nahm die Belohnung vorsichtig mit seinem Maul auf. »Reite einfach immer mit mir aus, dann hast du keine Zeit für die ganzen Milliardärssöhnchen.«

»Das wäre schön. Aber du fängst ja auch bald mit deiner Arbeit an, und ich … aber ich werde den Sommer schon überstehen.« Mit einem kläglichen Lächeln gab sie Dancer ebenfalls ein Leckerli, während ich zwei Müsliriegel aus meiner Jacke zog.

»Hey, willst du?« Ich reichte ihr einen der Riegel, aber Vanessa schüttelte nur den Kopf, was mich sofort beunruhigte. Bitte sei nur nicht hungrig wegen all dem Stress, bitte versuche nicht schon wieder abzunehmen, dachte ich mir und steckte die Riegel ein.

»Reiten wir zurück?«, fragte Vanessa mit einem Blick zu den immer schwärzer werdenden Wolken. Mittlerweile waren auch die letzten Sonnenstrahlen verschwunden, und der Wind hatte aufgefrischt.

»Okay.« Vielleicht konnte ein weiterer Galopp sie aufheitern. »Wer zuerst oben ist.« Ich trieb Meteor an, und Vanessa folgte mir zurück den Hügel hinauf.

Ich war froh über den Ausritt und nahm mir vor, Vanessa in Zukunft häufiger dazu zu überreden. Sie musste raus, sich ablenken. Und die Natur, die Pferde eigneten sich dafür perfekt.

Wir brauchten nicht lange, um das Gestüt zu erreichen. Einerseits war ich froh, weil der Regen stärker wurde und wir beide mittlerweile schon ordentlich durchnässt waren, andererseits hatte ich das Gefühl, dass der Ausritt Vanessa und mich wieder näher zusammengebracht hatte und uns ein bisschen mehr Zeit draußen an der frischen Luft gutgetan hatte.

Zurück im Hof kam uns auch schon Lord Huntington aus dem Stutenstall entgegen. Mit festen Schritten ging er auf uns zu, selbst unter dem Regenschirm war zu erkennen, wie sein Blick Vanessa fixierte. Er warf den freien Arm in die Höhe, die dichten blonden Augenbrauen hatte er zusammengezogen.

»Ich habe euch erlaubt auszureiten, bin aber davon ausgegangen, dass ihr klug genug seid, besseres Wetter abzuwarten.«

»Wir sind doch nicht aus Zucker«, erwiderte Vanessa mit leicht genervtem Unterton. »Und die Pferde schon gar nicht.«

»Das Leder verträgt die Nässe nicht gut, aber das ist ja egal, richtig? Kaufen wir einfach neues. Wir haben ja genug Geld.«

Mein Magen verkrampfte sich. Lord Huntington redete zwar mit Vanessa, aber ich war genauso betroffen, und ihn wütend zu sehen war ich nicht gewohnt. Wenn ich ehrlich war, glaubte ich nicht, dass unsere gut gepflegten und gefetteten Sättel und Zäume von ein wenig Regen wirklich Schaden davontrugen. Ich war immer schon bei solchem Wetter geritten, und nie hatte sich jemand beschwert. In England regnete es eben sehr oft, und mit ein paar

Schauern zwischendurch mussten wir hier immer rechnen. Für mich war es selbstverständlich, dass ich danach alles trocknete, und solange ich mit dem Sattel nicht schwimmen ging, hielt er das bestimmt aus. Lord Huntington schien heute einfach miese Laune zu haben.

»Ich kümmere mich darum, die Ausrüstung zu trocknen«, sagte ich, und zum ersten Mal sah er mich an, seine Züge glätteten sich ein wenig, und er atmete tief durch.

»Wenn du fertig bist, komm zu mir ins Büro. Wir müssen miteinander reden.«

Und das Krampfen verstärkte sich. Miteinander reden? Wie oft hatte Lord Huntington mich in meinem Leben schon in sein Büro zitiert? Ein- oder zweimal? Ging es etwa um meinen Dienstvertrag? Das wäre etwas Positives, aber so hatte er nicht gewirkt. Die paar Tropfen auf das Leder konnten doch unmöglich der Grund für ein ernstes Gespräch sein, oder?

»Okay«, brachte ich nur heraus, doch Lord Huntington hatte sich bereits umgedreht und lief zurück zum Stall.

Was war nur los? Gestern beim Turnier hatte er noch so zufrieden und losgelöst gewirkt. Vielleicht machte sein Rücken wieder Probleme? All der Stress der letzten Tage und Wochen war sicherlich nicht gut für ihn. Oder hatte er sich wieder mit seiner Frau gestritten? Vanessa hatte ja mehr als deutlich gemacht, dass ihre Eltern Probleme hatten. Aber das war auch nicht wirklich etwas Neues. Das mulmige Gefühl in meinem Magen verstärkte sich.

Vanessa schwang sich mit einem lauten Seufzen aus dem Sattel. »Home Sweet Home.«

»Wenn du willst, kümmere ich mich um Dancer.«

Sie reichte mir die Zügel und nahm den Helm ab. »Danke.«

Mit einem müden Lächeln ging sie davon. Lady Huntingtons Pläne für ihre Zukunft mussten ihr mehr zusetzen, als sie zugab.

Ja, Vanessa war nicht gerade ein Fan von Stallarbeit, aber ich hatte sie schon lange nicht mehr so niedergeschlagen erlebt.

Ich brachte die beiden Pferde in den Stall, um sie abzusatteln, und trocknete im Anschluss wie versprochen Sattel und Zaumzeug. Die Schabracken bürstete ich gleich aus und warf sie in die Waschmaschine, dann ging ich kurz ins Cottage und zog mich um.

Für das Gespräch mit Lord Huntington wollte ich ordentlich aussehen. Zu formell sollte es aber auch nicht sein, und so zog ich eine schwarze Jeans und eine hellblaue kurzärmlige Bluse an. Da ich heute den Rest des Tages freihatte, kämmte ich meine Haare und ließ sie ausnahmsweise offen auf die Schultern fallen, dann zog ich meine gemütlichen Ballerinas an und machte mich auf den Weg.

Dieses Mal nahm ich mir einen Regenschirm, um nicht gleich wieder wie ein begossener Pudel dazustehen. Lord Huntingtons Büro grenzte direkt an den Stall der Zuchtstuten. Im Grunde benutzten es auch mein Dad und Charlie, um die Dienstpläne zu erstellen, Bestellungen aufzugeben oder andere bürokratische Dinge zu regeln.

Mit klammen Händen öffnete ich die schwere Eichentür des Steinhauses, schüttelte den Regenschirm aus, klappte ihn zusammen und stellte ihn neben der Tür in den Eimer unter der Garderobe auf dem gefliesten Boden.

Der Raum war ein Aufenthaltsraum für die Mitarbeiter, zu meiner Linken gab es eine kleine Küchenzeile mit einer Kaffeemaschine, zu meiner Rechten standen ein paar Holztische und Bänke. Im Moment war niemand hier, und so ging ich weiter. Es gab zwei Türen neben dem Eingang, die eine führte zu den Toiletten, hinter der anderen lag das Büro.

Ich rückte meine Bluse zurecht, atmete tief durch und klopfte kurz, bevor ich die Klinke hinunterdrückte und die Tür aufschob.

Vorsichtig spähte ich in das spärlich eingerichtete Büro. Es gab hier keine Pflanzen, keine Deko, nichts, was den Raum ein wenig freundlicher gestalten würde. Er war rein auf Funktionalität ausgerichtet. Ein Schreibtisch mit Computer, Drucker und Faxgerät vor dem Sprossenfenster, ein Aktenschrank zu meiner Linken und ein Kopierer zu meiner Rechten. An den Wänden hingen ein paar Auszeichnungen des Gestüts und Fotos von preisgekrönten Pferden in Rahmen, was vermutlich das Persönlichste war, was man in diesem Raum finden konnte.

Lord Huntington saß in dem großen schwarzen Ledersessel hinter dem Schreibtisch und winkte mich zu sich, ohne von seinem Notizbuch aufzusehen. Das Handy in der einen Hand kritzelte er irgendetwas hinein und nickte dann. Schließlich klappte er das Notizbuch mit einem Seufzen zu, legte das Handy weg und sah mich an.

Die Schiebermütze lag neben ihm auf dem Tisch, seine grau durchwebten blonden Haare hatte er zur Seite über die schütter werdenden Stellen gekämmt. Ein Muskel zuckte in seiner glatt rasierten Wange, sein ganzer Kiefer wirkte angespannt.

»Sie wollten mich sprechen?«

Ich war hoffnungsvoll und ängstlich zugleich, wollte mir das aber keinesfalls anmerken lassen. Lord Huntington war zwar fast so etwas wie ein Familienmitglied für mich, ich kannte ihn schon mein Leben lang, trotzdem war er auch mein Boss. Den Graben, der zwischen uns lag, spürte ich jeden Tag. In diesem Moment ganz besonders.

Der Earl bedeutete mir mit dem Stift in der Hand, auf dem freien Stuhl ihm gegenüber am Schreibtisch Platz zu nehmen, was ich auch tat. Nichts war mir im Moment lieber, denn meine Beine fühlten sich schon jetzt ganz schwach an.

Was war nur los? Ich konnte mir nicht erklären, warum ich hier war.

»Bonnie, schön, dass du da bist. Ich hoffe, du hattest einen gelungenen Ausritt mit Meteor?«

Misstrauisch verengte ich die Augen und musterte ihn. Er klang plötzlich freundlich und aufrichtig, gar nicht so, als wollte er noch einmal seinen Unmut kundtun.

»Es war schön«, sagte ich vorsichtig, immer noch verwirrt darüber, was vor sich ging. »Danke, dass ich Meteor reiten durfte. Wir haben es beide sehr genossen.«

»Das ist gut.« Lord Huntington warf einen Blick auf sein Notizbuch, dann strich er sich seufzend über Mund und Kinn. »Ich hatte dir eine Stelle als Pferdetrainerin versprochen.«

Und mein Herz pochte sofort wie wild drauflos. Mehr als ein Nicken brachte ich nicht zustande.

»Es ist nur so … Es gab da ein Kommunikationsproblem, ein Missverständnis, wenn du so willst.« Er legte den Stift ab, verschränkte die Hände auf dem Tisch und atmete tief ein. »Für mich war immer klar, dass du nach der Schule als Trainerin bei uns anfängst, deshalb habe ich das auch nie mit jemand anderem besprochen. Ich hielt es einfach für selbstverständlich. Leider habe ich es dadurch verabsäumt, meine Gattin darüber zu informieren, und die gab letzte Woche bereits Gordon Whitehall einen Dienstvertrag. Er fängt am Montag hier an.«

»Gordon Whitehall?« Ich verstand überhaupt nichts mehr. Whitehall war ein angesagter, erfahrener Trainer, der schon durch ganz Europa gereist war, um Kurse zu geben und Pferden zu helfen. Er war ein Glücksgriff, und Red Oak konnte sich überaus glücklich schätzen. Aber bedeutete das … er wurde *statt* mir eingestellt? Es gab nur entweder ihn oder mich?

»Ich weiß, das muss ein Schock für dich sein, aber …«

Schwach hob ich eine Hand, ich kapierte einfach gar nichts mehr. »Das heißt, ich kann nicht auf Red Oak arbeiten?«

Er musste es schon klar formulieren, ansonsten ging das nicht in meinen Kopf. All die Jahre war ich davon ausgegangen, dieses Gestüt nicht nur zu meinem privaten, sondern auch zu meinem beruflichen Mittelpunkt zu machen. Ich sollte doch diese Woche meinen Vertrag unterschreiben. Und jetzt war das plötzlich nicht mehr möglich? Aus heiterem Himmel?

»Wir können nicht zwei Trainer einstellen, und Clementine meint, dass Gordon mehr Erfahrung hat, außerdem ist da natürlich auch noch das Prestige, das er allein durch seinen Namen mitbringt.«

»Ich verstehe.« Natürlich. Mit einem Gordon Whitehall konnte ich nicht mithalten, das war mir bewusst. Aber wusste Lord Huntington, dass er gerade meine Zukunft zerstörte? Im Gegensatz zu Gordon Whitehall würde ich nicht einfach so überall einen Job als Pferdetrainerin finden. Das musste dem Earl doch klar sein, oder? Die Gedanken ratterten nur so durch meinen Kopf – ich hatte das Gefühl, dass alles, was ich mir erträumt hatte, über mir zusammenstürzte. Dass es Clementine of Huntington egal war, was mit mir passierte, verstand ich, aber dass Lord Huntington, der mich seit meiner Kindheit kannte, mich hatte aufwachsen sehen und mich gefördert hatte, mich nun so hängen ließ, konnte ich kaum fassen. War ich ihm wirklich so egal?

»Ich weiß, das muss eine Enttäuschung für dich sein, es tut mir wirklich leid, Bonnie. Ich hätte dich ohne mit der Wimper zu zucken eingestellt. Aber Clementine hat recht. Wenn man ein Gestüt führt, darf man nicht nur auf sein Herz hören, es gab einen geeigneteren Kandidaten, und die Sache war unter Dach und Fach, bevor ich etwas dagegen unternehmen konnte.«

»Ich verstehe.« Wieso konnte ich nichts anderes sagen? Meine Hände zitterten, und ich schob sie zwischen meine Knie, damit er nichts davon bemerkte.

»Aber«, fuhr er fort, und seine ernste Miene hellte sich ein wenig auf, ein Mundwinkel hob sich leicht an, »ich habe herumtelefoniert. Scott Gilmore sucht eine fähige Nachwuchstrainerin, er möchte dich kennenlernen.«

»Scott Gilmore aus Wales?« Sein Gestüt lag fünf Stunden von hier entfernt.

Wieder war da dieser Stein in meinem Magen. Ich wollte nicht weg von hier, von Dad, von Red Oak, meinen Freunden, meinem Zuhause. Vanessa fühlte sich vielleicht wohl in einem Internat oder einem Wohnheim, aber ich hatte schon Heimweh, wenn ich mit Dad für zwei Tage ans Meer fuhr.

»Und Patty Johnson ist auch bereit, dich kennenzulernen. Ich habe ihr schon öfter von dir vorgeschwärmt, und …«

»Die ist in Northumberland.« Wieder mehrere Stunden Entfernung. Passierte das hier gerade wirklich? Was sollte ich jetzt tun? Meine Sachen packen und gehen? Ich hatte überhaupt keine Zeit gehabt, mich darauf einzustellen. Es kam mir so vor, als täte sich der Boden unter mir auf.

»Ich muss darüber nachdenken«, flüsterte ich, während ich die Maserung im Schreibtisch anstarrte, als hätten die Linien eine Antwort für mich. Ich stand ohne Job da. Wie sollte es jetzt weitergehen?

»Natürlich, denk darüber nach. Ich erwarte auch noch Anrufe von …« In diesem Moment klingelte sein Handy, und Lord Huntington lachte kurz auf. »Na, wenn man vom Teufel spricht.«

Ich wollte aufstehen, um ihn nicht bei seinem Telefonat zu stören, aber er bedeutete mir mit einer Handbewegung, sitzen zu bleiben.

»Warte, Bonnie, es geht ja ohnehin um dich, dann kann ich dir gleich mehr sagen.« Er wischte über sein Telefon und nahm das Gespräch an.

»Danke für deinen raschen Rückruf«, sagte er, und obwohl ich dem Gespräch aufmerksam folgen wollte, um herauszufinden, mit wem er redete, worum genau es ging, gelang es mir nicht.

Lord Huntingtons Stimme wurde zu einem Rauschen, mein Kopf fühlte sich an wie mit Watte ausgestopft. Verlor ich nicht nur meine Arbeit, sondern auch mein Zuhause? Nein, Dad lebte noch hier, bei ihm war ich immer willkommen. Aber wenn ich wegziehen musste, um Geld zu verdienen, um meinen Berufstraum zu leben, war es fast dasselbe, als wenn ich mein Zuhause verlor. Oder ich verabschiedete mich von der Idee, mit Pferden zu arbeiten. Vielleicht machte ich lieber etwas völlig anderes. Nur was? Ich konnte doch überhaupt nichts! Ich hatte mich bei keiner Uni beworben, und auf die Schnelle fiel mir abgesehen von den Pferden auch nichts ein, was mir Freude machte, wofür ich Talent haben könnte.

»Ja, das musst du mir nicht sagen, mein Freund«, riss mich Lord Huntingtons Stimme zurück in die Realität. Er wirkte plötzlich ganz anders. Entspannt hatte er sich im Schreibtischsessel zurückgelehnt, ein Lächeln lag auf seinen Lippen, und seine Züge hatten sich geglättet. Auch seine Stimme war nicht mehr so ernst und gepresst. »Ich werde sie gleich morgen zu dir schicken. Ja, sie wird ganz begeistert sein. Natürlich, natürlich, das verstehe ich, aber Bonnie wird ihn überzeugen, da bin ich mir ganz sicher. Ihr werdet nicht enttäuscht sein. Danke, dir auch.«

Und damit legte er auf und wandte sich mir zu, mit einem Strahlen, als hätte er gerade all seine Pferde zu einem Spitzenpreis verkauft. »Problem gelöst«, sagte er und klang mächtig zufrieden mit sich.

Wenn ich ehrlich war, ärgerte ich mich darüber. Ja, ich verstand, warum ein Mr Whitehall besser fürs Gestüt geeignet war als ich. Aber wenn Lord Huntington einen großen Namen gesucht hatte, jemanden mit mehr Erfahrung, dann hätte er mir den Job nie in Aussicht stellen dürfen.

»Morgen hast du ein Vorstellungsgespräch bei Sam Beaumont von Beaumont Horses. Er war beim Turnier ganz begeistert von dir. Das Gestüt liegt nur eine halbe Stunde von Red Oak entfernt, das wäre doch die perfekte Lösung.«

Regungslos sah ich ihn an. Ich sollte bei Beaumont Horses arbeiten? Das klang tatsächlich gut, es war nah, und Sam Beaumont hatte einen netten Eindruck auf mich gemacht. Aber im Moment konnte ich es mir trotzdem nicht so richtig vorstellen. Eine Zukunft auf Red Oak war noch zu tief in mir verankert, mein ganzes Leben hatte ich hier verbracht, dagegen kam mir jeder andere Ort unzulänglich vor. Aber ich musste mich wohl oder übel von dieser Fixierung lösen.

»Ach, schau doch nicht so traurig, Bonnie, ich habe wirklich alles getan, um dich gut unterzubringen. Ich weiß, Beaumont Horses ist ein kleines Gestüt, nicht das, was du gewohnt bist und dir vielleicht erhofft hast. Aber vielleicht ist so ein Gestüt im Aufbau doch genau das Richtige für den Anfang. Dort kannst du mehr Erfahrungen sammeln, und wer weiß, irgendwann hast du dir dann einen Namen gemacht und kannst dir im ganzen Land aussuchen, wo du arbeitest.«

»Auch auf Red Oak?«

Lord Huntington presste die Lippen aufeinander. Irgendetwas sagte mir, dass es nicht nur um meine mangelnde Erfahrung ging. Man wollte mich hier nicht haben. Ein Gefühl, das mir nicht fremd war, aber von Lord Huntington hätte ich so ein Verhalten nicht erwartet. Vielleicht war seine Frau die treibende Kraft hinter all dem. Nicht nur wegen eines prestigeträchtigeren Namens. Vielleicht wollte sie mich von Vanessa fernhalten. Sie hatte immer schon davon geredet, dass ich einen schlechten Einfluss auf ihre Tochter hätte.

Dass Lady Huntington mich nicht leiden konnte, machte mir mittlerweile kaum noch etwas aus – ich hatte aufgegeben, ihr beweisen zu wollen, dass ich eine gute Freundin für Vanessa sein konnte, aber sollte wirklich sie hinter dem Ganzen stecken, hätte das eine neue Qualität erreicht. Sie zerstörte damit all meine Zukunftspläne.

»Danke für Ihre Mühen«, sagte ich nur und stand auf. Lord Huntington nickte mir noch mit bedauernder Miene zu, bevor ich mich umdrehte und nach draußen stürmte.

Im Innenhof atmete ich tief die kühle Luft ein. Regen prasselte auf mich nieder, ich hatte den Schirm drinnen vergessen. Auch egal. Eigentlich hatte ich ja den Tag gemütlich zu Hause mit einem guten Buch verbringen wollen, aber jetzt war ich so durcheinander, dass ich auf keinen Fall entspannt lesen konnte. Stattdessen ging ich zu Meteors Weide. Vermutlich sollte ich mich auf mein Bewerbungsgespräch morgen vorbereiten, aber ich wusste noch gar nicht, ob ich da hinwollte. Ich konnte einfach nicht fassen, was da gerade in Lord Huntingtons Büro passiert war. Auf Red Oak zu arbeiten war schon immer mein Traum gewesen, und ich hatte alles, wirklich alles dafür getan, den Earl mit meiner Arbeit zu beeindrucken. Ich konnte mich noch so gut an das euphorische Gefühl erinnern, als er mir die Stelle als Pferdetrainerin in Aussicht gestellt hatte. Doch anscheinend konnte man sich auf sein Wort nicht verlassen. Ich war zutiefst enttäuscht. Wie sollte ich morgen zu einem Vorstellungsgespräch für ein anderes Gestüt gehen und so tun, als könnte ich mir nichts Schöneres vorstellen, als dort zu arbeiten, obwohl ich doch einfach nur hierbleiben wollte? Tränen liefen mir die Wangen hinunter, während ich mich an den Koppelzaun lehnte. Meteor, der mich von Weitem hatte kommen sehen, kam munter auf mich zugetrabt. Als sein weiches Maul meine Hand berührte, um mich zu begrüßen, konnte ich nicht anders. Ich legte meinen Kopf auf die oberste Latte des Zaunes und weinte hemmungslos.

Kapitel 4

Es war mir egal, ob ich die Stelle bei Beaumont Horses bekam. Das sagte ich mir die ganze Zeit, während ich im Bus saß und die grüne Landschaft an mir vorbeizog. Gestern zumindest war es mir wirklich egal gewesen. Aber nachdem ich mich ausgeweint und eine Nacht darüber geschlafen hatte, wusste ich, Sams Gestüt war meine beste Option, mein einziger Ausweg. Ich versuchte, mir in Erinnerung zu rufen, wie wohl ich mich vom ersten Moment an auf dem Gelände gefühlt hatte und dass ich so neugierig darauf gewesen war, mal ein anderes Gestüt und andere Arbeitsweisen kennenzulernen. Es konnte doch nur von Vorteil für mich sein, oder? Zumindest hatte ich nicht vor, meinen Berufswunsch aufzugeben, und das war alles, woran ich nun denken konnte. Dieser Job war eine Chance. Gut, ich hatte mir meinen Sommer anders vorgestellt, aber auch als Trainerin musste man flexibel sein, und das war jetzt meine Gelegenheit, das unter Beweis zu stellen. Ich hatte Biss und war gut in dem, was ich tat. Diese Trainerstelle würde ich schon bekommen.

Nervös war ich trotzdem. Zum wiederholten Mal rieb ich meine eiskalten Hände aneinander, spielte an der Kette meiner Mutter herum, dann zog ich zum wohl zwanzigsten Mal meinen Lebenslauf aus dem Jutebeutel. Obwohl ich gestern so niedergeschlagen gewesen war, hatte ich mich aufgerafft, mich an den Schreibtisch gesetzt und aufgeschrieben, welche Kompetenzen ich in meinen Jahren auf Red Oak erworben hatte. Hoffentlich erkannte Sam mein Potenzial. Mit einem flauen Gefühl im Magen ging ich die Punkte ein weiteres Mal durch. Ich hatte zwar nicht allzu viel Berufserfahrung, aber ich hatte dennoch alles gelernt, was eine Bereiterin können musste. Aber was, wenn ich den Job nicht bekam? Wohin sollte ich dann gehen?

Nein, Sam Beaumont mochte mich, er hatte mich schon mit Joker gesehen, auch wenn es nur kurz gewesen war. Er hatte mich zu diesem Interview eingeladen, obwohl er wusste, wie jung und unerfahren ich war.

Aber was, wenn er Lord Huntington nur einen Gefallen tun wollte? Wenn er mich nur deshalb eingeladen hatte und eigentlich gar niemanden auf seinem Gestüt brauchte?

Nein, ich musste aufhören, mich verrückt zu machen, sonst vermasselte ich dieses Gespräch noch.

Der Bus hielt an einer Haltestelle direkt am Waldrand. Die Gegend erinnerte mich sofort an zu Hause. Waldiges Hügelland, unterbrochen von Weiden – es war ruhig und idyllisch, genau der Platz, an dem man sein wollte, um seine Akkus aufzuladen.

Ich stieg aus und zog das Handy aus meiner schwarzen Jacke, die mit ihrem taillierten Schnitt hoffentlich elegant genug für ein Bewerbungsgespräch war.

Ich öffnete die Navi-App, in die ich schon zuvor die Adresse des Gestüts eingegeben hatte, und folgte schließlich der Landstraße Richtung Norden. Es gab keinen Gehweg, nur einen schmalen Streifen für Fußgänger, dieses Gestüt lag wirklich viel abgelegener als Red Oak. Irgendwie gefiel mir das.

Nachdem ich eine Weile der Landstraße gefolgt war, sah ich auf der rechten Seite ein großes schwarz-weißes Schild mit der Aufschrift »Beaumont Horses«, das auf eine Nebenstraße zeigte und mich direkt in den Wald führte. Ich folgte dem Schotterweg und fragte mich, wie Sam auf diesem kurvigen Waldweg mit dem Hänger zurechtkam.

Eine asphaltierte Zufahrtstraße sollte ganz oben auf der Liste der Neuerungen stehen. Nur die Tatsache, dass Sam das Gestüt bereits zwei Jahre hatte und bis jetzt mit diesem Weg ausgekommen war, ließ mich annehmen, dass er die Schotterstraße ausreichend fand.

Ich warf einen weiteren Blick auf mein Handy. Laut der App lag das Gestüt gleich hinter der Biegung. Und noch weiter hinten, abgetrennt durch Weiden und einen kleinen Wald, sollte dann der Pub sein, der auch über eine andere Straße zugänglich war.

Angespannt sah ich an mir hinunter, zupfte die schwarze Anzughose und die himmelblaue Bluse zurecht. Ich hatte lange überlegt, was ich anziehen sollte. Es ging um einen Posten als Pferdetrainerin, da hatte ich nicht in einem Kostüm mit Rock antanzen wollen, aber Stallklamotten waren auch nicht gerade passend für ein Bewerbungsgespräch.

Noch ein paar Schritte, dann müsste ich das Gestüt sehen können. Ich erhöhte ein wenig das Tempo, die Bäume standen nicht mehr so dicht, der Schotterweg ging über in eine gepflasterte Straße, die auf eine Ansammlung von Gebäuden hinführte. Es gab kein Tor wie bei Red Oak, alles war offen, nur ein Schild verriet, dass es sich bei den Gebäuden am Ende der Straße um das Gestüt Beaumont Horses handeln musste.

Ich ging weiter, zu meiner Rechten tat sich eine riesige eingezäunte Wiese auf, Pferde sah ich jedoch keine. Dafür gerade noch das Dach eines Unterstands in weiter Ferne, das sich an den Nadelwald schmiegte. Ob da hinten der Pub lag? Zu sehen war er von hier nicht, das Gelände war so weitläufig. Wenn Sam all das Land besaß, könnte aus dem Gestüt wirklich noch so einiges werden.

Über den Bäumen kreiste ein Milan, der immer wieder gedehnt pfiff, von weiter weg wieherte ein Pferd, der Wind trug den Duft nach Heu zu mir, und sofort fühlte ich mich heimisch. Mit diesem Geruch war ich aufgewachsen.

Vor mir führte ein schmaler Gehweg zwischen Blumenbeeten hindurch zu einem Wohnhaus aus rotem Backstein mit weißen Sprossenfenstern und einem Wintergarten auf der Südseite. Sollte ich klingeln? Sam wohnte wahrscheinlich dort. Aber weit und breit war niemand zu sehen, keine Menschenseele. Ich hörte auch keine Stimmen, so als wäre das Gestüt vollkommen verlassen.

Aber dann vernahm ich über das Vogelgezwitscher plötzlich doch noch etwas … Baumaschinen. Hatte Henry nicht etwas von einem Bagger gesagt, der gestern hatte kommen sollen? Vielleicht arbeiteten sie heute immer noch, und dort würde ich bestimmt jemanden finden, der mir sagen konnte, wo Sam war. Vielleicht hielt er sich ja sogar selbst dort auf.

Ich folgte weiter der grau gepflasterten Straße, passierte das Wohnhaus, und nach einer Linksbiegung um ein paar wild verwachsene, in allen Farben blühende Sträucher herum gelangte ich zu Ställen mit Außenboxen, aus denen mir ein paar Pferdeköpfe entgegensahen.

Es waren zwei lange Stallreihen, die sich gegenüberlagen und noch sehr neu aussahen. Das helle Holz zeigte noch keine Verfärbungen der Witterung, das rote Ziegeldach strahlte. Ich hielt nach Joker Ausschau, konnte ihn aber nirgends entdecken. Schade, ich hätte ihn gern besucht, aber dafür blieb später bestimmt noch Zeit. Und so ging ich weiter, zwischen den Ställen hindurch, direkt auf den Lärm zu. Der Bagger war schon von Weitem zu sehen. Umgeben von einer endlos erscheinenden Wiese hob er nichts mehr aus, sondern verteilte einen riesigen Berg Sand in einem von einem Holzzaun eingegrenzten Rechteck. Hier sollte wohl ein Reitplatz entstehen. Ein paar Leute rechten den Sand glatt und verteilten ihn bis in die Ecken. Ich schirmte die Augen mit der Hand vor der Sonne ab, um besser sehen zu können, aber niemand dort drüben kam mir bekannt vor.

»Bonnie!«

Erschrocken fuhr ich herum, freute mich aber sofort, als ich Sam mit ausgebreiteten Armen vor mir stehen sah. Einzelne Sandkörner hatten sich in seinem Bart verfangen und schimmerten in der Sonne. Auch seine Jeans waren über und über voll mit Sand, in der Hand hielt er eine Schaufel. Er schien meinen amüsierten Blick zu bemerken, denn er lachte und klopfte sich schnell ab.

»Bitte entschuldige meinen Aufzug, hier geht schon wieder alles drunter und drüber. Warte kurz, ja?« Er lief an mir vorbei zum neuen Reitplatz und reichte einem Mann dort die Schaufel, dann joggte er zu mir zurück und streckte mir die Hand entgegen.

»Hier bin ich, schön, dass du es geschafft hast.« Sein Händedruck war kräftig, fast schon schmerzhaft, aber das störte mich nicht, sein freudiges Strahlen machte alles sofort besser. Meine Nervosität ließ nach, die Anspannung fiel von mir ab, die Sorgen um meine Zukunft, die Enttäuschung wegen Red Oak. Wenn er wie ein fröhlicher Wikinger so vor mir stand, konnte ich mir vorstellen, hier glücklich zu werden. Auch das Gestüt, so klein und unscheinbar es auf den ersten Blick erschien, gefiel mir. Der Bagger, die Leute bei der Arbeit und Sam voller Sand gaben mir das Gefühl, als würde hier etwas Großes entstehen. Alles befand sich noch im Aufbau, und der Gedanke, dass ich ein Teil davon werden könnte, dass ich bei der Entstehung eines erfolgreichen Gestüts dabei sein durfte, erfüllte mich mit Aufregung.

»Danke, dass ich mich vorstellen darf«, sagte ich.

Er winkte mit einer wegwerfenden Handbewegung ab. »Kein Grund, sich zu bedanken, ich bin froh, dass du hier bist. Etwas Besseres kann uns gar nicht passieren.«

»Wirklich?«

»Aber klar. Jetzt geht es richtig los, und dafür brauchen wir auch eine kompetente Trainerin. Sollen wir reingehen, um alles zu besprechen?« Er wandte sich in die Richtung, wo das Wohnhaus lag, schüttelte dann aber den Kopf. »Ach, weißt du was, ich zeige dir erst einmal den Hof, und dabei können wir ja reden.« Er wies zum Bagger hinüber. »Dort entsteht ein Reitplatz, wie du sicher schon gesehen hast.«

»Hattet ihr denn bisher keinen?«, fragte ich erstaunt und sah mich noch einmal in alle Richtungen um, aber die Ställe verdeckten meinen Blick.

»Doch, da hinten, den päppeln wir in den nächsten Tagen auch wieder richtig auf. Und anschließend bauen wir eine Reithalle.«

»Es gibt noch keine?« Schnell biss ich mir auf die Unterlippe, ich klang viel zu überrascht. Hoffentlich empfand er das nicht als abwertend.

Sam aber zuckte nur mit den Schultern und legte mir die Hand auf den Arm. »Jaja, ich weiß, du bist anderes gewohnt. Ich hab dir ja erzählt, dass ich seit zwei Jahren Gestütsbesitzer bin, und dann siehst du hier nicht mehr als einen Haufen Bretter und ein paar Pferde.« Er führte mich zu einem der lang gezogenen Stallgebäude hinüber, wo ein Rappe aus der geöffneten oberen Boxentür hinausschaute. Dem Aussehen nach war er vielleicht zwei Jahre alt, ein hageldürrer, leicht überbauter Jüngling, der bestimmt irgendwann mal wunderschön werden würde.

Ich streckte die Hand nach ihm aus und ließ ihn schnuppern. Er hatte große braune Augen mit einem sanften Blick. »Habt ihr den hier übernommen, oder ist er schon von euch selbst gezogen?«

»Übernommen, so wie alle Pferde bisher. Im Mai haben wir drei unserer Stuten zum Hengst geführt, das werden dann unsere ersten selbst gezogenen Fohlen. Der gute Madness …«, er wuschelte dem Rappen durch die Mähne, »kam eine Woche vor meinem Kauf auf die Welt. Das hier war ein kleiner, privater Reitstall mit ein paar Einstellpferden, und ab und zu haben die Vorbesitzer eine ihrer Stuten zum Hengst geführt. Die Zucht war für sie ein

Hobby, mehr nicht. Aber ich wollte ein richtiges Gestüt. Ich mag die Herausforderung und sah schon vor mir, was man aus dieser wunderschönen Gegend machen könnte. Den Pub gab es damals noch nicht, den habe ich erst bauen lassen. Das war aufwendiger als geplant, und den Hof habe ich dadurch wohl ein wenig vernachlässigt.«

Er deutete in die Richtung, wo das Wohnhaus lag. Irgendwo dahinter musste also der Pub liegen. Dann führte er mich weiter die Reihe der Pferde entlang, kaum jede zweite Box war besetzt, manche Tiere waren schon Senioren. Leicht zu erkennen an den grauen Haaren im Fell, den Senkrücken und den Kuhlen über den Augen.

»Es war immer mein Traum, ein Gastgewerbe und ein Gestüt zu führen«, fuhr Sam fort und streichelte eine alte Schimmelstute. »Auch wenn ich mich eher in der Küche und hinter der Bar sehe. Das Gestüt sollte mein Ausgleich sein, mein Zuhause, ein Ort für meine Frau und meine Tochter – Josy, du hast sie kennengelernt.«

»Ja, im Pub, ich fand sie sehr nett. Und fleißig.«

»Sie will Musik studieren und verdient sich so etwas Geld. Lange kann ich leider nicht mehr auf sie zählen, es zieht sie raus in die große weite Welt. Aber jetzt habe ich ja Unterstützung. Meinen Neffen Henry«, fügte er auf meinen fragenden Blick hinzu. »Wir wollten das alles eigentlich von Anfang an gemeinsam aufziehen, weißt du. Er mit dem Hauptaugenmerk auf dem Gestüt, ich auf dem Pub.«

Das überraschte mich. Henry hatte das Gestüt mit Sam zusammen starten wollen? Er war doch die letzten Jahre unterwegs gewesen.

Sam führte mich weiter. Wir folgten der Straße zurück zum Wohnhaus und gingen von dort um eine Biegung hinter die Ställe. Hier taten sich der alte Reitplatz und ein eingezäunter Roundpen auf, umschlossen von saftigen Weiden, die bald gemäht werden sollten. Dahinter, inmitten von hohen Birken mit ihren in der Sonne leuchtenden weißen Stämmen, erhob sich ein weiteres lang gezogenes Gebäude aus Holz, dessen Zweck sich mir nicht direkt erschloss. Auf den ersten Blick wirkte es wie ein Stall, nur gab es keine Boxen, sondern gewöhnliche Haustüren, und es war umgeben von einer Veranda. Die Unterkünfte für das Personal bei uns zu Hause sahen so ähnlich aus. Charlie, Theresa und ein Großteil der anderen Stallarbeiter hatten auf Red Oak ein Zimmer, da sie gerade in der Fohlenzeit auch oft nachts verfügbar sein mussten.

»Edward – mein Bruder und Henrys Vater«, erzählte Sam weiter und führte mich den gepflasterten Weg zwischen dem Reitplatz und der Hinterseite der Ställe mit ihren Paddocks hindurch. »Er fand die Idee, ein Gestüt zu kaufen und einen Pub zu bauen, völlig absurd. Das wäre nichts für unsere Familie – schon gar nicht der Pub. Ein Gestüt, wenn es denn erfolgreich wäre, hätte er zumindest für mich nicht schlecht gefunden. Aber Henry … sein einziger Sohn … der sollte seine Firma übernehmen und nicht einem Hobby nachgehen, wie er es nannte. Es gab einen heftigen Streit. Dann starb Edward, und ja … Henry brauchte etwas Zeit für sich.«

»Das tut mir leid.« Ich hatte schon von Henrys tragischer Vergangenheit gehört, aber nicht gewusst, wie groß die Auswirkungen auch für Sam gewesen waren. Nun verstand ich besser, wie schwer es für ihn gewesen sein musste und warum das Gestüt noch nicht richtig Fahrt aufgenommen hatte. Sam hatte ganz plötzlich allein dagestanden, mit einem neu gekauften Hof und einem noch nicht fertiggestellten Pub. Er hatte sich auf Henry verlassen, und dann war alles schiefgegangen. Kein Wunder, dass er sich bislang kaum auf das Gestüt hatte konzentrieren können.

Andererseits durfte ich Henry nicht dafür verurteilen, dass er einfach abgehauen war, ich wusste kaum etwas über seine Situation und darüber, wie er sich damals gefühlt haben musste. Im Grunde taten sie mir beide leid, Sam und Henry. Umso großartiger fand ich es, dass sie jetzt zusammenarbeiteten und das Projekt nach zwei Jahren wieder in Angriff nahmen. Und vielleicht konnte ich ihnen dabei sogar helfen.

»Ich würde schrecklich gern bei euch arbeiten«, sagte ich und schob meine Hände in die Jackentaschen, um sie ruhig zu halten. »Lord Huntington meinte, ihr bräuchtet eine Trainerin, und ich … ich habe Unterlagen dabei …« Mit fahrigen Händen fummelte ich an meinem Beutel.

Sam blieb stehen und berührte meine Schulter. »Lass nur, die kannst du mir später geben. Für die Akten. Im Grunde steht es doch schon fest. Ich könnte mir niemand Besseren vorstellen, Bonnie. Das ist doch klar. Du hast mich vom ersten Moment an überzeugt. Ich weiß, dass du reiten und mit Pferden umgehen kannst. Du bist auf Red Oak aufgewachsen, außerdem legt Lord Huntington seine Hand für dich ins Feuer. Das bedeutet was. Komm, wir setzen drinnen ein paar Zeilen auf und besprechen deinen Lohn, okay?«

Sprachlos sah ich zu ihm auf. Hatte ich das richtig verstanden? Ich hatte den Job?

Nur mühsam konnte ich mich zurückhalten, um ihm nicht um den Hals zu fallen. Gestern war ich noch am Boden zerstört gewesen, und heute eröffneten sich mir plötzlich völlig neue Möglichkeiten.

Wir gelangten von der anderen Seite zurück zu den Stallungen, der Bagger nebenan war immer noch in vollem Einsatz, und von dort ging es weiter Richtung Wohnhaus. Eine niedrig gehaltene Hecke umschloss den Garten, was ihn ein wenig vom Gestüt abgrenzte. Ein rot gepflasterter, von Blumenbeeten gesäumter Weg führte zum Haus. Durch eine schwere Holztür gelangten wir in einen schmalen, dunklen Flur, und von dort ging es weiter in eine gemütliche Landhausküche, die mich an die von Red Oak erinnerte.

Blumenvorhänge hingen vor den Fenstern, in einer Vase am Fensterbrett strahlte ein Strauß roter Rosen, auf dem Wandbord neben der Tür tummelten sich kleine Elfenfiguren.

»Allys«, erklärte Sam auf meinen Blick hin und lachte. »Meine Frau. Sie liebt diese Dinger. Setz dich.« Er deutete zu der halbrunden Sitznische, und ich ließ mich auf dem gemusterten Polster nieder.

»Möchtest du etwas trinken?« Sam ging über die beigen Kacheln zur Eckküche. Dort füllte er ein Glas mit Wasser über der Keramikspüle und reichte es mir, ohne auf eine Antwort zu warten. Ich schloss meine Hände darum und nippte daran. Es fiel mir immer noch schwer zu glauben, dass ich wirklich bald für Sam arbeiten würde. Ich hatte einen Job. Und plötzlich fand ich es toll, dass ich nicht zu Hause arbeitete. So groß der Schock anfangs auch gewesen war, jetzt kam ich mir erwachsener vor, unabhängiger.

»Dann kommen wir mal zur Sache.« Sam ließ sich mir gegenüber auf einem Stuhl nieder und verschränkte die Hände auf dem Tisch. »Hast du einen Führerschein? Ein Auto?«

O nein, war das etwa eine Voraussetzung? »Leider nicht, weder noch. Aber ich möchte den Führerschein bald machen und mir dann auch ein Auto kaufen.« Ich brauchte vorher nur ein regelmäßiges Einkommen und noch ein bisschen mehr auf dem Sparkonto.

»Es wäre aufwendig, jeden Tag mit dem Bus hin und her zu fahren, meinst du nicht? Damit brauchst du fast doppelt so lang.«

»So weit ist es ja nicht. Vielleicht eine Stunde pro Strecke. Das ist kein Problem.«

»Du könntest auch hier wohnen und nur an den freien Tagen heimfahren, wenn du möchtest. Wir haben im Frühling eine Unterkunft für die Mitarbeiter aufgestellt. Es ist nichts Besonderes, ein Zimmer und ein Bad, aber du würdest dir den Weg sparen.«

Überrascht lehnte ich mich auf der Bank zurück. Damit hatte ich nicht gerechnet. Vermutlich waren die Unterkünfte in dem Gebäude bei den Birken, das ich vorhin gesehen hatte. Es war ein schöner Ort, und der Vorschlag, hier zu wohnen, klang vernünftig und großzügig. Gleichzeitig wurde mir aber auch ein wenig mulmig bei dem Gedanken. Ich war noch nie wirklich von zu Hause weg gewesen, und dabei spielte es auch keine Rolle, dass Beaumont Horses ganz in der Nähe lag. Ich wäre ganz auf mich allein gestellt. Ein Gefühl, das fremd und beängstigend war, gleichzeitig spürte ich aber auch freudige Aufregung. Es begann wirklich ein völlig neuer Lebensabschnitt, ich wurde erwachsen.

»Okay«, sagte ich und versuchte, all die bevorstehenden Änderungen richtig zu realisieren. »Danke.«

Sam nickte zufrieden, dann holte er aus der Schublade der Kommode hinter sich einen Notizblock und einen Stift. Wir besprachen meinen Lohn, meine Arbeitszeiten und welche Aufgaben ich übernehmen sollte. Er kritzelte in sein Buch, dann schlug er es zusammen und lehnte sich zufrieden zurück.

»Und du bist sicher, dass du schon morgen anfangen willst?«

»Und ob! Ich würde auch jetzt gleich schon loslegen.«

Sam lachte und schob das Notizbuch zur Seite. Er würde all das, was wir besprochen hatten, später noch auf dem Computer zusammentippen und mich dann unterschreiben lassen. »Morgen reicht völlig. Und sag Bescheid, wenn du Hilfe brauchst, um deine Sachen herzuholen, ich kann dich jederzeit fahren. Jetzt zeig ich dir aber erst mal die Pferde, mit denen du anfangen kannst. Joker steht ganz oben auf der Liste.«

Juhu, dachte ich mir nur. Ich durfte mit Joker arbeiten! Es wurde immer besser.

Schnell trank ich mein Wasser aus und folgte dann Sam zurück zu den Ställen. Mit Joker zu arbeiten würde großartig werden. In meinem Kopf hatte ich bereits damit begonnen, einen Trainingsplan zu erstellen. Zuerst würde ich noch Bodenarbeit mit ihm machen, ihn richtig stärken und ihm Selbstbewusstsein geben. Ich machte mir auch schon eine Liste an Hilfsmitteln, die ich für sein Schrecktraining benutzen wollte – Fahnen, klappernde Dosen, Regenschirme, wehendes Flatterband, raschelndes Plastik, Planen … Und dann konnte ich es kaum erwarten, ihn zu reiten.

Joker stand in einer Box, die ich zuvor für leer gehalten hatte, aber er war auf dem Paddock gewesen, der direkt an seine Box anschloss. Jetzt aber streckte er seinen Kopf hinaus, und ich freute mich richtig, ihn wiederzusehen.

»Na, mein Schöner? Wollen wir morgen zusammen arbeiten?« Der Wallach strich seine Nase mit geblähten Nüstern über meine Hand, und ich musste mich ermahnen, ruhig zu bleiben und das aufgeregte Flattern in meinem Bauch zu ignorieren. Am liebsten wollte ich herumspringen vor Freude, doch das war neben einem nervösen Pferd nicht die beste Idee.

»Ich kann es kaum erwarten, die Fortschritte zu sehen«, sagte Sam, lehnte sich an die Boxentür und streichelte durch Jokers Mähne. »Ich habe schon ein wenig herumtelefoniert, und vielleicht kommen nächsten Monat ein paar potenzielle Käufer hierher.«

»Das kriegen wir hin.« Ich wollte weitergehen, zur nächsten Box, als ich plötzlich Henry entdeckte.

Schlagartig kehrte die Nervosität zurück. Irgendetwas sagte mir, dass die Zusammenarbeit mit ihm nicht so einfach werden würde wie mit Sam. Schon allein, wie er über den Hof auf uns zukam, als gehörte ihm alles hier – ihm ganz allein –, und dabei eine mürrische Miene aufsetzte, als könne ihm niemand etwas recht machen.

Er kam aus Richtung der Baustelle zu uns, schien aber anders als Sam nicht mit angepackt zu haben. Seine schwarzen Hosen und das blau karierte kurzärmlige Hemd waren lupenrein, nur die schwarzen Haare hatte der Wind ein wenig zerzaust, und die Schuhe waren staubig. Mein Blick fiel auf seine Arme, die trotz des erst beginnenden Sommers schon gebräunt waren. Er war nicht so muskulös wie Sam, eher drahtig.

»Bonnie.« Es war nur mein Name, ein Wort, völlig unverbindlich und emotionslos. »So schnell sieht man sich wieder.«

Okay, kein flirtendes Funkeln, kein Schalk und schon gar keine Wärme oder Freude, nur der arrogante Adlige. Mit dem konnte ich noch am besten umgehen, der ließ wenigstens mein Herz in Ruhe.

Ich wartete auf einen weiteren abschätzigen Kommentar von ihm, aber nichts kam. Stattdessen wandte er sich Sam zu und hob fragend eine Augenbraue, als wollte er wissen, was zur Hölle ich hier zu suchen hatte. Wusste er etwa nichts von meinem Vorstellungsgespräch heute?

Sam grinste von einem Ohr zum anderen. »Du kannst die Trainersuche von deiner To-do-Liste streichen. Vor dir steht unsere neue Pferdetrainerin. Bonnie fängt morgen an.«

Henrys Ausdruck gefror. Und trotzdem war sehr deutlich zu verstehen, was er dachte.

»Pferdetrainerin?«, sagte er leise, sodass ich eine Gänsehaut bekam. Die ganze Freude über meinen Job war mit einem Schlag dahin, mein Magen verkrampfte sich, und ich schlang automatisch die Hände um meinen Körper. Auch Sams Lächeln war wie ausgelöscht, seine Stirn zog sich in Falten.

»Ja, sie ist perfekt dafür. George hat angerufen – Huntington –, er hat sie mir empfohlen und …«

»Sie ist ein halbes Kind, Sam. Du kannst doch kein …« Er warf mir einen kurzen Blick aus seinen Gewitteraugen zu, dann atmete er hörbar ein und legte Sam die Hand auf den Oberarm. »Entschuldige uns«, sagte er knapp an mich gewandt, dann führte er Sam zur Seite.

»So baut man kein erfolgreiches Gestüt auf«, hörte ich ihn trotzdem, er sprach immer noch relativ ruhig, aber den gepressten Unterton konnte er nicht ganz ausschalten. »Vom Trainer hängt alles ab, Sam. *Er* entscheidet, was aus den Pferden wird – aus wertvollen Pferden. Einmal Schaden angerichtet, lässt sich das kaum wieder hinbekommen. Unser Ziel ist doch klar. Wir wollen kein kleiner Reitstall bleiben, sondern Springpferde auf den großen Turniersport vorbereiten. Ein Gestüt, an das sich wohlhabende Investoren wenden. Dafür brauchen wir auch einen erfahrenen Trainer, einen Namen, jemanden, der mehr vorzuweisen hat, als ein paar *Wendy*-Magazine gelesen zu haben.«

Fast blieb mir die Luft weg, mein Körper spannte sich an. Ich wollte vorstürmen, ihm ordentlich die Meinung geigen, aber Sams Worte ließen mich innehalten.

»Sie ist doch kein Kind mehr, Henry, nur ein paar Jahre jünger als du. Und du hast sie nicht mit Joker gesehen, sie hat Ahnung.«

»Sie hat ihn eine Minute lang an der Hand gehalten, und er ist ihr nicht abgehauen, super. Aber Spitzenpferde auszubilden ist etwas völlig anderes. Da geht es nicht nur um Betüdeln, da gehört auch hartes Training dazu. Die Pferde müssen richtig geritten werden, wir dürfen uns keine Fehler mehr leisten.«

»Wer sagt denn, dass sie Fehler macht?«

»Wer sagt, dass sie keine macht? Hast du sie je im Sattel gesehen? Hast du gesehen, wie sie einem Pferd beibringt, über den Rücken zu arbeiten? Sam, du kannst keinen Betrieb auf der Basis von Sympathien führen, das geht einfach nicht. Genau solch eine Einstellung hat dich doch erst an den Rand des finanziellen Ruins gebracht. Du hast mich um Hilfe gebeten, ich bin hergekommen, ich habe alles, was ich habe, in diesen Hof gesteckt, das werde ich nicht verlieren, nur weil du einem alten Freund einen Gefallen tun willst. Also bitte höre auf mich, wenn ich dir sage, dass das hier eine saublöde Idee ist.«

Sam strich sich über die Augen, plötzlich wirkte er schrecklich müde. Das war kein gutes Zeichen. Ich hatte mich wohl zu früh gefreut.

Würde Sam nachgeben? Henrys Argumente klangen überzeugend, so beleidigend sie auch waren. Ich konnte seinen Standpunkt nachvollziehen. Nach allem, was ich gehört hatte, war es mit dem Gestüt steil bergab gegangen. Da war das Risiko einer unerfahrenen Trainerin kaum tragbar. Aber so leicht aufgeben wollte ich auch nicht. Henry kannte mich nicht, er wusste nicht, dass ich den Job verdiente. Er führte ein Unternehmen und musste pragmatisch denken, okay. Das konnte er haben.

»Gib mir ein Pferd«, sagte ich also und ging auf die beiden zu. »Irgendeines. Gib mir ein Pferd, und ich zeige dir, was ich kann.«

Henry streckte in einer begütigenden Geste die Hand nach mir aus, ich hätte sie am liebsten weggeschlagen, so arrogant verhielt er sich gerade.

»Es ist wirklich nichts Persönliches, Bonnie. Ich bin sicher, du bist ein großer Pferdefan und reitest bestimmt auch nicht schlecht, aber das hier ist einfach eine andere Liga.«

Meine Augen verengten sich. Konnte er noch herablassender werden?

»Dann gib mir ein Pferd. Du hältst mich für unerfahren, weil ich jung bin, aber ich habe schon mein ganzes Leben mit Pferden zu tun. Du würdest einem Trainer mehr zutrauen, nur weil er zehn Jahre älter ist als ich? Aber was, wenn dieser Trainer auch zehn Jahre später angefangen hat? Im Grunde geht es doch um die Qualifikation. Ich habe hier alle Unterlagen über die Kurse, die ich besucht habe.« Ich zog die Mappe aus meiner Tasche, aber Henry machte keine Anstalten, sie mir abzunehmen. »Und ich kann dir jederzeit zeigen, was ich draufhabe«, fuhr ich daher fort, um eine ruhige, neutrale Stimme bemüht. Ich wollte professionell rüberkommen und nicht wie das Kind, für das er mich hielt. »Ich verstehe, dass du niemanden blind einstellen und dich erst von meinen Fähigkeiten überzeugen möchtest. Also, fangen wir an.«

»Komm schon, Henry«, schaltete Sam sich wieder ein. Manchmal fand ich es schwer vorstellbar, dass die beiden miteinander verwandt waren. Sam so kräftig und untersetzt, Henry daneben so groß und schlank. Sam so offen und herzlich, Henry verschlossen und unnahbar. Aber beide hatten schwarze Haare und eher blasse Haut. Die einzige Gemeinsamkeit. »George hat mir versichert, dass sie ausgezeichnet ist.«

Henry verdrehte die Augen, ihm war anzusehen, dass er keine Geduld mehr für seinen Onkel hatte, und mein Gefühl sagte mir, dass ich nicht der einzige Grund dafür war. So wie er vorhin mit Sam geredet hatte, schien er ihm in solchen Dingen grundsätzlich nicht zu vertrauen.

»Natürlich hat George das gesagt, sie ist die Tochter seines Stallmeisters. Er wird kaum etwas anderes behaupten. Aber wenn sie so gut ist, wieso arbeitet sie dann nicht auf Red Oak? Wieso hat Huntington sie nicht behalten und stattdessen Whitehall eingestellt?«

Autsch, Treffer. Dem konnte ich nichts entgegensetzen, denn ich wusste ja selbst nicht, warum ich meine Stelle auf Red Oak plötzlich doch nicht bekommen hatte. Lady Huntington hatte jemand anderen eingestellt, und die einzige Erklärung, die ich dafür hatte, war, dass sie Vanessa von mir fernhalten wollte. Aber das würde Henry nicht verstehen.

»Also, welches Pferd?«, lenkte ich das Thema zurück zum Wesentlichen.

»Gib ihr eine Chance«, bat auch Sam, während Henry mich unverhohlen musterte, den Kiefer angespannt, sodass seine Wangenknochen noch stärker hervortraten.

»Okay«, sagte er dann plötzlich zu meiner Überraschung und sah mir direkt in die Augen. Als ich seinen siegessicheren, arroganten Ausdruck sah, wusste ich, dass er alles dafür geben würde, um mich scheitern zu sehen.

»Da drüben kannst du dir was zum Anziehen leihen, wir sollten zumindest Stiefel in deiner Größe haben. Ich hol inzwischen dein Pferd.« Und damit wandte er sich ab und schritt davon.

»Danke«, sagte ich noch, auch wenn er es vermutlich gar nicht mehr hörte. Aber das war egal, ich hatte meine Chance.

Ich folgte Sam ans Ende der Boxenreihe, wo eine Tür in eine Sattelkammer führte.

Von draußen hörte ich Henry noch durch die Finger pfeifen und »Mike« rufen, als würde er einen Hund herbeizitieren. Dabei war ich mir ziemlich sicher, dass er einen Pfleger und kein Tier meinte, schließlich musste ein Pferd fertig gemacht werden. Aber das überraschte mich schon gar nicht mehr.

»Es tut mir wirklich leid«, sagte Sam und schloss die Tür hinter uns. Der Geruch nach Leder und Sattelseife hüllte mich ein, tröstend und vertraut. Henry würde sich noch wundern. So leicht ließ ich mich bestimmt nicht abwimmeln.

»Es muss dir nicht leidtun. So einfach hatte ich es mir sowieso nicht vorgestellt, und mit Vorreiten habe ich überhaupt kein Problem.«

»Na, dann ist ja gut. Vermutlich holt er sowieso Joker, und auch wenn der auswärts ein Nervenbündel ist, kann man ihn zu Hause doch ganz gut unter Kontrolle halten.« Sam zog ein Paar Reitstiefeletten aus einem Schrank und stellte sie vor mich hin. »Die müssten passen.«

»Danke.« Ich legte meinen Jutebeutel auf der Holzbank an der

Wand neben den Sattelhaltern ab, setzte mich hin und schlüpfte aus meinen Ballerinas.

»Du darfst es ihm nicht übel nehmen«, durchbrach Sam die kurze Stille. Ihm schien die Situation furchtbar unangenehm zu sein. »Ich habe dieses Unternehmen so ziemlich an die Wand gefahren, der Pub war mir einfach wichtiger, und Henry versucht zu retten, was zu retten ist.«

»Es ist wirklich alles gut.« Ich zog den Reißverschluss der Stiefeletten zu, richtete mich auf und schenkte ihm ein ehrliches Lächeln. »Ich freue mich, gleich eins der Pferde kennenzulernen.«

»Nur damit du Bescheid weißt – ich habe dir den Job längst gegeben und werde jetzt keinen Rückzieher machen. Zu meinem Wort stehe ich. Wenn wir Henry ein wenig beruhigen, gut, aber das hier ändert nichts an meiner Entscheidung.«

Ein warmes Gefühl breitete sich in meinem Inneren aus. Ich wusste nicht, wieso, aber ich hatte mich von Anfang an in Sams Gegenwart wohlgefühlt, als würde ich ihn schon ewig kennen. Diese lieben Worte verstärkten diesen Eindruck noch.

»Danke.«

Sam wandte sich dem offenen Wandregal zu und suchte einen Helm heraus, den er mir reichte. »Verzeih mir die Frage …«, er zog den Mund zur Seite und zwirbelte den Bart um seinen Finger, »… aber warum … mich würde auch interessieren, wieso George dich nicht selbst eingestellt hat.«

Ich biss mir auf die Unterlippe. Wie sollte ich das erklären? »Wir hielten es beide für besser, wenn ich auch auf einem anderen Gestüt Erfahrungen sammle«, sagte ich also und setzte den Helm auf.

Sam beließ es zum Glück dabei, und dann gingen wir auch schon zurück nach draußen in die Sonne. Ein schrilles Wiehern begrüßte uns. Vor der gegenüberliegenden Stallreihe war ein Pferd am Ring an der Boxentür angebunden. Es war ein großer

Schimmel, der dem hageren Körperbau nach zu urteilen noch sehr jung war. Er musste erst richtig Muskeln aufbauen, dann wurde er bestimmt wunderschön.

Jetzt aber stand er da, mit hochgehaltenem Kopf und gespitzten Ohren, und schrie sich die Seele aus dem Leib. Er war noch ein Hengst, stellte ich fest, und so wie er herumtänzelte, während ein Mann mit Baseballcap versuchte, ihn schnell zu striegeln, war mit ihm noch nicht allzu viel gearbeitet worden.

Sam schirmte seine Augen mit der Hand vor der Sonne ab, dann fluchte er so derb, dass ich verwundert zu ihm aufsah. Er aber stapfte schon los über den Hof. »Was zur Hölle machst du da, Mike?«

Der Typ mit der Baseballkappe hielt inne und drehte sich zu uns um. Ein Moment der Unachtsamkeit, in dem das Hinterteil des Pferdes ihn auch schon zur Seite schob. Mike musste schnell wegspringen, um keinen Huf auf den Fuß zu bekommen. Er fluchte, wandte sich dann aber schnell wieder Sam zu und tippte sich grüßend an die Kappe.

»Mr Beaumont hat mir aufgetragen, Sunshine fertig zu machen«, sagte er, deutlich verwirrt über Sams Zorn.

Mr Beaumont – also Henry. Mich wunderte ein wenig, dass Mike ihn mit Mr ansprach und nicht mit seinem Adelstitel. Vielleicht wollte Henry das so. Ich konnte mir vorstellen, dass das ständige »Duke« und »Euer Gnaden« schnell nervig werden konnte. Na ja, manche standen vermutlich auch drauf.

»Warum ausgerechnet Sunshine?« Sam ging näher heran, während der Hengst gerade den Putzkoffer niedertrampelte. Ich presste die Lippen aufeinander, um nicht zu grinsen. Der Name Sunshine war in Anbetracht dessen, was ich vor mir sah, wirklich lustig. Das Pferd wirkte nicht gerade wie ein Sonnenschein.

»Keine Ahnung«, erwiderte Mike und sammelte schnell die Striegel vom Pflaster auf.

Sam seufzte lautstark und wandte sich mir zu. »Keine Sorge, wir werden Joker holen. Sunshine ist gerade frisch angeritten, von einem Bereiter, der … Na ja, sagen wir mal so, da habe ich einen Fehler gemacht, ihn einzustellen. Ich habe dir ja gesagt, dass die Fluktuation bei uns hoch war. Es sind einfach Methoden verbreitet, mit denen ich nichts anfangen kann, und es ist schwer, jemanden zu finden, der auch aufs Pferdewohl achtet. Mit keinem der vergangenen Trainer und Bereiter war ich wirklich zufrieden. Vermutlich will Henry sich deshalb selbst darum kümmern. Es ist also wirklich nichts Persönliches.«

»Das sagte ich doch schon«, erklang plötzlich Henrys Stimme hinter uns. Er hatte Sattel und Zaumzeug in der Hand und sah mich herausfordernd an.

»Du weißt, du musst das nicht tun.«

Meine Augen verengten sich. Dachte er ernsthaft, ich würde kneifen? Nur weil das Pferd hier ein wenig herumtänzelte?

»Gib schon her.« Ich nahm ihm den Sattel ab und näherte mich damit Sunshine. Nach zwei Schritten hielt mich aber eine Hand an der Schulter zurück.

»Das ist Unsinn«, stieß Sam aus und zog mich ein Stück weg. »Sunshine ist gefährlich, er hat schon zwei Trainer ins Krankenhaus befördert. Was ist los mit dir, Henry? Willst du auf so eine miese Tour recht bekommen?«

Henry verzog keine Miene, die Augen wegen der grellen Sonne ein wenig zusammengekniffen, machte er eine einladende Geste zu dem Pferd. »Wenn sie hier arbeiten will, muss sie sich früher oder später mit Sunshine beschäftigen. Oder sollen wir ihn einfach auf eine Wiese stellen und vergessen, dass wir ihn haben? Sie will unsere Pferdetrainerin werden, dann muss sie auch mit schwierigen Tieren zurechtkommen. Wir können es uns nicht leisten, jemanden zu bezahlen, der sich dann aufs Ponyreiten spezialisiert.«

»Kein Problem.« Ich drehte meine Schulter zur Seite, um Sams Griff loszuwerden, dann ging ich auf Sunshine zu, mir darüber bewusst, sehr genau beobachtet zu werden. Die vielen neugierigen Blicke machten mich nervös, aber ich zwang mich, sie zu ignorieren. Aufregung würde jetzt alles nur noch schwieriger machen.

»Hey.« Ich schob den Sattel auf meinen linken Arm und streckte die rechte Hand nach dem Schimmel aus. »Alles ist gut.« Sunshine reckte den Hals ein wenig nach vorne und beschnupperte meine Haut, hielt sich damit aber nicht lange auf und riss den Kopf mal in diese, dann in die andere Richtung. Besorgt sah ich auf den Anbindering. Wenn Sunshine so weitermachte, riss er sich los oder verletzte sich. Er war mit einem Karabiner und keinem Panikhaken am Halfter gesichert, das könnte böse enden. Ich hatte schon von üblen Genick- und Nasenbeinverletzungen bei Pferden gehört, die angebunden Panik bekommen und sich mit voller Wucht in ihr Halfter gehängt hatten.

Kurz entschlossen legte ich den Sattel auf der Boxentür ab und band Sunshine los, bevor er noch völlig durchdrehte.

»Bonnie …«, hörte ich Sam ängstlich, alle wichen ein wenig zurück, während Sunshine nervös um mich herumtänzelte.

»Ich werde ihn nicht reiten«, erklärte ich bestimmt und wedelte das Strickende in die Richtung von Sunshines Schulter, damit er Abstand von mir hielt und mich nicht über den Haufen rannte. Aus dem Augenwinkel bemerkte ich, wie sich Henrys Haltung auf meine Worte hin änderte, wie die Spannung aus seinem Körper wich und er nickte.

»Es ist okay«, sagte er und kam mit ausgestreckter Hand auf mich zu, um mir Sunshine abzunehmen. »Du bist noch nicht so weit, das ist keine Schande. In ein paar Jahren kannst du dich wieder bewerben und …«

»Du hast mich falsch verstanden.« Er dachte ernsthaft, ich

würde aufgeben und wegrennen, nur weil ein Pferd ein bisschen schwieriger war. »Ich sagte, ich werde ihn nicht reiten, und das tue ich auch nicht. Denn das wäre gefährlich und ehrlich gesagt ziemlich naiv. Niemand mit einem Funken Verstand würde sich aktuell auf seinen Rücken setzen. Und wenn du meinst, einen guten Trainer zeichnet aus, dass er sich ins Krankenhaus befördern lässt, nur um etwas zu beweisen, tut es mir leid, aber das bin nicht ich.«

Sunshine ruckte am Strick, als wollte er sich losreißen, aber indem ich seine Hinterhand nach außen wegschickte, konnte ich ihn bei mir behalten. »Ich habe gesehen, ihr habt dort hinten einen Roundpen. Dort werde ich mit ihm arbeiten. Alles andere wäre verantwortungslos. Und wenn ihr mich einstellt, werde ich bestimmt noch länger vom Boden aus mit ihm arbeiten, bis ich mich auf seinen Rücken setze. Wenn du mich reiten sehen willst, gib mir für heute ein anderes Pferd, wenn du mich arbeiten sehen willst, dann komm mit.«

Und damit marschierte ich los, Sunshine folgte mir vor sich hin trappelnd und laut wiehernd. Ich wusste nicht, woher ich den Mut genommen hatte, so klare Worte an Henry zu richten. Ich hatte ziemlichen Respekt vor ihm. Aber andererseits kannte ich ihn noch von früher, und sein Status war nichts Besonderes für mich, schließlich hatte ich auf Red Oak ständig mit Adligen zu tun. Er sollte mein Boss werden, zusammen mit Sam, und da durfte ich kein stilles Mäuschen sein. Ich musste für das kämpfen, was ich wollte. Denn ich war geeignet für diesen Job, das wusste ich.

Sunshine versuchte, mich zu überholen, aber ich schnappte mir im Gehen eine Gerte, die an einer Boxenwand lehnte, und nutzte sie wie eine Schranke.

Abrupt und ohne Vorwarnung blieb ich stehen, sodass er, unaufmerksam, wie er war, in die Schranke hineinlief. Ich wartete, bis er selbst stehen geblieben war, dann ging ich weiter, nur um nach ein paar Schritten dasselbe zu wiederholen. Erneut passte er nicht auf. Aber das machte nichts, er würde schon lernen, auf mich zu achten. Wir wiederholten das Spielchen den ganzen Weg über zum Roundpen, und als ich kurz vor dem Tor stehen blieb, hielt auch Sunshine brav an.

»Guter Junge. Na, siehst du, du lernst ja doch.« Ich streichelte ihm den Hals und den Mähnenkamm. Er war immer noch angespannt, besonders, als ich das Tor aufschob, aber das würde sich bald legen, da war ich mir sicher.

»Steht er allein?«, fragte ich, während ich ihn in den durch eine hohe Bretterwand abgeschlossenen Kreis führte. Hengste teilten sich selten eine Koppel mit anderen Pferden. Mit Stuten konnten sie nicht zusammen, um eine Trächtigkeit zu verhindern, und andere Hengste oder Wallache akzeptierten sie nur selten. Es konnte immer wieder zu gefährlichen Kämpfen kommen, wenn sie einen Konkurrenten witterten. Deshalb hielt man sie meist getrennt von den anderen, was ich eigentlich nicht gut fand, denn Pferde waren überaus soziale Wesen. Häufig lösten sich Verhaltensprobleme allein dadurch, dass man ihnen genug Auslauf gab und sie mit anderen Tieren in Kontakt brachte. Aber mir war klar, dass das bei Hengsten ab einem gewissen Alter schwierig wurde.

Sam, Henry und Mike traten ans Tor, Henry zog es zu und musterte mich wieder so skeptisch, als verstünde er nicht, was ich hier tat.

»Ja, er steht allein auf einem Paddock.«

Das hatte ich befürchtet. Es war aber auch nichts Ungewöhnliches.

Ich klinkte den Strick aus Sunshines Halfter und ließ ihn frei laufen, während ich mich in die Mitte stellte und zusah, wie er erst mal Energie abbaute.

»Vielleicht könnt ihr versuchen, ihn neben andere Wallache zu stellen, durch einen Zaun getrennt. Wenn keine Stuten in der Nähe sind, hilft das oft schon sehr. Ich weiß, es funktioniert nicht bei allen Hengsten und ist stark Charaktersache, aber manche kann man in eine Herde integrieren, und einen Versuch wäre es doch wert, oder?«

Niemand antwortete mir, und so warf ich einen Blick zum Tor, wo die drei Männer aufgereiht standen und mich verblüfft ansahen.

»Habt ihr vor, mit ihm zu züchten?«, fragte ich also weiter. »Ansonsten würde ich ihn bald kastrieren lassen, anstatt ihn von allen anderen wegzusperren.«

Wieder keine Antwort, also fing ich an, mit Sunshine zu arbeiten. Zuerst holte ich mir seine Aufmerksamkeit, indem ich mich ihm in den Weg stellte, mit dem Führstrick wedelte und ihn so zum Umdrehen brachte. Das wiederholte ich ein paarmal, bis er verstand, dass er auf mich achten sollte und ich seine Richtung allein mit einem Schritt nach vorne wechseln konnte. Er lernte schnell, und mit der Aufgabe wurde er auch ruhiger. Wir übten vielleicht zehn Minuten, bis ich mich von ihm abwandte und ihn damit von der Arbeit freigab. Wie erwartet kam er auf mich zu und blieb neben mir stehen. Ich ließ ihn in Ruhe, denn er sollte wissen, dass meine Nähe ein Ort war, an dem er sich entspannen konnte.

Nur langsam wandte ich mich ihm zu, gab mich gelangweilt und streichelte seinen Hals. Nichts hier bei mir sollte Aufregung und Anspannung bedeuten. Wir standen einfach nur da und genossen den Augenblick.

Am Rande hörte ich das Raunen tiefer Stimmen. Sam und Henry redeten miteinander. Ob sie sich mittlerweile einig waren?

Ich tätschelte Sunshine noch kurz den Hals, dann ließ ich ihn allein und ging auf die drei Männer zu. Mike trug ein breites Lächeln im Gesicht, das unter der Kappe im Schatten lag. Er hatte einen dunklen Dreitagebart, und ich schätzte ihn auf Mitte zwanzig. Vom Typ her war er eher untersetzt, und ich sah ihm an, dass er hier für körperlich schwere Arbeit zuständig war, so wie sich seine Muskeln unter dem kurzärmligen T-Shirt spannten.

Er zwinkerte mir zu, und ich freute mich, wenigstens einen außer Sam bei Beaumont Horses auf meiner Seite zu haben.

Erwartungsvoll sah ich zu Henry auf, der meinen Blick stoisch erwiderte. Dann ein kurzes Nicken.

»Ein Monat Probezeit«, sagte er und brachte damit mein Herz zum Flattern. Hatte ich eben richtig gehört?

»Ich bin eingestellt?«

»Auf Probe«, wiederholte Henry streng, aber ich konnte nicht anders, als zu grinsen. Auch Sam strahlte übers ganze Gesicht.

»Na, dann kann ich ja den Vertrag aufsetzen, und du fährst am besten heim und packst deine Sachen.«

»Sie wird hier wohnen?« Henry fuhr zu Sam herum.

»Na, sonst müsste sie jeden Tag mit dem Bus herfahren. Ich kann heute Nachmittag oder morgen nach Red Oak kommen und dir mit deinen Sachen helfen«, wandte er sich wieder an mich.

»Ist schon gut, ich brauche ja nicht viel.« Mit einer Tasche müsste es eigentlich erledigt sein, und die bekam ich ohne Probleme in den Bus.

»Ich kann auch fahren«, ließ sich dann Mike vernehmen und lehnte sich an die Bretterwand, die Knöchel überkreuzt. Ich war gerührt, wie bemüht hier alle waren und wie freundlich mich die beiden gleich aufnahmen.

»Wirklich, es ist kein Problem«, versicherte ich ihm und sah zu Henry auf, in Erwartung, dass auch von ihm noch etwas kam. Entweder weiterer Protest oder vielleicht sogar ein paar freundliche Worte, um mich ebenfalls willkommen zu heißen.

Aber er wandte sich bereits ab. »Bringt Sunshine zurück in die

Box. Ich muss zur Baustelle.« Und damit ging er davon. Nicht beleidigt oder wütend, weil ich den Job gegen seinen Willen bekommen hatte, sondern völlig gelassen. Das Thema hatte sich für ihn erledigt.

Mein Gefühl sagte mir, dass die Arbeit nicht einfach werden würde, wenn Henry mich ständig überwachte und nur auf einen Fehler von mir wartete. Aber vielleicht konnte ich ihn doch noch von mir überzeugen.

Kapitel 5

Mein neues Zuhause auf dem Beaumont-Gestüt war ein Traum. Das Haus inmitten des Birkenhains, in dem ich mit anderen Mitarbeitern wohnte, war der perfekte Rückzugsort.

Um einen Trainingsplan für Joker und Sunshine zu erstellen, hatte ich mich an den Gartentisch auf der Veranda gesetzt. Sie erstreckte sich über die gesamte Länge des Gebäudes, und über drei Stufen ging es auf eine Wiese mit gepflasterten Wegen zu den Stallungen. Zu meiner Rechten war immer noch der Bagger für den neuen Reitplatz am Werk, ich konnte ihn nicht sehen, nur leise hören. Dazwischen lagen der Roundpen und der alte Reitplatz. Zu meiner Linken grasten Pferde auf der Weide, vor mir taten sich die Stallungen mit den Paddocks auf, dahinter erhob sich die Spitze des Wohnhausdachs. Es war mein erster Tag hier, und trotzdem kam es mir so vor, als gehörte ich schon hierher. Ich mochte die Ruhe und dass alles etwas gemütlicher vonstattenging als in meinem alten Zuhause. Vögel zwitscherten über mir, es roch nach Sommer, nach Gras, Blumen und Pferden. Die Sonne schien warm auf meine Haut, und wenn ich hier so saß, kam mir die Verzweiflung von vor zwei Tagen weit weg vor.

Dad hatte mich heute Morgen hergefahren. Er war immer noch wütend auf Lord Huntington, und erst nach einer Weile war es mir gelungen, ihn davon zu überzeugen, dass er nicht mit ihm reden bräuchte und ich wirklich hier arbeiten und wohnen wollte. Dass ich es als Chance sah. Es war offensichtlich, wie merkwürdig er meinen Sinneswandel fand und wie schwer es ihm fiel, mich gehen zu lassen. Vor allem, weil wir beide nicht damit gerechnet hatten. Aber wenn ich ehrlich war, genoss ich es auch, so unabhängig zu sein. Meine Mutter hatte immer gesagt, dass alles immer aus einem bestimmten Grund passierte, das wusste ich von Dad. Und in diesem Moment glaubte ich fest, dass sie recht gehabt hatte. So nah wie jetzt fühlte ich mich ihr selten. Ein Lächeln breitete sich auf meinem Gesicht aus.

»Joker, Tag eins«, notierte ich in meinem Notizheft und rückte den Klappstuhl zurecht. Auf den Holzbrettern der Veranda wackelte er leicht. Aber gerade dieses Unperfekte fand ich charmant.

Ich erstellte einen Trainingsplan für die beiden Pferde, um die ich mich in den nächsten Wochen vordergründig kümmern sollte. Das waren Joker, den Henry beim Turnier vorgestellt hatte, und der Hengst Sunshine. Wenn es mit ihnen gut lief, sollten noch zwei Stuten, die ich bisher noch nicht kennengelernt hatte, in meine Obhut übergeben werden.

Mit Joker wollte ich nachher gleich anfangen, und so schrieb ich auf, was ich in der nächsten Woche mit ihm vorhatte und was ich als unsere gemeinsamen Ziele definieren wollte.

Als Erstes wollte ich Stangenarbeit mit ihm machen, um sein Selbstbewusstsein zu stärken. Er war mir beim Turnier vor dem Sprung noch sehr unsicher vorgekommen, sehr abgelenkt. Mit Stangen und Cavaletti konnte ich sein Gleichgewicht fördern, seine Konzentration und sein ganzes Körpergefühl.

»Hi.«

Eine hohe freundliche Stimme riss mich aus meinen Plänen. Ich sah vom Notizblock auf und warf einen Blick über die Schulter. Ein Mädchen in meinem Alter kam aus der Tür gleich neben meiner. Sie hatte schwarze kurze Haare im Pixie-Cut und eher blasse Haut. Das kurzärmlige T-Shirt war ihr mehrere Nummern zu groß und flatterte auf ihrem spindeldürren Körper. Sie trug weite Trainingshosen und Arbeitsschuhe. Ein breites Lächeln strahlte mir aus ihrem schmalen Gesicht entgegen.

»Du bist Bonnie, richtig? Die Pferdetrainerin? Ich heiße Maya.« Sie streckte mir die schmucklose Hand entgegen, und ich schlug ein.

»Meine Nachbarin?«, fragte ich und deutete zur Tür. Es freute mich, dass es jemanden in meinem Alter hier gab, und dann gleich noch nebenan. Ich hatte schon befürchtet, ganz allein zu sein, schließlich konnte sich das Gestüt noch nicht eine derart hohe Zahl an Mitarbeitern leisten wie Red Oak. Meine Freundschaften mit Theresa und Vanessa fehlten mir schon jetzt, obwohl ich heute Morgen noch zu Hause gewesen war. Es war einfach ungewohnt, sie nicht ständig um mich zu haben.

»Ja genau, ich bin schon fast drei Jahre hier. Pflegerin.« Sie ließ sich auf dem freien Klappstuhl mir gegenüber nieder und zog eine Packung Kaugummi aus der Hosentasche. »Willst du?« Sie streckte ihn mir entgegen, aber ich schüttelte lächelnd den Kopf, und so zuckte sie nur mit den Schultern und schob sich selbst einen zwischen ihre Lippen.

»Was machst du gerade?«, wollte sie dann wissen und lehnte sich über den Tisch zu mir vor.

»Ich erstelle einen Trainingsplan für Joker.«

»Cool, der ist einer meiner Lieblinge. Wirklich total lieb, nur ein wenig nervös. Dafür traue ich mich nicht in die Nähe von Sunshine. Wenn der in seiner Box steht, muss Mike mir beim Misten helfen.«

»Mike ist der Chefpfleger, oder?«

Maya nickte, während sie an ihrem Kaugummi kaute. »Ja. Er hat mir erzählt, du bist gestern mit dem Boss aneinandergeraten?«

Hitze stieg in meine Wangen, ich wusste gar nicht, wieso. Bei Maya klang die Sache so viel größer, als sie gewesen war.

»Henry … also Mr Beaumont war noch nicht so ganz von mir überzeugt, das ist alles.«

»Ja, das habe ich gehört. Und offenbar hast du es ihm so richtig gezeigt. Mike hat von kaum etwas anderem geredet.«

Die Hitze breitete sich auf meinem ganzen Körper aus. Gesprächsthema bei meinen neuen Arbeitskollegen zu sein war mir mehr als unangenehm. Ich war keine Person, die gern im Mittelpunkt stand.

»Das ist wirklich übertrieben.«

»Na ja, wurde auch mal Zeit, dass jemand dem Herrn von und zu die Meinung geigt. Seit er hier aufgetaucht ist, ist alles so … streng.«

»Er ist noch nicht lange hier, oder?« Ich schlug das Notizbuch zu, neugierig, mehr über das Gestüt und damit meinen neuen Arbeitsplatz zu erfahren.

»Zwei Wochen«, bestätigte Maya mit einem Stöhnen und breitete die Hände aus. »Auch wenn es sich sehr viel länger anfühlt. Vor ein paar Wochen war er noch in Monaco oder was weiß ich, und jetzt rennt er hier herum, sagt allen, was sie zu tun haben, und beklagt sich darüber, was wir alles falsch machen.«

»Wenn du schon drei Jahre hier arbeitest, dann kanntest du noch die vorherigen Besitzer, oder?«

»Ja, ich habe mit sechzehn hier angefangen. Schule war nicht so mein Ding, und zu Hause fand ich es auch nicht unbedingt toll – meine Eltern haben sich damals gerade scheiden lassen. Die Arbeit hier war perfekt für mich. Wir waren ein kleiner Reitstall, drei Schulpferde, ein paar Kinder, die Unterricht nahmen, ein Dutzend Einstellpferde, ein paar Pensionspferde, die nur noch auf die Weide kamen, und die Handvoll Privatpferde. Mit denen züchteten sie ab und zu spaßhalber. Es war nichts Schickes, aber die Stimmung hier war gut, die Bezahlung fair, und wir waren eine Familie.« Maya lehnte sich in dem Stuhl zurück, hob ihre

Füße auf die Kante und zog die Knie an die Brust. »Aber Dennis – der Besitzer – hatte überall Schulden, auch Spielschulden, die überhandnahmen, und irgendwann verkündete er uns dann, dass er den Hof verkaufen musste. Wir waren ziemlich geschockt, wie du dir sicher vorstellen kannst. Vor allem, als wir dann auch noch hörten, wer der Käufer war. Sam Beaumont, Bruder des Duke of Winterset. Ein Adliger, der unser Zuhause umkrempeln wollte.« Maya nahm den Kaugummi aus dem Mund, warf ihn ins Gebüsch am Fuße der Treppe zum Vorplatz und nahm sich gleich darauf einen neuen. »Ich dachte echt, das war's mit meinem Job, meinem Zuhause.«

Das konnte ich nachvollziehen. Allein bei dem Gedanken daran, dass die Huntingtons Red Oak verlieren könnten, dass neue Besitzer kamen und alles umkrempelten, bekam ich Bauchschmerzen.

»Ich hatte nicht mal die Hoffnung, dass ich den Job behalten könnte, aber Sam …«, sie kniff die Augen zusammen und verzog den Mund, »ich meine, der andere Mr Beaumont – wir dürfen ihn alle Sam nennen, weißt du –, er meinte, ich kann bleiben, wenn ich will, und es wurde dann doch nicht alles so schlecht. Im Grunde ging es weiter wie bisher. Also nach dem Feuer.«

Ein kalter Schauer fuhr mir den Rücken hinunter. Nach dem Feuer. Jetzt erinnerte ich mich wieder daran. Bislang hatte ich die Puzzlestücke nicht zusammengesetzt, aber jetzt ergab alles einen Sinn – Sam, der Bruder des Dukes, Henry, der verschwunden war, sein Vater, der tragisch ums Leben gekommen war.

Ich hatte damals von dem Feuer gehört, es war kurz durch die Medien gegangen, und auch auf Red Oak hatte man davon gesprochen. Der Duke of Winterset war auf dem Gestüt seines Bruders in einem Feuer umgekommen. Aber ich hatte dem Ganzen weiter keine Beachtung geschenkt. Zu sehr war ich damals damit beschäftigt gewesen, mein gebrochenes Herz zu heilen, nachdem ich meinen Freund – meine erste große Liebe – mit einer anderen erwischt hatte.

Erst jetzt, im Nachhinein, kam es mir komisch vor, dass der Tod des Dukes nie groß thematisiert worden war.

»Du warst an dem Tag des Feuers hier?« Die Vorstellung, einen Elternteil auf diese Weise zu verlieren, war grauenhaft. Mein Magen krampfte sich zusammen, als ich an Dad dachte.

»Ja, Sam und seine Familie waren erst eingezogen, sie wohnten vielleicht ein paar Wochen hier. Henry kam auch dazu. Es war nicht so, dass ich gelauscht hätte, aber Henry hat sich ziemlich oft lautstark mit Sam unterhalten, und auch am Telefon war er meistens nicht zu überhören. Es gab wohl ziemlichen Stress mit seinem Vater. Der Duke wollte nicht, dass Henry in Sams Geschäft einsteigt. Da war irgendetwas wegen des Familienunternehmens oder so. An diesem einen Tag hörte ich Henry im Stall mit Sam reden. Er regte sich darüber auf, dass sein Vater über sein Leben bestimmen wollte, und sagte, dass er nicht vorhätte, je zu seiner Familie zurückzugehen. Henrys Vater muss aufs Gestüt gekommen sein, um mit Henry zu reden, vielleicht wollte er den Streit beilegen. Jedenfalls brach dann ein Feuer im Stall aus. Da hinten.« Sie deutete zurück zu unseren Zimmern, der alte Stall hatte wohl hinter den Mitarbeiterunterkünften gelegen.

Ich blickte in Richtung des lang gezogenen Gebäudes mit den eingezäunten Paddocks davor. Mir war bereits aufgefallen, dass der Stall sehr neu wirkte, und jetzt wusste ich, dass er das auch war. Der alte Stall war abgebrannt.

»Es war wohl ein Kabelbrand, hier war alles schon ziemlich veraltet. Es wird angenommen, dass der Duke den Rauch bemerkt hat und reinlief, um die Pferde zu befreien. Ein paar konnte er auch retten. Aber dann brach das Dach ein …« Maya schlang die Arme um ihre Beine und stützte das Kinn auf ihren Knien ab. »Es war schon dunkel, ich war in meinem Zimmer, mit Kopfhörern an meinem Laptop, um einen Film anzusehen. Dann fiel mir dieser orange Lichtschein vor dem Fenster auf. Das Feuer beleuchtete die ganze Nacht. Ich nahm die Kopfhörer raus, und dann hörte ich die Rufe. Alle liefen zum Stall. Sam, seine Frau und deren Tochter, Mike, Henry und zwei Stallburschen, die damals noch hier arbeiteten. Aber es war zu spät. Drei der Pferde kamen um, die anderen liefen panisch über den Hof, wir brauchten Stunden, um sie wieder einzufangen. Erst dachten wir, die Pferde wären die einzigen Opfer. Niemand wusste, dass der Duke aufs Gestüt gekommen war. Du kannst dir gar nicht vorstellen, wie es war, als sie … ihn gefunden haben.«

Nein, das konnte ich wirklich nicht. Aber allein beim Versuch wurde mir schlecht. Ich sah Henry und Sam vor mir, wie sie vor den Trümmern ihrer Existenz standen. Sie hatten den Stall gerade erst übernommen, und schon war er in Flammen aufgegangen. Sie hatten gewusst, dass Pferde noch im Feuer eingeschlossen waren. Und dann die Nachricht zu bekommen, dass der Vater, der Bruder, in diesem Feuer umgekommen war … Ich konnte verstehen, dass Henry erst einmal abgehauen war. Von außen betrachtet sah es so aus, als hätte er Sam im Stich gelassen, aber wie hätte er auf dem Hof bleiben können, auf dem sein Vater so tragisch ums Leben gekommen war? Und jeder Mensch trauerte anders, das wusste ich selbst nur zu gut.

Stattdessen rechnete ich es ihm hoch an, dass er wieder hierher zurückgekehrt war, um sich damit auch einem Stück seiner Vergangenheit zu stellen.

»Also, du fängst mit Joker an?«, fragte Maya. Ich war froh über diesen abrupten Themenwechsel, denn ich hatte Maya anmerken können, wie sehr sie die Erinnerung an dieses Ereignis immer noch mitnahm.

»Ja, ich will Stangenarbeit mit ihm machen«, stieg ich also darauf ein und klappte mein Notizbuch wieder auf. »Und dann schnappe ich mir Sunshine. Aber ich glaube, mehr als Bodenarbeit im Roundpen werden wir heute noch nicht machen.«

»Wie gesagt, ich traue mich bei Sunshine nicht mal zum Ausmisten in die Box. Ich bewundere also deinen Mut.« Maya stellte die Füße zurück auf den Boden, stand auf und streckte sich. »Na dann, wir laufen uns bestimmt noch häufiger über den Weg. Wenn du magst, kannst du heute Abend zu mir kommen, ich will eine neue Serie über das Königshaus anschauen. Henry hat mich auf die Idee gebracht – frag mich nicht, wieso.« Sie zwinkerte mir zu.

Ich musste grinsen. »Danke, das ist nett von dir. Ich sag dir noch Bescheid, okay?«

»Klar, wie du magst.« Sie winkte mir zu, dann ging sie die Treppe hinunter und Richtung Ställe davon.

Maya machte einen wirklich netten Eindruck, und der Gedanke, heute Abend eine Serie mit ihr anzusehen, nahm mir gleich ein wenig von meinem Heimweh.

Aber jetzt musste ich mich wieder auf meinen Trainingsplan konzentrieren. Ich war froh, dass Sam mir freie Hand bei den Pferden gab. So konnte ich mich ganz auf sie fokussieren, ohne dass mir ständig jemand über die Schulter blickte.

Es wurde Mittag, und zumindest die nächsten Tage in meinem Notizblock waren schon mal durchgeplant. Also stand ich auf und schob die schwere Holztür zu meinem Zimmer auf. Staubteilchen wirbelten in den Sonnenstrahlen durch die Luft, und der Duft nach frisch geschlagenem Holz hüllte mich ein. Die Unterkünfte waren erst ein paar Jahre alt, und so waren die Dielen des Bodens noch fast wie neu, genauso die Buchenmöbel. Ich schlüpfte aus meinen Schuhen und stellte sie auf der Unterlage neben der Tür ab. Dies hier war jetzt mein eigenes Reich, und ich wollte, dass alles so schön und ordentlich wie möglich blieb.

Zuerst legte ich den Notizblock auf den Tisch gleich links neben der Tür unter dem Fenster und zupfte dabei auch die blassblauen Vorhänge zurecht. Die linke, kurze Seite meines Zimmers bildete eine Nische mit dem breiten Bett und einem anschließenden Schrank mit einem körpergroßen Spiegel. Davor hatte ich meine Reisetasche mit Klamotten für die Woche, einem Buch, meinem Laptop und alles fürs Bad abgestellt. Heute Abend musste ich unbedingt auspacken. Der Eingangstür gegenüber hatten ein gemütlicher Lesesessel und ein schmales Bücherregal Platz gefunden, gleich daneben ging es in das kleine, aber feine Badezimmer.

Jetzt wechselte ich erst mal in Reitklamotten, band mir die Haare zu einem Dutt zusammen, damit sie mich nicht störten, und kramte meine Handschuhe aus der Tasche. Gerade junge Pferde versuchten gern mal auszubüxen, erschreckten sich leicht und zogen dann an der Longe oder dem Führstrick. Und wenn so ein Seil durch die Hand schrammte, gab es üble Schnitte und Verbrennungen, daher hatte ich mir früh angewöhnt, nie ohne Handschuhe zu arbeiten.

Das Feuer, das vor zwei Jahren auf dem Hof ausgebrochen war, beschäftigte mich weiterhin, aber ich versuchte, mich nicht zu sehr davon vereinnahmen zu lassen. Henry und Sam schienen die Katastrophe einigermaßen überwunden zu haben, und den beiden half ich wohl am ehesten, wenn ich mich voll und ganz darauf konzentrierte, sie beim Aufbau des Gestüts zu unterstützen. Und wenn alles gut lief, würde Beaumont Horses für einige Zeit auch mein Zuhause werden.

Beschwingt ging ich aus meiner Unterkunft und machte mich direkt auf den Weg zum Reitplatz. Er war von einem teils morschen Lattenzaun eingeschlossen, und der Sand darin verteilte sich nur ungleichmäßig. Ich musste Sam fragen, mit was sie hier den Platz abzogen, um den Sand wieder ebenmäßig zu verteilen. Denn wenn es ein Traktor war, konnte ich das ohne Probleme selbst erledigen. Für meine Pläne heute aber genügte es so.

Ein offener Autoanhänger war am Zaun abgestellt, auf ihm lagen Hindernisstangen, und daneben standen die weißen Steher. Perfekt.

Ich kletterte auf den Anhänger und hievte die erste Stange hoch. Mit aller Kraft, die ich aufbringen konnte, warf ich sie runter auf die Wiese, dann die nächste.

Schließlich sprang ich vom Hänger, schnappte mir die beiden Stangen, eine rechts und eine links, und schleppte sie durch den Sand in die Mitte des Reitplatzes. Ich wollte eine Reihe aus mindestens fünf Trabstangen an der einen Seite und dann noch ein paar für den Galopp auf der anderen positionieren.

»Für wen baust du das hier auf?«

Ich richtete mich auf und drehte mich um, während ich mir die sandigen Hände an meinem Top abklopfte. Henry lehnte gegen den Zaun, in schwarzer Hose und kurzärmligem Hemd. Ob er wohl jemals Jeans und T-Shirt trug?

Mit hochgezogener Augenbraue sah er mich an. Vermutlich war das ein Kontrollbesuch.

»Joker«, sagte ich, ging an ihm vorbei durchs offene Tor und kletterte wieder auf den Anhänger, um die nächsten Stangen runterzuholen.

»Du willst mit Joker Stangenarbeit machen?«

Was dagegen?, hätte ich beinahe erwidert, aber ich erinnerte mich zum Glück noch schnell genug daran, dass er jetzt mein Boss und ich auch nur auf Probe eingestellt war. Es war wohl besser, ich stellte mich gut mit ihm.

»Ja, das möchte ich«, antwortete ich also so ruhig wie möglich und hievte die nächste Stange runter.

Henry beobachtete mich aus verengten Augen. »Mit Reiter?«, wollte er dann wissen.

Ich schüttelte den Kopf. »Noch nicht.«

»Stangenarbeit haben wir schon ziemlich oft mit ihm gemacht.«

»Jetzt macht er es einmal mehr. Ich muss mir ansehen, wo er in seiner Ausbildung steht. Und so nervös und abgelenkt, wie er beim Turnier war, werde ich ihn mit Ablenkung über die Stangen gehen lassen. Mit Musik aus einer Boombox und Fahnen, die im Wind flattern.«

Neugierig auf eine Reaktion blickte ich zwischen den losen Strähnen, die mir ins Gesicht gefallen waren, zu Henry auf und war nicht überrascht, ihn schmunzeln zu sehen.

Er richtete sich auf und kam auf den Anhänger zu. »Eine Boombox, hm?«

»Ich meine das ernst.«

»Ja, das habe ich mir fast gedacht. So sehen also deine Trainingsmethoden aus?«

»Es wird klappen.« Unnachgiebig hielt ich seinem Blick stand, auch wenn es mir nicht leichtfiel. Irgendetwas an ihm machte mich nervös, vermutlich sein selbstbewusstes Auftreten und die Tatsache, dass er entscheiden konnte, wie lange ich hier arbeiten durfte. Es war anstrengend, ihm ständig etwas beweisen zu müssen. Andererseits fand ich es auch gut, dass er nicht einfach alles hinnahm, sondern meine Methoden hinterfragte. Das Wohl und der Erfolg der Pferde standen im Vordergrund, und was für ein Gestütsbesitzer wäre er, wenn er mich einfach machen ließe? Trotzdem wäre es angenehm, wenn er mir zumindest ein bisschen Vertrauen schenken könnte und nicht immer so tat, als wäre ich ein dummes Stallmädchen. Denn auch wenn ich noch nicht viel Erfahrung hatte, hatte ich auf einem der besten Gestüte Englands gelernt und ihm erst gestern bewiesen, dass ich auch mit schwierigen Pferden umgehen konnte. Ich würde ihm schon noch zeigen, was ich noch so alles draufhatte.

»Sag mal, habt ihr hier irgendwo Planen? Und vielleicht ein paar leere Dosen? Die kann ich dann auch für Sunshine nutzen.«

»Planen und Dosen.«

»Fürs Schrecktraining.«

Henry stützte seine Unterarme auf die Seitenwand des Anhängers, verschränkte die Hände und lehnte sich zu mir vor. »Du weißt schon, dass wir hier eine Springpferdezucht aufbauen und erfolgreiche Turnierpferde ausbilden wollen? Wir haben dich nicht als Pferdeflüsterin eingestellt.«

Nur schwer konnte ich ein Seufzen unterdrücken und mein Lächeln aufrechterhalten. »Springpferde müssen ein starkes Nervenkostüm haben, wenn sie erfolgreich sein wollen. Ich muss ja dafür sorgen, dass Joker dich nicht irgendwann mal im Parcours absteigen lässt, weil er sich vor irgendwas erschreckt. ›Duke landet auf dem Hosenboden‹ wäre vielleicht nicht die Schlagzeile, mit der du die Herzen der Ladys im Sturm eroberst, oder? Aber Spaß beiseite«, ich musste mich zusammenreißen, »egal, in welcher Art des Pferdesports wir uns befinden, die Ausbildung sollte allumfassend sein. Es geht auch um die psychische Verfassung.«

»Joker würde mich nie abwerfen, da mach dir mal keine Sorgen, Bonnie, aber ich bin dankbar, dass du dich um meinen Ruf sorgst.« Henry zwinkerte mir zu.

Ruhig bleiben, befahl ich mir, auch wenn es schwerfiel und ich ein Augenverdrehen nicht länger verhindern konnte.

»Wie auch immer, Henry. Du hast mich eingestellt, und solange ich hier bin, möchte ich meine Arbeit machen. Und zwar so gut wie möglich. Also wenn du nicht irgendetwas Konkretes gegen meine Methoden einzuwenden hast, wäre es toll, wenn du mir einfach vertrauen würdest.«

»Wie du willst.« Henry wandte sich ab und schlenderte davon, sein Handy aus der Hosentasche ziehend, als müsste er seinen schrecklich vollen Terminkalender checken. Er ließ mich mit dem Haufen schwerer Stangen zurück, aber was hatte ich erwartet?

»Ein wahrer Gentleman«, schnaubte ich für mich und bückte

mich, um weiterzumachen, als Henry sich plötzlich zu mir umdrehte.

»Was hast du gesagt?«

Ups! Das war wohl zu laut gewesen. Schnell setzte ich mein unverbindliches Lächeln auf. »Nichts.«

Henry ließ seinen Blick von mir zum Anhänger wandern und wieder zurück, dann tippte er etwas in sein Handy. »Ich schicke dir Mike, damit er dir hilft.«

Fast hätte ich laut losgelacht. Natürlich. Mike. Hatte ich auch nur eine Sekunde angenommen, Henry würde sich selbst die Hände schmutzig machen?

»Was ist?« Henry ließ das Handy sinken und musterte mich mit leicht schräg gehaltenem Kopf.

Konnte er etwa Gedanken lesen? »Nichts.«

»Passt es dir nicht, wenn ich Mike hole?«

»Sicher. Ich glaube nur, dass ich schon fertig bin, bis er kommt. Ein paar Stangen herzurichten ist wirklich keine besonders schwere Arbeit.« Um meine Worte zu unterstreichen, griff ich eine weitere und warf sie mit Schwung vom Anhänger. »Siehst du? Nicht einmal einen Nagel hab ich mir dabei abgebrochen. Sogar du könntest das.«

Seine Augenbrauen zogen sich zusammen, und ich biss mir auf die Lippe. Pass auf, was du sagst, ermahnte ich mich, er schmeißt dich sonst eiskalt raus.

»Ach, meinst du?« Henry kam näher, was mich schlagartig wieder nervös werden ließ. Steckte ich jetzt in Schwierigkeiten? Was hatte er vor?

Im nächsten Moment sprang er hoch auf den Anhänger, was ihn gefährlich zum Wackeln brachte. Ich musste meine Arme ausstrecken, um das Gleichgewicht zu halten. Dann packte er eine bemalte Holzstange und warf sie ebenfalls zu Boden.

»Wie viele brauchst du?«

Ich starrte ihn an. War das sein Ernst? »Du hilfst mir?«

»Doch nicht nur ein arroganter Duke, was?«

Verrutschte meine unschuldige Miene? Immer weiter lächeln! »Hab ich nie behauptet.«

Er zeigte mit dem Finger auf mich. »Aber gedacht hast du es.«

»Ach, jetzt kannst du sogar meine Gedanken lesen?«

»Ist bei dir nicht schwer. Du bist ein offenes Buch für mich.« Und damit warf er eine weitere Stange hinunter, stieg vom Anhänger und schleppte sie in die Mitte des Reitplatzes. Mit dem Fuß schob er sie zurecht und maß aus, wie viele Schritte zwischen ihnen liegen sollten. Innerhalb kürzester Zeit waren seine schwarzen Schuhe und die Hose voller Dreck.

»Nur damit du es weißt«, rief ich von meiner erhöhten Position aus und kletterte dann ebenfalls hinunter. »Ich hätte das auch ohne Hilfe geschafft.«

»Keine Angst, das gibt keinen Punktabzug.«

Ich stemmte eine Hand in die Seite und ging über den Reitplatz auf ihn zu. »Das will ich wohl auch hoffen. Schließlich habe ich dich nicht gebeten, mir zu helfen.«

»Was soll ich sagen? So bin ich halt, ein echter Gentleman.«

Jetzt musste ich gegen meinen Willen doch lachen. Henry grinste nur. Dann strich er sich die Haare zurück, und etwas Sand blieb in den schwarzen Strähnen hängen.

Am liebsten wäre ich mit den Fingern hindurchgefahren.

»Was?«, wollte Henry wissen, seine grauen Augen blitzten mich an. »Willst du etwa behaupten, ich wäre kein Gentleman? Immerhin habe ich dir eine Chance gegeben.«

»Ja, das hast du.« Ich stellte meinen Fuß auf eine der Stangen und rollte sie nach vorne, damit der Abstand besser passte. »Und du wirst es nicht bereuen. Ich bin das Beste, was euch passieren konnte.«

Henry sah mich an, und sein Blick war so offen und warm,

dass ich für einen kurzen Moment glaubte, dass er wirklich ein netter Typ sein konnte. »Ja, vielleicht bist du das wirklich.« Er wischte sich seine Hände an der Hose ab, um den Sand loszuwerden, dann nickte er mir kurz zu und ging davon. Zum Glück. Konzentriere dich, Bonnie, befahl ich mir und zwang mich, ihm nicht hinterherzusehen. Konzentriere dich nur auf die Arbeit!

Kapitel 6

Okay, Sunshine, komm jetzt ja nicht auf dumme Gedanken.« Ich zog die Steigbügel am Sattel hinunter und führte den Schimmel zur Aufstiegshilfe in der Mitte des Reitplatzes. Die schonte seinen Rücken beim Aufsteigen.

Seit zehn Tagen war ich nun auf Sams Gestüt und hatte seitdem jeden Tag vom Boden aus mit Sunshine gearbeitet. Heute würde ich zum ersten Mal aufsteigen. Ich wollte gelassen sein. Als wäre es das Selbstverständlichste der Welt, auf dieses Pferd zu steigen. Wir hatten schließlich große Fortschritte gemacht. Sunshine hatte gelernt, mich als Mensch zu respektieren und auf mich zu achten. Wenn ich ihn führte, blieb er an meiner Seite und überholte mich nicht. Wenn ich stehen blieb, hielt auch er an, wenn ich rückwärtsging, trat er nach hinten. Er ließ sich in jede Richtung schicken und war grundsätzlich sehr viel ruhiger geworden. Ich hatte ein gutes Gefühl und vertraute ihm auch bis zu einem gewissen Grad. Ein kleiner Teil in mir erwartete, dass er irgendetwas anstellen würde, herumhüpfen oder nervös tänzeln, aber ich war zuversichtlich, dass wir beide ein paar Runden drehen konnten.

»Er sieht großartig aus«, kam es unvermittelt von Sam von der anderen Seite der Reitplatzumzäunung. Er kletterte darüber und ließ sich auf der obersten Latte nieder, um mir zuzusehen. Der Wind ließ seine langen schwarzen Haare wild um sein Gesicht fliegen, der kleine Hufeisen-Anhänger am Reißverschluss seiner

Jacke klapperte. Details, die ich bestimmt nur wegen meiner Anspannung wahrnahm.

Publikum konnte ich jetzt wirklich nicht gebrauchen. Das machte mich nur nervös. Andererseits war es für mein Vorhaben bestimmt sicherer, wenn jemand dabei war. Ich wünschte mir nur, es wäre weniger windig, das machte Pferde oft noch nervöser. Aber ich hatte keine Kontrolle über das Wetter und konnte diesen Moment nicht ewig aufschieben

»Er hat ein bisschen zugelegt, findest du nicht auch?«, fragte ich Sam stolz, der aber nur schmunzelte, vermutlich weil ich ein wenig übertrieb. So schnell nahm ein Pferd eigentlich nicht zu, auch wenn ich Sunshines Haferration verdoppelt hatte und Muskelaufbau mit ihm betrieb. Mir kam es trotzdem so vor, als sähe er jetzt schon besser aus.

»Du willst ihn jetzt reiten?«, fragte Sam.

»Das ist der Plan.«

»Viel Glück.«

Ein klägliches Lächeln war alles, was mir dazu einfiel, dann wandte ich mich wieder Sunshine zu und streichelte ihm den Hals. »Na schön, dann wollen wir mal. Und denk daran. Im Stall wartet eine große Portion Möhren, also benimm dich.«

Ich stieg auf den Hocker mit den drei Stufen und stellte von dort aus meinen linken Fuß in den Steigbügel. Dabei beobachtete ich Sunshines Ohren, wie sie zu mir zurückzuckten. Geduldig stand er da, wenn auch ein wenig angespannt. Ich fasste den Sattel rechts und links und brachte allmählich etwas Gewicht in den Steigbügel. Sunshine rührte sich nicht.

»Guter Junge«, raunte ich ihm zu und hob meinen rechten Fuß vom Hocker, sodass jetzt mein ganzes Gewicht im Steigbügel lag. Sunshine war bereits geritten worden, aber ja nicht besonders erfolgreich, wie ich erfahren hatte, und er war insgesamt einfach noch sehr unerfahren. Deshalb wollte ich es langsam angehen. Er sollte nur positive Erfahrungen damit verbinden. Ich ließ mich wieder zurück auf den Hocker gleiten und lobte Sunshine, dann wiederholte ich das alles ein paarmal, um ihm zu zeigen, dass nichts Schlimmes passierte, wenn er mein Gewicht spürte. Schließlich schwang ich mein rechtes Bein über seinen Rücken und ließ mich sanft in den Sattel gleiten.

Sunshine stand stocksteif da, seine Ohren zuckten wieder zu mir zurück, der Wind ließ seine weiß-graue Mähne fliegen, und ich streichelte ihn, raunte ihm beruhigende Worte zu. Ich wagte es nicht, in Sams Richtung zu blicken. Meine volle Konzentration musste jetzt auf Sunshine liegen, aber ich hoffte, dass Sam sich genauso freute wie ich.

»Du bist der Wahnsinn, Sunshine.« Vorsichtig nahm ich die Zügel auf und stellte darüber Kontakt zu seinem Maul her. Das kannte er schon von unserer Arbeit am Boden mit der Doppellonge. Wieder nur ein kurzes Zucken der Ohren, weil er mir aufmerksam zuhörte, aber kein Durchdrehen, kein wildes Herumgehüpfe, er blieb voll und ganz bei mir. Die Vorbereitung hatte viel gebracht, um ihm Vertrauen zu schenken.

Ich kramte ein Möhrenstück aus der Tasche meiner ärmellosen Weste und reichte es ihm nach vorne. Jemanden auf seinem Rücken zu tragen sollte das Tollste der Welt für ihn werden. Sunshine bog den Hals und streckte seinen Kopf zu mir zurück. Sanft nahm er mir das Möhrenstück aus den Fingern und kaute zufrieden.

»Na, was meinst du? Schaffen wir eine Runde?« Ich ließ mein Becken nach vorne kippen, schloss die Schenkel und schnalzte mit der Zunge. Und damit ging Sunshine los, staksig, vorsichtig.

»It's a little bit funny«, fing ich an, leise einen alten Elton-John-Song zu singen, der mir ohne besonderen Grund gerade einfiel. Vermutlich hatte ich ihn heute Morgen im Radio gehört. Singen war ein alter Trick. Es hielt meinen Atem unter Kontrolle, verhinderte, dass ich mich anspannte, und beruhigte dadurch auch das Pferd. »This feeling inside.«

Sunshine stakste weiter. Es machte nicht besonders viel Spaß, ein so junges, unausgebildetes Pferd zu reiten, es fühlte sich eher so an, als würde man auf einem stark schaukelnden Boot sitzen. Die Balance fehlte noch völlig, und Sunshine schaffte keine gerade Linie, aber das war alles völlig normal. Umso größer war dann der Erfolg, wenn er allmählich sicherer wurde und sein Gleichgewicht fand. Es war etwas, worauf ich mich freuen konnte, das mich motivierte. »I'm not one of those who can easily hide.«

Sam war still, er kommentierte nichts von dem, was Sunshine und ich hier auf dem Platz veranstalteten. Vielleicht wollte er den Hengst nicht erschrecken.

Ich dagegen spürte, dass meine Nervosität sich legte. Ich vertraute Sunshine und war zuversichtlich, diese Einheit positiv abschließen zu können. »Don't have much money, but boy if I did.«

Wir gingen ein paar Runden um den Platz, zuerst auf der linken, dann auf der rechten Hand. Schließlich trabte ich ihn vorsichtig an und nutzte dazu hauptsächlich das Stimmkommando, das er schon kannte. Sunshine verspannte sich, er schien nicht genau zu wissen, was ich von ihm wollte, aber ich ließ meine Hand ganz locker, gab die Hilfe noch einmal, schnalzte mit der Zunge, und dann verstand er. Im Leichttraben führte ich ihn auf einem großen Kreis in der Mitte und sang dabei immer weiter. Damit hatte ich mein Ziel für heute auch schon erreicht, den Galopp wollte ich noch nicht probieren, dafür blieb noch jede Menge Zeit. Von Mike wusste ich, dass der letzte Bereiter Sunshine bereits in allen drei Gangarten geritten hatte, aber ich wollte ihm erst die Möglichkeit geben, sich im Schritt und Trab vollkommen wohlzufühlen. Es war mir wichtig, jede Einheit positiv, mit einem guten Gefühl, abzuschließen.

»Und steh«, raunte ich, während ich eine Haltparade durchführte. Sunshine blieb artig stehen, und ich hätte ihm um den Hals fallen können. Irgendwann würde ich das auch tun, aber erst, wenn er nicht mehr so schreckhaft war.

»So hatte ich mir das vorgestellt«, meldete sich nun doch noch Sam vom Zaun.

Ich drehte mich im Sattel zu ihm um, er schob das Tor auf und kam zu uns herein.

Sunshines Ohren zuckten in seine Richtung, aber er blieb brav stehen.

»Gib uns noch ein paar Wochen, dann erkennst du ihn nicht wieder«, sagte ich und schwang mich aus dem Sattel. Es tat gut, wieder festen Boden unter den Füßen zu haben. Es war toll gewesen, ihn zu reiten, trotzdem fiel jetzt eine Last von mir ab, da alles so gut gelaufen war.

Ich schob die Steigbügel auf beiden Seiten am Sattel hoch und zog die Zügel über seinen Kopf, um ihn besser führen zu können.

»Wenn das so weitergeht, können wir ihn bei der Country Fair in zwei Wochen zum Kinderreiten einsetzen.« Sam zwinkerte mir zu, damit ich wusste, dass er scherzte.

»Maya hat schon von der Country Fair erzählt«, sagte ich und ging mit Sunshine an der Hand los Richtung Ausgang des Reitplatzes, Sam schloss sich uns an. »Ich war mal vor ein paar Jahren auf einer bei einem anderen Hof. Was hast du denn vor?«

»Na ja, das Übliche.« Sam hielt mir das Tor auf und schloss es dann hinter uns, nachdem wir durchgegangen waren. Dabei achtete er darauf, die Scharniere zum Schließen nicht aufeinander knallen zu lassen. Irgendwann würden wir uns abgewöhnen müssen, in Sunshines Gegenwart so übervorsichtig zu sein, er musste sich eine dicke Haut zulegen. Aber noch war ich dankbar dafür, in einem ruhigen Umfeld mit ihm arbeiten und mir die Herausforderungen aussuchen zu können.

»Ponyreiten«, fuhr Sam fort und begleitete uns Richtung Stall. »Dabei könnte ich übrigens deine Hilfe gebrauchen.«

»Klar, kein Problem.«

»Dann kommen natürlich die Farmer der Umgebung und verkaufen ihre Produkte. Ich möchte auch einen Stand aufstellen und Werbung für den Pub machen.«

»Mit deinem Roastbeef?«

Sam lachte und legte mir die Hand auf die Schulter. »Nein, ich dachte da eher an meine berühmten Pasteten. Wir werden auch die Gelegenheit nutzen und unsere Pferde herzeigen, und ein paar Spielbuden wird es geben.«

»Das klingt nach viel Spaß. Ich freue mich schon.« Wir erreichten den Stall, und ich nahm Halfter und Strick vom Haken an der Tür der Außenbox. Dann zog ich Sunshine das Halfter über und band ihn damit fest, um ihn in Ruhe absatteln zu können.

»Als Nächstes reite ich Joker, falls du zusehen möchtest«, sagte ich und schob den Sattel auf die ausklappbare Halterung an der Wand. »Wir wollen kleine Sprünge probieren und …«

Ein Windstoß fuhr über den Hof, derart heftig, dass ich die Augen zukneifen musste, um sie vor dem aufgewirbelten Sand und Dreck zu schützen. Ich hielt mir die Hand davor, hörte etwas rascheln, als würde ein Stück Plastik über den Hof wehen. Im nächsten Moment traf mich etwas mit voller Wucht – Sunshine. Er war zur Seite gesprungen. Meine freie Hand knallte gegen den Haken an der Boxentür, Sunshine quetschte sie ein, ich spürte sein Fell.

Ein schmerzverzerrter Laut entfuhr mir, ich blinzelte, schwarze Flecken tanzten kurz vor meinem Blickfeld.

»O mein Gott, Bonnie, geht es dir gut?« Sam schob Sunshine zur Seite, während ich noch versuchte zu verstehen, was passiert war, und meine schmerzende Hand umfasste. Sie fühlte sich nass und heiß an und pochte. Na super!

Ich blinzelte erneut, Tränen flossen meine Wangen hinab, vom Wind, dem Sand und Schmerz. Ich sah meine blasse Hand vor mir und eine Wunde am Handrücken, die blutete. Die Haut war aufgerissen, und ich streckte vorsichtig die Finger. Ein ziehender Schmerz in den Handmittelknochen ließ mich scharf die Luft einsaugen. »Nein, nein, nein«, stieß ich aus und spürte, wie Sam meinen Unterarm umfasste und sich über meine Wunde beugte.

»Sieht nicht gut aus. Verdammt, dieses blöde Pferd, ich hätte es wissen müssen.«

Erschrocken riss ich den Kopf hoch. »Es geht mir gut!«, rief ich schnell und versteckte meine Hand hinter dem Rücken. »Ein Kratzer, mehr nicht. Sunshine konnte nichts dafür. Es war der Wind, er …«

»Ja, schon klar, aber wir müssen dich jetzt erst mal verarzten. Mike kann Sunshine versorgen.«

»Das ist nicht nötig!« Plötzlich fiel mir das Atmen schwer. *Ich hätte es wissen müssen!* Sam zweifelte an seiner Entscheidung, mir den Job gegeben zu haben, und wenn Henry erst erfuhr, dass ich mich verletzt hatte, würde er mich sofort vor die Tür setzen. Diese Wunde würde all seine Vorurteile bestätigen. Wenn selbst Sam an mir zweifelte, war ich verloren.

»Es ist wirklich alles okay. Siehst du?« Ich zog die Hand kurz nach vorne. »Blutet nicht einmal mehr. Ich kümmere mich jetzt um Sunshine und starte dann mit Joker.« O Gott, was, wenn ich Joker nicht reiten konnte? Wenn ich für Tage oder noch länger ausfiel? Wie sollte ich das vor Sam und Henry verbergen? Ich war noch in der Probezeit, ich hatte noch überhaupt nichts erreicht und schon gar nichts bewiesen.

»Bonnie, du bist blass wie eine Leiche, setz dich mal hin.«

»Mir geht es …«

»… gut, ja, das hast du schon gesagt. Aber ich glaube dir nicht, also komm.« Er umschloss meinen Arm und zog mich ein Stück zur Seite, wo er mich gegen die Tür einer leeren Box lehnte. Dann band er Sunshine los und brachte ihn auf seinen Paddock.

Meine Gedanken rasten. Fieberhaft suchte ich nach einem Ausweg. Mit zusammengebissenen Zähnen streckte ich erneut die Finger, aber es tat im Handrücken weh, auch wenn ich versuchte, sie zur Faust zu ballen. Mist! Wieso hatte ich nicht besser aufgepasst? Ich wusste doch, dass Sunshine schreckhaft war, es war windig, ich hätte vorsichtiger sein müssen! Vielleicht war ich wirklich zu überzeugt von mir und meinen Fähigkeiten. Ich war wohl einfach noch nicht so weit und hatte mich maßlos überschätzt.

Nein! Unfälle passierten. Das war nun mal so. Professionelle Bereiter flogen in den Sand, das gehörte dazu. Nur nicht unbedingt in der Probezeit.

Sam kam zurück, und die Sorge in seinem Blick ließ meinen Magen krampfen. Wollte er mir jetzt sagen, dass ich meine Sachen packen musste? Nein, *er* bestimmt nicht, aber wenn Henry erst einmal auf ihn eingeredet hatte …

»Komm, fahren wir.«

»Was?« Ich richtete mich auf und trat unwillkürlich einen Schritt zurück.

»Na, ins Krankenhaus. Ich bringe dich hin.«

»Nein!« Atemlos stand ich da und suchte nach einem Ausweg. Ein Teil von mir wusste, dass ich mir vielleicht einen Handmittelknochen angeknackst hatte. Mein Handrücken hatte die metallene Aufhängung mit ziemlicher Wucht getroffen und war dann noch von Sunshine eingequetscht worden. Aber wenn ich mich wirklich richtig verletzt hatte, konnte ich nicht arbeiten. »Das ist doch total übertrieben! Ich geh schnell in mein Zimmer, wasche die Wunde aus und lege ein Kühlpack drauf, dann ist es gleich besser.«

»Zuerst werden wir deine Hand röntgen lassen.«

»Aber Joker!«

»Der kann warten. Jetzt komm.«

Und im nächsten Moment saß ich schon in Sams Wagen auf dem Beifahrersitz und sah die Bäume an mir vorbeiziehen. Ich fühlte mich leer und ausgelaugt. Würde ich jetzt schon meinen Job verlieren, bevor ich überhaupt richtig hatte anfangen können? Ich dachte an Maya und stellte mir vor, wie sie auf die Nachricht reagieren würde. An den letzten Abenden hatten wir immer Zeit miteinander verbracht und uns die Serie über die königliche Familie angesehen. Es hatte sich fast so angefühlt wie zu Hause mit Vanessa. Ich war angekommen.

Was würde Dad sagen, wenn ich schon nach wenigen Tagen wieder bei ihm vor der Tür stand? Ich war am Wochenende zu Hause gewesen, hatte einen schönen Samstagabend mit Brettspielen mit ihm verbracht und mich dann um Meteor gekümmert. Aber gleichzeitig hatte ich mich auch schon wieder auf meine Arbeit bei Beaumont Horses gefreut.

Was würde Lord Huntington sagen, wenn er erfuhr, dass ich so kläglich versagt hatte? Noch einmal würde er mir sicher nicht helfen, einen neuen Job zu finden.

»Tut es sehr weh?« Sams Stimme riss mich aus meinen düsteren Gedanken.

»Nein, gar nicht«, log ich.

Er seufzte leise. »Du musst nicht die Heldin spielen, Bonnie. Es sieht übel aus, und bestimmt tut es auch weh. Was ist so schlimm daran, das zuzugeben?«

Ich presste die Lippen aufeinander und schwieg. Er hatte ja recht, aber es ging nun mal um meine Zukunft.

Sam ließ mich nicht so einfach vom Haken, das hätte ich eigentlich wissen müssen. Schließlich hatte er es auch irgendwie geschafft, mich in sein Auto zu bekommen. »Wovor hast du so eine Angst? Im schlimmsten Fall wird deine Hand für ein paar Wochen ruhiggestellt, dann ist alles wieder gut.«

»Ach, und mit einer ruhiggestellten Hand lässt sich natürlich hervorragend reiten«, fuhr ich ihn an. Erschrocken schlug ich mir die unverletzte Hand vor den Mund. So hart hatte das nicht klingen sollen. Er war immerhin mein Chef. »Tut mir leid, ich wollte nicht …«

Sam fuhr etwas langsamer und wandte sich mir zu, die Brauen zusammengezogen, sodass sie fast schon eine Linie bildeten. »Hast du etwa Angst um deinen Job? Ist es das?«

»Natürlich«, gab ich zu, wenn auch eher kleinlaut im Vergleich zu meinem Ausbruch gerade. »Wenn ich nicht arbeiten kann …«

»Irgendetwas wird sich schon finden, was du tun kannst. Herrje, Bonnie, du kannst doch unmöglich glauben, dass wir eine Mitarbeiterin rausschmeißen, wenn sie einen Arbeitsunfall hatte.«

»Ich bin noch nicht wirklich eine Mitarbeiterin.«

»Natürlich bist du das.«

»Ich bin in der Probezeit.«

Als Antwort kam nur ein ungeduldiges Schnauben. »Ach, lass doch den Quatsch. Du bist unsere Pferdetrainerin, Ende.«

Die Worte sollten mich beruhigen, aber ich wusste, da hatte noch jemand mitzureden. Ich sah auf meine blutverkrustete Hand hinunter und versuchte wieder einmal, die Finger zu strecken. Natürlich tat es immer noch weh.

»Wegen Henry musst du dir auch keine Sorgen machen«, fuhr Sam plötzlich fort, als hätte er meine Gedanken gelesen. »Der feuert auch niemanden wegen einer Verletzung.«

»Woher willst du das wissen? Henry und du … ihr führt das Gestüt ja erst seit Kurzem gemeinsam.«

»Da hast du recht, aber ich kenne meinen Neffen schon ein bisschen länger. Er ist ein guter Kerl. Wirklich.«

Da war ich mir nicht ganz so sicher wie Sam. Meiner Ansicht nach war Henry vor allem pragmatisch, und das Geschäft stand bei ihm über allem. Für Mitgefühl und Verständnis blieb da kaum Platz.

»Er wird sagen, ich hätte besser aufpassen müssen«, erwiderte ich, »und ganz unrecht hätte er damit nicht.«

»Unsinn. Unfälle passieren, du kannst nicht in die Zukunft schauen, und gerade mit Pferden geht es oft sehr schnell. Du bist Sunshine heute hervorragend geritten. Es ist wirklich beeindruckend, was du bisher geleistet hast. Und Henry weiß das auch.«

Hoffentlich behielt Sam recht, aber hundertprozentig beruhigt war ich trotzdem nicht. »Und wenn wir ihm einfach nichts davon erzählen?«, fragte ich zaghaft und schob meine unverletzte Hand zwischen die Knie, damit wenigstens die nicht so zitterte. »Wenn die Verletzung nicht zu schlimm ist, wenn ich weiterhin arbeiten kann … dann braucht er doch gar nichts davon erfahren?«

»Bonnie …«

»Bitte! Du weißt, dass er sauer sein wird, und selbst wenn er mich nicht rausschmeißt, macht es alles so viel schwieriger!«

Sam sah zwischen der Straße und mir hin und her, immer wieder fiel sein musternder Blick auf mich. »Wieso hast du so eine Angst vor Henry?«, wollte er dann wissen, was mich kurz aus dem Konzept brachte. Ich hatte ja überhaupt keine Angst vor ihm. Nicht wirklich. »Hat er irgendetwas zu dir gesagt oder sich dir gegenüber … nicht korrekt verhalten?«

»Nein, nein, das ist es nicht.« Das Letzte, was ich wollte, war, dass Sam irgendetwas Schlechtes über Henry dachte, nur weil ich so unvorsichtig gewesen war. Und wenn ich ganz ehrlich zu mir selbst war, dann hatte Henry mir nie irgendetwas getan. Ich fühlte mich in seiner Gegenwart nur einfach nicht wohl. Er machte mich so nervös, als würde er jeden meiner Schritte genau unter die Lupe nehmen, und dann fühlte ich mich in seiner Gegenwart immer so schnell provoziert. Aber wie sollte ich das Sam erklären? »Ich will einfach meinen Job behalten«, beschwichtigte ich ihn.

»Es wäre einfacher, wenn Henry nichts von der Verletzung weiß, das ist alles.«

Sam schwieg für einige lange Sekunden, dann nahm ich aus dem Augenwinkel wahr, wie er nickte. »Vielleicht hast du recht.«

Überrascht wandte ich mich ihm zu. »Wirklich?« Eine riesige Last fiel mir von den Schultern, gleich darauf kehrte aber die Sorge zurück. Wenn Sam mir zustimmte, waren meine Befürchtungen um Henrys Reaktion nicht ganz unbegründet.

»Wir sagen ihm erst mal nichts – vorausgesetzt, deine Verletzung stellt sich als harmlos heraus. Du versprichst mir aber, einen Gang runterzuschalten und es ruhig angehen zu lassen, okay?« Mit hochgezogener Augenbraue warf er mir einen strengen Blick zu, womit er mich derart an meinen Dad erinnerte, dass mich ein Anflug von Heimweh überkam. Wie einfach wäre alles gewesen, zu Hause auf Red Oak zu arbeiten. Stattdessen saß ich im Wagen meines Chefs mit einer blutenden und vermutlich angeknacksten Hand und hatte trotz Sams Beteuerungen Angst, gefeuert zu werden. Von wegen Freiheit und Unabhängigkeit. Alles hatte seinen Preis. Ich war jetzt für mich selbst verantwortlich und musste für mich einstehen, wenn ich einen Fehler machte. Das war nicht gerade beruhigend, aber ich würde das schon hinbekommen. Es gab kein Zurück – ich musste nach vorne blicken.

»Versprochen.«

*

Ungeduldig zupfte ich an meinem Verband herum, während ich Joker zum Reitplatz führte. Der Zellstoff nervte mich schon jetzt, Heu hatte sich darin verfangen.

Mit einem Seufzen zog ich den Jackenärmel darüber, um den weiß leuchtenden Beweis meiner Verletzung einigermaßen verborgen zu halten. Zum Glück war es nur ein Verband, kein Gips.

Im Krankenhaus gestern hatte sich dann alles als nicht so schlimm herausgestellt wie befürchtet. Ich hatte eine Prellung, eine Quetschung und eine offene Wunde, die bald heilen würde, aber nichts Dramatisches. Ich sollte die Hand schonen, was ich auch vorhatte. Deshalb hatte ich gestern auch nur noch an meinen Plänen gearbeitet. Aber heute war ein neuer Tag, und außerdem war es meine linke Hand, die verletzt war. Es war bestimmt kein Problem, Joker zu longieren, solange er sich einigermaßen gut benahm. Da hatte ich keine Bedenken. Für ein paar Tage mussten wir uns einfach mit lockerer Arbeit beschäftigen, und dann war ich wieder voll einsatzfähig.

Ich umrundete mit Joker an der Hand den Stall und die Paddocks und sah schon von Weitem eine Gestalt am Reitplatz. Es war eine kleine, zarte Frau mit weiter Kleidung und kurzen schwarzen Haaren. Maya. Was tat sie denn da? Mit festen Schritten durchquerte sie den Sandplatz und zog dann eine Hindernisstange hinter sich her zurück in die Mitte.

Gestern war ich gar nicht mehr dazu gekommen, mit Maya zu reden. Nach dem Krankenhaus hatte ich mich gleich in mein Zimmer zurückgezogen, aus Angst, Henry über den Weg zu laufen. Ich hatte Maya nur eine Nachricht geschrieben, dass unser Serienabend ausfallen musste, da es mir nicht so gut ging. Das war ja auch nicht geschwindelt. Der Schmerz, die Angst, das Heimweh, alles war über mich hereingebrochen, und vor lauter Erschöpfung hatte ich mich früh ins Bett gelegt. Zum Glück war meine Stimmung heute etwas besser. Ich erreichte den Reitplatz, wo Maya mir zuwinkte und die Trabstangen positionierte.

»Was machst du da?«, fragte ich, als ich mit Joker auf sie zuging.

»Na, Sam hat gesagt, dass du Hilfe brauchst. Daher baue ich dir hier einen kleinen Parcours für Joker auf.«

Verblüfft blieb ich stehen und sah mich genauer um. An der gegenüberliegenden langen Seite standen ein paar Cavaletti, in der Mitte des Reitplatzes hatte Maya Trabstangen aufgelegt, und auf der kurzen Seite gab es ein kleines Kreuz zum Drüberspringen.

»Sam hat dir gesagt, dass ich Hilfe brauche?«

Maya stieg über eine der Stangen und kam näher zu mir, ihre Stimme senkte sich. »Na ja, wegen deiner Hand.« Sie warf einen vielsagenden Blick an mir hinunter, und ich schloss resigniert die Augen. Ich hätte wissen müssen, dass ich meine Verletzung nicht lange verbergen konnte.

»Keine Angst, ich sage niemandem etwas. Also außer Mike. Dem hab ich es schon erzählt, und er wird dir auch helfen, solange du noch nicht richtig fit bist.«

»Mike weiß Bescheid?« Und er wollte mir helfen? Ich verstand gar nichts mehr.

»Ja, Sam hat gemeint, dass Mr Beaumont nichts davon erfahren soll. Und damit hat er recht. Er würde nur eine riesige Sache daraus machen, und daher packen wir jetzt alle mit an.«

Ich wusste nicht, was ich sagen sollte. Ich war zutiefst gerührt, gleichzeitig machte ich mir aber auch Sorgen, dass ich alle in Schwierigkeiten brachte.

»Das müsst ihr nicht, wirklich. Ich hatte gar nicht vor, großartig viel mit Joker zu machen, bis ich meine Hand wieder benutzen kann. Eben wegen des Auf- und Abbaus.« Ich deutete zu den Hindernissen, die Maya perfekt arrangiert hatte.

»Ja, aber der Duke schleicht hier überall rum, und wenn du normal weiterarbeitest, schöpft er keinen Verdacht. Es ist wirklich kein Problem, wir machen das gern.«

»Danke.« Es war tatsächlich eine große Hilfe, die Stangen nicht selbst schleppen zu müssen, so konnte ich meinen Trainingsplan mit Joker fortführen. Mit Sunshine wollte ich mehr im Roundpen trainieren, da ich ihn dabei nicht festhalten musste und meine linke Hand kaum brauchte, aber für Joker war dieser Aufbau hier perfekt. »Ich schulde dir was, Maya.«

»Ach Quatsch, wir halten hier doch zusammen. Brauchst du sonst noch etwas?« Maya drehte sich um und betrachtete den Reitplatz mit einem zufriedenen Nicken.

»Es ist alles perfekt. Danke, Maya. Wirklich.« Und wie um meine Worte zu unterstreichen, stupste Joker die Pflegerin mit der Nase an, was sie zum Lachen brachte.

»Du weißt genau, wo die Leckerlis versteckt sind, stimmt's?« Sie zog eines aus ihrer Jeanstasche und schob es Joker zwischen die Lippen. Dann legte sie mir die Hand auf den Arm. »Viel Spaß.« Und schon war sie verschwunden.

Ich konnte immer noch kaum glauben, wie viel Glück ich hatte. Ein großartiger, herausfordernder Job mit netten Kollegen. Was wollte man mehr? Irgendwann war das Heimweh bestimmt ganz verschwunden. Und bis dahin konzentrierte ich mich einfach auf die positiven Dinge. Ich musste mir immer wieder vor Augen halten, wie gut ich es hier hatte. Ich hätte schließlich auch in Wales oder Northumberland landen können.

»Maya ist die Beste«, murmelte ich und streichelte Joker durch die Mähne. »Für dich ist das natürlich schlecht, denn jetzt musst du doch richtig arbeiten.«

Ich schickte Joker mit einem Fingerzeig von mir weg, sodass er an der Longe im Kreis um mich herumging. Zuerst wärmte ich ihn im Schritt und dann im Trab auf, ehe ich ihn über die ersten Stangen schickte und den Galopp einbaute.

Es machte so viel Spaß, mit Joker zu arbeiten, er war ein tolles Pferd. Mit ein wenig mehr Selbstvertrauen hätte er beim Turnier auf Red Oak alle beeindruckt.

»Das funktioniert ja ganz wunderbar«, rief unvermittelt eine Frauenstimme, die ich zuerst für die von Maya hielt, aber sie klang ein wenig älter, erwachsener.

Ich parierte Joker zum Halt und drehte mich um. Eine große schlanke Frau lehnte gegen den Zaun, rote Locken wehten im Wind um ihr Gesicht und fielen bis auf ihre Brust hinunter. Ihre ewig langen Beine steckten in hautengen Jeans, und ein weißes Tanktop betonte ihre Figur. Mein erster Gedanke war, dass sich ein Supermodel hierher verirrt hatte.

»Er ist ein lernfreudiges Pferd«, erwiderte ich und ging auf die Frau zu, Joker führte ich neben mir mit.

»Schön, dich endlich kennenzulernen, Bonnie. Ich bin Ally, Sams Frau und Josys Mutter.« Sie streckte mir die Hand entgegen, und ich zog meinen Handschuh aus und schlug ein.

Ally – Sam hatte mir von ihr erzählt, und in der Küche waren mir schon ihre Elfenfiguren aufgefallen. Aber wenn ich ehrlich war, fiel es mir schwer, sie mit dem Kitsch in der Landhausküche zusammenzubringen.

Ihre grünen Augen musterten mich unverhohlen, und mir ging auf, dass ich gewissermaßen einen weiteren Boss vor mir hatte.

»Ich war beruflich unterwegs«, fuhr sie auch schon fort und verdrehte dabei die Augen, als wäre ihre Zeit dort ganz schrecklich gewesen. »Acht Fotoshootings in vier Tagen in drei Ländern, ich bin wirklich froh, wieder zu Hause zu sein.«

»Sie arbeiten als Model?« Mein erster Eindruck war also richtig gewesen.

»Du«, korrigierte sie mich und hob bekräftigend eine Augenbraue. »Wir sind hier nicht so förmlich, wie du bestimmt schon bemerkt hast. Und ja … Model. Ehrlich gesagt dachte ich nach Josys Geburt, es wäre vorbei für mich, aber die Angebote kommen immer noch, obwohl ich schon Mitte vierzig bin.«

Und ich konnte gut verstehen, warum. Ally war wunderschön.

»Aber natürlich bewerbe ich jetzt eher Produkte für reifere Frauen«, fügte sie mit einem Augenzwinkern hinzu. Dann deutete sie mit dem Kinn auf meine linke Hand hinunter.

»Sam hat mir erzählt, was passiert ist. Ja, Sunshine ist schon ein ordentliches Kaliber, aber nach allem, was ich gehört habe, kommst du gut mit ihm zurecht. Er macht Fortschritte, richtig?«

»Ich glaube schon.« Wenn man davon absah, dass er mir beinahe die Hand zertrümmert hatte. »Für heute steht Schrecktraining im Roundpen auf dem Plan. Beim nächsten windigen Tag wird er nicht mehr zur Seite springen.«

»Da bin ich mir ganz sicher. Hier, das sollte helfen.« Sie bückte sich und griff nach einem Schraubglas, das sie neben sich abgestellt hatte. Ich musste wohl einen verwirrten Eindruck machen, als sie es mir entgegenstreckte, denn Ally lachte auf.

»Keine Sorge, das ist keine Marmelade, Bonnie«, sagte Ally und stemmte eine Hand in die Seite. »Das ist eine selbst gemachte Salbe. Damit bist du im Handumdrehen wieder fit. Oh …« Sie lachte und bewegte ihre Hand vor sich hin und her. »Handumdrehen. Das passt ja.«

Eine selbst gemachte Salbe? Ally hatte wirklich einige Überraschungen parat. Ich fand sie unglaublich interessant, und dass sie überhaupt an mich und meine Hand gedacht hatte, rührte mich.

»Danke.« Ich schraubte den Verschluss auf und roch an der Salbe. Kokos und etwas Blumiges. Sie duftete so gut, dass ich sie am liebsten gleich aufgetragen hätte. »Das ist wirklich sehr nett.«

»Gib einfach ein bisschen was davon auf deine Wunde, wenn du den Verband wechselst. Damit habe ich schon Josy behandelt, sie wirkt wahre Wunder. Josy hatte sich mal übel das Knie aufgeschlagen, sie musste genäht werden, aber damit blieb nicht einmal eine Narbe zurück.«

»Das wäre wirklich nicht nötig gewesen.«

»Aber natürlich. Du gehörst doch jetzt zur Familie.«

Zur Familie? Ally musste mir meine Verblüffung ansehen, denn sie lachte und streichelte Joker, der an der obersten Latte des Zauns knabberte. »Wir sind kein riesiges Gestüt wie Red Oak.

Hier gibt es nur uns. Sam, meine Josy, Mike, Maya und dich. Und wir geben aufeinander acht.« Es lag so viel Freundlichkeit in ihren moosgrünen Augen, dass mir ganz warm ums Herz wurde. Auf Red Oak war ich zu Hause, ich liebte diesen Ort, aber so gern ich den Großteil der Menschen dort auch mochte, ja sogar liebte, war ich mir immer bewusst gewesen, dass ich nur eine Angestellte war. Ich war dort aufgewachsen, es war meine Heimat, aber nur ein Blick aufs Herrenhaus genügte, um mich daran zu erinnern, dass ich nicht wirklich dazugehörte. Jedes Mal, wenn Vanessa abends in die eine und ich in die andere Richtung nach Hause gegangen waren, hatte ich es deutlich gespürt. Das war hier tatsächlich anders. Sam war so offen und herzlich und seine Frau ganz offensichtlich auch. Hier gab es keine Lady Huntington, die mich herumkommandierte und mir mit jedem Blick zu verstehen gab, dass ich nicht in ihre Welt gehörte.

Plötzlich fiel mir Henry ein, der hier bei Beaumont Horses wohl am wenigsten zugänglich war. Und mir fiel auf, dass Ally ihn gar nicht erwähnt hatte. Absicht oder ein Versehen?

»Ich habe Henry heute gar nicht gesehen«, versuchte ich also vorsichtig, das Gespräch auf ihn zu bringen, und beobachtete dabei genau Allys Reaktion.

Sie erwiderte meinen Blick mit einem schmallippigen Lächeln, als durchschaute sie mich mühelos. »Das hier war ein Unfall, Bonnie«, sagte sie aber plötzlich sanft und umschloss zart meine verletzte Hand. »Du gehörst hierher, wenn du das möchtest. Und nicht einmal Henry kann daran etwas ändern. Es ist nicht allein sein Gestüt.« In die letzten Worte mischte sich eine unterschwellige Schärfe, die nicht zu ihrem Lächeln passte, und ich vermutete, dass sie tatsächlich kein großer Fan von Henry war.

»Das ist schön zu hören«, erwiderte ich ehrlich, denn ich war es tatsächlich leid, mir wegen Henry ständig Sorgen zu machen und immer das Gefühl zu haben, ihm etwas beweisen zu müssen.

»Okay, dann lasse ich dich mal weiterarbeiten.« Sie deutete auf das Glas in meiner Hand. »Ich stelle es dir auf die Veranda vor deiner Unterkunft, wenn du möchtest.«

»Danke.« Ich gab Ally das Glas zurück, woraufhin sie sich zum Gehen abwandte. Dann hielt sie aber noch einmal inne. »Wenn du irgendetwas brauchst …« Sie deutete zum Wohnhaus, von dem nur das Dach hinter den Ställen zu sehen war. »Unsere Tür steht immer offen.«

*

Mittlerweile war wieder Ruhe auf dem Gestüt eingekehrt. Seit die Bagger nicht mehr jeden Tag ununterbrochen Lärm machten, war es hier wieder so idyllisch wie an dem Abend, als ich zum ersten Mal in Sams Pub gewesen war. Es war herrlich, meinem Traumjob nachzugehen, während man über die weiten Wiesen blicken konnte, die Vögel zwitschern und die Pferde wiehern und prusten hörte. Mit jedem Tag wuchs mir Beaumont Horses mehr ans Herz. Ich war endlich angekommen.

Der neue Reitplatz war mittlerweile schon so gut wie fertig, pünktlich für die Country Fair am Wochenende. Ich freute mich wahnsinnig darauf. Dad und die Huntingtons wollten kommen, dann konnte ich allen meinen neuen Arbeitsplatz zeigen. Vielleicht durfte Vanessa sich dann auch ein Pferd leihen, wir könnten zusammen ausreiten und die Gegend erkunden. Ich konnte es kaum erwarten.

Aber noch wartete viel Arbeit auf uns, und wir hatten nur noch wenige Tage für die Vorbereitungen und mussten uns ranhalten. Maya und Mike halfen beim Aufbau der Verkaufsstände, drüben vor dem neuen Reitplatz, während ich mit den drei Shetlandponys Huey, Dewey und Louie arbeitete. Sie sollten am Wochenende für das Ponyreiten zum Einsatz kommen, und Sam wollte, dass ich mir vorher ansah, ob sie dazu überhaupt geeignet waren. Besonders Louie war ein kleines Schlitzohr, und bislang hatte das Trio hauptsächlich auf der Koppel gestanden. Niemand hatte sich groß mit ihnen beschäftigt. Für einen Erwachsenen waren die Ponys zu klein, und junge Reitschüler gab es bei Beaumont Horses nicht. Noch nicht. Sam hatte auch da große Pläne. Er wollte einen Reitlehrer einstellen oder seine Stieftochter Josy dazu bringen, diese Aufgabe zu übernehmen, bis sie in zwei Jahren zur Uni ging. An einem so wunderschönen Sommertag unter blauem Himmel sah ich vor mir, was für ein trubeliger, bunter Ort Beaumont Horses werden konnte.

Die Arbeit mit den Ponys gefiel mir, sie waren so lustig, wie sie mit ihren kurzen Beinchen mit gehörigem Tempo durch den Roundpen stampften. Es war zum Glück auch eine Arbeit, bei der ich meine Hand schonen konnte. Die Verletzung war während der letzten knapp zwei Wochen auch dank Allys Salbe zwar gut verheilt, und ich konnte sie schon fast wieder schmerzfrei bewegen, dennoch wollte ich sie noch schonen, um den Heilungsprozess nicht unnötig in die Länge zu ziehen. Jetzt sah ich mir erst mal an, wie schreckhaft die Ponys waren, wie leicht sie sich ablenken ließen, was sie aus der Ruhe brachte. Ich wedelte mit Fahnen, ließ Musik aus meinem Handy dröhnen, spannte Regenschirme auf und ab und schüttelte Plastiktüten in der Hand. Aber die drei blieben vollkommen unbeeindruckt. Perfekt.

»Also, wenn ihr am Wochenende eins der Kinder abwerfen solltet, nehme ich euch nicht ab, dass ihr vor irgendetwas Angst hattet«, mahnte ich gespielt streng und klinkte in die Halfter der drei je einen Führstrick. »Und angeknabbert wird auch nichts, habt ihr verstanden?«

Ich schob Louies Kopf von mir weg, der mit den Zähnen an meiner Hose zupfte. Die drei gingen mir nicht mal bis zur Hüfte, aber dafür hatten sie es faustdick hinter den Ohren. Oft waren

Ponys sehr viel frecher als Großpferde, da ihnen viel mehr erlaubt wurde. Alles, was sie taten, war süß, konnte aber gerade für Kinder trotzdem gefährlich sein, weil die sich oft mit den Eigenarten der Tiere nicht auskannten.

Aber fürs Herumführen am Wochenende sah ich kein Problem. Sie würden die Kinder sicher über den Hof tragen.

Nachdem ich die drei Ponys wieder zu ihrem Paddock gebracht hatte, ging ich in die Vorratskammer, die ans Stallgebäude angeschlossen war, und öffnete die große Holztruhe mit dem Hafer darin. Ich wollte den Ponys gleich ihr Futter bringen, aber die Truhe war bis auf einen kleinen Rest ganz am Boden leer.

Hatte Mike heute Morgen nicht gesagt, dass er neuen geholt hatte? Ich sah mich im schwachen Licht der einzelnen von der Decke baumelnden Glühbirne in der fensterlosen Kammer um. Von Futtersäcken war weit und breit nichts zu sehen. Vermutlich standen die Säcke irgendwo draußen. Ich ging zurück in den Hof zwischen den beiden Stallgebäuden und sah mich im grellen Sonnenlicht um. Dort, wo die letzten Tage der Bagger gearbeitet hatte, entdeckte ich Sam, Ally, Maya und Mike, auch Josy war dabei, die ich schon im Pub getroffen hatte. Ein Verkaufsstand war schon aufgestellt, soweit ich das von hier aus erkennen konnte. Jetzt waren sie gerade dabei, den zweiten zusammenzubauen.

Vor dem gegenüberliegenden Stall parkte ein Geländewagen mit offener Ladefläche, darauf standen mehrere Futtersäcke.

»Ich hab's doch gewusst«, murmelte ich und ging darauf zu. Tatsächlich hatte Mike den Hafer hier stehen lassen, vermutlich weil die anderen drüben seine Hilfe gebraucht hatten. Mein Blick wanderte zwischen dem Wagen und der Vorratskammer hin und her, dann ballte ich zum Test meine linke Hand zur Faust und öffnete sie wieder. Der leichte Nachhall eines Schmerzes war noch zu spüren, aber ich müsste es eigentlich schaffen, die Säcke reinzubringen. Einer von ihnen wog fünfundzwanzig Kilo, aber Futtersäcke zu schleppen war ich von Red Oak gewohnt.

»Na, dann wollen wir mal.« Ich packte den ersten Sack mit meiner gesunden Hand und schloss dann die verletzte vorsichtiger darum. Schließlich zog ich den Hafer zu mir heran und hob ihn von der Ladefläche. Aber sobald der Sack den Untergrund verlor, fuhr ein Stich durch meine Hand, ich ließ los, und der Sack fiel zu Boden.

»Verdammt!« Ich hob meine linke Hand an die Lippen und presste sie dagegen, als könnte ich dadurch den Schmerz loswerden. Den Verband hatte ich schon abgelegt, jetzt klebte nur ein großes Pflaster über der Kruste meiner Wunde, damit ich sie mir beim Arbeiten nirgends aufriss und kein Dreck hineinkam. Fünfundzwanzig Kilo waren also doch noch zu viel. Aber vielleicht schaffte ich es nur mit der rechten Hand. Ich warf einen Blick zwischen den Stallgebäuden hindurch zu den anderen vor dem Reitplatz. Sollte ich vielleicht Mike oder Sam fragen, ob sie mir halfen? Aber sie hatten genug zu tun und hatten mir in den letzten Tagen schon so oft geholfen, bei Dingen, für die sie eigentlich nicht verantwortlich waren. Jedes Mal, wenn sie mir einen Parcours aufgebaut und hinter mir hergeräumt hatten, hatte ich ein schlechtes Gewissen bekommen. Ich musste das jetzt allein schaffen, anders ging es nicht. Also fasste ich den oberen Teil des Sacks zusammen, schloss meine rechte Hand darum und hob ihn hoch auf meinen Arm. Beinahe fiel ich um, taumelte und musste wieder mit der verletzten Hand nachgreifen, aber mir gelang es, ein paar Schritte vorwärts Richtung Vorratskammer zu gehen.

Immer geradeaus, sagte ich mir, einen Schritt nach dem anderen. Ich überquerte den Hof und schaffte es in die Vorratskammer, wo ich den Sack neben der Truhe fallen ließ. Blieben nur noch vier weitere. Aber bevor ich sie holte, wollte ich den Ponys erst mal ihr Futter bringen. Also nahm ich die Schere vom Regal über der Futtertruhe und schnitt den Sack auf. Jetzt musste ich es nur schaffen, den Inhalt in die Truhe zu kippen.

Unschlüssig stand ich da und überlegte, wie ich den Sack so heben konnte, um ihn über den Rand der Truhe zu bekommen. Ohne die linke Hand war das wirklich schwierig, aber ich hatte es auch geschafft, den Hafer über den Hof zu tragen. Also hob ich ihn wieder allein mit der rechten Hand hoch, er bewegte sich kaum vom Boden weg, meine Kraft ließ nach, und ich stöhnte und fluchte.

»Brauchst du Hilfe?«

Der Sack rutschte mir aus der Hand und glitt zurück auf den Boden, zum Glück fiel er nicht um, sonst hätte ich den ganzen Hafer vom Boden aufsammeln müssen. Ich sah auf zur Tür, in der Henry stand, die Arme vor der Brust verschränkt, und mich intensiv musterte. Ich konnte es weniger sehen als spüren, denn die Sonne stand hinter ihm und machte von ihm kaum mehr als eine dunkle Gestalt sichtbar. Aber ich hatte ihn schon an seiner Stimme erkannt.

»Es geht schon«, sagte ich und schob unauffällig meine verletzte Hand zurück, obwohl er nur wegen eines Pflasters sicher keinen Verdacht schöpfte. Fast zwei Wochen lang war es mir gelungen, ihm aus dem Weg zu gehen, er war oft unterwegs gewesen und hatte ansonsten meistens in seinem Büro im Haupthaus gesessen.

»Bist du sicher?«, fragte er und machte einen Schritt auf mich zu. »Die Säcke sind schwer.«

»Ja, kein Problem. Ich füttere nur die Ponys, und dann kümmere ich mich um Sunshine. Sam ist drüben bei den Verkaufsständen, falls du ihn suchst.« Also geh bitte schnell weg, fügte ich in Gedanken hinzu, aber Henry legte den Kopf schief, als hätte er meine Gedanken erraten. Dann kam er mir plötzlich entgegen, kam so nah, dass ich das Gefühl hatte, die Wände bewegten sich auf mich zu. Ich atmete seinen Duft, den ich mittlerweile gut kannte, er überlagerte mit seiner frischen Zitronennote selbst den Geruch des Hafers. Aber ich konnte nicht zurückweichen, denn hinter mir stand ein Regal – Fluchtweg versperrt.

Henry beugte sich neben mir hinunter, um den Futtersack hochzuheben, seine Schulter berührte meinen Arm, und Hitze stieg in mir auf. Was war nur los mit mir? Ich hasste es, derart auf Henrys Nähe zu reagieren. Er war mein Boss. Mein Boss, der mich einschüchterte und wegen dem ich ständig um meinen Platz hier fürchten musste. Ein Boss, den niemand mochte, die meiste Zeit nicht mal ich.

Henry hob den Sack hoch und schüttete den Inhalt in die Futtertruhe.

»Danke«, sagte ich und hoffte, dass er nun endlich verschwand. Aber er wies mit dem Kinn Richtung Ausgang. »Komm, holen wir schnell die anderen, zu zweit ist es gleich erledigt.«

Ich schluckte. Ausgerechnet jetzt wollte er mir helfen? Im ungünstigsten Augenblick?

Wie sollte ich vor Henry einen der Säcke tragen? Wie könnte ich das anstellen mit einer Hand? Er würde etwas bemerken. Oder sollte ich mich einfach schrecklich schwach und dumm anstellen? Mir eine Ausrede einfallen lassen? Das wollte ich nicht. In meinen Augen wäre das noch mal ein ganz neues Level des Betrugs. Etwas vor ihm zu verbergen und ihm aus dem Weg zu gehen, um meinen Job zu behalten, war das eine. Ihm aber direkt ins Gesicht zu lügen, etwas völlig anderes.

»Was ist?«, wollte er wissen, vermutlich, weil ich stocksteif dastand und auf meiner Unterlippe kaute.

»Die Ponys brauchen jetzt ihr Futter«, wich ich aus, da war sie also, die schäbige Ausrede, und ich blickte beschämt zu Boden. »Tut mir leid«, murmelte ich, obwohl er gar nicht wissen konnte, was ich meinte.

»Es tut dir leid?«

»Ich kann die Säcke nicht hertragen. Ich meine, ich könnte schon. Ich habe es mit dem hier ja auch geschafft. Aber … ich glaube, noch mal krieg ich das nicht hin.« Die Wahrheit musste raus, es half nichts.

»Warum?« Er blieb so ruhig, während mein Herz immer schneller schlug. Sicher ahnte er längst, dass etwas nicht stimmte.

»Meine Hand«, sagte ich leise und hob sie etwas hoch. »Ich kann noch nicht so gut zupacken. Bald!«, stieß ich schnell aus, als sein Blick an mir hinunterglitt. »Aber noch nicht ganz.«

»Was ist passiert?« Er sah mich ernst an, machte dann einen Schritt auf mich zu und nahm meine Hand in seine, um sie im Licht der Glühbirne genauer zu betrachten.

Mein Herz machte einen Satz und schlug dann viel zu schnell weiter. Stumm starrte ich Henry an, wie er meine Wunde begutachtete. Seine Berührung war leicht und sanft und viel zu schön.

Ich musste ihm alles erzählen, es ging nicht anders. »Sunshine hat sich erschreckt. Meine Hand kam gegen den Haken an der Boxentür.«

Seine Augenbrauen zogen sich zusammen. »Wann?«

»Vor zwei Wochen. Es ist wirklich nicht schlimm.«

»Das weißt du nicht. Du solltest sie anschauen lassen, wenn du immer noch nicht richtig zupacken kannst.« Er hielt meine Hand immer noch in seiner, sein Daumen legte sich sacht auf das Pflaster an meinem Handrücken. Wieso ließ er nicht los? Wieso reagierte er gerade so völlig anders, als ich es erwartet hatte? Wieso war da ein Teil in mir, der sich wünschte, meine Hand nie wieder zurückzubekommen?

»Ich war schon im Krankenhaus, es ist nur eine Quetschung und Prellung, nichts gebrochen. Und die Wunde verheilt auch gut.«

»Du warst im Krankenhaus?« Er sah mich überrascht an. »Und hast mir nichts gesagt?«

Und der Raum wurde noch mal deutlich kleiner, nahm mir die Luft zum Atmen. Ich öffnete den Mund zu einer Antwort, aber Henry redete schon weiter.

»Hast du trotzdem normal weitergearbeitet? Obwohl du verletzt warst? Wer hat dich überhaupt ins Krankenhaus gebracht?«

Ich brachte immer noch nichts heraus. Zuzugeben, dass ich etwas verheimlicht hatte, war eine Sache, und ich hatte kein Problem damit, dazu zu stehen, jetzt, da ich aufgeflogen war. Aber die anderen wollte ich auf keinen Fall mit hineinziehen.

Plötzlich fiel es mir leicht, mich von ihm zu lösen. Ich zog die Hand zurück und wandte mich von ihm ab. Nur raus hier, dachte ich mir, aber ich konnte nirgends hin, ich war eingesperrt. Henry verstellte den einzigen Weg nach draußen.

»Es geht mir wirklich schon besser, und ich kann auf jeden Fall arbeiten«, sagte ich, in der Hoffnung, dass Henry es damit auf sich beruhen ließ.

Aber er stand immer noch dicht hinter mir, ich spürte ihn so deutlich, es war nicht auszuhalten.

»Du hättest mir davon erzählen müssen. Wenn du verletzt bist, dann muss ich das wissen. Verdammt, Bonnie, was, wenn du langfristige Schäden davonträgst, nur weil du zu feige bist, dir mal eine Schwäche einzugestehen …«

Ich fuhr zu ihm herum. »Ich bin nicht schwach! Und genau deswegen habe ich dir nichts gesagt. Du wartest doch nur darauf, mich scheitern zu sehen!« Mir waren Tränen in die Augen gestiegen, doch ich wollte auf keinen Fall vor ihm weinen, also schob ich mich an ihm vorbei und rannte zur Tür der Futterkammer.

»Sag mal, wovon redest du denn?« Er kam mir hinterher und ergriff meinen Arm, bevor ich nach draußen gelangen konnte.

Überrascht sah ich auf seine Hand, die sich um die blasse Haut meines Oberarms schloss, und dann hoch in sein Gesicht.

Sein Blick traf meinen, und ich vergaß kurz zu atmen. Auch er rührte sich nicht, stattdessen schien er etwas in meinen Augen zu suchen.

»Wieso hast du mir nicht gesagt, dass du verletzt bist?« Jetzt klang er ehrlich besorgt und verwirrt. Ich wollte einfach nur weg. Die ganze Situation war mir einfach unfassbar unangenehm. Konnte er mich nicht anschreien und mir Vorhaltungen machen? Das wäre leichter.

»Es gab keinen Grund«, erwiderte ich schwach. Was war mit meiner Stimme los? Alles um uns herum war so still, selbst ein Flüstern wäre mir unendlich laut vorgekommen. »Es geht mir gut.«

Doch er ließ mich nicht los, sondern sah mich weiter durchdringend an, als könnte er in meinen Augen die ehrliche Antwort finden, die ich ihm nicht geben wollte. Ich konnte keinen klaren Gedanken fassen und schon gar nicht seinem Blick standhalten. Ich ließ die Schultern sinken und sah kapitulierend zu Boden. In dem Moment ließ er meinen Arm los.

»Entschuldige. Es ist nicht in Ordnung, wie ich mir dir gegenüber verhalte.«

Ich sah auf, und er suchte erneut meinen Blick. Sorge stand in seinen Augen.

»Sag mal, hast du etwa Angst vor mir?«

»Was?« Wie kam er denn jetzt auf so etwas? Wobei … So ganz unrecht hatte er ja nicht. In seiner Gegenwart hatte ich Angst. Ich fürchtete, etwas falsch zu machen und damit meinen Job zu riskieren. Und noch viel mehr fürchtete ich dieses verstörende Herzflattern, wenn er so nah vor mir stand.

»Verdammt, Bonnie, du hast echt Angst vor mir, oder? Es tut mir leid, ich hätte dich nicht so fest am Arm packen dürfen.« Er strich sich mit einem Seufzen übers Gesicht. »Aber ich muss wissen, was los ist und warum du mir verschwiegen hast, dass du dich verletzt hast … ich meine … ich bin ja in gewisser Weise auch für dich verantwortlich …«

»Alles gut, Henry, wirklich. Es ist okay.« Dass er mich gerade aufgehalten hatte, war nun wirklich nicht das Problem.

»Nein, ist es nicht. So geht man nicht mit seinen Mitarbeitern um. Es ist einfach … manchmal, wenn ich dich sehe … da vergesse ich, dass du hier arbeitest, dass du jetzt meine Angestellte bist, weil wir uns schon so lange kennen und ich dich immer eher als gute Freundin gesehen habe. Aber das wird nicht mehr vorkommen, versprochen.«

Wovon redete er? Nichts, was er sagte, ergab einen Sinn! Wir waren doch noch nie Freunde gewesen! Zuerst hatte er sich gar nicht an mich erinnert, und nun tat er so, als würde er mich schon ewig kennen? Das ergab keinen Sinn. Ja, er war bei seinen Besuchen mit seiner Familie öfter in den Stall gekommen, wir hatten zusammen Pferde geputzt, und manchmal hatte er schweigend neben mir an der Koppel gestanden und die Fohlen beobachtet. Wir waren uns immer wieder über den Weg gelaufen, aber Freundschaft würde ich das im Nachhinein nicht nennen.

»Na ja, wirklich befreundet waren wir nie«, erwiderte ich mit einem Lächeln, um die Situation zu entspannen und ihm zu zeigen, dass er nichts falsch gemacht hatte.

Seine Augen, die mich immer noch fixierten, wurden sanfter, warm.

»Ich wusste gar nicht, dass du dich überhaupt an mich erinnerst. Von früher.«

»Natürlich erinnere ich mich an dich. Ich habe dir eine Brosche geschenkt.«

Jetzt war ich vollkommen verwirrt. »Das weißt du noch?«

»Na klar, meinst du, ich verschenke wahllos Broschen?«

Mir schwirrten so viele Fragen durch den Kopf, dass mir ganz schwindelig wurde.

»Okay. Also du dachtest, deine Verletzung würde dich den Job kosten, richtig? Hast du mir deshalb nichts gesagt – weil du glaubst, dass ich dich rausschmeiße, nachdem eines meiner Pferde dir beinahe die Hand zertrümmert hat?« Er klang ernst und auch verletzt.

Ich zwang mich, seinem Blick standzuhalten, auch wenn es mir schwerfiel. »Du hast nicht gerade verheimlicht, was du von mir als Trainerin hältst. Und ich bin immer noch in der Probezeit. Sunshine hat mich verletzt, weil ich unaufmerksam war. Mich rauszuschmeißen wäre eine logische Konsequenz.«

»Wow.« Er nickte langsam und ließ den Kopf hängen. Seine Hände schoben sich in seine Hosentaschen. »Du hältst ja wirklich gar nichts von mir.«

»Ich halte dich für jemanden, der sein Geschäft ernst nimmt, der reine Vernunftentscheidungen trifft. Du hast doch selbst gesagt, dass man nur so ein erfolgreiches Gestüt aufbauen kann.«

Henry blieb stumm, da war wieder nur dieses kaum merkliche Nicken. Dann hob er den Kopf und sah mich an, wieder ganz der Business-Man. Alles, was ich vorher noch an ihm zu sehen geglaubt hatte, war wie weggewischt. »Das nächste Mal, wenn du dich verletzt, sagst du Bescheid. Okay?«

Ich erwiderte nichts, woraufhin er die Augenbrauen hob und damit klarstellte, dass er eine Antwort wollte.

»Okay«, sagte ich also.

Henry straffte die Schultern und atmete tief ein. »Gut. Dann versuch, deine Hand zu schonen. Ich schicke Mike, damit er dir mit den Säcken hilft.«

Ich öffnete den Mund, um zu protestieren. Schließlich hatte Mike schon mehr als genug zu tun, aber Henry ließ mich einfach stehen. Mit einem Seufzen ging ich zurück in Richtung Futterraum. Das hätte wirklich schlechter laufen können. Ich war zwar nicht gefeuert worden und hatte mir auch keine Ermahnung anhören müssen, aber ich spürte, dass ich Henry verletzt hatte. Und das machte mir seltsamerweise mehr aus als alles andere.

Kapitel 7

»Wenn du Dewey bekommst, dann nehme ich aber Huey«, rief das Mädchen mit dem langen blonden Zopf, der ihr unter dem Reithelm hervor auf die Schulter fiel. Es war vielleicht fünf Jahre alt und schob ein gleichaltriges Mädchen mit schwarzen schulterlangen Haaren und Stirnfransen zur Seite. Hinter den beiden drängten sich weitere Kinder mit ihren Eltern an den Zaun des neuen Reitplatzes. Die Country Fair war in vollem Gange, und obwohl es erst zehn Uhr vormittags war, brannte die Sonne unerträglich heiß auf uns herunter.

»Ihr könnt so oft reiten, wie ihr wollt«, beruhigte ich die Kinder und hob das blonde Mädchen auf den geduldig wartenden Huey. Nachher, hatte ich den Kindern versprochen, durften sie den Ponys noch Schleifen in die Mähne und den Schweif flechten. Es wäre die perfekte Abwechslung, um den Ponys um die Mittagszeit im Schatten ein wenig Pause zu gönnen, sie kühl abzuspritzen und sie zu tränken. Ein Spaß für die Ponys und die Kinder. Aber zunächst wollten alle erst einmal reiten.

Ich hob das schwarzhaarige Mädchen auf Dewey und einen Jungen auf Louie. Die beiden hatten ihre Eltern dabei, die sie führten, während ich Huey übernahm. So marschierten wir mit den Kindern los über den Sandplatz. Fröhliche Folk Music mit Banjo- und Akkordeonklängen drang sanft aus den Lautsprechern. Von der Spielbude hörte ich Jubel, Kinder lachten und zogen Ballons hinter sich her, und ich war froh, dass die Ponys sich von nichts davon beeindrucken ließen. Sie trappelten neben uns her, während die Kinder ununterbrochen vor Aufregung quasselten und immer wieder den Hals ihres Ponys streichelten.

Wir umrundeten den weichen Sandplatz, ich winkte Sam bei seinem Pastetenstand, und dann holte ich die nächste Gruppe ab.

»Muss ich den Helm aufsetzen?«, jammerte ein Junge mit roten Backen und verschwitzten Haaren. Vermutlich war er gerade in der Hüpfburg gewesen.

»Ohne Helm kannst du nicht aufs Pferd«, erwiderte ich und kniete vor dem Jungen nieder. »Dein Köpfchen ist viel zu wertvoll.« Ich hielt ihm den Helm hin, aber er sah nur zweifelnd darauf und trat einen Schritt zurück. Ich konnte ihn ja verstehen. Es war drückend heiß, aber eine Runde mit Helm würde er bestimmt überstehen.

»Cowboys tragen auch keine Helme«, erwiderte der Junge mit der tiefen Überzeugung eines Fünfjährigen. Dagegen konnte ich schlecht argumentieren, wenn ich ihm nicht bildlich erklären wollte, wie ein Kopf aussah, nachdem er unsanft von einem Pferd auf dem Boden aufgeknallt war. Also musste ich in die Trickkiste greifen.

»Siehst du die Frau da drüben mit den Ballons? Die mit den kurzen schwarzen Haaren? Das ist Maya. Die gibt dir bestimmt sogar zwei Ballons, wenn du den Ritt – mit Helm – meisterst.«

Der Junge verzog das Gesicht und stieß ein Seufzen aus, als hätte er die Last der ganzen Welt auf seinen Schultern. Dann aber ließ er sich den Helm von mir aufsetzen und mich ihn auf Dewey setzen.

»Aha, mit Bestechung arbeitet man hier also«, raunte plötzlich eine tiefe Stimme hinter mir.

Sofort formten meine Lippen ein Grinsen. Ich fuhr herum, und wie erwartet stand Dad vor mir.

»Du hast es geschafft!«, rief ich und drückte ihn kurz an mich, ohne die Ponys loszulassen. »Sind die anderen auch hier? Lord Huntington? Vanessa?«

»Die sind bei Sam«, erwiderte Dad und deutete zu den Verkaufsständen hinüber. »Und du bist schwer beschäftigt, wie ich sehe. Komm, lass mich dir helfen.« Er nahm mir einen Führstrick ab, während ich ihn immer noch anstrahlte.

Dad war hier! Endlich! Jetzt konnte ich ihm alles zeigen.

Lachend hob er die Hände. »Was ist denn los? Du tust ja so, als hätten wir uns monatelang nicht gesehen.«

»Ein bisschen fühlt es sich auch so an.«

Seine Augenbrauen zogen sich zusammen. »Gefällt es dir hier nicht?«

»Doch!«, rief ich schnell und drückte ihn noch einmal kurz an mich. »Du fehlst mir nur, das ist alles.«

»Du mir auch, Schätzchen, aber jetzt bin ich ja hier.«

»Worauf warten wir denn noch?«, wollte der Junge wissen, den ich zum Helm überredet hatte. »Es ist heiß!«

»Wir starten schon, gut festhalten.« Und dann ging es los, Dad blieb an meiner Seite.

»Na, was sagst du?«, wandte ich mich wieder an ihn, mit einer ausschweifenden Geste, die den neuen Reitplatz umfasste. »Ist es nicht schön hier? Der Platz ist noch ganz neu.«

»Das sehe ich. Wirklich beeindruckend, was Sam aus dem Ort gemacht hat. Ich war ewig nicht mehr hier, bestimmt zwanzig Jahre oder so.«

»Ja, er hat vor allem das Wohnhaus renovieren lassen, Ally hat auch die Gärten so schön angelegt, die Mitarbeiterunterkünfte sind neu, ich muss dir nachher unbedingt mein Zimmer zeigen, und die Ställe sind ja auch gerade erst gebaut worden.« Weil der alte abgebrannt ist, fügte ich in Gedanken hinzu, wollte die Stimmung an so einem schönen Tag aber nicht kaputtmachen.

Dad lächelte mir zu, ein seltener Anblick, der sein ganzes Gesicht veränderte. Er lächelte nicht oft, und mit seinen straff zusammengebundenen Haaren und den markanten Gesichtszügen wirkte er meistens ziemlich streng. Ich wusste noch, dass meine Freundinnen sich früher vor ihm gefürchtet hatten. Er war ein ruhiger Typ, keiner, der viele Scherze machte. Vielleicht hing das mit dem Tod von Mum zusammen, früher war er möglicherweise ganz anders gewesen. Es musste schwer sein, die Liebe seines Lebens so früh zu verlieren. Aber jetzt leuchteten seine braunen Augen, und ich genoss es, ihn so zu sehen.

»Du bist hier sehr glücklich«, sagte er.

»Ja.«

»Das ist schön. Ich bin froh, dass es dir so gut gefällt. Auch wenn ich dich wirklich vermisse.« Er legte kurz seinen freien Arm um mich, und ich lehnte meinen Kopf gegen ihn.

Ich konnte mir vorstellen, wie schwer es für Dad sein musste, plötzlich ganz allein im Cottage zu leben. Seit meiner Geburt war er nie nur für sich gewesen. Natürlich kam ich ab und zu nach Hause, aber letztes Wochenende war zu viel zu tun gewesen, und ich nahm an, dass das in Zukunft öfter der Fall sein würde. Auf Red Oak war ich zur Besucherin geworden, ich gehörte einfach nicht mehr richtig dazu.

Wir erreichten den Reitplatzeingang, hoben die Kinder von den Ponys und die nächsten drei in die Sättel. Dad begleitete mich auch für die nächste Runde und erzählte mir von zu Hause. Im Grunde war alles beim Alten. Aber es tat gut, von Charlie und Theresa zu hören. Ich musste sie unbedingt bald anrufen.

Auf einer weiteren Runde mit neuen Kindern hob ich schließlich meine linke Hand, auf der noch die fast verheilte Wunde zu sehen war. »Meine erste Verletzung habe ich auch schon hinter mir«, sagte ich, da es sich komisch anfühlte, ihm nichts davon zu erzählen. Er war mein Dad, und er sollte erfahren, was in meinem

Leben passierte. Bei unseren Telefongesprächen hatte ich es zwar absichtlich nicht erwähnt, damit er sich nicht sorgte und nicht einfach alles stehen und liegen ließ, um sich persönlich davon zu überzeugen, dass es mir gut ging. Aber jetzt hatte er mich immerhin vor sich und konnte sehen, dass alles halb so wild war.

Dad warf auch nur einen kurzen Blick auf meine Hand. »Was hast du angestellt?«, fragte er, wie erwartet eher belustigt, nachdem kaum noch etwas von der Verletzung zu sehen war. Er hielt mich wohl einfach nur für tollpatschig. Schließlich war ich auf einem Gestüt aufgewachsen und hatte mich schon oft mehr oder weniger stark verletzt. Dad hatte aus Schrammen nie eine große Sache gemacht, und mehr war an der Hand nicht mehr zu sehen.

»Ach, es gibt da diesen Hengst, Sunshine, der ist noch ein wenig grün hinter den Ohren und hat sich im Wind erschreckt. Ich bin mit der Hand an die Boxentür gekommen, war nicht zu schlimm. Alle hier waren total nett und haben mir geholfen.«

»Du brauchtest Hilfe?«

Oh, das hätte ich vermutlich nicht sagen sollen, jetzt klang er doch besorgt. Eigentlich hatte ich ihm ein gutes Gefühl geben wollen, ihm zeigen wollen, wie sehr sich hier alle um mich kümmerten. »Nur wenn ich etwas Schweres heben muss, aber es geht schon wieder. Wie läuft es denn mit Everdream?«, wechselte ich das Thema, auch weil ich wirklich daran interessiert war. Über Meteor holte ich mir fast täglich ein Update übers Telefon, aber Dad und ich hatten beide nie viel Zeit, um ausführlicher miteinander zu reden.

»Wir haben gemacht, was du vorgeschlagen hast, und sie an eine angrenzende Koppel der Wallache gestellt.« Er machte eine theatralische Pause, und ich packte seinen Arm.

»Und?«, wollte ich wissen und hatte Mühe, mit den Ponys an der Hand ruhig zu bleiben. »Hat es geklappt?«

»Wishmaster hat ein paar Blessuren davongetragen, er ist zu nahe an den Zaun herangekommen, aber ansonsten geht es ganz gut. Sie scheint sich an die Jungs zu gewöhnen.«

»Und ist Lady Kerry mit dieser Lösung einverstanden?«

Dad spannte sich an und wandte den Blick ab. Er sah den sanften Hügel hoch zum Birkenhain, wo die Mitarbeiterunterkünfte lagen.

»Das kann man nicht gerade sagen«, seufzte er dann, und mir kam es so vor, als wäre er froh, dass wir erneut den Reitplatzeingang erreichten und er das Thema wechseln konnte.

Wir machten noch einige Runden, bis wirklich alle Kinder dran gewesen waren, dann half Dad mir, die Ponys zurück in den Stall zu bringen. Bevor ich die Ponys von den Kindern putzen und einflechten ließ, sollten sie eine kleine Ruhepause im kühlen Stall und einen kleinen Belohnungssnack bekommen.

Wir gingen gerade zurück in den Hof, als uns Lord Huntington und seine Frau entgegenkamen. Der Earl trug wie immer seine Schiebermütze und eine braune ärmellose Weste über einem beigen Hemd. Seine Frau wirkte in ihrem schicken Kostüm auf dem Gestüt ein wenig fehl am Platz. Sie hielt sich an Lord Huntingtons Arm fest und ließ ihren Blick über den Hof wandern, ohne uns anzusehen.

Lord Huntington aber strahlte sofort, als er uns entdeckte. »Bonnie!« Er tätschelte sanft Lady Huntingtons Hand auf seinem Arm, um sich von ihr zu lösen, und kam dann mit weitgreifenden Schritten auf uns zu. »Wie schön, dich endlich wiederzusehen. Das nächste Mal, wenn du auf Red Oak bist, musst du unbedingt bei mir reinschauen. Es kann doch nicht sein, dass du dich jedes Mal einfach still und leise davonmachst, ohne mir zu erzählen, wie es dir in deinem neuen Zuhause gefällt.«

Ich war überrascht, wie herzlich er mich begrüßte. Ich war natürlich froh, ihn wiederzusehen, er hatte mir gefehlt. Und dann war da auch ein kleines Schuldgefühl, weil ich mich nie bei ihm gemeldet hatte, schließlich verdankte ich ihm den Job. Aber es war so viel passiert. Und seine Wortwahl irritierte mich. Mein neues Zuhause, hatte er gesagt. Ich empfand nach wie vor Red Oak als mein Zuhause. Sicher, ich lebte jetzt hier, aber mein Zuhause war immer noch im Cottage auf Red Oak bei meinem Vater. Lord Huntingtons Worte kamen mir so vor, als wäre er trotz allem froh, dass ich nicht mehr auf Red Oak lebte. Vermutlich bildete ich mir das nur ein und war überempfindlich. Trotzdem … seine Worte versetzten mir einen kleinen Stich.

»Ich verspreche, das nächste Mal Hallo zu sagen«, erwiderte ich, und zum Glück fiel mir das Lächeln nicht schwer. »Ist Vanessa denn auch hier?«

»Nein«, ließ sich plötzlich Lady Huntington vernehmen, die zu ihrem Mann aufgeschlossen hatte. »Sie ist mit Freunden verabredet.«

»Aber sie lässt mich ausrichten, dass sie sich schon sehr darauf freut, nächste Woche mit dir auszureiten«, fügte Lord Huntington hinzu und legte mir mit einem Augenzwinkern kurz die Hand auf die Schulter. »Und natürlich darfst du jederzeit kommen und Meteor reiten. Falls du in deiner Freizeit überhaupt noch reiten möchtest, jetzt, da du beruflich nichts anderes mehr machst.«

»Aber klar doch! Zu Meteor sage ich nie Nein.«

»Nun, wir sollten ihn vor dem Verkauf vielleicht ein wenig schonen«, erwiderte Lady Huntington und hängte sich wieder bei ihrem Mann ein. Mit beiden Händen hielt sie seinen Arm umklammert. »Er soll bald verkauft werden. Wir können es uns nicht leisten, dass er sich verletzt, während er wie wild über Felder und Hügel geritten wird.«

»Ach, Bonnie weiß schon, was sie tut. Und die Abwechslung tut Meteor gut. Ich hasse es, wenn Pferde nur in der Halle oder auf dem Reitplatz geritten werden. Sie müssen auch mal etwas anderes sehen.«

»Da stimme ich zu«, sagte Dad mit einem Nicken und wandte sich direkt an Lady Huntington, sein Ton war ungewöhnlich scharf. »Die Pferde werden durch Ausritte trittsicherer, und die Wahrscheinlichkeit, dass sie sich mal an den Beinen verletzen, sinkt damit. Auch werden sie aufmerksamer, konzentrierter, gelassener. Es gibt doch nichts Schlimmeres als diese nervösen, hochgepeitschten Pferde, die in ihrem Leben noch nie eine Wiese gesehen haben, meinen Sie nicht auch, Mylady?«

Verwirrt sah ich zu Dad. Er lächelte, aber ich konnte auch in seinem Blick die Schärfe erkennen, die sich unterschwellig in seine Worte gemischt hatte. Das sah ihm nicht ähnlich, aber ich wusste auch, dass er und Lady Huntington nicht gerade die besten Freunde waren.

»Wie recht du hast«, schaltete Lord Huntington sich ein, ehe seine Frau antworten konnte. Seine Miene in dem glatt rasierten Gesicht war ein wenig ernster geworden, seine Brauen hatten sich zusammengezogen. »Wir sehen uns ja bestimmt noch, jetzt holen wir uns erst mal eine von Sams berühmten Pasteten.« Und damit ging er mit seiner Frau davon.

Dad neben mir atmete erleichtert aus.

Ich wollte mich auch gar nicht weiter mit den Huntingtons beschäftigen und lieber Dad alles ganz genau zeigen. Es war rührend zu sehen, wie stolz er auf mich war, und ich nahm mir vor, mindestens jedes zweite Wochenende nach Red Oak zu kommen und Zeit mit ihm zu verbringen.

Nach der Hof-Tour holten wir uns ebenfalls eine Pastete und setzten uns damit an einen der langen Klapptische, die auf dem gepflasterten Hof zwischen den Ställen aufgestellt worden waren. Auf der wackeligen Bierbank, mit all dem Trubel um uns herum, fühlte ich mich an meine Kindheit erinnert. Ich dachte an die vielen Veranstaltungen zu Hause auf Red Oak und an den Jahrmarkt bei uns im Dorf. Es war einfach ein perfekter Tag.

»Ich muss dann wieder zurück«, sagte Dad und legte seine Hand auf meine, die auf der Tischplatte ruhte.

»Schade. Aber ich muss auch wieder an die Arbeit. Zöpfe flechten«, lachte ich und nahm den letzten Bissen von der Pastete.

Ich wollte meinen Pappteller nehmen und aufstehen, als ich Henry entdeckte, der zusammen mit einer Frau zu Jokers Box ging. Irgendetwas an ihm kam mir merkwürdig vor und ließ mich kurz innehalten. Wie meistens trug er eine schwarze Hose und ein kurzärmliges Hemd, die schwarzen Haare zurückgekämmt, und wie immer wirkte er sehr selbstbewusst. Aber da war eine Anspannung an ihm, die über das übliche Maß hinausging. Seine Hände an den Seiten waren zu Fäusten geballt. Ich war nahe genug, um zu erkennen, wie die Sehnen an seinem Hals hervortraten und sein Kiefer mahlte.

Sein Blick wanderte zu mir, er nickte mir kurz zu, die Lippen zusammengepresst, die Augen leer, und wandte sich dann wieder an die Frau, die Joker streichelte.

Es war nicht schwer zu erahnen, wer sie war. Mit dem großen schlanken Körper und dem eleganten grauen Kostüm sah sie aus wie eine weibliche, etwas ältere Version von Henry. Ihre schwarzen Haare trug sie in einem asymmetrischen Bob, der ihr schmales, kantiges Gesicht betonte. Genauso wie Henry gab sie sich, als gehörte ihr alles. Sie hielt sich aufrecht und stolz, das Kinn hatte sie leicht vorgeschoben, während sie auf ihren Sohn einredete. Sie gestikulierte gar nicht besonders heftig, da war mal eine kleine Geste zum Haus hinüber, mal ein Wegschnipsen einer Haarsträhne, aber trotzdem wirkte sie wütend. Selbst aus der Ferne strahlte ihre Erscheinung Kraft und Überlegenheit aus.

Dad wandte sich auf der Bierbank um, vermutlich hatte ich die beiden etwas zu lange angesehen. »Ah, Cecily Beaumont. Die habe ich schon ewig nicht mehr gesehen. Ich glaube, zuletzt auf der Beerdigung.« Er drehte sich wieder zu mir um, aber ich beobachtete weiterhin Henry. Mit einer unwirschen Geste wischte er sich übers Gesicht und machte einen Schritt von der Frau weg. Cecily. Seine Mutter. War ich ihr je zuvor begegnet? Ich konnte mich nicht daran erinnern. Wenn Henry zu Besuch auf Red Oak gewesen war, dann hatte ihn sein Vater begleitet. Und zu den Ställen war Henry sowieso allein gekommen. Sollte Cecily Beaumont zu Veranstaltungen und Dinnern bei den Huntingtons gegangen sein, so war sie mir zumindest nie begegnet.

»Kommt sie öfter her?«, wollte Dad wissen und lehnte sich ein wenig zur Seite, um mir den Blick zu verstellen. Mit hochgezogenen Augenbrauen und einem leichten Lächeln auf den Lippen sah er mich an.

Ein leises, peinlich berührtes Lachen entkam mir. Ich hatte mich viel zu sehr auf die beiden konzentriert. »Bis jetzt habe ich sie noch nie hier gesehen.«

»Na ja, sie führt ja dieses Technologieunternehmen in London. Vermutlich hat sie nur selten Zeit, ihren Sohn zu besuchen.«

Und Henry schien sie nicht sonderlich zu vermissen. Jedenfalls hatte er sie bisher noch nie erwähnt, und wenn ich ihn neben seiner Mutter betrachtete, machte er nicht gerade den Anschein, als würde ihn ihre Anwesenheit sonderlich glücklich machen.

»Kommst du gut mit ihm klar?«, fragte Dad schließlich, vermutlich weil ich Henry immer noch anstarrte.

Ich zuckte mit den Schultern und gab mich möglichst natürlich. Hoffentlich wurden meine Wangen nicht wieder rot. Ich wusste ja selbst nicht, warum meine Gefühle gegenüber Henry so widersprüchlich waren. Aber vermutlich lag das einfach daran, dass er sich immer so unvorhersehbar verhielt – wer sollte da schon wissen, woran man war.

»Ich sehe ihn kaum«, antwortete ich und dachte an unser Zusammentreffen in der Vorratskammer vor ein paar Tagen. Selten hatte ich mich ihm so nah gefühlt, und trotzdem hatte sein Verhalten so viele Fragen aufgeworfen und mich erneut verunsichert. Er war einfach so schwer einzuschätzen.

»Nun ja, er hat sicher alle Hände voll zu tun, so viel, wie sich hier verändert hat. Das Gestüt wird einmal ganz groß werden.«

»Ach ja?«

Dad grinste mich an, was eine Kerbe in seine bartlose Wange zeichnete. »Klar. Mit dir als Bereiterin. Um die Pferde von hier wird man sich bald reißen.«

»Mal sehen, vielleicht macht ja sogar Lord Huntington demnächst Geschäfte mit uns.«

Seine Stirn zog sich in Falten.

»Was?«, fragte ich nach.

Dad zuckte mit den Schultern. »Nichts. Es kam mir nur seltsam vor, dass du ›uns‹ gesagt hast. Bis vor Kurzem hast du damit noch Red Oak gemeint.«

Ich senkte den Blick auf meine Hände, die noch den Pappteller festhielten. Dad hatte recht. Es war wirklich seltsam. Und auch wieder nicht. In so kurzer Zeit war ich ein Teil von Beaumont Horses geworden und dachte an all das, was ich mit Sam und den anderen erreichen konnte.

Mein Blick fiel zurück zu Henry, der jetzt mit dem Rücken zu mir stand, die Hände hatte er auf Jokers Boxentür abgestützt. Seine Mutter redete, dann legte sie ihre Hand auf seinen Unterarm, aber nicht sanft, sie schien richtig zuzupacken, und ich konnte sehen, dass sie weiterhin mit Nachdruck auf ihn einredete.

Nur zu gern hätte ich gewusst, worum es in diesem Gespräch ging. Ich sorgte mich um Henry. Ein völlig absurdes Gefühl, aber es war da. Und über eine Sache war ich mir mittlerweile im Klaren: Es machte keinen Sinn, die wirren Emotionen in Bezug auf

Henry verstehen zu wollen. Sie waren nun mal einfach da und würden sich auch nicht wieder so schnell vertreiben lassen.

*

Die Luft roch würzig nach Rauch, als ich im Licht der Außenlampen zu den Ställen ging. Oben bei den Mitarbeiterunterkünften stieg die Ursache als graue Wolke in der Dunkelheit auf, aber sie alarmierte mich nicht. Ich wusste, dass Sam für heute Abend ein Lagerfeuer geplant hatte. Er wollte mit seiner Familie und seinen Mitarbeitern die erfolgreiche Country Fair feiern.

Ich freute mich auf die Reste der Pasteten und darauf, mich zu den anderen ans Feuer zu setzen. Schon den Tag hatte ich sehr genossen – die Zeit mit Dad, die Arbeit mit den Ponys und den Kindern, zwischendurch hatte ich auch Maya beim Eisstand unterstützt. Und jetzt noch das Lagerfeuer als krönender Abschluss für die Mühen der letzten Tage. Doch bevor ich zu den anderen ging, wollte ich noch zu den Ponys und sie von den vielen Schleifen in Mähne und Schweif befreien. Die drei hatten sich heute wirklich von ihrer besten Seite gezeigt, und dafür würde ich ihnen noch ein paar Belohnungsleckerlis in den Trog werfen.

Ein leises, brummendes Wiehern drang von der gegenüberliegenden Stallseite der Ponys, und ich blieb stehen. Ein dunkelbrauner Pferdekopf schaute aus seiner Box und streckte den Hals über die Tür heraus.

Ein Lachen entfuhr mir. »Ernsthaft, Joker? Um wie viele Leckerlis willst du noch betteln?« Ich ging auf ihn zu und streckte ihm meine Hand entgegen, die er sofort in Erwartung eines Abendsnacks zwischen seine Lippen nahm. Als er bemerkte, dass ich nichts hatte, begnügte er sich damit, meine Haut abzulecken. »Du weißt aber schon, dass du einen Leckstein da drin hängen hast, oder?« Ich kraulte ihm den Hals und den Mähnenkamm und dachte an den morgigen Tag, an dem ich ihn endlich reiten wollte. Ich klopfte ihm zum Abschied auf den Hals und ging auch noch schnell bei Sunshine vorbei, der auf seinem Paddock stand.

Ich lockte ihn mit leisen Rufen und kraulte auch ihn.

Die sanfte Abendbrise trug Lachen vom Lagerfeuer zu mir her, und ich überquerte schnell den Hof zur gegenüberliegenden Stallreihe, wo die Ponys standen. »Na, ihr Hübschen? Soll ich euch die Schleifen überhaupt abnehmen? Ihr seht so zauberhaft damit aus.«

Louie kam zu mir und knabberte sofort an meinem T-Shirt, woraufhin ich ihn mit strenger Stimme wegschob, auch wenn es mir schwerfiel. Die Ponys waren einfach so süß, ich konnte ihnen nicht böse sein. Ich löste die Schleifen aus ihren Mähnen und den Schweifen, dann gab ich ihnen zum Abschied noch ein Leckerli und ging zum neuen Reitplatz, um nachzusehen, ob Maya oder Mike ihn schon abgemistet hatten. Mit dem ganzen Trubel der Veranstaltung waren sie vielleicht nicht dazu gekommen, und ich war froh, wenn ich ihnen etwas Arbeit abnehmen konnte. Immerhin hatten sie mir auch so oft geholfen. Doch auf dem Reitplatz, wo das Flutlicht durch den Bewegungsmelder ansprang, waren alle Pferdeäpfel schon beseitigt. Wenigstens die Heunetze wollte ich noch füllen. So hätten die beiden morgen früh weniger zu tun.

Also ging ich zurück und stieg die Treppe zwischen Stall und Vorratskammer hoch auf den Heuschober. Ich schaltete das Licht an, schnappte mir ein paar Netze vom Haken neben der Tür und kniete mich damit vor den Berg Heu. Leise vor mich hin summend nahm ich mir ein Büschel und schob es in das Netz, was sofort Staub aufwirbelte und mich zum Niesen brachte.

»Gesundheit.«

Ich zuckte zusammen und fuhr herum, die Hand an mein Herz gepresst. Ich war davon ausgegangen, dass alle bereits beim Lagerfeuer saßen.

Aber jetzt stand Henry da, mit der Schulter an den Türrahmen gelehnt, und sah mich mit einem halben Lächeln an. »Sorry. Ich wollte dich nicht erschrecken.«

»Vielleicht solltest du dich dann nicht so anschleichen«, erwiderte ich, lächelte dabei allerdings, damit er darin keinen Vorwurf sah.

Henry deutete auf das Heunetz in meiner Hand. »Du machst immer noch nicht Schluss?«

»Ich bin ein fleißiges Bienchen, du solltest mich endlich fest einstellen.«

Seine rechte Augenbraue hob sich. »Hm, sollte ich das?«

Er kam einen Schritt näher und studierte mich eingehend.

»Sam schickt mich«, sagte er schließlich. »Er hat dich beim Feuer vermisst und sorgt sich, dass du immer noch im Stall herumschleichst und kein Ende findest.«

Ich warf ihm einen Blick über die Schulter zu, während ich weiter Heu ins Netz stopfte. »Na ja, ist das nicht mein Job?«

»Ja, schon … vielleicht versteckst du dich aber auch hier oben, weil der heutige Tag ein wenig … überwältigend war?«

Ein leises Lachen entfuhr mir. »Keine Sorge. Ich will das hier nur schnell erledigen, dann komme ich nach.«

Es wurde still hinter mir, und erst dachte ich, Henry wäre gegangen, doch dann hörte ich seine Stimme neben mir. »Zu zweit geht es schneller«, sagte er und hob eines der Netze vom Boden auf.

Verwirrt sah ich zu ihm auf. Er half mir? Schon wieder? »Sie müssen aufpassen, Euer Gnaden, sonst gewöhne ich mich noch an Ihre Hilfe.«

Henry erwiderte nichts, aber ein Lächeln konnte er nicht verbergen. Er kniete sich in seiner feinen schwarzen Hose neben mich auf den staubigen Boden, und dann arbeiteten wir stumm Hand in Hand, und es fühlte sich schön an, mit ihm zu schweigen. Gar nicht unangenehm. Wir waren fast fertig, als ich mich doch entschied, etwas zu sagen.

»Ich habe heute deine Mutter gesehen.«

Henry verzog das Gesicht, als hätte er in eine Zitrone gebissen. Mein Eindruck heute Mittag hatte mich also nicht getäuscht. Er war von dem Besuch alles andere als begeistert gewesen.

»Kommt sie dich öfter besuchen? Ich habe sie noch nie hier gesehen.«

»Wirst du hoffentlich auch so bald nicht wieder.«

»Ihr habt also kein gutes Verhältnis zueinander?« Es fiel mir schwer, das zu begreifen. Die beiden hatten nach dem Tod des Vaters doch nur noch einander. Vielleicht hatte es Streit über die Firma gegeben. Oder weil Henry einfach abgehauen war.

Er sagte wieder nichts, was ich ihm nicht verdenken konnte. Seine Familie ging mich nichts an, also widmete ich mich wieder den noch übrigen Netzen.

Ich streckte mich nach vorne, wollte mir eine weitere Handvoll Heu schnappen, aber Henry hatte sich genau das gleiche Büschel ausgesucht. Unsere Hände berührten sich, und ich erstarrte, als er meine Hand nahm. »Ist wirklich wieder alles in Ordnung damit, Bonnie?«

»Ja, ähm, alles gut«, murmelte ich leise und entzog ihm meine Hand. Mein Herz schlug wie wild, und ich wagte es nicht, ihn anzusehen, damit er nicht bemerkte, wie sehr mich diese Berührung durcheinandergebracht hatte.

Henry atmete hörbar ein, dann ließ er sich zurück auf die Fersen sinken und starrte aufs Heu hinunter.

Ich warf ihm einen verlegenen Blick zu. »Alles okay?«

Er nickte und strich sich über die Augen. Er sah müde aus. Im ersten Moment dachte ich, er würde aufstehen und gehen, doch dann setzte er sich und atmete schwer.

Ich beobachtete ihn noch ein paar Sekunden, aber anscheinend hatte er nicht vor, mit mir zu reden oder sonst etwas zu tun. Er saß einfach nur da, gegen die Wand in seinem Rücken gelehnt, in seine Gedanken versunken, also füllte ich die letzten Netze und warf sie alle auf einen Haufen. Morgen brauchten Mike und Maya sie dann nur holen und in die Boxen der Pferde hängen.

»Fertig.« Ich wandte mich Henry zu und erwartete, dass er aufstand, dass wir losgingen, aber er nickte nur und blieb sitzen.

»Willst du nicht zum Lagerfeuer?«

Er sah mich nicht an. »Zu viele Menschen.«

»Ach?« Ich ging auf ihn zu und kniete mich vor ihm ins Heu, um seinen Blick einzufangen. »Hast du Angst, weil das alles so … überwältigend ist?«

Sein Mundwinkel zuckte kurz, aber dann war er sofort wieder ernst. »Ich bin heute einfach nicht in der Stimmung für so viele Leute.«

Das nahm ich ihm sofort ab. Wenn das überhaupt möglich war, wirkte er noch düsterer als sonst. Und mein Gefühl sagte mir, dass der Besuch seiner Mutter etwas damit zu tun hatte.

»Okay. Dann lasse ich dich mal in Ruhe.« Ich wollte aufstehen, hatte mich aber kaum bewegt, da wandte er sich mir zu.

»Warte.« Er sah mich ernst an.

Ich erwiderte seinen Blick und rechnete damit, dass er noch mehr sagen würde, aber das tat er nicht. Er sah mich nur an und schien unschlüssig, was er als Nächstes tun sollte.

Ich verstand gar nichts mehr. Wollte er, dass ich blieb? Oder dass ich ihn in Ruhe ließ? Ich entschied mich, mich neben ihn zu setzen, woraufhin seine Anspannung etwas nachzulassen schien.

Weil ich keine Ahnung hatte, was ich tun sollte, saß ich einfach schweigend neben ihm, während die Gedanken in meinem Kopf mit meinem Herz um die Wette rasten. Was sollte ich sagen? Musste ich ihm wegen seiner Mutter gut zureden? Aber durfte ich das überhaupt? Als seine Angestellte? Was zur Hölle erwartete er denn jetzt von mir?

Irgendwann atmete er hörbar ein. »Du dachtest echt, ich wüsste nicht mehr, wer du bist?«, fragte er auf einmal mit heiserer Stimme. Okay, es ging zumindest schon mal nicht um meinen Job. Auch wenn ich nicht verstand, in welche Richtung er das Gespräch mit dieser Frage lenken wollte.

»Na ja, es hat zumindest so gewirkt. Bei Joker … du …«

»Ich weiß.« Er ließ den Kopf hängen und trommelte mit den Fingern auf sein Knie. »War komisch, wieder zurückzukommen.«

War das eine Entschuldigung? Eine Erklärung? Es klang so. »Nach Red Oak?«, fragte ich.

Henry antwortete mir nur mit einem knappen Nicken.

»Wie lange bist du jetzt schon in England?«, fragte ich also weiter. Das Lagerfeuer und der Gedanke, dass die anderen auf uns warteten, rückten in weite Ferne. Henry redete mit mir. Und es fühlte sich gut an.

»Ich bin eine Woche vor dem Turnier angekommen.«

Ein überraschter Laut entfuhr mir. »Und da hast du dich spontan entschlossen mitzureiten? Eine Woche vorher?«

Henry zuckte mit den Schultern. »Sam und ich haben schon davor darüber geredet. Ein paarmal. Wir haben ja sowieso ständig telefoniert. Übers Gestüt. Darüber, ob ich wieder einsteige. Und über Joker und das Turnier.«

»Und du hast Ja gesagt.«

»Ja.« Er sah mich an.

Plötzlich fühlte ich mich in meine Kindheit zurückversetzt. Wenn er so dasaß, nachdenklich und ein wenig zusammengesunken, vergaß ich fast, dass er der Duke of Winterset war. Er erinnerte mich vielmehr an den Jungen von damals, der mir schweigend bei der Arbeit zugesehen oder die Pferde beobachtet hatte. Nein, wir hatten nie viel geredet, aber umso länger ich hier saß, umso mehr Momente fielen mir ein, in denen er in meiner Nähe gewesen war. Still. Wie ein Schatten. Ich hatte mich nie daran gestört, oft hatte ich sogar vergessen, dass er überhaupt da war. Bis sein Vater oder jemand anderes nach ihm gerufen hatte und er plötzlich aufgestanden und gegangen war.

»Du machst deine Sache gut«, sagte er dann plötzlich, ohne den Blick von mir abzuwenden. Seine grauen Augen ruhten auf mir. »Ich sehe einen echten Fortschritt bei Joker und Sunshine.«

Mein Herz schlug mir bis zum Hals. Vor Nervosität, aber auch vor Stolz. Das aus seinem Mund zu hören war wie ein Ritterschlag.

»Das ist erst der Anfang«, versicherte ich ihm, und er lächelte erneut.

»Darauf wette ich.« Seine klare, durchdringende Stimme erfüllte mich mit wohltuender Wärme. »Du tust ihnen gut. Du tust dem Gestüt gut. Sam hat dich gern hier … die anderen auch.«

Sprachlos sah ich ihn an. Von jedem hätte ich ein solches Lob, solche Anerkennung erwartet, nur nicht von ihm. »Ich bin gern hier.«

»Für länger?«

Mein Herz flatterte. »Ist das ein Angebot?«

»Du weißt, dass ich dich nicht rausschmeiße, oder?«

Ich zuckte mit den Schultern. »Keine Ahnung. Du bist schwer zu durchschauen.«

»Ach?« Seine Augen blitzten, während er belustigt eine Braue hochzog.

»Ich meine es ernst. Dich zu lesen kann ziemlich anstrengend sein.«

»So kompliziert bin ich nicht.«

Nun musste ich lachen. Als er in mein Lachen einstimmte, wurde ich von einer Ruhe durchströmt, die mir die letzten Wochen gefehlt hatte. Ich wusste nicht, was wir hier taten, warum wir im Heu saßen und plauderten und lachten, während er doch eigentlich nur auf Sams Bitte hergekommen war, um mich zu holen. Aber ich war froh darüber.

»Nun, du bist auch nicht gerade ein offenes Buch«, erwiderte er, was mich mit noch größerem Staunen erfüllte.

»Was? Ich?«, rief ich lachend und legte mir die Hand auf die Brust. »Wäre ich noch offener, könnte man mein Skelett sehen!«

Henry grinste. »Das glaubst du vielleicht, aber ich habe keine Ahnung, was du denkst. Und wann du mir wieder Vorwürfe machst. Man kann richtig Angst vor dir bekommen.«

»Haha, sehr witzig.« Ich nahm ein Büschel Heu und warf es nach ihm, woraufhin er überrascht die Augen aufriss.

»Siehst du! Jetzt attackierst du mich auch noch mit getrockneter Biomasse.«

»Getrocknete Biomasse? Ernsthaft?« Ich beugte mich vor und griff nach einem weiteren Büschel. Ich wollte mich gerade wieder aufrichten, um es nach ihm zu werfen, als ich seine Hand um mein Handgelenk spürte. Sofort hielt ich die Luft an. Seine Finger berührten nur sacht meine Haut, aber ich spürte sie viel zu deutlich, und dort, wo seine Hand lag, schien meine Haut regelrecht zu brennen.

Das wird nicht mehr vorkommen, versprochen, hatte er gesagt. Aber jetzt hielt er mich fest, und ich wollte auch gar nicht, dass er losließ.

Herausfordernd sah er mich an. »Willst du wirklich deinen Boss bewerfen?«

Ich ließ das Heu in meiner anderen Hand sinken und räusperte mich – in der Hoffnung, dass er mir nicht anmerkte, wie sehr mich seine Berührung und sein intensiver Blick aus der Fassung brachten. »Du hast selbst gesagt, dass du mich nicht mehr rauswirfst.«

»Ach, und jetzt glaubst du, du kannst einfach machen, was du willst?« Spöttisch sah er mich an, ließ meine Hand aber los. Verdammt. Ich fuhr über die Stelle, die er berührt hatte, und versuchte, mich zu beruhigen.

»Vielleicht hast du recht«, sagte ich, und obwohl er mich immer noch angrinste, war mir jetzt gar nicht mehr nach Lachen zumute. »Vielleicht fällt es mir manchmal schwer, dich als meinen Boss anzusehen.«

Seine Augen verengten sich ein wenig, sein Lächeln erstarb. »Was meinst du damit, Bonnie?«

O nein, jetzt dachte er noch, dass ich mich an ihn ranschmiss. »Ich meine, ich erinnere mich an früher. Und … na ja, manchmal sehe ich dich eher als alten Freund. Einen, von dem ich mich entfremdet habe, aber an den ich mich noch gut erinnere.«

Er nickte langsam. »Als ich neulich über unsere Freundschaft gesprochen habe, dachte ich, du erinnerst dich an nichts mehr.«

»Aber die Erinnerungen kommen zurück.«

»Ich habe dich schon lange nicht mehr singen hören.« Seine Stimme klang ruhig, aber auch schwer und bedrückt.

»Singen?«

»Seit du hier arbeitest, hast du nicht mehr gesungen. Jedenfalls nicht in meiner Gegenwart.«

Mein Herz schlug mir bis zum Hals. »Ich singe nicht vor anderen.« Zumindest nicht, wenn sie mich hören konnten. Auch bei meinem ersten Ritt mit Sunshine hatte ich so leise gesungen, dass Sam unmöglich etwas hätte bemerken können.

Wieder dieses zaghafte Lächeln. »Früher hast du es. Bei der Arbeit. Ich habe dich oft schon von Weitem gehört. Dir war es egal, ob irgendjemand etwas davon mitbekommt. Du hast einfach weitergesungen. Manchmal hast du vielleicht sogar vergessen, dass ich da war – so vertieft warst du in dieses Lied. Vorhin hast du nur gesummt. Aber nicht gesungen.«

Mein Herzschlag beschleunigte sich weiter, raste richtiggehend, während sich meine Brust verengte. Er hatte recht! Ich hatte früher viel gesungen, wenn ich bei den Pferden war. Und es vollkommen vergessen. Wieso wusste er das alles noch so genau? Wieso sah er mich jetzt so an? So zärtlich, so liebevoll? Ich spürte, wie ich in Panik geriet, weil ich Angst hatte, dass ich mir das nur einbildete. Konnte es sein, dass Henry sich so gut an all das erinnerte, weil ich ihm wichtig gewesen war? Hatte er mein Freund sein wollen, während ich ihn einfach nur ignoriert hatte? Und wollte er das immer noch?

»Damn these walls«, sang er plötzlich leise, rau. Gar nicht, um mich mit seiner Stimme zu beeindrucken, es lag kaum Ton in ihr, es war fast ein Flüstern. Nein, er wollte eine weitere Erinnerung in mir wecken. Es war ein Song, den ich früher immer und immer wieder gesungen hatte, besonders dann, wenn meine Mum mir gefehlt hatte. Was lächerlich war, schließlich hatte ich sie ja nie richtig kennengelernt. Aber manchmal hatte ich ihr Foto angesehen, hatte andere Mütter in der Schule beobachtet, und da war diese schreckliche Sehnsucht gewesen.

»In the moment we're ten feet tall.«

Ich schoss hoch, mein Körper reagierte ganz von selbst, war nun auf Flucht gesteuert. Das war zu viel. Zu viele Gefühle, alte und neue, die sich miteinander vermischten und es mir unmöglich machten, einen klaren Gedanken zu fassen. Ich musste hier raus. Ich. Musste. Sofort. Hier. Raus.

Henry sprang ebenfalls auf. »Bonnie?« Er lief um mich herum und verstellte mir den Weg in der Tür, beide Hände auf den Rahmen rechts und links gepresst. Besorgt sah er mich an. »Es tut mir leid, ich wollte nicht ...«

»Nein, ist schon gut.« Ich trat einen Schritt von ihm zurück, musste Abstand zwischen uns bringen. Hatte er denn keine Ahnung, was seine Nähe mit mir machte? Das durfte nicht passieren, ich durfte mich nicht in irgendwelche Gefühle verrennen. Wenn ich mich nicht unter Kontrolle bekam, würde ich etwas tun, das ich mit Sicherheit bereute. »Ich verhalte mich blöd, tut mir leid.« Ich wischte mir mit beiden Händen übers Gesicht, als könnte ich so wieder ruhiger werden, aber ich spürte immer noch Henrys Blick auf mir.

»Nein, mir tut es leid, Bonnie. Okay, ich weiß, was ich dir versprochen habe. Ich weiß, ich verhalte mich unangemessen. Schon wieder. Es ist einfach nur … wenn ich bei dir bin, ist mir das total egal. Wenn ich bei dir bin, bin ich irgendwie mehr ich selbst. Das war damals so, als wir Kinder waren, und das ist es heute noch. Es hat mich verwirrt, deswegen bin ich dir aus dem Weg gegangen, aber das will ich nicht mehr.«

Entgeistert starrte ich ihn an. Diese Worte durften mir nichts bedeuten, vermutlich log er sowieso. Oder? Meinte er das ernst? Wieso konnte ich ihn nur so verdammt schlecht einschätzen?

»Und so panisch, wie du mich gerade ansiehst, beruht das offensichtlich nicht auf Gegenseitigkeit. Oder?«

Sein Blick hielt mich gefangen, erlaubte es nicht wegzusehen. Mein Mund öffnete sich, aber nichts kam heraus. In meinem Kopf geriet alles durcheinander. Was sollte ich antworten? Was wollte er hören? Welche Konsequenzen hätten meine Worte?

Henry seufzte und fuhr sich beschämt durch die Haare. »Okay, ich hab mir das alles nur eingebildet, und vermutlich gilt das hier schon als sexuelle Belästigung am Arbeitsplatz, oder? Bonnie, es tut mir leid, aber ich dachte … Okay, was willst du machen? Mich anzeigen oder eher zur Presse gehen? Das wäre ein toller neuer Skandal: Der Duke of Winterset stellt seiner Angestellten auf dem Heuboden nach und …«

Es tat mir weh, ihn so zu sehen. Während ich noch nach den richtigen Worten gesucht hatte, hatte mein Schweigen ihn zutiefst verletzt. Aber ich konnte nichts sagen, nichts denken, stattdessen übernahm mein Körper die Kontrolle. Ich ging die beiden Schritte, die uns trennten, auf ihn zu, stellte mich auf die Zehenspitzen, nahm sein Gesicht in meine Hände und küsste ihn. Um ihn zum Schweigen zu bringen, um seinen Schmerz und seine Angst verschwinden zu lassen, um das Chaos und das Verlangen in mir zu beruhigen.

Henry erstarrte, seine Hände umschlossen meine Handgelenke, als wollte er sie von sich wegziehen und mich fortstoßen. Er löste sich von mir und sah mich entgeistert an. Es war totenstill.

O Gott, was hatte ich nur getan? Hatte ich Henry gerade wirklich geküsst? Hatte ich alles zerstört?

Henry sah mich weiter an, seine Augen flackerten, sein Atem ging schnell. Er ließ meine Handgelenke los. Ich konnte kaum atmen. Doch dann schloss er mich mit einem Mal so fest in die Arme, presste seinen Mund auf meinen, dass ich nicht wusste, wie mir geschah. Ein leises Stöhnen drang aus seiner Kehle, als unsere Lippen sich berührten, und ich spürte, wie meine Beine weich wurden, als seine Zunge auf meine traf. Es fühlte sich an wie eine Explosion in meinem Inneren, all die Gefühle, die ich die ganze Zeit über versucht hatte, im Zaum zu halten, überwältigten mich.

Henry küsste mich mit einer Intensität, die nichts mit meinem Kuss, mit meiner vorsichtigen Frage, zu tun hatte. Henrys Kuss stellte keine Fragen. Henrys Kuss gab Antworten. Klar, deutlich und ohne jeden Zweifel.

Sein Körper drängte gegen meinen, ich taumelte rückwärts, aber er hielt mich fest, ließ mich nicht los, während wir gegen die Wand hinter uns krachten. Henry lehnte sich mit seinem ganzen Körper gegen mich, seine Hand streichelte meinen Nacken, umklammerte ihn. Ich strich mit beiden Händen seinen Rücken entlang, drückte ihn noch fester an mich, wollte ihn noch näher bei mir haben. Wir durften diesen Kuss nicht enden lassen, wir durften nicht in die Realität zurückkehren.

Doch je länger wir uns küssten, umso mehr stieg Panik in mir auf. Das hier geriet außer Kontrolle. Ich hatte ihn küssen wollen. Unbedingt. Aber ihn jetzt so nah zu spüren ließ mich nicht klar denken. Und ich musste nachdenken. Jetzt sofort!

Mit aller Willenskraft, die ich aufbringen konnte, schob ich meine Hand zwischen uns, legte sie auf seine Brust. Sein Herz hämmerte wie wild. Ich drückte ihn sacht von mir, und er reagierte sofort.

Schwer atmend löste er sich von mir und sah mich an, aus verschleiertem Blick, seine schwarzen Haare standen ihm zu allen Seiten vom Kopf ab. Gott, er sah so unfassbar gut aus.

»Okay«, sagte er lang gezogen und schob seine Hände in die Hosentaschen, als wollte er sie einsperren. »Ich wusste, ich kann mich in Sachen Unangemessenheit noch steigern.«

»Tu das. Ich werde dich nicht aufhalten«, erwiderte ich mit einem Grinsen.

Henry sah mich an, auf eine Art, die mein Herz poltern ließ – so, als würde er darüber nachdenken, gleich weiterzumachen. Aber dann grinste auch er und trat betont lässig einen Schritt zurück.

»Bonnie.« Er nickte mir zu, hielt kurz inne, dann schüttelte er lächelnd den Kopf und ging. Er ging einfach so davon! Und ich blieb allein und verdattert zurück, während ich immer noch den Nachhall seiner Lippen auf meinen spürte.

»Verdammt«, murmelte ich und ließ mich zurück gegen die Wand sinken. War das gerade wirklich passiert?

Meine Fingerspitzen berührten sacht meine Lippen, die immer noch heiß und geschwollen waren. Allein der Gedanke an diesen atemberaubenden Kuss sandte ein Kribbeln durch meinen ganzen Körper. Ich hatte gerade mit Henry Beaumont rumgemacht. Und die Initiative war von mir ausgegangen. So etwas passte überhaupt nicht zu mir. Aber es war die beste Entscheidung meines Lebens. Nur ... Mein Blick fiel zurück zur Tür. Ich musste da jetzt raus. Zum Lagerfeuer. Sam erwartete mich bestimmt. War Henry auch dort hingegangen? Wie sollte ich mich ihm gegenüber von jetzt an verhalten? Was hatte das alles überhaupt zu bedeuten?

Ich richtete mich auf, verließ den Heuschober und ging in die Nacht hinaus. Tief atmete ich die kühle Luft ein, die ein wenig nach dem Rauch des Lagerfeuers roch.

Ich hörte sanfte Gitarrenklänge. Natürlich. Zu einem Lagerfeuer gehörte auch eine Gitarre.

Als ich über den Hof lief, verbot ich es mir, noch einmal nach den Pferden zu sehen – das wäre nur peinliche Zeitschinderei –, dann umrundete ich den Stall und nahm den Fußweg in Richtung Mitarbeiterunterkünfte. Der blassorange Schein und die graue Rauchwolke führten mich zum Birkenhain. Zwischen den weißen Stämmen hatten sich alle um eine von Steinen gesäumte Feuerstelle versammelt. Sie saßen auf Baumstämmen, die zu Bänken umfunktioniert worden waren. Sam und Ally saßen auf einer Bank zusammen. Neben ihnen Mike mit einer Gitarre, Josy und Henry. Und gegenüber entdeckte ich Maya. Zum Glück war neben ihr ein Platz frei, so musste ich nicht neben Henry sitzen, der mir entgegensah mit seinen immer noch zerzausten Haaren und einem Lächeln auf den Lippen. So nah bei ihm zu sein würde es mir unmöglich machen, mich normal zu verhalten. Auf keinen Fall durfte irgendjemand hier herausfinden, was gerade auf dem Heuboden passiert war. Ich wusste ja selbst nicht einmal genau, was das gewesen war.

Es hatte mich überrascht, Henry hier bei den anderen zu finden. Ich war davon ausgegangen, dass er sich nach dem Trubel des heutigen Tages zurückgezogen hatte. Er war ja nicht gerade der geselligste Typ. Vielleicht hatte Sam ihn überredet. Vielleicht täuschte ich mich auch komplett in ihm. Woher sollte ich wissen, wer er war? Ich wusste nur, dass die Welt stehen blieb, wenn er mich küsste.

»Bonnie, da bist du endlich!« Sam winkte mich eifrig näher heran. »Henry hat schon erzählt, dass du dich wieder einmal nicht von der Arbeit losreißen konntest.«

Mein Herz polterte wild drauflos, mein Mund wurde ganz trocken, und ich musste mich räuspern. »Hab nur ein paar Heunetze aufgefüllt«, erwiderte ich, ohne irgendjemanden direkt anzusehen, damit bloß niemand bemerkte, wie mir die Röte in die Wangen stieg. Ich setzte mich neben Maya, während Ally sich auf der Bank umdrehte und eine Flasche hervorzog. Sie öffnete das Bier und reichte es mir am Feuer vorbei.

»Das hast du dir verdient«, sagte sie mit einem Zwinkern.

Lächelnd nahm ich es entgegen und trank gleich ein paar Schlucke, um mich zu beruhigen. Dabei fiel mein Blick doch noch zu Henry, der gedankenverloren ins Feuer starrte und es ebenfalls vermied, mich anzusehen. Neben ihm stand auch eine Flasche auf dem Boden, sie war fast leer.

»Was für ein Tag«, seufzte Sam und streckte sich, ehe er seinen Arm um Ally legte.

»Ja, lass uns das nicht so schnell wiederholen, ich bin fix und fertig.« Josy legte ihren Kopf auf Mikes Schulter, der eine leise Melodie auf der Gitarre spielte. Sie schloss die Augen, was ich am liebsten auch tun würde. Nicht nur, weil ich hundemüde war, sondern weil ich träumen wollte. Von Henry und dem Kuss.

»Es war doch lustig«, schaltete Ally sich ein, »und ein voller Erfolg. Einige Besucher waren an den Pferden interessiert. Ein paar haben mich sogar gefragt, ob wir freie Einstellplätze haben und Reitunterricht anbieten.«

»Na, hoffentlich müssen wir sie nicht allzu lange vertrösten.

Sollten wir Joker nicht loswerden, können wir ihn ja als Schulpferd einsetzen, meinst du nicht, Bonnie?«

Henrys Kopf fuhr hoch, mit einem Schlag war er wieder voll da, richtete sich auf der Bank auf und sah seinen Onkel emotionslos an. Es war sofort klar, was er von dieser Idee hielt.

»Na ja, ich weiß nicht«, sagte ich und sah zwischen Henry und Sam hin und her. »Vielleicht für Fortgeschrittene. Aber vorher sollte er mit einem wirklich erfahrenen Reiter Turniererfahrung sammeln.«

Sam winkte ab und lehnte sich an den Birkenstamm in seinem Rücken. »Mal sehen, vielleicht finden wir ja noch einen Käufer, der uns ein anständiges Angebot macht. Jetzt feiern wir erst mal den Erfolg, den wir haben, und machen uns über zukünftigen keine Gedanken.«

Er hob sein Bier, und wir taten es ihm gleich. Nur Henry rührte sich nicht, er durchbohrte seinen Onkel noch ein paar Sekunden lang mit seinen Blicken, als könnte er nicht fassen, was Sam da gerade vorgeschlagen hatte, dann schüttelte er kaum merklich den Kopf und widmete sich wieder den Flammen.

Mike stimmte ein neues Lied an, Maya hängte sich bei mir ein, und wir sangen mit. Sam und Josy kabbelten sich um den Dienstplan nächste Woche, und Ally betrachtete die beiden mit einem stolzen Ausdruck. Alles war perfekt. Der Abend könnte gar nicht schöner sein. Wäre ich nur nicht so schrecklich durcheinander. Während wir uns geküsst hatten, war alles so klar, doch jetzt erschien mir alles plötzlich noch verwirrender. Noch ein paarmal versuchte ich, Henrys Blick aufzufangen, aber er betrachtete weiterhin das Lagerfeuer und nahm nur ab und zu einen Schluck von seinem zweiten Bier.

Wenn ich nur wüsste, was ihm gerade durch den Kopf ging. Bereute er den Kuss etwa? Das konnte ich mir eigentlich nicht vorstellen. Es war ein unfassbar guter Kuss gewesen. Zumindest für mich. Für ihn vielleicht nicht? Oder dachte er gar nicht über mich nach, sondern über etwas ganz anderes? Wir mussten dringend miteinander reden. Aber nicht heute. Heute wollte ich mir vorstellen, dass der Kuss auf dem Heuboden erst der Anfang gewesen war. Der Anfang von Henry und mir.

Kapitel 8

Das Zwitschern der Vögel begrüßte mich an diesem Sonntagmorgen, als ich noch etwas verschlafen auf die Veranda der Mitarbeiterunterkünfte hinaustrat. Das Sonnenlicht griff zwischen den hellgrünen Blättern der Birken hindurch, die Luft war kühl und frisch. Auf den Wiesen glitzerte der Tau, die Pferde standen schon draußen und grasten. Maya hatte sie wohl ganz früh rausgelassen. Ich hingegen hatte ausgeschlafen. Heute war mein freier Tag, und ich wollte nach Hause fahren.

Also schulterte ich meine kleine Reisetasche und folgte dem Fußweg Richtung Stallungen, von dort ging ich weiter über die gewundene Straße am Wohnhaus vorbei und durchs Tor über die geschotterte Zufahrt Richtung Hauptstraße.

Der Bus kam in zwanzig Minuten, ich musste mich nicht beeilen und zog mein Handy aus der Tasche, um mir leise Musik anzumachen. Der Song, den Henry gestern gesungen hatte, kam mir in den Sinn. Sofort fing mein Herz wieder an zu flattern, und ich überlegte, ihn mir anzuhören. Aber dafür war er zu traurig. Ich wollte mir meine gute Stimmung nicht verderben, dieses Hochgefühl, das ich seit dem Aufwachen hatte. Also wählte ich einen beschwingten Johnny-Cash-Song und sang vor mich hin.

Plötzlich hörte ich von hinten ein Auto. Die Reifen ratterten über den Schotter und übertönten den leisen Song in meinen Kopfhörern. Ich trat zur Seite und drehte mich um, neugierig, wer das Gestüt verließ. Beim Anblick des schwarzen SUVs fiel mir beinahe das Handy aus der Hand.

Henry saß am Steuer. Wollte er etwa mit mir reden? Dafür war ich noch nicht bereit. Einerseits freute ich mich und konnte es kaum erwarten, ihn wiederzusehen. Aber ich fürchtete mich auch vor dem, was er tatsächlich sagen würde. Verwandelte er sich wieder zurück in den unnahbaren Adligen? Den unausstehlichen Boss? Würde er so tun, als wäre das gestern gar nicht passiert?

Der Wagen wurde langsamer und kam schließlich neben mir zum Stehen, während Henry die Fensterscheibe runterließ.

»Hi.« Er legte den Ellbogen im offenen Fenster ab und sah mich nachdenklich an. Nichts an ihm gab preis, was er dachte.

»Hi.« Ich drehte die Musik auf ein Minimum herunter.

»Freier Tag heute?«

»Ja.«

»Du fährst nach Hause?«

»Ja.«

Henry nickte langsam. Dann nahm er seinen Arm weg, drehte sich wieder nach vorne und machte Anstalten loszufahren, was mich fast erschrocken nach Luft japsen ließ. Dann hörte ich ihn aber seufzen, und er wandte sich mir wieder zu. »Wegen gestern …«

»Ja.« Mit fahrigen Fingern strich ich mir die im Wind fliegenden Haare zurück hinters Ohr.

»Es tut mir leid.«

Ich hielt inne, erstarrte mitten in der Bewegung. Es tat ihm leid? Schon wieder?

Die Enttäuschung breitete sich wie ein Feuer in meinem Bauch aus. Es tat ihm leid. Er bereute also, was passiert war. Warum überraschte mich das eigentlich?

Henrys Augen verengten sich. Ich ahnte bereits, was er mir als

Nächstes sagen würde. Es würde um das Verhältnis von einem Boss zu seinen Angestellten gehen, um Komplikationen, und dann kam bestimmt irgendeine Ausrede, warum er es überhaupt getan hatte. Vielleicht hatte ich ihn ja überrumpelt, vielleicht war er kurz unzurechnungsfähig gewesen.

Johnny Cashs tiefe Stimme drängte sich in meinen Kopf. *I fell into a burning ring of fire, I went down, down, down and the flames went higher.* Meine Sneakers schoben sich in den Schotter, meine Hand krampfte sich ums Handy, dieser verdammte, beschwingte Song ratterte und ratterte durch meinen Kopf.

»… wirklich besser, wenn du es niemandem sagen würdest«, übertönte plötzlich Henrys Stimme alles andere.

Ich zuckte zusammen. Wie lange redete er schon? Was hatte ich verpasst? Was hatte er da überhaupt gesagt?

»Okay?«, fragte er, während ich ihn nur entgeistert anstarrte. Meine Arme schlangen sich automatisch um meine Mitte, als könnte ich das Feuer in meinem Inneren damit ersticken. Er ließ mich also eiskalt abblitzen. Der Kuss hatte ihm nichts bedeutet, und er machte sich Sorgen, dass ich ihn auffliegen ließ. War das wirklich sein einziges Problem? Was andere dazu sagen würden? Meine Wut und Enttäuschung stiegen ins Unermessliche, fraßen das letzte bisschen Verständnis für Henry auf. Wie naiv konnte man sein? Er hatte dieses Gespräch bestimmt schon tausendmal geführt.

»Okay«, erklärte ich bestimmt. Dann wandte ich mich ab und ging weiter den Schotterweg entlang Richtung Bushaltestelle. *And it burns, burns, burns, the ring of fire, the ring of fire.*

Ich wollte ihn keine Sekunde länger mehr ansehen. Dabei war ich gar nicht wütend auf ihn, eher auf mich selbst. Das alles hatte ich mir ganz allein zuzuschreiben. Ich hätte mich von Anfang an von ihm fernhalten müssen.

Hinter mir hörte ich, wie Henry losfuhr, und ich zwang mich

dazu, ruhig weiterzugehen und stoisch geradeaus zu sehen. Bitte bleib nicht wieder stehen, flehte ich dabei stumm, fahr einfach weiter. *And it burns, burns, burns …*

Und das tat er auch. Er passierte mich mit angemessener Geschwindigkeit und höflichem Abstand. Am liebsten hätte ich eine Handvoll Schotter aufgehoben und ihm hinterhergeworfen. Aber ich konnte mich gerade noch beherrschen und mir einen letzten Rest Würde bewahren.

Zum Glück hatte ich die Busfahrt über Zeit, um mich wieder zu beruhigen und mir einzureden, dass Henry mir egal war. Vermutlich tat er mir einen Gefallen. Wie hätte das zwischen uns funktionieren sollen? Wir waren doch nicht in irgendeiner kitschigen Schnulze – er, der Duke, und ich, das Stallmädchen. Hätten wir uns heimlich im Heuschober treffen sollen? Wir kamen aus zwei unterschiedlichen Welten und hatten rein gar nichts gemeinsam.

Ich stieg aus dem Bus und ging im Eilschritt die vom Wald gesäumte Landstraße Richtung Red Oak entlang. Es tat gut, an der frischen Luft einen freien Kopf zu bekommen. Bald brannten mir die Muskeln in den Beinen. Es sah vermutlich etwas seltsam aus, wie ich versuchte, meinen eigenen Gedanken davonzurennen. Aber das war eine verlassene Gegend, niemand kam vorbei.

Ich passierte den Fußweg in den Wald, über den ich früher in die Schule gekommen war, und dann tat sich vor mir auch schon das offen stehende Tor auf.

Ich trat hindurch, und sofort fühlte es sich so an, als ob eine Last von meinen Schultern fiel. Ich lebte so gern auf Sams Gestüt, aber das hier war trotzdem immer noch mein Zuhause.

Pferde standen auf den Weiden, die die Straße säumten, und ich hielt sofort Ausschau nach Meteor. Er hielt sich unter einem Baum im Schatten auf, zusammen mit seinem Kumpel Monte. Ich stellte mich auf die unterste Latte des Zauns und winkte.

»Meteor!«, rief ich, woraufhin er sofort den Kopf hob. Mit gespitzten Ohren sah er in meine Richtung.

»Komm her! Meteor!«

Er senkte den Kopf erneut zum Grasen, was mich zum Lachen brachte. »Ernsthaft? Die Wiese ist dir wichtiger?« Ich kletterte über den Zaun und stapfte durchs feuchte Gras in seine Richtung. »Also wirklich, da habe ich aber eine andere Begrüßung erwartet. So schnell hast du vergessen, wer dich immer mit Leckerlis versorgt?« Ich schob meine Hand in die Hosentasche, hatte aber nichts eingesteckt. »Schon gut, ich versteh's ja, ich war zu lange weg.«

Meteor blickte noch mal auf, nahm einen weiteren Bissen und bequemte sich dann mit einem Maul voller Gras gemächlich zu mir her. Monte folgte ihm, und gleich darauf knabberten die beiden Wallache schon an meinem T-Shirt.

Die vertraute Wärme und Liebe durchströmte mich, auf die Pferde war immer Verlass. Ich streichelte und kraulte die beiden, begutachtete Meteor von oben bis unten und presste meine Nase in sein Fell, um seinen Duft einzusaugen.

»Du hast mir so gefehlt.« Ich küsste ihn auf die Nüstern und wuschelte ihm durch die Mähne. »Lord Huntington hat gesagt, wir dürfen zusammen ausreiten. Na, hast du Lust?«

Meteor stieß sein Maul gegen mein Gesicht, was ich mal als Ja interpretierte. Dann aber ging ihm auf, dass ich nirgendwo etwas Leckeres versteckt hatte, und so wandte er sich gelangweilt ab und ging zurück in den Schatten, Monte folgte ihm wieder.

»Ihr zwei Knalltüten, wieso müsst ihr so süß sein?«

Ich wandte mich ab und lief quer über die Weide Richtung Stallungen. Ein Teil war durch Stromlitzen abgetrennt, um dem Bereich, der als Parkplatz gedient hatte, Gelegenheit zu geben, sich zu erholen. Der Schlamm war getrocknet, aber bis auf ein paar einsame Halme war von der Wiese nicht mehr viel übrig geblieben.

»Bonnie? Hey, Bonnie!«

Ich blickte auf. Theresa stand in der Öffnung des Stallrechtecks und schwang einen Besen durch die Luft, um auf sich aufmerksam zu machen. Selbst aus der Entfernung hörte ich ihren Freudenschrei, als hätten wir uns Jahre nicht gesehen, dann ließ sie auch schon den Besen fallen und rannte auf mich zu.

»Langsam«, lachte ich und kletterte zurück über den Zaun. Ich kam gerade auf dem Boden auf, als sie mir auch schon um den Hals fiel.

»Endlich bist du hier! Du hast ja so viel verpasst, ich muss dir unbedingt etwas erzählen. Du wirst es kaum glauben: Alex, der Trottel, will mit mir ausgehen! Und er hat mich nicht mal selbst gefragt, sondern nur eine Textnachricht geschickt. Kannst du dir das vorstellen?«

»Warte, noch mal von vorne.« Ich schob Theresa an den Schultern von mir weg, ihr Gesicht leuchtete rot vor Aufregung. »Alex und du, ihr geht also miteinander aus?« So überrascht wie Theresa war ich gar nicht. Zwischen den beiden hatten immer schon die Funken gesprüht.

»Bisher hab ich ihm noch nicht geantwortet. Ich überlege noch, wie ich ihn am besten zum Teufel schicke. In der Zwischenzeit kann er ruhig noch ein wenig zappeln.«

»Wie lange wartet er denn schon?«

»Ach, nur ein paar Tage.«

»Wow, das ist echt fies.«

»Überhaupt nicht.« Theresa hängte sich bei mir ein, und dann gingen wir über die Wiese zurück zur Hauptstraße und Richtung Ställe. »Ich muss mir das ja gut überlegen. Alex ist der Bruder einer meiner besten Freundinnen. Wenn es mit ihm nicht hinhaut …«

»Lucy macht das bestimmt nichts aus.« Ich kannte sie zwar nicht besonders gut, sie studierte in London und war nur ein Jahr in meine Klasse gegangen, bevor sie die Schule gewechselt hatte.

Aber Theresa brauchte jetzt Aufmunterung. »Du magst Alex doch, oder?«

»Keine Ahnung.« Theresa hob auf dem Weg den Besen auf, dann gelangten wir in den von den Ställen umgebenen Innenhof. »Er ist einfach so …«

»Von sich selbst überzeugt?«

»Groß.«

Ich verdrehte die Augen. »Ja, das ist ein echtes Problem. Vielleicht ist das auch noch ansteckend.«

Theresa stieß mir den Ellbogen in die Seite. Dann ging sie zu den Außenboxen und kehrte Heuhalme, Stroh und Blätter zusammen. »Er ist auch viel zu hübsch.«

»Das ist auch nicht unbedingt etwas Schlechtes.« Ich schnappte mir einen zweiten Besen, der an einer der Boxen lehnte, und half Theresa bei der Arbeit.

»Ja, aber er sieht besser aus als ich! Und er ist schlau. Er studiert, ich bin nur eine Pferdepflegerin!«

»Hör auf! Alex kann sich glücklich schätzen, wenn du dich entschließt, mit ihm auszugehen. Ich studiere auch nicht und arbeite im Stall. Und überhaupt: Wer sagt denn, dass das so schlimm ist?«

Theresa stieß den Besen aufs Pflaster und kehrte mit einer Kraft, die den Stein eigentlich blank polieren müsste. »Alex vielleicht nach ein paar Dates, wenn er dahinterkommt, dass er mit mir keine Gespräche über Quantenphysik führen kann.«

»Alex studiert Geschichte, Theresa.«

»Ist doch egal. Ich will sowieso nicht mit ihm ausgehen. Wir sind zu verschieden.«

Wenn ich ehrlich war, konnte ich Theresa verstehen. Schließlich ging es mir mit Henry ähnlich. Er kam aus einer völlig anderen Welt. Nur wollte er nicht mit mir ausgehen. Der Kuss war für ihn ein Ausrutscher gewesen. Ich musste ihn schnell vergessen. Er war mein Boss, mein besserwisserischer, grübelnder, unnahbarer Boss. Mein Boss, der mich im Heuschober angesehen hatte, als wäre ich kein Stallmädchen, sondern die Königin der Welt.

Nein, Bonnie, vergiss dieses Bild! Das hast du dir nur eingebildet.

Ich half Theresa weiter bei der Arbeit, auch wenn sie mich dazu überreden wollte, lieber meinen freien Tag zu genießen. Aber was sollte ich sonst machen? Dad war nicht da, er musste eine Stute aus der Klinik abholen, die sich am Auge verletzt hatte. Außerdem machte mir die Arbeit Spaß, sie gehörte zu meinem Alltag auf Red Oak dazu.

Erst gegen Mittag ging ich rauf zum Cottage, um mir etwas zu essen zu holen. Hoffentlich hatte Dad etwas da, ich war halb verhungert. Ich hatte die von Hortensien in Blecheimern gesäumte Haustür fast erreicht, als die Tür aufschwang und Mrs Darborough herausstürmte.

Schlagartig blieb sie stehen und warf dann die Arme in die Luft. »Was für eine Überraschung! Bonnie!« Im nächsten Moment drückte sie mich auch schon an sich.

»Ich wusste gar nicht, dass du kommst. Also dein Vater kann etwas erleben! Mir nicht vorher Bescheid zu geben!«

»Er ist nicht da«, sagte ich und deutete aufs Haus. »Hast du ihn gesucht?«

»Ach nein, ich habe nur eine Ladung Wäsche vorbeigebracht.«

»Du kümmerst dich um seine Wäsche?!« Ich schob mich von ihr weg und sah sie erstaunt an.

»Ach, das macht mir keine Mühe. Jetzt, wo du weg bist …«

»Ich bin doch nicht weg. Außerdem kann Dad seine Wäsche auch selbst waschen. Ich habe sie ihm auch nicht hinterhergetragen.«

»Ich weiß, ich weiß, aber ich helfe gern. Er ist jetzt ganz allein in dem Haus, da will ich ihm wenigstens etwas zur Hand gehen.«

Ich presste meine Lippen zusammen. *Er ist jetzt ganz allein in dem Haus.* Ein schlechtes Gewissen überkam mich, auch wenn ich wusste, dass es Unsinn war. Kinder wurden erwachsen und gingen ihre eigenen Wege. Deshalb musste ich mich nicht schuldig fühlen. Aber das alles war so plötzlich gekommen, und ich musste mich auch erst daran gewöhnen, genauso wie Dad.

»Du bist wirklich eine gute Fee«, sagte ich und drückte sie noch einmal kurz an mich, dann wollte ich an ihr vorbei zum Haus, aber Mrs Darborough stellte sich mir in den Weg, die Hände in die Hüften gestemmt.

»Was hast du vor?«

»Mir etwas zu essen machen.«

»Nichts da, du kommst mit mir.« Und damit stiefelte sie los, den Pfad hinunter.

Mir blieb nichts anderes übrig, als ihr zu folgen. Den Fehler, Mrs Darborough zu widersprechen, hatte ich zuletzt im Kindergarten gemacht und es schwer bereut.

Wir gingen hinüber zum Herrenhaus, was mich ein wenig unruhig machte. Ich wollte auf keinen Fall Clementine über den Weg laufen. Ich wusste, dass sie es nicht gern sah, wenn ich mich im Herrenhaus aufhielt.

Doch als wir die Küche betraten und mir der herrliche Geruch von Cumberland-Wurst, Speck und Baked Beans in die Nase stieg, war das vergessen.

»Setz dich.« Mrs Darborough deutete zum Tisch in der Mitte des Raums, und ich ließ mich artig auf einem der massiven Holzstühle nieder. Im nächsten Moment stand schon ein Teller vor mir.

»Viel kann ich dir nicht anbieten, ich muss noch ein paar Sachen für das Dinner heute Abend vorbereiten, aber für ein schnelles Frühstück ist es nie zu spät, nicht wahr?«

Und schon brutzelte es in der Pfanne. Mrs Darborough flitzte durch die Küche, von hier nach dort. Sie holte Eier aus dem

Kühlschrank, stellte einen Topf auf den Herd, dann verschwand sie kurz in der Speisekammer am Westeingang und kam mit einem Tablett voller Gewürze zurück.

Ich liebte es, ihr zuzusehen. Hier in der warmen, gemütlichen Küche, umgeben von all den Düften und berieselt von Mrs Darboroughs Stimme, die alles ganz genau über meine Arbeit wissen wollte, kam ich endlich zur Ruhe. Es war so heimelig hier, und plötzlich fühlte ich mich wieder wie das kleine Kind von früher. Es tat so gut, einmal wieder richtig umsorgt zu werden.

Ich erzählte Mrs Darborough von der Arbeit, erwähnte Henry aber bewusst nicht. Ich durfte nicht an ihn denken, schon gar nicht in diesem Raum, wo ich zum ersten Mal dieses Kribbeln gespürt hatte.

Nach nur ein paar Minuten kam Mrs Darborough an meine Seite und lud mir Ham and Eggs, Baked Beans und gebratene Wurst auf den Teller. Dann stellte sie mir noch ein großes Glas Apfelsaft hin und nahm neben mir Platz, um Kartoffeln zu schälen.

»Wann fährst du denn wieder zurück, Süße?«, wollte sie wissen und warf die geschälte Kartoffel in den Topf mit Wasser neben ihr.

»Morgen«, erwiderte ich zwischen zwei Bissen Bohnen. Das Essen war himmlisch. »Heute ist mal wieder ein Filmabend mit Dad geplant.«

»Da wird er sich bestimmt sehr freuen. Du fehlst uns allen hier. Wir sind aber auch außerordentlich stolz. Lord Huntington hat erzählt, dass Mr Beaumont in den höchsten Tönen über dich und deine Arbeit spricht. Er hat sich bei der Country Fair bei ihm bedankt, weil er dich zu ihm geschickt hat.«

»Ich bin auch froh, dass ich die Stelle bekommen habe. Vor allem, weil das Gestüt so nah liegt.«

»Ach, weiter weg hätten wir dich sowieso nicht gelassen. Da

wären wir vorher alle auf die Barrikaden gestiegen, damit Lord Huntington dich hier einstellt.«

Ich lächelte, sagte aber nichts, denn ich zweifelte daran, dass es etwas genützt hätte. Aber das war jetzt auch egal.

Ich widmete mich wieder dem verspäteten Frühstück und erzählte von Joker und Sunshine, als unvermittelt die Tür aufschwang.

Vor Schreck fiel mir die Gabel aus der Hand, mein Kopf fuhr hoch. Ich erwartete Lady Huntington in der Tür stehen zu sehen und fühlte mich sofort wieder wie ein kleines Kind, das bei etwas Verbotenem erwischt worden war. Aber es war Vanessa, die in schicken Reitklamotten hereinstürmte.

Sie blieb stehen und stemmte eine Hand in die Seite. »Da bist du! Ich hab dich schon überall gesucht!« Sie kam zum Tisch und ließ sich schräg gegenüber von mir auf einen Stuhl sinken. »Theresa hat gesagt, dass du etwas essen wolltest, ich hätte gleich wissen müssen, dass Mrs Darborough dich entführt hat.« Sie zwinkerte der Hausdame zu, die ins Kartoffelwasser schnipste, sodass Vanessa ein paar Wassertropfen abbekam.

»Wie sieht's aus?«, wollte Vanessa dann wissen und nahm sich eins der kleinen Würstchen von meinem Teller, was mich sofort erleichtert aufatmen ließ. Keine weitere Diät! »Lust auszureiten?«

Mein Herz machte vor Freude einen kleinen Hüpfer. »Wenn du mir Meteor überlässt?«

»Klar. Wir müssen ihn nur von der Koppel holen.«

»Aber zuerst wird aufgegessen«, mahnte Mrs Darborough mit erhobenem Schälmesser.

Vanessa warf ihren langen Zopf zurück hinter die Schulter und nahm sich noch ein Würstchen. »Ich helfe ihr.«

*

Meteor preschte durchs hohe Gras am Waldrand, der Wind trieb mir Tränen in die Augen. Vor meinem verschwommenen Blick sah es aus, als flöge ich über ein Smaragdfeld. An meiner Seite bewegte sich der weiße Schatten von Vanessas Schimmel Dancer. Beide Pferde holten alles aus sich heraus, und ich hörte über das Brausen des Windes Vanessas Freudenruf. Auch sie hatte diesen Ausritt ganz offensichtlich dringend gebraucht. In letzter Zeit hatten wir viel zu wenig Zeit füreinander gehabt.

Ich legte die Zügel auf dem Sattel ab, stellte mich in den Steigbügeln auf und breitete die Arme aus. Das war Freiheit, Zuhause. Hier konnte ich alles vergessen.

Meteors Bewegungen nahmen mich mit, als wären sie meine eigenen. Ich hatte das Gefühl, er würde jeden Moment den Boden verlassen und wie Pegasus zum Himmel aufsteigen. Diese Energie hatte ich so sehr vermisst, sie ließ alles andere in Vergessenheit geraten. Nur dieser Moment zählte, nur hier war ich wirklich im Jetzt, ohne auch nur einen Gedanken für andere Dinge aufbringen zu müssen.

Meteor legte noch einen Zahn zu, streckte den Hals, rannte eine sanfte Anhöhe hinauf und kurz darauf wieder hinunter. Es war wirklich wie Fliegen. Die ersten Weidezäune tauchten in der Ferne auf, wir waren fast zu Hause, ich konnte schon die Dächer der Ställe und der Reithalle sehen.

Ich parierte Meteor durch zum Schritt, um ihn den restlichen Weg verschnaufen und abschwitzen zu lassen. Er war in unglaublicher Form, und von Vanessa wusste ich, dass es viele Interessenten für ihn gab. Aber an die Auktion wollte ich noch gar nicht denken, jetzt gehörte Meteor noch zu mir. »Und vielleicht fällt ja ein Vermögen vom Himmel, dann kauf ich dich selbst.« Ich streichelte über sein seidig glattes Fell am Hals und strich durch seine Mähne. Der Duft von Pferdeschweiß und feuchtem Gras hüllte mich ein.

»Hast du was gesagt?« Vanessa kam an meine Seite und sah mich amüsiert an. Ihre Wangen hatten sich gerötet, ihre blauen Augen funkelten im Sonnenlicht.

»Nichts Wichtiges.« Ich atmete befreit ein und aus und legte meine Wange kurz an Meteors Hals.

»Wir sollten das viel öfter machen. Am besten vereinbaren wir einen fixen Tag in der Woche«, bestimmte Vanessa und legte sich ebenfalls auf Dancers Hals.

»Ich hab nicht immer an den gleichen Tagen frei. Aber wir bekommen das schon hin.«

»Ja, wenn ich erst mal meine Dates hinter mir habe.« Vanessa richtete sich wieder auf und strich sich seufzend den Schweiß von der Stirn. »Dustin Edinson ist der Erste.«

»Edinson? Wie die Hightech-Edinsons?«

»Yep. Milliardäre, die nichts gegen eine Verbindung zum Adel hätten. Dustin studiert Wirtschaft und sucht eine Ehefrau.«

»Ist das dein Ernst?« Dahinter steckte garantiert wieder ihre Mutter.

»Und weiter geht's mit George Lunbar aus York. Niederer Landadel, aber viel Geld.«

»Wie viele von denen musst du denn treffen?«

»Meine Mum hat jede Menge Dates für mich vereinbart. Und wenn ich niemanden finde, wird sie weitermachen, über die Landesgrenzen hinaus, darauf wette ich. Vielleicht lässt sich ja noch irgendwo ein Prinz auftreiben.«

»Du bist doch keine Preisstute, für die man den passenden Hengst finden muss!«

»Erzähl das mal meiner Mutter. Ich musste sie schon dazu bringen, das Höchstalter zu senken. Bei zehn Jahren Altersunterschied ist echt Schluss.«

Ich wollte fragen, was ihr Vater dazu sagte, aber das musste ich im Grunde gar nicht. Ich wusste ja, dass Lord Huntington seiner

Frau nicht reinredete. Genauso wenig würde es Vanessa jetzt helfen, sie zu einem klaren Nein zu ermutigen. Wir hatten solche Gespräche schon oft geführt. Und wie immer war ich froh über mein Leben. Auch wenn man auf den ersten Blick neidisch auf sie sein konnte, mit all dem Reichtum und Glamour. Aber wenn das einen solchen Preis bedeutete, war mir der Pferdemist schon lieber.

»Vielleicht wird es ja gar nicht so schlimm«, versuchte ich, sie zu trösten. »Und wenn doch, kannst du immer noch eine Lebensmittelvergiftung faken.«

Vanessa lachte unfroh auf. »Wer weiß, vielleicht finde ich ja meinen Prince Charming bei diesen Dates.«

»Ja, vielleicht. Und wenn nicht, drohst du einfach damit, seinen schicken Wagen vollzukotzen, weil du den Lachs nicht vertragen hast.«

»Ich bitte dich, meine Dates fahren doch nicht selbst. Die haben Limos mit Chauffeur.«

Wir lachten beide, was vermutlich das Einzige war, was in einer so verfahrenen Situation half. Hoffentlich war Dad schon von der Klinik zurück, ich musste mich unbedingt bei ihm dafür bedanken, dass er mich nicht auf solche Dates schickte. Und gerade als wir auf den Hof einbogen, hörte ich auch schon von Weitem seine Stimme:

»Lassen Sie einfach den Strick los, sie läuft dann direkt zurück in den Stall!«

Wenn man vom Teufel spricht, dachte ich.

»Was ist denn da schon wieder los?« Vanessa lehnte sich im Sattel weiter vor, als könnte sie so etwas erkennen, aber wir waren noch zu weit weg.

»Loslassen! Jetzt!«

Wir ritten am Traktor vorbei und bogen um die Ecke des Stallgebäudes. Dort tänzelte Everdream mit hocherhobenem Kopf und Schweif über den Platz. Das klackernde Geräusch ihrer Hufe und das wilde Schnauben durch ihre Nüstern versetzten auch Meteor unter mir in Aufregung. Er spannte sich an, und Vanessas beruhigenden Worten an meiner Seite nach zu schließen verhielt Dancer sich nicht anders.

Everdream stieß ein schrilles Wiehern aus, der Strick, an dem sie geführt wurde, stand unter Spannung. Erst jetzt bemerkte ich, dass Lady Kerry das andere Ende in der Hand hielt.

»Ich schaffe das schon!«, zischte sie in Dads Richtung, der im offenen Stalltor stand, die Hand ausgestreckt, als wolle er Lady Kerry von dem Pferd wegziehen.

»Was ist hier los?« Vanessa schwang sich aus dem Sattel, und ich tat es ihr gleich. Mit einer Handbewegung bedeutete ich ihr zurückzubleiben. Everdream tänzelte nervös hin und her, und ich hatte Angst um Vanessa genauso wie um Lady Kerry. Vor allem, da Dancer ebenfalls damit anfing.

Meteor beobachtete die unruhige Everdream ganz genau, er war wachsam, aber nicht aufgeregt. Bei ihm musste ich nicht fürchten, dass er sich anstecken ließ und die Nerven verlor. Ich nahm ihn am Zügel und ging vorsichtig ein wenig näher an Everdream heran. Vielleicht beruhigte sie sich ja, wenn sie ein anderes, gelasseneres Pferd in der Nähe hatte.

»Was habt ihr mit ihr vor?«, fragte ich und deutete auf die wiehernde Stute.

»Lady Kerry hat beschlossen, Everdream für ihr neues Zuhause zu verladen«, knurrte Dad und wies zum offen stehenden Pferdetransporter auf der anderen Seite des Platzes.

»Sie haben ja keine Zeit für mich, Daniel«, klagte Lady Kerry.

»Ich habe gesagt, ich komme in einer halben Stunde.«

»Bis dahin habe ich es selbst erledigt!«

»Oder Sie liegen totgetrampelt auf dem Pflaster. Lassen Sie jetzt einfach den verdammten Strick los, und kommen Sie zu mir.

Everdream wird zurück in ihre Box oder zu den Weiden rennen, wir holen sie dann wieder.«

»Ich werde sie bestimmt nicht einfach loslassen! Ich kann mein Pferd händeln, Daniel, keine Sorge.«

»Mylady …« Dad war deutlich anzuhören, dass er die Geduld verlor.

»Tante Kerry«, mischte sich nun Vanessa ein. »Es ist bestimmt besser, wenn Mr Harper sich darum kümmert.«

»Everdream ist mein Pferd, und …« Die Stute drängte sie zur Seite, und Lady Kerry stolperte, konnte sich aber gerade noch auf den Beinen halten.

»Vielleicht tauschen wir?«, schlug ich vorsichtig vor und hielt Lady Kerry Meteors Zügel entgegen. Ich hatte wirklich kein gutes Gefühl dabei, sie so nahe an diesem riesigen Pferd zu sehen. Everdream war immer schon ein Nervenbündel gewesen, hochsensibel, sie brauchte jemanden, der ihr klare Ansagen gab, Ruhe ausstrahlte, den sie damit als ihren Anführer akzeptierte. Lady Kerry konnte super mit Pferden umgehen, aber für Everdream war sie dann doch selbst ein wenig zu hibbelig.

Everdream schaute panisch in jede Richtung, trippelte mal hierhin, mal dorthin. Dabei zog sie Lady Kerry mit sich, wenn sie sie nicht wieder unsanft mit der Schulter zur Seite drängte. Immer wieder kam Lady Kerry ins Straucheln, und die schweren Hufe verfehlten ihre Füße in den Reitstiefeln nur knapp.

»Ich nehme Everdream und Sie Meteor.«

»Du hörst dich schon genauso an wie dein Vater, Bonnie. Ihr vergesst, ich bin hier aufgewachsen, ich kann mit Pferden …«

Ein lauter Knall hallte über den Hof, aus den Augenwinkeln sah ich, dass eine Schaufel auf einer Schubkarre umgekippt war.

Everdream ging in die Luft – im wahrsten Sinne des Wortes. Alles passierte gleichzeitig. Die Stute stellte sich auf die Hinterbeine und schlug wild mit den Vorderhufen ins Leere, nur knapp an Lady Kerrys Kopf vorbei, die aus Schreck den Strick losließ, und Everdream war frei – aber die Stute wusste es noch nicht. Sie stieg erneut hoch, in diesem Moment huschte ein Schatten auf sie zu, es war Dad. Er warf sich auf Lady Kerry und riss sie zu Boden, gerade noch rechtzeitig, bevor der nächste Huftritt durch die Luft sauste.

Everdream drehte um und preschte davon, Meteor an meiner Hand begann jetzt auch zu tänzeln, er wollte hinterher. Dancer ging ebenfalls in die Luft. Vanessa hatte alle Mühe, ihn zu halten, aber es gelang ihr. Und auch Meteor beruhigte sich wieder, sobald Everdream außer Sichtweite war.

Ich sah zurück zu Lady Kerry, die um Atem rang, während Dad immer noch schützend über ihr lag. »Dad! Geh runter von ihr!«

Dad zuckte zusammen, sprang dann blitzschnell hoch und reichte ihr seine Hand.

Lady Kerry rappelte sich auf, schlug aber die angebotene Hand aus, als sie aufstand und ihren verletzten Arm rieb. Das blassblaue Reitjackett war am Ellbogen zerrissen, und der Stoff dort färbte sich rot.

»Na wunderbar«, seufzte sie und sah vorwurfsvoll zu Dad hoch. Der hob in einer defensiven Geste die Hände.

»Besser ein aufgeschürfter Ellbogen als ein eingeschlagener Kopf.«

»So ein Unsinn! Ich hatte alles im Griff!«

»Etwas Dämlicheres habe ich noch nie gehört! Wie wäre es mit einem Dankeschön?«

»Einem Dankeschön?! Haben Sie den Verstand verloren?«

Das war ja wieder mal typisch. Ich war wirklich zu Hause angekommen, wenn ich die beiden streiten hörte.

»Geht es dir wirklich gut, Tante Eleanor?« Vanessa kam nun auch näher heran, ihr Pferd hatte sich genauso wie Meteor beruhigt.

»Ach, alles bestens. Der gute Daniel hat mal wieder aus einer Mücke einen Elefanten gemacht.«

Dad gab ein Schnauben von sich und stapfte davon, kurz danach sprang der Motor des Traktors an.

Lady Kerry hob lächelnd die Hände. »Na, dann wollen wir mal Everdream suchen.«

»Du solltest erst mal deinen Arm verarzten.« Vanessa reichte Dancers Zügel in meine Richtung. »Bonnie, könntest du ihn versorgen und sichergehen, dass Everdream zurück in ihre Box kommt? Ich muss mich jetzt um meine Tante kümmern.«

»Klar«, stimmte ich schnell zu, da Lady Kerry schon den Mund öffnete, um zu protestieren. Mir war es auch lieber, wenn sie erst mal aus der Schusslinie war.

Vanessa legte den Arm um ihre Tante und ging mit ihr davon, während diese immer noch über Dads Unverschämtheit schimpfte.

»Home Sweet Home.« Ich schüttelte den Kopf und führte Meteor und Dancer durchs offen stehende Tor zurück in den Stall. Drinnen angekommen hörte ich lautes Rumpeln, aufgeregte Pferde, Klackern von Hufen auf Betonboden, Charlies Fluchen.

»Geh zurück in deine Box!«, stöhnte er, und ich ahnte, er kämpfte mit Everdream, die anscheinend eine Runde um das Gebäude und dann in den Stall gelaufen war.

Mit einem Seufzen führte ich Meteor und Dancer in ihre Boxen, sattelte und trenste sie ab, schloss die Boxen und ging die Stallgasse hinauf zu den lauten Geräuschen.

Tatsächlich hielt Charlie Everdream am Strick, während sie um ihn herum in der breiten Stallgasse im Kreis lief.

»Lass mich raten«, sagte er, als er mich entdeckte. »Das Verladen ist ein wenig schiefgelaufen.«

»Wie kommst du nur darauf?«, erwiderte ich grinsend und wies auf Everdream. »Brauchst du Hilfe?«

Charlie schüttelte den Kopf. »Nö, die will mich nur ein wenig ärgern, aber in Wirklichkeit liebt sie mich.« Und als hätte Everdream ihn verstanden, blieb sie stehen und knabberte sanft am Kragen seines Hemds.

Charlie lachte und hob ergeben die Hände. »Was soll ich sagen? Ich bin derjenige, der sie füttert.«

»Keine Frau kann dir widerstehen. Und wenn du was zu essen dabeihast, schon gleich gar nicht. Viel Spaß mit ihr, ich mache Meteor und Dancer fertig.« Ich winkte ihm noch kurz zu und wandte mich ab.

»Bonnie!«

Ich blieb stehen und sah noch einmal zu Charlie zurück. Der Pfleger lächelte ein wenig kläglich und zuckte mit den Schultern. »Es ist schön, dass du wieder hier bist. Das Gestüt ist nicht dasselbe ohne dich.«

Ein warmes Gefühl stieg in mir hoch. Ich war so froh, zu Hause zu sein, auch wenn es nur für zwei Tage war. »Ich freue mich auch.«

Leise vor mich hin summend ging ich zurück zu Meteor, sattelte ihn ab und warf ihm Apfel- und Möhrenstücke als Belohnung in den Futtertrog. Dasselbe tat ich bei Dancer. Ich wartete, bis die beiden fertig gefressen hatten, dann legte ich ihnen ein Halfter um und brachte sie zurück auf die Weide zu ihren Freunden. Die anderen Wallache begrüßten die beiden sofort, und Meteor rannte mit ihnen bockend kreuz und quer über die Wiese, während Dancer sich auf seiner Seite der Absperrung gleich mal genüsslich wälzte. Da er ein Hengst war, konnte er nicht mit den anderen zusammen. Aber er war sehr verträglich und zeigte nur selten Hengstallüren, daher durfte er auf die Weide neben den Wallachen und Kontakt zu anderen Pferden haben. Solange die Stuten ihre Weiden auf der anderen Seite des Gestüts hatten, gab es keine Probleme.

Dancer flitzte über die Weide, bockte und bäumte sich auf, die anderen taten es ihm nach.

Ich lehnte mich an den Zaun und schaute ihnen zu. Dabei fühlte ich mich unbeschreiblich privilegiert. Für kein Geld der Welt würde ich diese Momente eintauschen wollen.

»Hach, Bonnie, die einzige Harper, die ich ertragen kann«, ertönte unvermittelt Lady Kerrys Seufzen hinter mir, und ich drehte mich zu ihr um.

Die Schwester des Earls kam über den gepflasterten Weg auf mich zu, noch schmutziger und zerzauster als vorhin. Vanessa war also nicht erfolgreich gewesen. Lady Kerry hatte sich wie immer durchgesetzt.

»Ist Everdream verladen?«, fragte ich sie belustigt.

»Und auf dem Weg zu Sam Beaumont.«

»Sie schicken Everdream zu Sam Beaumont? Hat er sie etwa gekauft?« Sam hatte mir gegenüber nie etwas erwähnt, genauso wenig wie Henry.

»Nein, nein, sie geht auch zur Auktion wie die anderen Pferde, aber … gewisse Leute … wollen sie nicht länger hierhaben.«

»Gewisse Leute wie mein Vater?«

»Und mein werter Bruder.«

»Nun, bei uns wird es ihr sehr gut gehen, ich verspreche es. Ich werde jeden Tag nach ihr sehen.«

»Du bist ein Schatz.«

Ich wies auf den kaputten Ärmel ihres Kostüms. »Sie sollten das wirklich verarzten.«

»Ach, das ist nur eine Schramme. Aber jetzt erzähl mal, wie geht es dir bei Sam?« Lady Kerry trat an meiner Seite an den Zaun und musterte mich von oben bis unten. »Hast du dich schon gut eingelebt?«

»Ja, es ist toll.«

»Nur damit du es weißt, ich habe meinem Bruder fast den Kopf abgerissen, weil er dich einfach hat gehen lassen.«

Gehen lassen. Das klang, als wäre es meine Idee gewesen, nicht auf Red Oak zu arbeiten. Was hatte Lord Huntington denn erzählt? Vermutlich waren die Details jetzt nicht mehr wichtig.

»Ich arbeite echt gern bei Beaumont Horses. Sam ist toll, alle sind es, die Unterkunft ist wunderschön, und die Pferde sind auch ein Traum.«

»Na, dann ist es ja gut. Aber solltest du dort je unglücklich sein, sag mir Bescheid, ja? Hier ist immer ein Platz für dich.« Sie legte ihre Hand auf meine, die auf dem Zaun ruhte. Eine rührende Geste, die ich zu schätzen wusste.

»Danke.«

Kapitel 9

Smalltown war trotz ihres Namens die größte Stadt in der Umgebung. Sie lag auf halbem Weg zwischen Red Oak und dem Beaumont-Gestüt und eignete sich perfekt für eine Shoppingtour.

»Hast du schon eine Idee?«, fragte ich Maya, während wir zwischen den aneinandergereihten Läden der Innenstadt übers rote Pflaster gingen. »Etwas für den Pub vielleicht? Oder fürs Gestüt?«

»Dafür hat er doch bestimmt schon alles. Nein, es sollte nichts Nützliches sein, sondern etwas, das Spaß macht.« Maya zog mich über die kaum befahrene Straße zur anderen Seite der Innenstadt zu einem Souvenirladen.

»Wie wäre es damit?«, fragte sie und deutete auf ein T-Shirt mit der Aufschrift *Legendär seit 40 Jahren* in der Auslage.

Ich verzog den Mund zur Seite. »Sind solche T-Shirts und Tassen nicht ein wenig einfallslos?« Noch einmal ließ ich meinen Blick die Straße rauf und runter gleiten. Modeboutiquen, Drogerien, ein Juwelier, ein Buchladen, ein weiterer Souvenirshop, Cafés und ein Jagd- und Reitsportladen. Ich zeigte auf Letzteren. »Lass uns da mal reinschauen.« Ich hängte mich bei Maya ein und zog sie weiter den Gehweg hinunter.

»Was willst du ihm denn kaufen? Ein Gewehr? Oder ein Paar Gummistiefel? Es ist sein vierzigster Geburtstag!«

»Irgendetwas werden wir schon finden.«

»Wir hätten Ally fragen sollen. Sie weiß, was ihm gefällt.«

»Das wissen wir auch.«

»Ach ja?« Maya stieß mich leicht in die Seite, ich verlor das Gleichgewicht, und Maya kippte ebenfalls. So torkelten wir lachend zum Jagd- und Reitsportladen.

Khakigrün und Braun beherrschten die Schaufenster – Jacken, Hosen, Mäntel, alles für die Jagd und den Wald und dazu Gewehre. Ich sah mir alles genau an, fand aber keine Inspiration für ein Geschenk für Sam. Mist. Sein Geburtstag war schon in zwei Wochen. Hätte Maya nicht vorgeschlagen, gemeinsam in die Stadt zu fahren, um ein Geschenk zu kaufen, hätte ich es vergessen. Jetzt musste es unbedingt perfekt werden.

»Vielleicht doch ein Shirt oder eine Tasse?«, überlegte Maya seufzend. »Wir müssen ihn ja nicht mit der Nase auf die Zahl Vierzig stoßen. Es könnte auch ein anderer Spruch sein – *bester Gestütsbesitzer* oder so.«

»Noch gebe ich nicht auf.« Ich schob die Glastür zum Laden auf, eine Glocke erklang, und der Geruch nach Leder stieg mir in die Nase.

Zu meiner Rechten tat sich ein langes Regal auf mit Stall-, Reit- und Outdoorschuhen, zu meiner Linken waren die Waffen ausgestellt. Vor mir versperrten Kleiderständer die Sicht, aber ich konnte trotzdem weiter hinten etwas Buntes ausmachen. Schabracken vielleicht.

Maya und ich gingen weiter hinein, sahen uns um. Ein Mitarbeiter war gerade mit einem älteren Herrn bei den Mänteln beschäftigt, eine junge Frau mit übergroßer Brille und Dauerwelle stand hinter der Kasse.

»Kann ich euch helfen?«, rief sie, aber Maya verneinte schon und visierte einen Ständer mit Armbändern an.

»Sind die nicht toll?« Sie nahm ein braunes Lederkordelarmband mit goldfarbenen Edelstahlperlen vom Ständer. »Das könnte ihm gefallen, was meinst du?«

Ich nahm das Armband in die Hand, das Leder fühlte sich weich und hochwertig an. »Das ist perfekt. Und dazu vielleicht noch einen Schlüsselanhänger?«

»Abgemacht.« Maya nahm einen vom Ständer, dann sahen wir uns noch ein wenig im Reiterbereich um und bremsten uns gegenseitig, um nicht jedes Pferd in farblich passenden Kombinationen neu auszustatten.

Schließlich schafften wir es zufrieden mit den Geschenken für Sam, ein paar Pferdeleckerlis und nur zwei neuen Halftern zurück hinaus in die Mittagssonne.

»Ein voller Erfolg«, stellte Maya zufrieden fest und warf einen Blick in die Tüte. »Bist du auch hungrig? Lunch?« Sie deutete zur anderen Straßenseite, wo Tische und Stühle unter bunten Sonnenschirmen standen. Eine Klapptafel machte mit weißer Kreide auf das Tagesmenü aufmerksam.

»Gute Idee. Ich verhungere.«

Wir überquerten die Straße, und als wir näher herankamen, fiel mir eine junge Frau auf, die dort beim Essen saß. Lange blonde Haare, die sich in der leichten Brise bewegten, schlanke Figur, eine Hand schloss sich um ein großes Glas mit goldener Flüssigkeit, ein Perlenarmband funkelte in der Sonne. Vanessa. Und ihr gegenüber saß die noch größere Überraschung.

»Ist das nicht …«, begann Maya und blieb genauso wie ich stehen.

»Ja.« Ich konnte meinen Blick nicht von ihm abwenden, wie er da so entspannt saß und plauderte. Mich traf fast der Schlag. »Henry.«

»Wow. Er lächelt ja.«

»Stimmt.«

Er saß zusammen mit Vanessa in einem Restaurant. Sie hatten sich verabredet. Wieso hatte sie mir bei unserem Ausritt vor einer Woche nichts davon erzählt? War er einer der Milliardäre, mit denen ihre Mutter sie verkuppeln wollte? Wieso versetzte mir dieser Anblick so einen Stich? Es war nur ein Essen. Nicht mal das. Es war Lunch an einem Montagmittag! Kaum mehr als ein Sandwich! Und selbst wenn mehr dahintersteckte ... Henry und ich hatten uns nur ein einziges Mal geküsst, und das war neun Tage her, ja, so genau wusste ich das noch. Letzte Woche war er in London gewesen, seine Mutter hatte ihn für irgendetwas gebraucht, und danach war er zu ein paar anderen Gestüten gefahren. Jetzt traf er sich mit Vanessa. Sicher war das nichts Besonderes. Die beiden kannten sich ebenfalls, seit sie Kinder waren. Ich sollte mich nicht so verletzt und betrogen fühlen. Er betrog mich nicht! Wir waren nicht zusammen, und das würde auch so bleiben.

»Bonnie?« Maya berührte meinen Arm, und ich zwang mich, meinen Blick von Vanessa und Henry abzuwenden. Fragend, fast ein wenig besorgt, sah sie mich an, aber ich setzte schnell ein Lächeln auf.

»Weißt du, mir ist gerade eingefallen, ich wollte mich noch in der Fahrschule anmelden. Die haben aber nur noch eine halbe Stunde auf.«

»Auch keine Lust, neben dem Boss zu essen?«

»Genau.« Ich drehte mich auf dem Absatz um, und genau in diesem Moment sah Henry an Vanessa vorbei in meine Richtung.

Mein Herz machte einen Satz, aber ich verbot mir, mich noch einmal nach ihm umzudrehen, um festzustellen, ob er mich wirklich gesehen hatte. Ich wollte nur noch weg!

*

»Sunshine, du bist eine Wucht.« Ich galoppierte mit dem Hengst um den Reitplatz, hielt den Zügel nur an der Schlaufe am Ende und ließ ihn seinen eigenen Rhythmus und sein Gleichgewicht finden.

Der neue Reitplatz war um ein gutes Stück größer als der alte, daher hatte ich diesen für unser Training heute ausgesucht. Sunshine brauchte lange Geraden, enge Wendungen fielen ihm noch schwer. Wir gelangten an die kurze Seite des Reitplatzes, und wie erwartet legte er sich schräg in die Kurve, sodass ich das Gefühl hatte, wir würden gleich umkippen. Aber ich balancierte mich aus, störte ihn so wenig wie möglich und ließ ihn einfach machen. Mit jedem Tag wurde er sicherer. Der Trab lief schon super, und der Galopp war auch schon so viel besser geworden.

»Noch eine Runde, dann bist du befreit.« Ich stellte mich in den Steigbügeln ein wenig auf, federte mit und entlastete seinen Rücken. Sunshine streckte sich und schnaubte zufrieden ab.

»Gut gemacht, mein Großer.« Ich parierte ihn zum Trab und dann zum Schritt durch und streichelte seinen Hals. Dann kraulte ich seinen Widerrist, was er besonders mochte.

Ich richtete mich gerade wieder auf, als ich einen Reiter auf einem großen Braunen ohne Abzeichen näher kommen sah. Es war Henry. Und er ritt Joker.

»Was zur Hölle?« Ich trieb Sunshine an und ritt zum Reitplatzausgang, wo Henry gerade ankam. Er hob kurz die behandschuhte Hand und nickte mir zu.

»Er läuft super«, sagte er und ließ seinen Blick über Sunshine wandern. Seine Augen lagen durch den Schirm des Reithelms im Schatten, aber ich glaubte, Anerkennung in ihnen zu lesen. »Kaum wiederzuerkennen.«

»Er lernt schnell.« Ich kaute auf meiner Unterlippe herum, während ich überlegte, ob ich ihn fragen sollte, was er hier wollte. Warum saß er auf Joker? Immerhin war ich doch diejenige, die ihn ausbildete! Damit könnte er all meine Erfolge zunichtemachen. Er wusste nicht, wo Joker gerade stand, wo seine Stärken und Schwächen lagen, worauf ich noch aufbauen wollte, bevor ein anderer ihn ritt.

»Willst du da rein?«, fragte ich also und deutete nach hinten zum Reitplatz. »Überprüfen, wie er läuft?«

Henry zog einen Mundwinkel zur Seite. »Stört dich das?«

Meine Hand ballte sich um den Zügel zur Faust. »Es ist nicht gerade zielführend. Er steckt mitten in der Ausbildung.«

Henry nickte langsam und sah mich prüfend und leicht amüsiert an. Diese amüsierten Blicke nervten mich ungemein. Konnte er die nicht Vanessa zuwerfen und mich in Ruhe meine Arbeit machen lassen?

Die beiden Pferde beschnupperten sich über den Zaun hinweg, während wir nur schweigend dasaßen. Sunshine quietschte kurz und schlug mit dem Vorderhuf, Joker wich einen Schritt zurück. Er wusste, er würde den Kürzeren ziehen, Pferde machten so etwas meist sehr schnell unter sich aus. Zu wirklichen Kämpfen kam es nur selten.

Sie hatten sich sofort wieder im Griff, leider, über die Ablenkung aufgeregter Pferde wäre ich jetzt dankbar gewesen. Aber jetzt waren da wieder nur Henry und ich.

Abwartend sah ich ihn an. Sollte ich ihm den Platz überlassen, oder wollte er irgendetwas von mir wissen? Wieso saß er jetzt hier auf Joker herum und sagte einfach nichts mehr? Ob zwischen ihm und Vanessa wohl etwas lief? Ich bekam diese Frage einfach nicht mehr aus meinem Kopf, und es machte mich wahnsinnig, dass ich sie ihm nicht stellen konnte, ohne mich zu blamieren.

»Lust auf einen Ausritt?«

»Was?« Ich stieß das Wort so heftig aus, dass Sunshine unter mir kurz zuckte. Beruhigend streichelte ich ihm den Hals und wiederholte Henrys Worte in meinem Kopf. Ausreiten? Wir beide? Das klang nach keiner guten Idee. Ich war immer noch wütend auf ihn, wegen seines Verhaltens nach unserem Kuss – auch wenn es vermutlich klug war, wieder professionell miteinander umzugehen. Alles andere würde unsere berufliche Zusammenarbeit wahnsinnig verkomplizieren. Enttäuscht war ich aber trotzdem. Unser Kuss bereitete mir immer noch schlaflose Nächte, und ich hasste mich dafür.

»Ja, ausreiten. Es wäre gut für die beiden, nach der vielen Arbeit mal etwas anderes als nur den Reitplatz zu sehen. Und ich möchte mir anschauen, wie Sunshine und Joker sich im Gelände verhalten. Zu zweit läuft es bestimmt besser.«

Also ging es hier gar nicht um Spaß oder darum, etwas zusammen zu unternehmen. Dies war keine private Einladung. Henry war wieder der Boss, und er wollte das Ergebnis meiner Arbeit begutachten. Mist, das bedeutete, dass ich mich nicht davor drücken konnte.

»Ich nehme mal an, du kennst dich in der Umgebung noch nicht so gut aus, oder?«, fuhr Henry fort, nachdem ich ihn nur schweigend angestarrt hatte. »Dann wird es ja höchste Zeit, dass ich dir alles zeige.«

»Ja, höchste Zeit.« Welche andere Wahl hatte ich denn? Da musste ich jetzt durch. Ich lehnte mich hinunter und öffnete vom Sattel aus das Tor des Reitplatzes, dann ritt ich an Henrys Seite.

Hinter dem Reitplatz folgten wir dem Weg, der zwischen den Weiden hindurchführte. Weiden, die sich als weite grüne Fläche in sanften Hügeln bis zu einem Wald erstreckten.

Henry gab das Tempo vor, und ich hielt mich mit Sunshine an seiner Seite. Dabei musste ich mich darauf konzentrieren, den Blick stur geradeaus zu richten und der Versuchung zu widerstehen, ihn anzusehen. Er sollte bloß nicht denken, ich hätte Interesse an ihm. Er sah gut aus, aber so gut nun auch wieder nicht. Außerdem war es mir lieber, wir schwiegen, als dass wir peinlichen Small Talk führten. Normalerweise liebte ich es, auf dem

Rücken eines Pferdes durch die englische Landschaft zu streifen, die frische Luft einzuatmen und im wilden Galopp über die Wiesen zu reiten. Aber gerade wünschte ich mir nichts sehnlicher, als dass dieser Ausritt schnell vorbei wäre.

Wir gelangten an das Ende des Weges und begannen, einer der wild verwachsenen Wiesen in Richtung Wald zu folgen. Ich ließ Sunshines Zügel lang, damit er sich voll auf den Weg konzentrieren konnte. Ich wollte nicht, dass er in ein verborgenes Loch trat. Zum Glück war er so aufgeregt über den Ausflug, dass er ganz und gar vergaß, sich einen kleinen Snack im hohen Gras zu stibitzen.

»Er macht das gut«, brach Henry nach einer Weile das Schweigen. »Joker kommt mir auch ganz entspannt vor.«

»Warst du mit ihm schon oft draußen?«

»Nein, eigentlich nicht.«

»Wir sollten nicht zu weit wegreiten.«

Henry grinste. Ich sah es nicht, sondern spürte es eher und hörte es in seinen nächsten Worten. »Ganz wie du meinst. Du hast das Sagen.«

Ich wollte gerade einen schnippischen Kommentar zurückfeuern, aber da flatterten ein paar Vögel vor uns aus dem Gras auf. Die Pferde stockten beide kurz, Sunshine warf seinen Kopf hoch, Joker wich zurück. Ich hielt automatisch den Atem an, sammelte die Zügel auf, stellte Kontakt zu Sunshines Maul her und stellte mich schon darauf ein, dass er eine Hundertachtziggraddrehung hinlegte und heimgaloppierte. Aber nichts geschah. Die beiden beruhigten sich sofort wieder, als sie erkannten, dass es nur Vögel gewesen waren.

Ich war stolz und enttäuscht zugleich. Ein durchgehendes Pferd hätte mich wenigstens von Henry weggebracht. Aber die Freude über den Erfolg des Schrecktrainings überwog.

»Sehr gut, mein Junge«, flüsterte ich und kraulte ihm den Hals. »Wirklich toll, du bist so mutig. Und du auch, Joker.« Ich zog Leckerlis aus meiner ärmellosen Weste und reichte eines jedem Pferd.

Henry beobachtete mich, ich spürte es schon wieder, und es war mir unangenehm. Wieso musste er mich so ansehen? Konnten wir nicht einfach ausreiten und vergessen, was zwischen uns gewesen war? Das war es doch, was er offensichtlich wollte.

»Du warst gestern in der Stadt.«

Seine ruhige Feststellung brannte sich in mein Herz. Diese Sache wollte ich jetzt auf keinen Fall durchkauen.

»Ja.« Ich trieb Sunshine wieder vorwärts, als könnte ich dadurch dem Gespräch entgehen, aber Henry blieb natürlich an meiner Seite und hielt seinen Blick stoisch auf mich gerichtet.

»Du hättest Hallo sagen können.«

Fast hätte ich laut aufgelacht, zum Glück konnte ich mich zusammenreißen und betrachtete stattdessen die Umgebung. Leider gab es auf der weiten Wiese nicht viel zu sehen, um mich abzulenken.

»Vanessa war ziemlich enttäuscht.«

Ernsthaft? Er wollte über Vanessa reden? »Ich musste zur Fahrschule. Hatte es eilig.«

»Du machst den Führerschein?«

»Ist längst überfällig.«

»Auch den Anhängerführerschein?«

»Yep.«

»Praktisch.«

»Absolut.« Ich deutete nach rechts, wo es dem Anschein nach eine Lücke im hohen Gras gab. »Ist das ein Weg?«

»Ja, er führt zum Wald.«

»Dort könnten wir die Pferde traben lassen.«

»Ich glaube, Schritt reicht fürs erste Mal. Aber wenn du unbedingt willst, du hast …«

»… das Sagen, ich weiß. Und das vom Boss höchstpersönlich.«

»Na ja, du bist die Bereiterin, ich werde dir nicht in deinen Kompetenzbereich hineinpfuschen.«

Das hast du schon getan, als du auf Joker gestiegen bist, hätte ich fast erwidert, biss mir aber wieder mal auf die Lippe. Ich musste mich wirklich zusammenreißen. Ich war so froh, dass er mich mittlerweile mit meinem Tempo und meinen Methoden mit Joker und Sunshine arbeiten ließ, ich durfte jetzt nicht aus verletztem Stolz alles wieder kaputtmachen.

Und er hatte ja recht. Traben wäre jetzt nicht das Richtige. Nur weil ich von ihm wegwollte, durfte ich Sunshine nicht überfordern, das würde nur zu unnötigen Rückschritten führen.

Wir bogen auf den Trampelpfad ab, ließen die Pferde aber entspannt am langen Zügel im Schritt gehen. Ich knetete unruhig die Zügelschnalle, das Schweigen wurde unangenehm, und ich wusste langsam nicht mehr, wo ich hinschauen sollte.

»Es war nur ein Lunch«, brach Henry dann unvermittelt das Schweigen.

Und schon wieder fing er von gestern an. Wie eifersüchtig hatte ich ausgesehen, wenn er glaubte, sich rechtfertigen zu müssen? Wenn das so weiterging, konnte ich ihn bald gar nicht mehr anschauen. Der ganze Ausritt wurde immer peinlicher.

»Das geht mich nichts an.« Und damit konnten wir das Thema hoffentlich fallen lassen.

»Wieso siehst du dann so sauer aus?«

»Ich konzentriere mich. Die Pferde sind zum ersten Mal draußen.«

»Den Pferden geht es gut.« Wieder dieser durchdringende Blick.

Ich sollte mich auf Sunshine konzentrieren. Es war sein erster Ausritt, und er benahm sich vorbildlich, genauso wie Joker. Die beiden Pferde waren so toll, diese Momente sollte ich genießen.

»Es geht dich etwas an.«

»Was?« Nun wandte ich mich ihm doch zu, und er erwiderte meinen Blick ernst.

»Es geht dich natürlich etwas an, ob ich mit anderen ausgehe – was ich nicht getan habe. Wie gesagt, es war nur ein Lunch, um unsere Mütter zufriedenzustellen. Clementine hat sich anscheinend in den Kopf gesetzt, vor Vanessas Studium einen reichen Junggesellen für sie zu finden. Und meine Mutter redet die ganze Zeit davon, dass ich sesshaft werden muss, und ja, da haben wir uns eben zu einem Lunch getroffen, damit unsere Mütter zufrieden sind und uns in Ruhe lassen.«

»Das musst du mir nicht erzählen. Es geht mich …«

»… nichts an, ja, das hast du schon gesagt, und ich sage das Gegenteil.«

»Warum?« Meine Stimme war plötzlich ganz schwach, mein Herz schlug mir bis zum Hals.

Henry wandte den Blick ab und ließ ihn über die weite Graslandschaft schweifen. »Weil ich finde, dass wir miteinander ausgehen sollten.«

Viel zu abrupt hielt ich Sunshine an. Ich konnte ihn unmöglich weitergehen lassen, während ich so abgelenkt war. Und ich wollte auch nicht, dass meine innere Unruhe sich auf ihn übertrug. Tief einatmen und ausatmen, sagte ich mir und ließ mir dabei seine Worte noch einmal durch den Kopf gehen.

Henry hielt Joker ebenfalls an, drehte sich im Sattel um und lächelte mir zu. »Warst du schon mal im Emporium in London?«

Henry hätte auch Chinesisch sprechen können. Ich verstand überhaupt nichts mehr. Erst küsste er mich so, dass es mir den Boden unter den Füßen wegzog. Dann sagte er mir, wir sollten den Kuss vergessen und niemandem davon erzählen. Dann setzte er noch einen drauf und ging mit meiner allerbesten Freundin essen, und jetzt wollte er plötzlich doch mit mir ausgehen? Was für ein Spiel trieb er da eigentlich? Und das Schlimmste daran war, dass mein blödes Herz mich einfach verriet. Statt vor Wut zu pochen, klopfte es aufgeregt und hoffnungsvoll, als wäre nichts passiert. Ich hatte so sehr versucht, ihn mir emotional vom Leib zu halten, mich professionell zu verhalten, und dann kam er, lächelte mich an, fragte mich nach einem Date, und ich schmolz dahin? Was war nur los mit mir, verdammt!

Henry sprach einfach weiter. »Ich verstehe es, wenn du noch Zeit brauchst. Aber ich kenne den DJ im Emporium und …«

Ich zitterte. So sehr, dass ich mich aus dem Sattel schwingen musste. Ich war unfassbar wütend und hatte gleichzeitig auch Angst, dieses Gespräch mit Henry zu führen. Konnten wir nicht einfach so tun, als sei nichts passiert?

Meine Reitstiefel sanken ein in weiche Erde, der Trampelpfad hatte keinerlei Befestigung.

»Du hast einen Rückzieher gemacht«, brachte ich dann heiser heraus und zog Sunshine die Zügel über den Kopf, um ihn besser halten zu können. Ich sah zu Boden und brauchte einen Moment, um mich zu sammeln. Dann hob ich den Kopf in Henrys Richtung. Verwirrt erwiderte er meinen Blick und stieg ebenfalls vom Pferd.

»Einen Rückzieher? Wovon redest du?«

»Danach … am nächsten Tag. Du hast dich entschuldigt! Und du wolltest, dass ich den Mund halte.«

»Ich habe keinen Rückzieher gemacht, sondern dich nur um ein bisschen Zeit gebeten, weil ich darüber nachdenken musste, was unser Kuss zu bedeuten hat. Weil du auch Zeit brauchtest. Bonnie, hast du mir an dem Tag überhaupt zugehört?«

Wenn ich ehrlich war, nein. Ich war so mit meinen Gedanken beschäftigt gewesen, dass ich nur ein paar Sprachfetzen herausgehört hatte. Aber ich hatte gespürt, dass er es bereute und da rauswollte. Ich konnte mich unmöglich getäuscht haben. Immerhin war er mir danach ja auch aus dem Weg gegangen, und dann das Essen mit Vanessa …

»Was hast du mir denn sonst damit sagen wollen, als du meintest, dass unser Kuss ein Fehler war?«

Henry hob die Hände. »Dass es kompliziert ist. Dass die Auswirkungen für dich größer sind als für mich und die Entscheidung daher bei dir liegen muss.«

»Welche Entscheidung denn?«

Das Lächeln kehrte zurück, ein unfaires Mittel, weil er genau wusste, wie umwerfend er aussah, wenn er lächelte. »Na, ob du mit mir ausgehen willst.«

Was redete er da? »Du willst wirklich mit mir ausgehen?«

»Ich denke, das habe ich jetzt mehr als deutlich gemacht.« Er sah beinahe verlegen aus. Langsam ging er einen Schritt auf mich zu, blieb aber stehen, als er sah, dass Sunshine die Ohren anlegte.

Ich streichelte Sunshine den Hals. Gutes Pferd. Er beschützte mich. Hauptsächlich vor mir selbst.

»Also bereust du gar nicht, was … auf dem Heuboden … also …?«

»Den Kuss?« Er lachte kurz auf und strich sich über die Stirn. »Niemals. Der war … weltbewegend.«

Und ob. Und alles in mir schrie danach, ihn zu wiederholen, aber ich durfte mich nicht so von meinen Gefühlen beherrschen lassen.

»Ich wollte bei dir wirklich nicht den Eindruck erwecken, dass ich es bereue, Bonnie. Aber du bist mir aus dem Weg gegangen, und da dachte ich, okay, sie will wohl nicht. Und ich habe versucht, das zu akzeptieren. Aber als du gestern in der Stadt dann so davongestürmt bist, hatte ich den Eindruck, dass es dich schon gestört hat, mich mit Vanessa zu sehen. Und da dachte ich … ich frage lieber noch mal nach, bevor ich versuche, dich zu vergessen. Außerdem wäre es wirklich verdammt schwierig, dich zu vergessen, Bonnie … Also, würdest du mit mir ausgehen?«

Ich verstand die Welt nicht mehr. War das sein Ernst? Hatte ich ihm einfach nur nicht richtig zugehört? Er wollte mir gar nicht aus dem Weg gehen, sondern hatte es nur getan, weil er dachte, das wäre das, was ich wollte? Ich versuchte, mich zu sammeln.

»Du willst also mit mir in einen Club.«

»Ich will Zeit mit dir verbringen. Sind wir doch ehrlich … da ist was zwischen uns, oder? Ich bilde mir das doch nicht ein, Bonnie. Wenn du das nicht willst, dann … dann ist das völlig in Ordnung, aber ich … seit dem Kuss auf dem Heuboden kann ich an nichts anderes mehr denken, als dich wieder zu küssen. Am liebsten genau jetzt.« Er verzog die Lippen zu einem schiefen Grinsen und sah mich erwartungsvoll an.

Ich stand da wie angewurzelt und war mir nicht sicher, ob ich weglaufen oder einen Schritt auf Henry zumachen sollte. Sunshine spürte wohl meine Unsicherheit und ging zwei Schritte zurück, was Henry zum Lachen brachte.

»Keine Sorge, Sunshine, ich wage mich schon nicht näher ran. Noch nicht. Also, was meinst du, Bonnie?«

Ich war immer noch nicht in der Lage zu sprechen.

»Ich weiß, es ist kompliziert«, sagte er, während er Joker kraulte, der an seinem Shirt knabberte. »Die Leute werden reden. Mich stört das nicht. Ich kenne es nicht anders. Aber du nicht. Und ich weiß, dass das nicht unbedingt einfach für dich wäre, aber …«

»Du hattest mich doch gebeten, niemandem von dem Kuss zu erzählen. Und jetzt ist es dir auf einmal egal, wenn es jemand herausfindet?«, unterbrach ich ihn mit leiser Stimme.

»Ich wollte nur, dass wir uns erst in Ruhe darüber klar werden, was das bedeutet. Du kennst das doch von Red Oak und Vanessa. Ich kann nicht einfach mit einem Mädchen ausgehen, das mir wichtig ist, ohne dass es jemand mitbekommt. Ich wollte dich nicht ins offene Messer laufen lassen.«

»Das heißt, wenn wir jetzt ausgehen, willst du es also nicht geheim halten?«

»Nein. Solltest du Ja sagen, werde ich auch Sam und den anderen Bescheid geben. Ich will von Anfang an mit offenen Karten spielen.«

»Okay.«

Henry stockte kurz. »Okay?«

»Okay, ich gehe mit dir aus.«

Er schaute mich kurz ungläubig an und fragte dann vorsichtig nach: »Und du bist einverstanden, dass wir nichts geheim halten?«

Ihm schien das sehr wichtig zu sein, und irgendwie freute mich das. »Ja.«

»Und dir ist klar, dass es Gerede geben wird?«

Ich biss mir auf die Lippe, um nicht zu grinsen. Seine Sorge war unglaublich süß, und wie er da stand mit Joker an seiner Seite, der ihn immer wieder ungeduldig anstieß, weil er ein Stück weiter zu einem saftigen Grasbüschel wollte.

»Ja.«

Henry machte Anstalten, auf mich zuzugehen, hielt dann aber inne und streckte mir nur die Hand entgegen. »Zu gefährlich mit den beiden«, sagte er und zwinkerte mir zu.

Da hatte er recht. Sunshine und Joker waren zwar artig nebeneinander gegangen, aber wir sollten besser nichts riskieren. Also legte ich nur meine Hand in seine.

Henry strich mit dem Daumen über meine Haut, eine so zärtliche Geste, die sofort wieder mein Herz in Aufruhr versetzte. Vor Freude, vor Angst und Aufregung. Ich war mir nicht sicher, wo das mit Henry hinführen würde, und ich hatte das dumpfe Gefühl, dass mich die Realität noch früh genug einholen würde, aber jetzt, in diesem Moment, als seine Hand meine hielt, hätte ich vor Glück platzen können.

Kapitel 10

Bewegungslos stand ich vor dem Herrenhaus der Huntingtons und starrte die vielen Steinstufen hoch zur Eingangstür, die sich zwischen zwei Säulen als doppelflügelige Barriere vor mir auftat. Ich konnte mich nicht daran erinnern, je hier geläutet zu haben. Bislang hatte ich das Haus immer nur über den Westeingang betreten, der zur Hintertreppe führte. Und dann war ich immer mit Mrs Darborough gekommen oder als Teil einer Cateringfirma. Aber jetzt war ich hier als offizielle Besucherin.

Sollte ich mich wirklich trauen? Vanessa hatte nicht auf meine Nachrichten reagiert, jetzt blieb mir nichts anderes übrig, als bei ihr zu Hause aufzutauchen.

Nur wer würde die Tür öffnen? Hoffentlich Vanessa und nicht Lady oder Lord Huntington. Es war Freitagnachmittag, in nur ein paar Stunden wollte Henry mich hier auf Red Oak für unser Date abholen. Vorher musste ich aber unbedingt mit Vanessa reden. Ich konnte mich nicht hinter ihrem Rücken mit Henry treffen, das käme mir falsch vor. Sie hatte sich mit ihm getroffen, und ich musste erst sichergehen, dass da wirklich nichts war zwischen Henry und ihr, dass sie ihn nicht auf diese Art mochte und nur wegen ihrer Mutter mit ihm ausgegangen war. Das Letzte, was ich wollte, war, sie zu verletzen.

Mit bleiernen Beinen ging ich die Treppe hoch, hob meine Hand, drückte auf die Klingel und bereute es sofort. Ich hätte mich doch durch den Westeingang ins Haus schleichen sollen.

Aber da hätte ich genauso gut Lady Huntington über den Weg laufen können, und das Donnerwetter wäre dann noch größer gewesen.

Die schwere Holztür mit den großen, undurchsichtigen Bernsteinglaselementen schwang auf, und Mrs Darborough stand vor mir. Sofort erhellte ein Lächeln ihr Gesicht, und mir fiel ein Stein vom Herzen.

»Bonnie! Was machst du denn hier? Ich dachte, du kommst dieses Wochenende nicht nach Hause. Dein Vater sagt, du hast erst Montag und Dienstag frei.«

»Ja, ich wollte nur kurz Vanessa besuchen.«

Mrs Darborough zog die grauen, perfekt gezupften Augenbrauen zusammen. Ganz offensichtlich wunderte sie sich, dass ich nur dafür die Busfahrt auf mich genommen hatte, aber es würde jetzt zu weit führen, ihr alles zu erklären.

»Ist sie da?«

»Ja, sie ist in ihrem Zimmer, warte kurz, ich hole …«

»Kannst du ihr einfach sagen, dass ich im Cottage auf sie warte?«

Mrs Darborough warf einen Blick zurück ins Haus, dann nickte sie verständnisvoll. Sie wusste genauso gut wie ich, dass Lady Huntington kein Fan von mir war. »Ich sage ihr Bescheid.«

»Danke.« Ich lächelte ihr kurz zu und beeilte mich dann wegzukommen, bevor die Hausherrin mich doch noch erwischte.

Im Cottage stand ich erst einmal eine Zeit lang unschlüssig vor meinem Kleiderschrank. Henry wollte mit mir in einen schicken Londoner Club. Aber was trug man dort? Etwas Cooles? Oder eher etwas Elegantes? Was für ein Club war das überhaupt? Was würden wir dort machen? Tanzen? Welche Schuhe sollte ich anziehen?

Das Beste, was sich neben den Jeans und Reithosen finden ließ, war ein kobaltblaues knielanges Kleid, das mit einem weißen

Glitzerband im Nacken geschlossen wurde. Ich hatte es vor Jahren für die Hochzeit von Lady und Lord Kerry gekauft. Die Ehe war längst geschieden, und ich hatte seither keinen Grund mehr gehabt, das Kleid aus dem Schrank zu kramen.

Aber eine andere Wahl hatte ich wohl nicht. Ich dachte an Vanessa und wie sie oft Koffer voll Kleider ins Cottage geschleppt hatte. Die hatten wir dann vor dem Spiegel anprobiert. Vanessa hatte bestimmt nie Probleme damit, das richtige Outfit zu finden.

In diesem Moment hörte ich ein Klopfen unten an der Eingangstür. Ich rannte zum Fenster meines Zimmers, schob die Vorhänge zur Seite, öffnete es und beugte mich hinaus. Es war tatsächlich Vanessa, die Haare hochgesteckt, in einer Dreiviertelleggings und einem Tanktop.

»Yoga?«, rief ich hinunter, was Vanessa zusammenzucken ließ.

Sie blickte zu mir auf und lachte dann, während sie die Hände über ihren Körper auf und ab wandern ließ.

»Crosstrainer. Sorry, hatte Musik an. Was gibt es denn so Dringendes?«

»Komm rauf!« Ich schloss das Fenster, und dann hörte ich Vanessa schon die Treppe hochkommen.

»Wusste ich, dass du heute herkommst?«, wollte sie wissen, als sie in mein Zimmer stürmte, hielt dann aber inne, hob die Augenbrauen und betrachtete das Chaos auf meinem Bett. »Heißes Date?«

Oh, sie hatte ja keine Ahnung! »Darüber wollte ich mit dir reden.«

»Über dein Date? Willst du dir was zum Anziehen leihen?«

»Jetzt da du es sagst – das wäre echt toll. Aber warte mit dem Angebot lieber noch, bis du weißt, mit wem ich ausgehe.«

Vanessa grinste von einem Ohr zum anderen, kam zu mir,

schob ein paar T-Shirts auf dem Bett zur Seite und setzte sich. »Du machst es ja spannend. Schieß los.«

Ich stellte mich vor sie hin und atmete tief ein. Wo sollte ich nur anfangen? Wie sollte ich es ausdrücken?

»Was ist denn?« Vanessa breitete die Arme aus. »Du machst mich ganz nervös. So schlimm kann es doch gar nicht sein. Wenn ich dir erst mal von meinem Treffen mit Dustin Edinson erzählt habe, verstehst du, dass es kaum etwas Heftigeres geben kann.«

»Es ist Henry.«

Ihre Augen verengten sich, und sie schüttelte ungläubig den Kopf, wie um ihre Gedanken zurechtzurücken. »Henry?« Sie sah verwirrt aus.

»Henry Beaumont«, erklärte ich also und sah, wie Vanessas Mund aufklappte. Und mit einem Mal hatte ich das blöde Gefühl, dass es keine gute Idee gewesen war, Vanessa davon zu erzählen. Ich wollte all die Gründe nicht hören, warum ein Date mit Henry nicht gut für mich war, selbst wenn sie keine Gefühle für ihn hatte. Er war mein Boss! Wenn es zwischen uns nicht funktionierte, was wurde dann aus meiner Arbeit? Was würden die anderen dazu sagen? Dass ich mich an ihn rangeschmissen hätte? Er passte nicht zu mir, wir kamen aus unterschiedlichen Welten. Schon allein, dass ich nichts Passendes zum Anziehen fand, bewies das doch.

»Bist du deshalb so schnell abgehauen, als du uns zusammen gesehen hast?« Vanessa lehnte sich zurück, die Hände hinter sich auf meiner Bettdecke abgestützt, den Kopf in den Nacken gelegt, um mich genau zu mustern. »Weil zwischen Henry und dir was läuft?«

»Nein, ja, ich … es ist kompliziert.«

»Das kann ich mir denken.«

»Ich will nicht mit ihm ausgehen, wenn du ihn magst. Du warst mit ihm essen, und …«

»Warte mal, darum geht es? Du glaubst, Henry und ich hätten was miteinander? Das war doch nur ein Mittagessen.«

»Das hat er auch gesagt.«

»Er hat nicht gelogen. Wir haben das nur getan, weil meine Mutter es so wollte. Du weißt ja, dass ich die ganzen reichen Junggesellen abklappern muss. Henry ist einer von ihnen, und ihm war auch klar, warum dieses Essen stattgefunden hat. Es war nett, wir kennen uns schon ewig, und es hat Spaß gemacht, über früher zu reden, über Leute, die wir kennen, und über unsere Familien. Aber das ist alles. Er will nichts von mir, und ich will nichts von ihm. Wärst du nicht davongelaufen, hätte ich dir das gleich sagen können.«

»Ich bin nicht davongelaufen.«

»Sah aber ganz danach aus.« Sie grinste mich an.

»Ich musste noch zur Fahrschule.«

»Na klar, Bonnie …« Vanessa stand auf, legte die Hände auf meine Schultern und beugte sich zu mir, um mich anzusehen. »Henry ist toll. Wirklich. Ich glaube, ihr passt gut zusammen.«

Verblüfft sah ich auf. »Ja? Wir sind doch komplett verschieden!«

»Wieso? Ihr habt mehr gemeinsam, als du vielleicht glaubst.« Sie ließ die Arme sinken, wandte sich ab und wühlte auf meinem Bett in den Klamotten herum. »Ihr seid beide zielstrebig und nehmt eure Arbeit ernst.«

»Na ja, Henry hat zwei Jahre lang Party gemacht, oder?«

Sie warf mir einen Blick über die Schulter zu. »Ja. Aber davor … musste er viel mitmachen.«

»Ich weiß.«

»Ihr habt beide ein Elternteil verloren.« Sie hob ein lila T-Shirt mit der Aufschrift »Horse Girl« vor sich hoch und warf es dann mit Schwung auf den Boden.

»Er hat seinen Vater auf tragische Weise bei einem Unfall verloren und sich davor noch mit ihm gestritten. Ich habe keine Erinnerungen mehr an meine Mutter und kenne es nicht anders. Das ist ein Unterschied. Was er durchgemacht hat, ist viel, viel schlimmer.«

»Das ist doch kein Wettbewerb. Ich finde, ihr passt gut zusammen.«

»Wir kommen aus komplett unterschiedlichen Welten.«

»Das tun wir beide doch auch, oder? Und trotzdem verstehen wir uns.«

Damit hatte sie recht. Wir verstanden uns. Aber das bedeutete nicht, dass die Barriere nicht zu spüren war. Erst neulich auf der Feier nach dem Turnier war das mehr als deutlich gewesen. Und das wollte ich mit Henry nicht.

»Ist ja auch egal. Spätestens, wenn ich heute in denen da aufkreuze …« Ich hob meine Snoopy-Shorts vom Bett und warf sie auf Vanessa, »wird er kapieren, dass er sich doch nicht mit mir sehen lassen kann.«

Vanessa lachte. »Wo geht ihr denn überhaupt hin?«

»Ins Emporium. Ist wohl ein Club in London.«

Sie erstarrte und sah mich aus großen Augen an. »Ernsthaft?«

Bei ihrer Reaktion wurde mir ganz flau im Magen. »Was ist los? Ist der Club nicht gut?«

»Nicht gut?!« Vanessa hob die Hände vor sich und atmete übertrieben tief ein und aus. »Ich platze gerade vor Neid, weißt du das eigentlich? Ich war noch *nie* dort! Noch nie! Es ist unfassbar schwer, da reinzukommen.«

»Aber für dich doch nicht.«

»Klar doch. Ich bin eine kleine Landadelige mit einem Pferdehof. Und selbst wenn die mich reinlassen würden – ich komme nicht gerade regelmäßig nach London, es sei denn, meine Mum schleift mich dahin. Und mit der kreuze ich wohl kaum im Emporium auf.«

»Was ist mit deinen Freunden vom Internat?«

Vanessa schnaubte abfällig und wandte sich wieder dem Kleiderchaos zu. »Schicker Club in der nächsten Stadt? Ja, okay. Aber Emporium in London? Das ist eine andere Liga.«

»Hör auf, ich bin sowieso schon nervös – jetzt ist mir richtig schlecht!« Ich ließ mich aufs Bett sinken und zog mein Kissen an die Brust.

Vanessa aber redete weiter, meine Nervosität schien sie gar nicht zu bemerken. »Im Emporium treffen sich die ganzen Promis. Du musst unbedingt Fotos machen.«

»Fotos?!«

»Ja, nur ein paar, von den Leuten, die da so hingehen.«

»Und wie soll ich das anstellen?«

»Okay, blöde Idee. Aber du kannst ja vielleicht mit Henry ein Selfie machen, sodass sie im Hintergrund zu sehen sind. Ich muss wissen, wer sich da alles so rumtreibt. Gott, ist das aufregend! Bonnie, das wird ein Wahnsinnsabend!«

»Vielleicht kannst du ja auch bald ins Emporium. Du musst dir nur den richtigen Kandidaten deiner Mutter raussuchen. Oder ich frage Henry, ob er noch einen reichen Freund für dich hat. Dann haben wir eines dieser peinlichen Doppel-Dates.«

Nun war es Vanessa, die mit Kleidungsstücken warf. Ein Strickcardigan traf mich mitten ins Gesicht, und wir mussten beide lachen.

»Okay«, seufzte sie schließlich, drehte sich in meinem Zimmer um die eigene Achse, die Hände in die Hüften gestemmt, ging dann zu meinem Schrank und wühlte zwischen den verbliebenen Kleidungsstücken. Schließlich hörte ich sie lautstark seufzen. »Deine Auswahl ist tatsächlich eher … begrenzt. So kann ich dich nicht gehen lassen.« Mit resigniertem Ausdruck wandte sie sich mir zu. »Spring schon mal unter die Dusche. Ich hol inzwischen was zum Anziehen von mir, Make-up und einen Föhn.«

Ich richtete mich in meinem Bett auf und legte das Einhorn zur Seite. »Ich habe Make-up und einen Föhn.«

Vanessa beantwortete das nur mit einem mitleidigen Lächeln, dann rauschte sie auch schon hinaus und ließ mich verdattert zurück. Ich wusste nicht, ob ich beleidigt sein oder mich freuen sollte. Ich entschied mich für Letzteres. Vanessa wollte mir ein Outfit von sich borgen und würde mir dabei helfen, mich für diesen Club fertig zu machen. Ich würde mich also nicht vor Henry blamieren, und Vanessa war auch nicht sauer auf mich.

Es hätte gar nicht besser laufen können. Jetzt musste nur noch diese Nervosität verschwinden, die dafür sorgte, dass mir fast übel wurde. Ein Date mit Henry. In diesem supertollen Elite-Club. Was könnte da schon schiefgehen?

*

Ich fühlte mich wie ein anderer Mensch. Nicht unbedingt wie eine Prinzessin, dafür war das Outfit zu sexy, aber doch etwas Besonderes.

Es gelang mir überraschend gut, in Vanessas hochhackigen Riemchenschuhen im Laternenlicht die Straße entlangzustolzieren. Der Wind fuhr mir durch die Haare und ließ den Duft von Vanessas Haarspray in meine Nase steigen, er roch nicht so chemisch und scharf wie erwartet, sondern fruchtig süß. Ich musste Vanessa unbedingt fragen, wo sie das Spray herhatte. Gerade in Verbindung mit dem Gras und den Blumen um mich herum roch es nach Sommer und Abenteuer.

Die kühle Abendluft so kurz nach Sonnenuntergang, in der ein Versprechen von Regen lag, schmiegte sich um meine nackten Beine. Beine, die in dem Minirock erstaunlich schlank wirkten. Ich hatte gar nicht gewusst, dass hohe Absätze so viel bewirken konnten. Und dank der Arbeit in der Sonne draußen hatten sie auch schon einen schönen goldenen Schimmer im schwachen Lichtschein. Dann noch die Lederjacke über dem Wasserfalltop … Ich liebte jedes einzelne Teil des Outfits und war Vanessa so unglaublich dankbar. In diesem Aufzug würde ich im Emporium bestimmt nicht auffallen – zumindest nicht negativ.

Trotzdem war ich aufgeregt, schließlich hatte ich keine Ahnung, was mich erwartete.

Ich zog mein Handy aus der Designer-Clutch, die mir Vanessa ebenfalls geliehen hatte, und sah auf die Uhr. Zwei vor neun. Ich musste mich beeilen. Ich wollte das Tor des Gestüts erreichen, bevor Henry ankam, damit nicht der ganze Hof mitbekam, dass er mich abholte. Dad hatte ich nur erzählt, dass ich mit Freunden in einen Club ging. Henry wollte nichts geheim halten, was ich gut fand, es schmeichelte mir, ich wollte auch keine Geheimnisse. Aber ich wusste, dass Dad Fragen haben würde, Sorgen, und dafür wollte ich mir Zeit nehmen. Mein Gefühl sagte mir außerdem, dass er nicht begeistert wäre, mich in einem solchen Outfit zu sehen. Er kannte mich hauptsächlich in Jeans, Reithosen und Oversize-T-Shirts und mochte mich so am liebsten. Aber ich fühlte mich schön und glamourös, und er sollte mir die Stimmung nicht verderben.

Ich umrundete den Stall und vermied absichtlich den Innenhof, um nicht auch noch Theresa, Charlie, Trevor oder anderen Angestellten über den Weg zu laufen. Auch wenn die sich so spät normalerweise längst in ihre Unterkünfte verzogen hatten oder nach Hause gefahren waren.

Dann gelangte ich schon zur Zufahrtstraße Richtung Tor. Noch einmal schaute ich auf mein Handy. Es war drei nach neun. Mein Herz fing an zu flattern, durch meinen Bauch tanzten Millionen Schmetterlinge. Auf einmal fing ich an zu zweifeln. Sah ich wirklich gut aus in dem Outfit? So gut wie Vanessa? Wirkte es nicht wie eine Verkleidung?

Das leise Dröhnen eines Motors ließ mich aufblicken. Und tatsächlich … Scheinwerferlicht. Ein schwarzer SUV kam die Straße rauf auf mich zu.

Abrupt blieb ich stehen, warf einen Blick über die Schulter und sehnte mich plötzlich zurück ins Cottage, in einen gemütlichen Pyjama, nach einer Tiefkühlpizza und einem Abend mit Dad vor dem Fernseher. Nein, es war gut, was ich vorhatte. Manchmal musste man auch mal raus aus der Komfortzone.

Der SUV bremste leicht ab, rollte auf mich zu und blieb dann neben mir stehen. Das Fahrerfenster fuhr hinunter, und wie erwartet saß Henry hinterm Steuer, frisch rasiert und die Haare perfekt gestylt und nach hinten gekämmt. Mit zusammengezogenen Augenbrauen sah er mich an.

»Was machst du hier?«

»Dir entgegengehen?«

»So läuft ein Date aber nicht ab.«

»Ach nein?«

Henry nahm seine Hand vom Lenkrad und wedelte nach vorne. »Ich muss dich vor der Haustür abholen.«

Ich verzog den Mund zu einem schiefen Lächeln. »Soll ich wieder zurücklaufen?«

Henry verdrehte die Augen. »Nein, natürlich nicht. Dann muss ich dich wohl auf der Straße aufsammeln.«

»Na, bitte.« Ich wollte ums Auto herumgehen, um einzusteigen, hatte mich aber kaum in Bewegung gesetzt, als er plötzlich die Tür aufwarf und aus dem Wagen sprang. Mit weitgreifenden Schritten eilte er in seinen schwarzen Hosen und den coolen Lederboots an mir vorbei und öffnete mit einer wedelnden Handbewegung die Beifahrertür.

Ein Lachen brach aus mir heraus. »Ernsthaft?«

Er richtete sich auf und straffte die Schultern, während er sich an die Brust seines blauen Hemds griff. »Lass mir wenigstens das. Ich bin ein Gentleman.«

»Wirklich?« Mit herausforderndem Blick, den Kopf in den Nacken gelegt, blieb ich dicht vor ihm stehen und genoss es, wie überrumpelt er plötzlich wirkte. Ich wusste nicht, was mit mir los war. In diesem Outfit fühlte ich mich selbstbewusst und stark, als könnte ich ihn um meinen kleinen Finger wickeln. Normalerweise war es eher umgekehrt.

Sein Blick wanderte an mir hinunter, zu meinen Lippen und wieder zurück zu meinen Augen. Er sagte nichts, aber da war ein Funkeln in seinem Blick. Seine Hand hob sich an meine Taille, strich langsam unter meiner Lederjacke über meinen Rücken, ein Finger hob das seidige Wasserfalltop an und strich den Bund meines Rocks entlang. Er berührte kaum meine Haut, und trotzdem jagten tausend kleine Blitze durch meinen Körper.

Atmete ich überhaupt noch? Was war los mit mir? Wir taten doch im Grunde überhaupt nichts! Es war unglaublich, was Henry mit mir anstellte.

»In Reithosen gefällst du mir ja eigentlich am besten«, raunte er dann, und seine Finger glitten meine Wirbelsäule hoch. »Aber dieses Outfit kann es fast damit aufnehmen.«

»Vanessas Werk.«

»Deshalb auch nur Platz zwei.« Sein Mundwinkel hob sich zu einem schiefen Lächeln, und ich lehnte mich leicht gegen ihn, ich musste den Abstand zwischen uns verkleinern.

»Du siehst auch nicht schlecht aus.« Ich hob meine Hand an seine Brust, spürte seinen Herzschlag. Was hatten wir noch mal vor? Wegen mir könnten wir auch den Rest des Abends hier stehen bleiben.

Aber dann trat Henry plötzlich mit einem bedauernden Lächeln einen Schritt zurück und deutete mit dem Kinn auf die offen stehende Tür.

»Wir sollten los. In London ist viel Verkehr.«

Ich nickte und stieg ins Auto, ein wenig enttäuscht, aber auch froh darüber, dass ich wieder atmen konnte. Eigentlich hatte ich mir eine Situation wie eben für den Abschied vorgestellt, gefolgt von einem Kuss. Aber diese Spannung zu spüren war berauschend und beängstigend zugleich.

Ich wollte gerade die Tür zuziehen, da bemerkte ich eine Bewegung, es war ein Schatten. Ich kniff die Augen ein wenig zusammen und konzentrierte mich auf den weißen Koppelzaun, den das Licht der Straßenlaterne kaum noch erreichte.

Ja, da stand jemand. Eine große, schlanke Frauengestalt, ein Tuch um den Kopf, blonde Spitzen, die darunter hervorblitzten. War das Lady Kerry? Oder Lady Huntington? Von hier aus war das schwer auszumachen. Die Frau sah zu uns, aber ihr Gesicht lag im Dunkeln.

Henry stand noch an meiner Seite und folgte meinem Blick. Da hob die Frau kurz die Hand, sie hatte die ganze Zeit über in unsere Richtung geblickt. Henry winkte zurück.

»Schönen Abend, Lady Huntington!«, rief er und ließ mich damit zusammenzucken. Es war wirklich Vanessas Mutter?

Henry schob meine Tür zu, ging vorne ums Auto herum und stieg dann an meiner Seite ein. »Na, dann wollen wir mal.« Er fuhr los und wendete das Auto ein Stück weiter vorne.

Ich musste mich erst einmal sammeln. Was machte Vanessas Mutter dort drüben im Dunkeln? Vor der verlassenen Koppel? Sie kam grundsätzlich nur selten zum Gestüt hinunter, meistens hielt sie sich im Haus auf oder war unterwegs. Das war mehr als merkwürdig.

»Welche Musik hörst du gern?« Henry legte mir sein Handy in den Schoß, ohne den Blick von der Straße zu nehmen. Am Bildschirm der Mittelkonsole erkannte ich, dass es über Bluetooth mit dem Autoradio verbunden war.

»Ist mir eigentlich egal.«

»Im Club wird eher Hip-Hop und RnB gespielt.«

Ich verzog leicht das Gesicht, wollte aber kein Spielverderber sein. »Cool«, sagte ich also und hoffte, dass Henry nichts bemerkt hatte. Ich stand eher auf Rock, aber das musste ich ihm ja nicht direkt auf die Nase binden.

Ich schaute auf das entsperrte Handy hinunter und traute mich nicht, nach der Musik-App zu suchen. Da waren einfach zu viele Apps, und ich wollte nicht in Henrys Privatsphäre eindringen.

»Schon was gefunden?« Er sah mich nicht an, sondern konzentrierte sich auf die immer dunkler werdende Straße. Die Nacht brach jetzt schnell herein, leichter Regen prasselte auf die Scheibe, und das Licht der Straßenlaternen spiegelte sich auf dem Asphalt.

»Noch nicht«, erwiderte ich und gab mir einen Ruck. Henry wollte, dass ich auf seinem Handy nach Musik suchte, also würde ich das tun.

Ich öffnete den entsprechenden Ordner und scrollte durch die verschiedenen Interpreten. Er hatte Songs aus allen möglichen Genres gespeichert. Welche Musik hörte er denn am liebsten?

Plötzlich ging mir auf, dass ich so gut wie nichts über ihn wusste. Da waren nur ein paar Eckdaten, als hätte ich seinen Lebenslauf gelesen. Aber was war seine Lieblingsfarbe? Sein Lieblingsessen? Wer waren seine Freunde? Wie verbrachte er seine Freizeit? Spielte er ein Instrument? Hatte er ein Hobby? Wer war er überhaupt?

Nun, ein Date und eine lange Autofahrt waren vermutlich die beste Gelegenheit, um all das herauszufinden.

Und mit einem Grinsen stellte ich fest, dass er einen meiner Lieblingssongs gespeichert hatte. Ohne zu zögern, tippte ich ihn an, und gleich darauf tönten harte E-Gitarren- und Bassklänge aus den Lautsprechern.

Henry grinste, so breit, dass sich wieder das Grübchen in seinen Mundwinkel zeichnete. Im auf und ab flackernden Licht der

Laternen und Scheinwerfer entgegenkommender Fahrzeuge sah er so unglaublich süß aus, ich musste mich regelrecht beherrschen, um nicht die Hand nach ihm auszustrecken. Und dann noch dieser frische Duft. Am liebsten hätte ich mich an ihn gekuschelt und ihn geküsst, aber das hätte vermutlich das Autofahren erschwert.

»Vielleicht gehen wir mal zusammen hin«, riss Henrys Stimme mich aus meinen Fantasien.

Ich fuhr leicht zurück, ertappt bei meinen Träumereien. Bestimmt hatte ich ihn angestarrt.

»Wohin?«, fragte ich so unbekümmert wie möglich nach.

Henry deutete aufs Radio. »Ich kenne den Drummer. Wenn sie wieder in London auftreten, können wir ja zusammen hingehen.«

Sprachlos starrte ich ihn schon wieder an. Das war zu viel. Henry kannte den Drummer meiner Lieblingsband? Natürlich! Wieso war ich überhaupt überrascht? Aber noch mehr verwunderte mich, dass er etwas planen wollte, das weit in der Zukunft lag. Hey, das war unser erstes Date!

»Oder magst du sie doch nicht?«

»Doch!« Ich presste meine Hände zwischen die Knie und versuchte, sie damit ruhig zu halten. »Sie sind toll.«

»Also zwei VIP-Tickets, wird gemacht.«

Ich verengte die Augen. Nichts hier kam mir echt vor. Die Art, wie er über Dinge sprach, die für einen Normalsterblichen unmöglich erschienen. Genauso wie der Club heute. Vanessa und ich hatten versucht, noch etwas mehr über das Emporium herauszufinden. Horrende Eintrittspreise, und für einen Tisch gab es eine Mindestkonsumpflicht von mehreren tausend Pfund. Ich ging davon aus, nichts davon selbst bezahlen zu müssen, schließlich hatte er mich eingeladen, und er wusste bestimmt, dass ich mir so etwas niemals leisten könnte. Aber komisch kam ich mir dabei schon vor. VIP-Karten für ein Konzert? Wenn er solche

Dinge machte, spürte ich den Graben zwischen unseren Welten umso deutlicher. Ich wäre auch glücklich mit einem Besuch im Kino oder einem gemütlichen Abend in Sams Pub. Aber zumindest heute wollte ich den Glamour genießen, danach konnten wir immer noch etwas *Gewöhnlicheres* machen.

Mein Handy in der Clutch vibrierte, ich nahm es heraus und musste mir auf die Lippe beißen, um nicht laut zu lachen. Vanessa hatte mir geschrieben: *Du hast die Kondome vergessen!*

Ich schickte ihr einen Smiley zurück, der die Zunge rausstreckte, und schob das Handy wieder in die Tasche. Dann lehnte ich meinen Kopf gegen die Nackenstütze und schaute aus dem Seitenfenster. Wir waren auf den Motorway gelangt, vor uns lag noch eine lange Fahrt, und ich versuchte, mich daran zu erinnern, wann ich das letzte Mal in London gewesen war. Das musste Jahre her sein, ein Museumsbesuch mit der Schule. Die Stadt lag ungefähr eine Stunde entfernt, dann noch die Zeit, die wir zum Club brauchten und uns durch den Verkehr kämpfen mussten. Jetzt war meine Gelegenheit, mehr über ihn herauszufinden.

»Warst du schon oft im Emporium?«

»Ein paarmal. Und du?«

Ich wandte mich ihm zu, nicht sicher, ob die Frage ernst gemeint war. Als ich nicht antwortete, richtete er den Blick von der Straße auf mich und hob fragend die Brauen.

»Nein«, sagte ich lang gezogen. »Ich war noch nie im offenbar angesagtesten Club des Landes.«

Henry verengte die Augen, dann nickte er langsam, als ginge ihm erst jetzt auf, was ich meinte.

»Es wird dir gefallen«, sagte er dann und wandte sich wieder der Straße zu. »Ein paar Freunde von mir kommen auch, es wird lustig.«

»Da bin ich sicher.« Ich wollte ihm nicht zeigen, dass mich die Aussicht, seine Freunde kennenzulernen, beunruhigte. Sie gingen auch ins Emporium, waren also bestimmt ebenfalls reich oder adelig oder beides. Was würden sie von mir halten? Durchschauten sie meine Verkleidung? Kümmerte es sie überhaupt? Sie waren Henrys Freunde, und ich mochte Henry. Also waren sie bestimmt auch nett.

»Übrigens habe ich heute mit Sam geredet.« Er warf mir einen kurzen Blick zu. »Er weiß, dass wir heute miteinander ausgehen.«

Ich schluckte schwer. »Und was hat er gesagt?«

Henry zuckte mit den Schultern. »Nicht viel, er wünscht uns viel Spaß.«

»Sonst nichts?« Unruhig strich ich die Konturen des Mondanhängers an meiner Kette nach. Ich mochte Sam, er behandelte mich, als wäre ich Teil der Familie, aber er war trotzdem mein Boss, und mir war wichtig, ihn nicht zu verärgern. Er sollte kein falsches Bild von mir haben und glauben, dass ich mich an Henry heranschmiss, um irgendeinen Vorteil daraus zu ziehen.

»Was soll er denn sagen?« Sein Kiefer spannte sich ein wenig an, und es kam mir so vor, als würde sein Griff um das Lenkrad fester werden. »Im Grunde geht es ihn ja auch nichts an. Ich wollte einfach keine Geheimnisse, und die gibt es jetzt auch nicht.«

Ich verengte die Augen und musterte ihn prüfend. Irgendetwas stimmte da nicht. Verschwieg er mir etwas? Hatte Sam doch etwas dagegen? Wie genau war das Gespräch zwischen ihnen abgelaufen? Was genau hatte Sam nun gesagt?

»Hey.« Henry umschloss meine Hand in meinem Schoß. »Es ist alles okay, Bonnie. Lass uns den Abend einfach genießen.«

Ich nickte, auch wenn die Fragen immer noch in mir brodelten und mich sein Verhalten beunruhigte. Aber ich wollte mich auch nicht hineinsteigern, daher lenkte ich das Thema auf das Gestüt. Wir redeten über die Pläne, die er und Sam noch hatten, Ende des Sommers würde der Bau der Reithalle beginnen, worauf ich mich schon sehr freute. Wir sprachen auch über Ally und Josy und wie Sam sie kennengelernt hatte – auf der Geburtstagsparty eines gemeinsamen Freundes. Ally arbeitete als Model, und die beiden hatten sich auf Anhieb gut verstanden, fühlten sich in der Partyszene, durch die sie sich kennengelernt hatten, eher unwohl und teilten die Leidenschaft für Pferde. Mittlerweile waren sie seit fast zwölf Jahren zusammen.

Die Zeit verging wie im Flug. Es überraschte mich ein wenig, wie leicht es mir fiel, mich mit Henry zu unterhalten. Ich genoss es, seiner tiefen Stimme zu lauschen, und vergaß für einen Moment völlig meine Sorgen wegen Sam, dass wir auf einem Date waren und wohin wir gerade fuhren. Bis wir London erreichten.

*

Ich kam mir vor wie in einem Film. Blitzlichtgewitter flackerte durch die nasse Windschutzscheibe ins Auto. Vor uns erstreckte sich eine Reihe von Luxusautos, deren tief dröhnende Motoren alles zum Vibrieren brachten. Henry stellte den Wagen mitten auf der ersten Spur der Straße ab und stieg hinaus in den Regen.

Ich konnte mich nicht bewegen, zu überwältigt war ich von all den Eindrücken. Fotografen drängten sich auf dem Gehweg vor den Häusern mit den blinkenden Leuchttafeln der Clubs und Pubs. Trauben an Feiernden standen auf der Straße, lachten, hielten sich gegenseitig fest, torkelten. Eine lange Warteschlange zog sich von dem grauen Steinhaus mit der blauen Leuchtschrift *Emporium* bis zur Straßenecke oder noch weiter. Ich konnte gar kein Ende erkennen.

Die Beifahrertür ging auf, Henry stand neben mir und reichte mir lächelnd seine Hand, Regentropfen flossen seine Wangen hinab, und ich wollte schnell aussteigen, damit wir ins Trockene kamen. Ich nahm seine Hand und war gerade dabei, ein Bein aus dem Auto zu stellen, so wie ich üblicherweise ausstieg, aber dann hörte ich plötzlich Rufe von draußen.

»Henry! Henry, hierher! Henry!« Und die Blitzlichter kamen näher.

Da erinnerte ich mich plötzlich an das, was Vanessa mir zu Hause eingebläut hatte: Beide Beine gleichzeitig aus dem Auto, Knie zusammen, Füße auf den Boden, am Sitz nach vorne rutschen und aufstehen. Ich trug schließlich einen Minirock, und Vanessa hatte mich gewarnt, dass ich ansonsten ein Foto meines Schritts in jedem Klatschblatt finden würde.

So graziös wie möglich folgte ich ihrer Anweisung und stand dann Henry gegenüber. Ein livrierter Mann kam in unsere Richtung, Henry warf ihm den Autoschlüssel zu, dann legte er mir die Hand in den unteren Rücken und führte mich zu der langen Warteschlange vor dem Emporium.

»Henry! Willkommen daheim! Henry! Wie geht es der Familie?«, kam es von den Fotografen an der Seite, sie hielten sich hinter einer Absperrung, die von Securitys gesichert wurde.

»Henry, wer ist Ihre Begleitung? Darling, woher kennen wir Sie?«

Henry nahm seine Hand von meinem Rücken und legte stattdessen den Arm um mich, als wollte er mich abschotten. Es war ein wunderschönes Gefühl, ihm so nah zu sein. Das Adrenalin rauschte durch meine Adern, ich fühlte mich absolut überfordert, aber Henrys Körperwärme, seine zärtliche Geste ließen mich all das aushalten.

Er führte mich direkt zum Türsteher am Anfang der langen Warteschlange. Alle Blicke richteten sich auf uns, gar nicht verärgert darüber, dass wir uns nicht anstellten, eher lag Staunen, Verwunderung in ihren Augen. Junge Frauen stießen sich gegenseitig an, deuteten auf uns, strahlten. Henrys Name wehte als Raunen immer und immer wieder zu uns herüber.

Der Türsteher tippte sich grüßend an die Stirn. »Mr Beaumont, schön, Sie wiederzusehen. Miss.« Er nickte mir zu, dann öffnete er das rote Absperrseil zwischen den Ständern und trat zur Seite, um uns durchzulassen.

»Danke, Dan.« Henry klopfte dem Mann auf die Schulter, dann führte er mich die drei Stufen hoch zur Tür, die ein weiterer Security für uns öffnete.

Kühle Luft strömte mir entgegen, ganz anders, als ich es erwartet hatte. Da war auch ein Duft, den ich erst nicht zuordnen konnte, fast, als wäre ich in ein mediterranes Restaurant gegangen. Gewürze, Pflanzen, Sommer, Meer.

Weißes Licht von LEDs an der hohen Decke beleuchtete einen breiten Gang, der sich vor uns auftat und uns in eine völlig andere Welt beförderte. Das regnerische London war verschwunden, stattdessen schienen wir uns nun im antiken Griechenland zu befinden. Daher wohl auch der Name Emporium.

Wir gingen durch ein Spalier aus kunstvollen Halbsäulen, die in regelmäßigen Abständen die weißen Wände schmückten, dazwischen erhoben sich Olivenbäume in Töpfen, die unmöglich echt sein konnten in diesem fensterlosen Raum. Trotzdem glaubte ich, den Ursprung des Dufts gefunden zu haben. Zwischen den letzten Säulen war ein Durchgang zur Garderobe, wo auch Bänke aus weißem Stein zwischen rosa blühenden Oleanderbüschen standen. Echt oder nicht, sie waren wunderschön. Aber Henry führte mich weiter zu einem Bogengang, hinter dem ein blassblauer Lichtschein schimmerte. Wir gingen hindurch, und dann waren wir auch schon mitten im Geschehen. Vor uns tat sich die Tanzfläche auf, in einem Halbrund eingeschlossen von weißen halbhohen Steinmauern, auf denen ein paar Leute saßen und tranken. Dahinter auf einem von weißen Säulen gestützten Balkon bewegte sich der DJ zur Musik. Wie von Henry angekündigt dröhnte Hip-Hop aus den Boxen an der Decke. Es roch nach Alkohol und Parfüm, war aber nicht stickig. Eher fühlte es sich so an, als würde eine Klimaanlage laufen und von irgendwo Frischluft hereingelangen.

Henry nahm seinen Arm von meinen Schultern und ergriff stattdessen meine Hand. So führte er mich entlang der Mauer an der Tanzfläche vorbei. Die Wände wirkten lebendig, blaue Wellen tanzten darüber, die wohl das Meer darstellen sollten. Wir passierten ein kleines Segelschiff, das sich bei genauerer Betrachtung als Bar herausstellte. Die Barkeeper mixten Getränke aus Flaschen, die in blau leuchtenden Regalen um den Mast angeordnet waren, und reichten sie über die Reling an die Gäste. Dahinter standen Tische und Bänke aus weißem Stein mit blauen Sitzpolstern, aber kaum jemand saß dort, bunte Getränke standen zurückgelassen auf den Tischen. Dafür tummelten sich umso mehr Leute beim DJ, an dem wir jetzt vorbeikamen. Frauen in Minikleidern, eine andere in Shorts und kniehohen Stiefeln, die ihre langen schwarzen Haare im Takt der Musik hin und her warf, Männer in Sakkos und Hemden … Alle waren mit haufenweise funkelndem Schmuck behangen. Teure Uhren, Gürtel, Ohrringe, Ketten und Armbänder. Niemand trug Turnschuhe oder T-Shirts. Jeder hier war gut gekleidet. Die Frauen sexy, aber nicht billig, die Männer kultiviert, aber doch cool.

Henry deutete zum DJ nach oben, der tippte sich grüßend an die Stirn.

»Kennst du ihn?«, rief ich erstaunt gegen die laute Musik.

Henry lächelte nur und führte mich weiter nach hinten, wo noch mehr Sitzgelegenheiten waren und die Musik nicht derart laut dröhnte. Ein Bereich war durch zwei weitere weiße Steinmauern getrennt, zwischen denen ein Bogengang hindurchführte. Durch diesen kam ein junger Mann im Anzug mit breitem Lächeln direkt auf uns zu. Er hatte blonde, zur Seite gekämmte Haare und trug einen kurzen, gepflegten Bart. »Wurde aber auch

Zeit, dass du dich mal wieder blicken lässt.« Er streckte Henry die Hand entgegen, und er schlug ein.

»Tyler, seid ihr schon lange hier?«

»Zwei oder drei Drinks.«

Henry lachte ein wenig kläglich. »Ich fürchte, den Vorsprung hole ich nicht mehr ein, vor allem, da ich fahren muss.«

»Was? Soll das ein Witz sein? Du fährst selbst? Seit wann das denn? Lass dich doch abholen!«

»Heute nicht. Aber Bonnie trinkt mit euch mit. Tyler, das ist Bonnie. Bonnie – Tyler.«

»Freut mich«, sagte ich, was Tyler mit einem knappen Nicken in meine Richtung quittierte. Er wandte sich aber gleich wieder Henry zu.

»Na, komm endlich, die anderen warten schon.« Er drehte sich um und ging davon, zurück durch den Bogengang in den abgetrennten Bereich. Jetzt erkannte ich auch ein Schild an der Mauer. »VIP – kein Zutritt«.

Henry drückte kurz meine Hand. »Wollen wir?«

Ich nickte, und so folgten wir Tyler in den VIP-Bereich, wo ein paar livrierte Securitys an der Mauer standen. Aber bis auf ein knappes Nicken in Henrys Richtung reagierten sie nicht auf uns.

Hier hinten gab es keine Steintische und Bänke, sondern gemütliche weiße Ledersofas um kleine würfelartige Tische. Dazwischen standen wieder Olivenbäume.

Tyler hatte sich schon in einer Ecke niedergelassen und winkte uns näher. Rechts neben ihm saß eine schwarzhaarige Frau in Minirock und Blazer, die langen bronzenen Beine hatte sie übereinandergeschlagen, mit dem oberen Fuß wippte sie im Takt der Musik auf und ab, was den Blick automatisch auf ihre Manolo Blahniks lenkte. Neben ihr saß noch eine andere Frau, die dem Aussehen nach ihre Schwester sein könnte, sie nippte an einem

Glas Champagner und schaute uns über den Rand hinweg entgegen.

Auf dem Sofa daneben entdeckte ich nun auch noch einen jungen Mann mit dunklem Teint, die Ärmel des Sakkos hatte er hochgekrempelt, an seinem Armgelenk glänzte eine fette Breitling. Alle vier sahen so gut aus, so kultiviert. Sofort kam ich mir wieder wie ein Bauerntrampel vor, ich musste an mir hinuntersehen, um mich daran zu erinnern, dass ich Vanessas Outfit trug.

»Wir haben schon gedacht, du wärst verloren gegangen«, sagte der Typ mit der Breitling in einem smarten Londoner Akzent. Er stand auf, kam auf uns zu, breitete die Arme aus und drückte Henry kurz an sich. »Das Hinterland wird dir langweilig, gib's zu.«

»So musste ich wenigstens eure Gesichter mal nicht andauernd ertragen.« Henry klopfte dem Typen auf den Rücken und wandte sich mir zu. »Das ist Johnny. Und das sind Uma und Dolly. Wir waren alle zusammen in Europa. Leute, das ist Bonnie.«

Ich hob meine Hand. »Hi.«

»Hi«, kam auch von den anderen zurück.

Henry und ich ließen uns auf dem Sofa den jungen Frauen und Tyler gegenüber nieder, und Henry bestellte noch eine Flasche Champagner, Scotch und Mineralwasser für sich. Weit und breit war keine Getränkekarte zu finden, nirgendwo standen Preise. Aber ich wusste von meinen Recherchen mit Vanessa, dass eine Flasche Champagner hier in den fünfstelligen Bereich gehen konnte, und allein bei dem Gedanken daran wurde mir ganz flau.

»Also jetzt erzähl mal, Henry«, meldete Tyler sich schließlich zu Wort, mir fiel auf, dass seine Augen ein wenig glasig und rot waren, »was treibst du so den ganzen Tag? Kühe melken?«

»Ich führe ein Gestüt, das weißt du doch.«

»Ah, also Pferdemist schaufeln.«

»Genau.« Henry lehnte sich auf dem Sofa zurück. »Ist ziemlich entspannend.«

»Entspannend! Wie du vor Langeweile noch nicht gestorben bist, soll mir mal einer erklären.« Tyler prostete ihm mit seinem Scotch zu und grinste.

»Eine Schande«, seufzte Uma, während sie den Champagner in ihrem Glas schwenkte. Mit trauriger Miene beobachtete sie den Kellner, der die Getränke brachte, und als er das Mineralwasser abstellte und Henry die Flasche öffnete, verzog sie qualvoll das Gesicht. »Wirklich eine Schande. Das heute wird nicht mal halb so lustig, wie ich gehofft hatte.«

»Ach, Henry braucht immer eine Weile, bis er auftaut«, tröstete Dolly sie und legte ihr den Arm um die Schultern, dabei zwinkerte sie Henry zu. »Ich gebe dir eine Stunde, dann haben wir dich so weit, deinen Chauffeur anzurufen. Mit Mineralwasser zu feiern war nicht abgemacht.«

»Ich bleibe lieber nüchtern«, erwiderte Henry und nahm einen großen Schluck von seinem Wasser. »Wenn ihr nicht verschwommen seid, kann ich eher was mit euch anfangen.«

Die beiden lachten, und Dolly warf ihm eine Kusshand zu.

»Beaumont Horses«, seufzte dann Uma schon wieder, während sie eine ihrer seidig-schwarzen Haarsträhnen um den Finger zwirbelte. »Klingt einfach nicht so cool wie Beaumont Technology, tut mir leid, Henry.«

»Macht aber deutlich mehr Spaß«, erwiderte Henry trocken.

»Spaß macht ein Wochenende in Monaco«, ließ sich Tyler vernehmen. »Wann kommst du endlich wieder mit? Jetzt im Sommer geht's da so richtig ab. Meine July wartet auf eine Ausfahrt. Wir rufen Amber, Denise und Antoinette an und fahren wieder raus.«

»July ist eine Yacht«, raunte Henry mir zu, was ich lediglich mit einem Nicken beantwortete.

Die Gespräche überforderten mich. Vor allem, als sie sich dann um Segeltörns um die Kanarischen Inseln und eine anstehende Safari in Tansania drehten, die Tyler und Johnny zusammen machen wollten. Die beiden versuchten, Henry dazu zu überreden mitzukommen. Meine Anwesenheit schienen sie gar nicht richtig zu bemerken. Sollte ich auch etwas sagen? Wollte ich das überhaupt? Wir hatten nicht wirklich etwas gemeinsam, und sie redeten alle so schnell und durcheinander, lachten und schwelgten in Erinnerungen von Europa, dass ich gar nicht hinterherkam. Henry drückte mir ein Glas Champagner in die Hand, dabei fand sein Blick meinen. Er lächelte einen flüchtigen Moment lang, seine Fingerspitzen berührten meine, und ich versuchte mich ebenfalls an einem Lächeln, auch wenn mir nicht danach zumute war.

Reiß dich zusammen, sagte ich mir und wandte mich der Gruppe zu.

»Woher kennt ihr euch eigentlich?«, fragte ich in eine kurze Pause, in der alle mit ihren Getränken beschäftigt waren.

»Uni«, erwiderten Uma und Dolly gleichzeitig, was sie sofort laut losprusten ließ.

»Veritas et magnitudo!«, rief Tyler und streckte sein Glas in die Höhe. Johnny legte sich mit übertrieben feierlicher Miene die Hand aufs Herz.

»War das euer Motto?«, fragte ich nach.

»Hat uns jeden Tag begleitet.«

»Was hast du denn eigentlich studiert?«, wollte ich von Henry wissen, dabei sprach ich etwas leiser, es war mir fast ein wenig unangenehm, dass ich so wenig über ihn wusste und die anderen das mitbekamen. Aber zumindest Johnny hatte mich gehört, denn er antwortete, bevor Henry etwas sagen konnte.

»Sex, Drugs and Rock'n'Roll, oder, Henry?«

Henry legte eine Hand auf mein Knie. »Ich fürchte, so spannend war es nicht. Betriebswirtschaft und Management. Wie wir alle.«

»Ja genau«, kicherte Uma mit sarkastischem Unterton in sich hinein, woraufhin Dolly ihr in die Seite stieß.

Ein komisches Gefühl breitete sich in mir aus. Es gab Dinge, von denen ich nichts wusste, das war klar. Und Henry hatte aus seiner wilden Vergangenheit nie ein Geheimnis gemacht. Hatte er auch etwas mit den beiden hier gehabt?

Wieso hatte er mich dann hierhergebracht? Zu seinen Freunden, die sich über das Leben auf dem Gestüt lustig machten, und zu seinen Exfreundinnen? Hatte er ernsthaft geglaubt, es würde mir hier gefallen?

»Was hast du denn studiert?«, wandte Uma sich plötzlich an mich. Es war das erste Mal, dass sie mich direkt ansah, ihr Blick aus den mandelförmigen Augen durchbohrte mich.

Ich war so überrascht, plötzlich Mittelpunkt der Aufmerksamkeit zu sein, dass ich kein Wort herausbrachte.

»Bonnie ist gerade mit der Schule fertig geworden«, antwortete Henry für mich und strich mit seinen Fingern über meinen Handrücken.

»Ach, ist das süß«, erwiderte Uma mit einem eisigen Lächeln. »Dann pass auf, Henry, dass du sie rechtzeitig zurückbringst, bald ist Schlafenszeit.«

»Zum Glück habe ich ganz in der Nähe ein Bett«, erwiderte Henry mit leichter Schärfe in der Stimme, die mir gefiel. Ich konnte diese Uma nicht leiden. Ich ärgerte mich nur, dass mir selbst keine passende Antwort eingefallen war.

»Ich weiß«, gurrte Uma auch schon und zwinkerte Henry zu. »Dein Penthouse in der Stadt ist das schönste von allen.«

Sein Penthouse? Ich stand kurz vorm Explodieren. Auf die Erwähnung seines Betts sagte sie: *Ich weiß?!* Und Henry? Der lachte nur leise in sich hinein und trank sein bescheuertes Mineralwasser, das vermutlich so viel kostete wie Umas Manolo Blahniks. Alles in mir schrie danach, einfach rauszustürmen, aber da beugte Johnny sich zu mir vor und fing meinen Blick ein.

»Was willst du denn nach dem Sommer machen?«, fragte er mit einem freundlichen Lächeln, das mich vielleicht beschwichtigen sollte. »Hast du dich schon beworben?«

Mein Blick wanderte über die schicken Leute hier, und ich wusste, dass sie jetzt den Namen irgendeiner Elite-Uni erwarteten. Damit konnte ich nicht dienen. »Ich arbeite auf dem Gestüt«, erklärte ich mit fester Stimme, vermied es dabei aber, die anderen anzusehen.

Johnny schien kurz verwirrt und zog die Augenbrauen zusammen. Dann lehnte er sich zurück und trank von seinem Scotch. »Klingt toll.«

»Sie ist die beste Pferdetrainerin, die ich kenne«, erklärte Henry, was mich unter anderen Umständen gefreut hätte, jetzt wollte ich ihm aber am liebsten sagen, dass er sich die Mühe sparen konnte. Ich gehörte nicht hierher. Das hätte er wissen müssen.

Ich wurde auch schnell wieder uninteressant, die Gespräche führten zurück zu irgendwelchen Partys in Prag und Berlin. Henry taute auch tatsächlich auf, er lachte mit seinen Freunden, tauschte Anekdoten über peinliche Tanzmomente aus und schien ganz zu vergessen, dass ich auch da war.

Er bemerkte nicht einmal, als ich mein Handy aus der Tasche zog. Mit klammen Fingern schrieb ich Vanessa eine Nachricht. *Bin verloren, weiß nicht, was ich machen soll.*

Es dauerte kaum zehn Sekunden, da bekam ich schon eine Antwort: *Du bist in einem Club! Geh tanzen!*

Fast hätte ich laut aufgelacht. *Henry ist mit seinen Freunden beschäftigt.*

Na und? Hält dich das vom Tanzen ab? Und vergiss die Fotos nicht.

Am liebsten hätte ich sie in den Arm genommen. Wie schön wäre es, wenn Vanessa jetzt hier wäre. Wir könnten Henry und all seine Freunde links liegen lassen und einfach Spaß haben.

Und sie hatte ja recht. Wie lange sollte ich hier noch herumsitzen und mich schlecht fühlen? Wie lange sollte ich darauf warten, dass Henry sich an das Date erinnerte und nicht weiter Reunion feierte? Ich war in einem der angesagtesten Clubs Londons, vermutlich kam ich nie wieder hierher.

Ich kippte den letzten Rest Champagner hinunter, stellte das Glas vor mir ab, legte Henry meine Clutch in den Schoß und stand auf. »Passt du kurz auf? Ich gehe tanzen.« Und damit wandte ich mich ab und stolzierte davon.

Ich lief auf direktem Weg zur Tanzfläche. Schon im Gehen bewegte ich mich zur Musik, schlängelte mich an anderen vorbei und genoss es, meinen Körper zu spüren. Ich wusste, dass ich gut tanzen konnte. Musik lag mir im Blut, und so mischte ich mich ins Getümmel und versuchte, Henry und seine Freunde zu vergessen. Ein Ausritt mit Meteor wäre dafür zwar am besten geeignet, aber das hier war immerhin eine gute Alternative.

»Was soll das?« Plötzlich stand Henry vor mir, seine Hand legte sich auf meine Schulter, und er beugte sich zu mir runter, um bei der lauten Musik besser gehört zu werden.

Aber ich drehte ihm schon den Rücken zu und tanzte weiter. »Ich hab Spaß, siehst du doch«, erwiderte ich, nicht sicher, ob er mich hörte.

»Was ist dein Problem?«

War er wirklich so naiv? Ich wandte mich ihm wieder zu. »Hast du mit Uma und Dolly geschlafen?«

Seine Miene erstarrte, eine derart direkte Frage hatte er wohl nicht erwartet.

Ich zog die Augenbrauen hoch, wartete auf eine Antwort, obwohl ich sie sowieso schon in seinem Gesicht lesen konnte.

»Uma«, erwiderte er dann schließlich und strich sich müde übers Gesicht.

Ich könnte platzen vor Wut. Nicht, weil er mit ihr geschlafen hatte. Das hätte ich ihm wohl kaum vorwerfen können. Jeder hatte eine Vergangenheit. Aber wieso musste er mich bei unserem ersten Date an einen Tisch mit ihr setzen? Das war einfach unfassbar!

Ich musste raus hier, einfach nur raus. Also drängte ich mich an ihm vorbei. Aber wohin jetzt? Sosehr ich auch an die frische Luft wollte, draußen drängelten sich all die Leute und Fotografen. Henry würde mir nur wieder hinterherkommen, und ich hatte wirklich keine Lust, das alles vor Publikum auszudiskutieren.

Ich blieb stehen. Henry kam an meine Seite.

»Bringst du mich nach Hause?«

»Bonnie …« Er streckte die Hand nach mir aus, aber ich schüttelte den Kopf, und so ließ er sie wieder sinken.

»Warte hier«, sagte er also. Seine Enttäuschung war ihm deutlich anzusehen. Dabei ging es mir nicht anders, und ich war nicht diejenige, die ihn zu meinem Ex geschleppt hatte. »Ich hole deine Tasche und zahle, dann können wir fahren.«

Ich nickte und sah ihm hinterher, wie er zurück zum VIP-Bereich ging und sich zwischen den Feiernden hindurchschob.

Das war also mein Date mit Henry Beaumont gewesen. Ich hätte es wissen müssen.

Henry kam schnell zurück, gab mir die Clutch und bat mich vorauszugehen. Er fasste mich nicht mehr an, führte mich nicht hinaus, sondern lief etwas hinter mir. Ein Mitarbeiter öffnete uns die Tür, und die frische Londoner Nachtluft empfing uns. Es herrschte noch genauso viel Trubel wie vorhin, vielleicht sogar mehr, jetzt, da es aufgehört hatte zu regnen. Die Fotografen tummelten sich auf dem Gehweg, Partygäste standen in Grüppchen zusammen und rauchten, quatschten, schnappten frische Luft, und immer noch gab es eine schier unendlich lange Warteschlange vor dem Club.

»Henry!«, rief irgendeine weibliche Stimme von dort, und dann folgte hohes Kreischen, und sein Name hallte durch die Nacht, während sich Hände in unsere Richtung streckten und weitere Securitys zur Absperrung eilten.

Ich wünschte mich zurück in Henrys Umarmung, um wenigstens ein wenig abgeschottet zu werden. Nein, eigentlich wollte ich einfach nur weg.

Wir folgten den Stufen hinunter zum Gehsteig, ich blinzelte gegen die vielen Blitzlichter an und schirmte meine Augen mit der Hand ab, dann war da plötzlich Henrys SUV vor uns auf der Straße. Er war wie aus dem Nichts aufgetaucht.

Henry öffnete mir die Beifahrertür, in diesem Moment stieg ein Mitarbeiter des Clubs aus dem Wagen und reichte Henry den Schlüssel. Ich hatte ihn gar nicht bemerkt, er musste den Wagen hergefahren haben.

Henry gab dem Mitarbeiter etwas, vermutlich Trinkgeld, dann schob er mich schon auf den Sitz und warf die Autotür zu.

Ein paar Sekunden später saß er neben mir und fuhr los. Junge Frauen aus der Warteschlange winkten uns aufgeregt, aber Henry schien sie gar nicht zu bemerken. Er sah konzentriert nach vorne auf die Straße und sprach kein Wort.

Gut, denn mir war auch nicht mehr nach Reden zumute. Der ganze Besuch im Club hing mir nach, und ich war froh über die Stille und Ruhe im Auto, um meine Gedanken zu sortieren. All die Eindrücke wiederholten sich in meinem Kopf. Ich sah seine Freunde vor mir, die Presse vor dem Club, die kreischenden Frauen. Wie konnte man so leben, ohne völlig durchzudrehen?

Zaghaft warf ich ihm einen Blick zu. Wieder fragte ich mich, wieso er mich dem ausgesetzt hatte. Wieso er geglaubt hatte, mich bei unserem ersten Date zu dieser Uma zu bringen, wäre eine gute Idee. Wer tat so etwas?

Henry sah stoisch geradeaus. Vermutlich bemerkte er meinen Blick gar nicht, er musste sich durch den Londoner Verkehr kämpfen, und das war alles andere als einfach. Wir passierten einen Kreisverkehr nach dem anderen, und hier galt das Recht des Stärkeren. Autos schnitten sich gegenseitig den Weg ab, wechselten rücksichtslos die Spur und drängten sich nach vorne. Ich wollte mir gar nicht vorstellen, wie es hier tagsüber zuging.

Nach einer halben Ewigkeit schafften wir es zurück auf den Motorway, und Henry sank ein wenig zurück, die angespannte Haltung ließ nach, und auch seine Hände lagen jetzt lockerer am Lenkrad.

Er sagte aber weiterhin nichts, und darüber war ich ganz froh. Ich legte meinen Kopf gegen die Nackenstütze und betrachtete die vorüberziehende Landschaft, die nur aus schemenhaften Schatten und Lichtern bestand. Mein Blick fiel hoch zum bedeckten Himmel, und ich wünschte mir, die Sterne zu sehen. Wenn meine Mutter, von der ich früher immer gedacht hatte, dass sie von dort oben auf mich herunterblickte, noch leben würde, könnte ich ihr von dem heutigen Abend erzählen, sie um Rat fragen. Sie war die Frau des Stallmeisters gewesen, hatte im Schatten des Herrenhauses gelebt. Wie hatte sie sich dabei gefühlt? War sie zufrieden und glücklich gewesen? Dad redete nie von ihr, und ich hatte schon vor Jahren aufgegeben, ihn nach ihr zu fragen. Ich wollte ihn nicht traurig stimmen. Aber in Momenten wie diesem wurde mir klar, wie wenig ich über sie wusste.

Schließlich ließen wir auch den Motorway hinter uns und gelangten zu den vertrauten, von Bäumen und Feldern gesäumten Landstraßen. Fast hatte ich es geschafft, bald waren wir zu Hause.

Aber dann betätigte Henry unvermittelt den Blinker und fuhr links ran. Das Auto glitt durch die Wiese am Straßenrand und blieb dann stehen.

»Was …?«, begann ich, aber da wandte Henry sich mir zu und hob die Hand.

»Bevor du jetzt etwas sagst, ich weiß, was ich falsch gemacht habe, ich weiß, wie das alles auf dich wirken muss.«

»Henry …« Ich wusste nicht, ob ich jetzt wirklich darüber reden wollte. Es war spät, ich war müde und fühlte mich absolut ausgelaugt. Andererseits würde ich heute wohl kein Auge zutun, wenn wir uns jetzt voneinander trennten, ohne uns auszusprechen. Ich wollte doch Antworten.

Henry redete ohnehin einfach weiter. »Bitte, glaub mir, ich hab total vergessen, dass da mal was war mit Uma.«

»Du hast es vergessen?« Wie viele Frauen hatte er denn gehabt, dass er eine Nacht mit ihr so einfach aus seinem Gedächtnis löschen konnte? Hatte ihm überhaupt irgendeine davon etwas bedeutet, wenn er so über sie sprach? Würde *ich* ihm dann überhaupt etwas bedeuten?

Henry lehnte sich mit der Schulter gegen den Sitz. »Das ist ewig her. Wir kennen uns schon seit Jahren, und das mit Uma war eine einmalige Sache, zu viel Alkohol, es ist unwichtig. Ich wusste nicht einmal, dass sie heute kommt, und selbst wenn – ich hatte diese alte Geschichte überhaupt nicht mehr auf dem Schirm.«

»Sie offenbar schon. Vielleicht empfindet sie noch etwas für dich, sonst hätte sie wohl kaum so reagiert.«

»Uma?« Er lachte kurz ungläubig auf. »O Gott, nein. Das ist einfach so zwischen uns. Wir ziehen uns gegenseitig auf, nehmen uns nicht zu ernst, sie hat nur Spaß gemacht.«

»Richtig.« Ich gab mir keine Mühe, die Zweifel aus meiner Stimme herauszuhalten.

»Bonnie, ich weiß, ich habe Mist gebaut, ich habe dich verletzt, und das war nicht meine Absicht. Diese ganze Sache, das Date … so was ist einfach neu für mich.«

»Neu? Willst du mich auf den Arm nehmen?«

»Du musst mir nicht glauben, aber bisher habe ich mich fast nie mit Frauen verabredet …« Er verzog kläglich das Gesicht und strich sich durch die Haare. »Da waren eher Partys, auf denen wir gefeiert haben, getrunken … Das war nie was Ernstes. Aber eine richtige Verabredung … Ich kann mich nicht erinnern, so etwas je gehabt zu haben. Doch!« Er grinste, bestimmt wusste er genau, wie unwiderstehlich er war, wenn er lächelte. »Da gab es mal ein Mädchen, das habe ich zu Hause abgeholt und wir sind zusammen ins Kino gegangen. Sarah Greenwood. Einer unserer Angestellten hat uns gefahren – Bob, der ist jetzt schon in Rente. Sarah und ich haben uns eine Tüte Popcorn geteilt, dann hat sie Ohnezahn aus dem Film *Drachenzähmen leicht gemacht* beleidigt, und ich hab nie wieder mit ihr geredet. Ich war zehn, sollte ich vielleicht hinzufügen.«

Ich biss mir auf die Unterlippe, um nicht zu lächeln. Er schaffte es tatsächlich, meinen Zorn ein wenig verrauchen zu lassen. Das drückende Gefühl in meinem Bauch ging aber nicht ganz weg. Ich glaubte ihm ja, dass er mich mit Uma nicht hatte verletzen wollen, aber gleichzeitig sorgte mich auch, wie sein Leben aussah, was er als normal betrachtete. Denn es passte überhaupt nicht mit meinem Leben und meiner Vorstellung von Intimität zusammen. Ich war bisher nur mit einem einzigen Mann im Bett gewesen, und mit dem hatte ich über ein Jahr lang eine Beziehung geführt, ich war in ihn verliebt gewesen. Gegen Sex ohne Gefühle war bestimmt nichts einzuwenden, solange beide Parteien damit einverstanden waren, aber das war nicht ich. Ich könnte nie vergessen, mit wem ich zusammen gewesen war. Wann würde Henry *mich* vergessen?

Henry lehnte sich etwas näher zu mir. »Bonnie, es tut mir wirklich leid, mir hätte klar sein müssen, dass Umas Anwesenheit dich verletzt, ich hätte … sensibler sein müssen.«

»Das allein ist es ja gar nicht.« Ich senkte den Blick, strich meinen Rock glatt und zupfte an einem losen Faden. »Es ist einfach … alles. Dieser Club. Deine Freunde. Dein ganzes Leben.«

Kurz war es still, dann atmete er hörbar aus. »Ich dachte, es würde dir gefallen.«

»Was nur beweist, wie wenig du mich kennst.« Ich sah ihn wieder an. »Ich meine … diese Dimensionen, Getränke für Tausende von Pfund, Yachten in Monaco, Partys in solchen Clubs, die Presse vor der Tür … Das alles ist so vollkommen absurd. Ich bin keine Uma, Henry. Ich bin das Stallmädchen, das es liebt, über die Wiesen zu reiten.«

Seine Augen verengten sich. »Auch Stallmädchen mögen Luxus, Prestige, die Aufmerksamkeit der Presse.«

»Mit der Aufmerksamkeit meines Dates wäre ich schon zufrieden gewesen.«

Er senkte den Blick, nickte langsam. »Wir haben uns lange nicht mehr gesehen.«

»Ich weiß. Vielleicht wäre es einfach besser gewesen, du hättest mich nicht mitgenommen.«

Abrupt hob er den Kopf, Unverständnis stand in seinen Augen. »Ich habe dir gesagt, dass ich dich nicht verstecken will, ich habe dich gewarnt, dass mein Leben auch Öffentlichkeit bedeutet. Jetzt bist du überrascht?«

»Ja, vielleicht habe ich das alles unterschätzt. Vielleicht habe ich nicht sehen wollen, wie groß die Kluft zwischen unseren Welten ist.«

»Was willst du mir damit sagen?«

Ich zuckte mit den Schultern, zog weiter meinen Rock zurecht, als sich plötzlich seine Hand sanft unter mein Kinn schob und meinen Kopf anhob. Er lehnte sich zu mir vor und sah mir in die Augen. »Ich mag dich, Bonnie. Ich will Zeit mit dir verbringen. So eine blöde Sache soll uns nicht dazwischenkommen. Das ist es nicht wert. Lass es uns noch einmal versuchen, ein anderes Date.«

»Ein anderes Date?« Ich hatte Zweifel. Noch konnte ich zurück. Noch waren wir nicht zu weit gegangen. Noch hatte ich einen Hauch Kontrolle über mein Herz, auch wenn es in seiner Gegenwart dahinzuschmelzen schien.

»Kino. Wir können uns Popcorn teilen, ganz billiges Popcorn. Nur wenn du Ohnezahn beleidigst, dann ist es aus. Da lasse ich nicht mit mir reden.« Er grinste wieder. »Bonnie, was meinst du?«

Ich wandte den Blick ab, damit er mein Lächeln nicht sehen konnte, damit er nicht sofort erkannte, dass er gewonnen hatte. Dabei wusste er es wahrscheinlich schon längst. »Keine Umas mehr?«

»Keine Umas mehr«, versprach er und beugte sich vor, um meinen Blick einzufangen.

Plötzlich fiel mir etwas ein. »Du hast einen Chauffeur?«

»Was?«

»Dolly hat das gesagt. Dass du bestimmt deinen Chauffeur anrufen wirst.«

Henry atmete tief durch. »Ja, ich habe einen Chauffeur, aber nur, wenn ich in der Stadt bin.«

Ein Lachen entfuhr mir, aber es war nicht fröhlich, sondern eher resigniert. Ja, unterschiedliche Welten. Ich legte mir die Hände vors Gesicht und versuchte, Ordnung in all meine wirren Gedanken zu bringen.

»Hey.« Henry zog meine Hände sacht hinunter und sah mir tief in die Augen. »Das alles sollte nicht wichtig sein. Wir können es doch versuchen.« Und damit beugte er sich zu mir vor, seine Hand hob sich an meine Wange, und er küsste mich.

Es war das Unfairste, was er tun konnte, denn ich schmolz sofort dahin, mein Körper sank gegen seinen, und meine Angst, die Zweifel zogen sich in den hintersten Winkel meines Herzens zurück. Konnte etwas falsch sein, das sich so gut anfühlte? Was bedeuteten schon Standesunterschiede, wenn ich mich in seinen Armen gerade wie eine Königin fühlte? Mein ganzer Körper vibrierte nur durch seine Nähe, die anderen konnten uns doch gestohlen bleiben. Ich war dabei, mich zu verlieben. Klug oder nicht, es ließ sich sowieso nicht mehr aufhalten.

Kapitel 11

»I'm walking on sunshine! Wooah!«, sang ich den Song aus dem Radio mit, während ich mich für die Arbeit anzog. Ich war erst um zwei Uhr morgens ins Bett gekommen, und jetzt war es kurz vor sieben, trotzdem fühlte ich mich ausgeschlafen und voller Energie.

Henry und ich hatten während der Autofahrt nicht mehr viel gesprochen, das war auch gar nicht nötig gewesen. Alles, was gesagt werden musste, war gesagt worden. Stattdessen hatten wir Musik gehört und es einfach genossen, zusammen zu sein. Zum Abschied hatte er mich dann auf die Wange geküsst. »Mehr ist nicht drin, wenn du willst, dass ich jetzt gehe«, hatte er gesagt und sich lächelnd abgewandt. Und in diesem Moment war mir eins klar geworden: Ich war vollkommen verloren.

»I feel alive, I feel the love, I feel the love that's really real …« Ich band mir die Haare zu einem Dutt, stopfte sie unter mein altes Red-Oak-Baseballcap und schlüpfte in meine Sommerjacke, da es noch frisch draußen war und leicht nieselte. Dann nahm ich mein Handy vom Schreibtisch unter dem Fenster und schaltete es ein.

Ich wollte gerade damit rausgehen, als es wie verrückt zu vibrieren anfing, so als würden Dutzende Nachrichten gleichzeitig eintrudeln.

Ich öffnete meine Zimmertür und trat hinaus auf die überdachte Veranda, dabei las ich die ersten Nachrichten – insgesamt waren es zweiundzwanzig. Die meisten kamen von Vanessa.

Du siehst mega aus!, war die erste Nachricht von ihr, und sie hatte Screenshots von irgendwelchen Online-Klatschblättern angehängt, auf denen war ich mit Henry vor dem Club zu sehen.

Dann war es also doch nicht so schlimm! Hast du die ganze Nacht getanzt?

Ich atmete scharf ein und ließ mich auf den Stuhl auf der Veranda sinken, auf dem ich sonst meine Trainingspläne entwarf. Ich stützte meine Ellbogen auf dem Tisch ab und starrte auf das Display. Fassungslos scrollte ich durch die Fotos und Schlagzeilen. *Henry Beaumont bringt Unbekannte in Londons angesagtesten Club – Der Duke of Winterset setzt seinen Partymarathon fort – Geht das Feiern in England weiter? – Wer ist die Schöne an der Seite des Duke of Winterset?*

Ein Lachen brach aus mir heraus, aber es war nicht fröhlich, eher nervös und fast schon hysterisch. Das auf den Bildern war wirklich ich.

Das ungute Gefühl von gestern kehrte zurück, und ich musste mich daran erinnern, wie schön der Abend mit Henry noch ausgegangen war. Ich musste mich an unseren Kuss erinnern, um nicht wieder in Panik zu verfallen. Henry hatte mich gewarnt. Ich hatte gewusst, was auf mich zukam, aber die Artikel jetzt vor mir zu sehen war etwas völlig anderes. Einerseits dachte ich, da wäre eine völlig Fremde abgebildet, aber dann war da auch das Gefühl, als hätte man mir etwas Intimes genommen.

Die nächsten Nachrichten kamen von Theresa: *Das bist nicht du, oder?!* Und auch sie hatte einen Screenshot beigefügt, gefolgt von Schock-Smileys.

Du und Henry Beaumont? Wieso hast du mir nichts davon erzählt? Wie lange läuft das schon? Jetzt heb schon ab!

Es waren nicht nur Nachrichten, auch versäumte Anrufe hatten mein Handy fast explodieren lassen. Ich sah nach, ob etwas besonders Wichtiges dabei war, irgendetwas von Dad oder zu meiner Arbeit, aber da war zum Glück nichts. Dafür hatte sogar Charlie mir geschrieben: *Hast dich ja schnell eingelebt. Gibt's dafür einen Bonus?*

Was sollte das denn bitte heißen? War er noch ganz dicht?

Ich ignorierte seine Nachricht, schickte Theresa einen kurzen Text mit dem Versprechen, mich bald zu melden, und rief Vanessa an.

Es klingelte nur kurz, dann erklang schon ihre aufgeregte Stimme: »Ich habe keine Sekunde geschlafen, jetzt erzähl schon! Wie war's? Was hast du gemacht? Wen hast du gesehen?«

Ich musste lachen, ein Gespräch mit Vanessa war jetzt genau das Richtige. »Wir waren nur kurz da«, erzählte ich ihr, und dann fasste ich die Begegnung mit Henrys Freunden und vor allem mit Uma zusammen.

»Was für ein Depp!«, klang es auch schon durchs Handy.

Ich versuchte, ihr zu erklären, was Henry mir erklärt hatte. Sie ließ sich aber sehr viel schwerer beschwichtigen als ich.

»Also, wenn ich ihn das nächste Mal sehe, erzähle ich ihm mal, was ein Date ist und wie so was abzulaufen hat. Darauf kann er sich verlassen. Ist der noch ganz dicht?«

»Ich glaube, er tickt einfach anders. Er hat sich nichts dabei gedacht.«

»Na, dann wird es aber Zeit, dass er mit dem Denken anfängt. Wie geht's dir denn jetzt?«

»Wir haben uns ausgesprochen, und ehrlich gesagt will ich über gestern gar nicht mehr nachdenken.« Ich stellte Vanessa auch gleich auf Lautsprecher und löschte nebenbei alle Artikel und Fotos von gestern. Ich wollte sie nie wieder sehen. Die hatten nichts zu bedeuten. Henry und ich, hier auf dem Gestüt, zusammen, das zählte. »Es ist vorbei, und ich will Henry und mir eine Chance geben.«

Vanessa schwieg, ich hörte ihr schweres Atmen. »Okay«, sagte sie dann, klang aber alles andere als begeistert. »Eine letzte Chance bekommt er noch.«

Ich lächelte. Es war so schön, Vanessa als Freundin zu haben. »Ich hab dich lieb«, sagte ich.

»Ich dich auch, Süße«, antwortete Vanessa lachend und legte auf.

»Na, ausgeschlafen?« Maja kam aus ihrem Zimmer, schlenderte mit vor dem Bauch verschränkten Händen auf mich zu, hielt den Kopf schief und klimperte mit den Wimpern.

Ein Stöhnen kam mir über die Lippen. »Du auch?«

»Was? Dachtest du etwa, es geheim halten zu können?« Sie ließ sich auf dem Stuhl mir gegenüber sinken und sah mich eindringlich an, während sie eine große Kaugummiblase vor ihrem Gesicht bildete.

Ich breitete die Hände aus. »Na gut, leg los, ich bin bereit. Sag, was du zu sagen hast.«

Die Kaugummiblase platzte, Maya lehnte sich zurück, zog die Knie an und stellte ihre Füße auf die Stuhlkante. »Wie war's denn? Erzähl schon, ich will alles wissen!«

»Was?«

»Na, im Club gestern? War es sehr schlimm? Ich stelle es mir schrecklich vor. Die vielen Leute, diese furchtbare Musik, all die Schnösel.«

Verwirrt sah ich sie an. Meinte sie das ernst? »Es war okay«, sagte ich wachsam, weil ich mir nicht sicher war, was sie wirklich darüber dachte. Fand sie es nicht gut, dass ich mit Henry ausging?

Aber Maya lächelte mich so offen und aufrichtig an, dass ich den Gedanken sofort wieder verwarf. »Wenn ihr es geheim halten wolltet, hättet ihr nicht an einen so öffentlichen Ort gehen dürfen«, sagte sie grinsend.

»Wir wollten es nicht geheim halten.«

Sie zeigte mit dem Finger auf mich. »Gut für dich! Denn irgendwann wäre es sowieso rausgekommen, und dann hätte es vermutlich ein richtiges Drama gegeben.«

»Ja, so etwas Ähnliches hat Henry auch gesagt.«

»Henry ...« Maya sang den Namen und kicherte dann los. »Wie lange läuft das denn schon zwischen euch beiden?«

»Nicht lange. Es ist ... ich weiß ja selbst noch nicht, was genau da läuft.«

»Auf den Fotos gebt ihr jedenfalls ein hübsches Paar ab. Aber warte ... wenn du ihn heiratest, bist du dann auch mein Boss?«

»Maya ... wir waren *ein einziges Mal* miteinander aus.«

Sie lachte und streckte mir die Zunge raus, dann stellte sie die Füße zurück auf den Boden, beugte sich zu mir vor und drückte meine Hand. »Ich freue mich für dich.«

Und damit ging sie beschwingt davon und ließ mich überrascht zurück. Mit so einer Reaktion hatte ich nicht gerechnet, im Gegenteil. Nicht dass ich mir vorher allzu viele Gedanken darüber gemacht hätte, aber ich hatte erst einmal kein Verständnis, sondern eher so etwas wie Misstrauen erwartet.

Ich raffte mich auf und ging zu den Ställen. Als ich in den Hof zwischen den beiden Stallgebäuden einbog, kam Sam mir entgegen, die Miene überraschend ernst. Er winkte mir zu und bedeutete mir, zu ihm zu kommen, was nichts Gutes bedeuten konnte. Er wusste es also auch. Natürlich. Nicht nur wegen der Artikel. Henry hatte es ihm erzählt. Und auch wenn sich Henry sicher war, dass Sam nichts dagegen hatte, hegte ich so meine Zweifel daran. Vielleicht fand er mein Verhalten unprofessionell? Ich meine, wer könnte ihm das übel nehmen? Hoffentlich glaubte er nicht, dass meine Arbeit darunter leiden würde.

»Guten Morgen«, grüßte ich ihn und hoffte, dass ich nicht allzu nervös klang. »Ich wollte gerade einen Parcours aufbauen und mit Joker springen, willst du zuschauen?«

Sam schüttelte den Kopf, ging an mir vorbei und bedeutete mir mit einem Rucken des Kinns, ihm zu folgen. »Ich weiß, es gehört nicht zu deinen Aufgaben«, sagte er und marschierte mit großen Schritten Richtung Wohnhaus. »Aber wir stecken heute die Wiese hinter dem Reitplatz ab, und ich könnte wirklich deine Hilfe gebrauchen.«

Darum ging es? Um das Einzäunen einer neuen Weide? »Klar, kein Problem.« Ich beeilte mich, mit ihm Schritt zu halten, und betrachtete sein Gesicht von der Seite. Es war mir unmöglich zu sagen, was er dachte, wie er drauf war, seine Miene war absolut neutral.

Wir gingen zu dem Geländewagen in der Einfahrt des Wohnhauses, dessen Ladefläche schon mit allerlei Zaunmaterial gefüllt war. Dann stiegen wir ein und fuhren los, quer über den Hof, am neuen Reitplatz vorbei und dann durch die hohe Wiese, durch die Henry und ich mit Joker und Sunshine geritten waren. Zu meiner Linken sah ich Maya und Mike im wogenden Gras, die auch bereits die Steher für die Stromlitzen von Mikes Geländewagen abluden, rechts von mir entdeckte ich Ally und Josy.

Sam und ich fuhren geradeaus weiter in die grüne Unendlichkeit, so kam es mir jedenfalls vor. Sam sagte kein Wort, was untypisch für ihn war, und ich kaute nur auf meiner Unterlippe herum, während ich überlegte, was ich sagen sollte. Er war wirklich böse auf mich. Vielleicht sollte ich mit einer Entschuldigung anfangen?

Unvermittelt hielt Sam den Wagen an, wir waren immer noch mitten im Nirgendwo, umgeben von hohem Gras. Er stieg aus und ging zurück zur Ladefläche, also tat ich es ihm gleich.

»Nimm mal den Eckpfahl«, sagte Sam und deutete auf einen unten angespitzten Holzpfahl, »ich nehme die Zwischenpfähle.«

»Okay.« Ich beugte mich über die Ladefläche und zog das Holz herunter, während Sam die vielen weißen Kunststoffzwischensteher zusammenfasste und neben sich ins Gras warf. Dann hob er den Holzpfahl hoch und rammte ihn neben dem Auto in den Boden.

»Kannst du den festhalten?«

Ich ging zu ihm und umschloss das Holz mit beiden Händen, während Sam schon den Vorschlaghammer von der Ladefläche nahm. Er holte aus und wollte den Pfahl reinschlagen, als ich meine Hand ausstreckte.

»Warte!« Ich hatte gar keine bewusste Entscheidung dazu getroffen, ich wusste einfach, dass ich nicht so weitermachen konnte. »Ich habe keine Ahnung, was Henry dir erzählt hat oder was du in den Klatschblättern gelesen hast …«

Sam ließ den Vorschlaghammer zu Boden sinken und sah mich mit hochgezogenen Augenbrauen an.

»… aber vermutlich solltest du es auch von mir hören«, fuhr ich fort, während mir der Puls in den Schläfen pochte. Sam war mir ein Freund, aber vor allem war er mein Chef. So ein Gespräch war mit niemandem leicht, noch weniger mit meinem Arbeitgeber. »Ich verstehe, wenn du böse auf mich bist, ich habe das alles ja auch nicht kommen sehen und …«

»Bonnie, ich bin doch nicht böse.« Sam legte mir die Hand auf den Oberarm, seine warmen braunen Augen unter den buschigen Brauen trugen Sorge in sich. »Wie kommst du denn auf so etwas?«

»Na ja, du kommst mir heute so … anders vor. Als hätte ich etwas angestellt.«

»Natürlich hast du nichts angestellt. Ich bin nur in Gedanken, das ist alles.«

»Meinetwegen?«, fragte ich vorsichtig und zupfte mit den Fingerspitzen am Holz lose Späne herunter.

Sam atmete hörbar ein, dann stellte er den Vorschlaghammer gegen das Auto und lehnte sich an die Ladefläche. »Okay.« Er breitete die Hände aus und setzte einen entschlossenen Gesichtsausdruck auf. »Es hilft wohl nichts, lass uns darüber reden.«

Ich schluckte hart, ließ aber das Holz los und wappnete mich. Jetzt würde er mir sagen, dass ich Henry nicht mehr sehen sollte.

»Ich mache mir Sorgen«, fing er an und kniff die Augen ein wenig zusammen, als überlegte er, wie er seine nächsten Worte formulieren sollte. Aber ich kam ihm zuvor.

»Ich weiß. Ich auch! Es ist nicht leicht, und ich habe lange darüber nachgedacht. Vor allem, was passiert, wenn das zwischen Henry und mir nicht funktioniert. Ich arbeite so gern hier und möchte meine Stelle nicht verlieren.«

»Du wirst deine Stelle nicht verlieren, Bonnie, hör auf, dir darüber Sorgen zu machen. Sicher ist das ein Punkt, den es zu bedenken gibt, aber ich bin mir sicher, dass wir dafür eine Lösung finden. Ich mache mir mehr über euch beide Gedanken. Du und Henry …«

»Wir passen nicht zusammen«, unterbrach ich ihn. »Glaube mir, Sam, ich weiß das. Henry ist der Duke of Winterset, und ich bin nur ein Stallmädchen und …«

»Ein Stallmädchen?« Sam richtete sich auf, eine steile Falte erschien zwischen seinen Augenbrauen. »Erstens, was ist falsch daran, ein Stallmädchen zu sein, und zweitens bist du eine Pferdetrainerin. Du bildest zukünftige Superstars aus. Du solltest wirklich eine bessere Meinung von dir haben. Sag nicht, dass du glaubst, du wärst nicht gut genug für ihn.«

Ich senkte den Blick. Natürlich dachte ich, dass ich nicht gut genug für Henry war, ich hatte doch gestern gesehen, wer in seiner Liga spielte. Frauen, die ins Emporium gingen und mit Yachten vor der Küste Monacos entlangschipperten. Adelige blieben doch so gut wie immer unter sich und führten auch Beziehungen mit Leuten aus ihrem eigenen Kreis.

»Ich bin nicht wegen seines Geldes mit ihm zusammen«, flüsterte ich und hoffte so sehr, dass Sam so etwas nicht von mir dachte. Mir war klar, dass viele mir das unterstellen würden – eine Affäre mit dem Boss, um einen Vorteil daraus zu ziehen. Aber so war das nicht.

Sam zog einen Mundwinkel zu einem schiefen Lächeln zur Seite. »Natürlich nicht. Ich schätze eher, du bist wegen der großartigen Pferde hinter ihm her.« Er zwinkerte mir zu und machte damit klar, dass er nur scherzte. Dann nahm er den Vorschlaghammer wieder zur Hand und bedeutete mir, den Holzpfahl festzuhalten.

»Henry hat mir nicht viel erzählt, nur dass er mit dir ausgehen wird. Ich habe ihm meine Bedenken mitgeteilt, und lass mich dir auch einen gut gemeinten Rat geben.« Er schlug den Hammer auf den Pfahl, die Wucht vibrierte durch meine Hände. »Ich glaube, du würdest ihm guttun«, fuhr Sam fort, gefolgt vom nächsten Schlag. »Vermutlich bist du genau das, was er braucht.« Schlag. Der Pfahl rutschte zwischen meinen Händen hindurch tiefer in die Erde. »Aber ob er auch das ist, was du brauchst, darüber bin ich mir nicht so sicher.« Schlag. Dann ließ er den Hammer sinken, trat einen Schritt zurück und begutachtete unser Werk. Zufrieden nickte er, ließ den Hammer ins Gras sinken und hob die Kunststoffsteher auf. »Komm mit.«

Ich nahm den Sack mit dem Zubehör von der Ladefläche und folgte ihm, nach ein paar Schritten blieb er stehen und steckte den ersten Steher in die Wiese.

»Was meinst du damit?«, wollte ich wissen und montierte die Isolatoren an den Steher. »Dass er nicht das ist, was ich brauche.«

Sam presste die Lippen aufeinander, dann ging er weiter, und nach ein paar Schritten kam der nächste Steher dran. »George Huntington hat dich zu mir geschickt. Er hat dich mir anvertraut, damit ich auf dich achtgebe.«

»Auf mich achtgeben?« Der Earl hatte mich loswerden wollen,

zumindest war das mein Eindruck gewesen. Und Sam war so gütig, mir eine Chance zu geben. »Auf mich muss man nicht achtgeben, ich wollte doch nur einen Job.«

»Ja, und damit trage ich Verantwortung für dich. Denn damit du einen guten Job machen kannst, muss es dir auch gut gehen. Und Henry ist …« Er strich sich eine Haarsträhne zurück hinters Ohr und machte sich am nächsten Steher zu schaffen. »Ich liebe meinen Neffen. Aber er hat schon viel durchgemacht, der Tod seines Vaters hat ihn schwer getroffen. Er hat zwei Jahre mit den falschen Leuten auf die falsche Weise verbracht. Er war verloren, und auch wenn er jetzt auf dem richtigen Weg ist, braucht er noch seine Zeit, um all das zu verarbeiten. Ich möchte einfach, dass du vorsichtig bist. Ich will nicht, dass du verletzt wirst. Du hast ja schon einen kleinen Einblick bekommen in das, was auf dich zukommt, wenn du mit jemandem wie Henry zusammen bist. Ich habe mich für ein anderes Leben entschieden. Mit dem ganzen Glamour konnte ich nie etwas anfangen, und ich glaube, dir geht es ähnlich.«

Ich kniete vor dem Steher nieder, um den unteren Isolator anzubringen. »Ich verstehe. Danke.«

»Wir haben dich gern hier, Bonnie, du bist jetzt ein Teil von Beaumont Horses.«

Ich senkte den Blick. Seine Worte sollten mich trösten. Aber sie enthielten natürlich auch Wahrheiten, die mir nicht gefielen.

Das alles mit Henry ging wahnsinnig schnell, und sein Titel und das damit einhergehende Interesse der Öffentlichkeit lasteten schwer auf mir. Aber was sollte ich sonst tun? Nie zuvor hatte ich für jemanden so gefühlt wie für Henry. Das ließ sich nicht einfach durch Vernunft abschalten. Weiter darüber reden wollte ich auch nicht, und so drehte ich den letzten Isolator rein, richtete mich auf und deutete zum Wagen zurück.

»Ich stell schon mal die Steher auf der anderen Seite auf.«

Und damit ging ich davon, nicht beleidigt oder wütend, ich wollte nur kurz für mich allein sein. Sam sagte auch nichts mehr und ließ mich gehen. Er verstand bestimmt, dass ich nachdenken musste.

Am Auto nahm ich mir noch ein paar Plastiksteher von der Ladefläche und steckte sie in regelmäßigen Abständen vom Holzpfahl entfernt in die Wiese. Dann drehte ich wieder die Isolatoren rein, als ich plötzlich Motorengeräusche hörte.

Ich blickte aus meiner knienden Position auf, und als ich den schwarzen SUV auf mich zukommen sah, flatterte mein Herz. Henry saß am Steuer, hielt neben mir und ließ das Fenster herunter.

»Ich habe dich auf dem Reitplatz gesucht.«

»Sam hat mich gebeten, ihm zu helfen.«

Ich stand auf und wischte meine Hände an der Hose ab, obwohl sie gar nicht dreckig waren. Aus irgendeinem Grund war ich plötzlich schrecklich nervös. Gestern Abend, als er mich aufs Gestüt gebracht hatte, war mir alles so einfach vorgekommen, doch gerade, nach den ganzen Schlagzeilen und dem Gespräch mit Sam, spürte ich, wie die Unsicherheit und die Zweifel an mir zogen.

Henry sah mich prüfend an, es schien, als ob er abzuschätzen versuchte, wie ich den heutigen Morgen überstanden hatte. Dann öffnete er die Autotür und stieg aus.

Mein Blick fiel automatisch zurück zum Geländewagen und in die Richtung, wo Sam arbeitete, aber von hier konnte ich ihn nicht sehen. Zum Glück. Irgendwie hatte ich das Gefühl, dass er dieses Gespräch nicht mitbekommen sollte.

»Ich schätze mal, du hast es schon gesehen.« Henry warf die Autotür zu und lehnte sich dagegen, dabei ließ er mich nicht aus den Augen.

»Auf ein paar Bildern bin ich eigentlich ganz gut getroffen«, versuchte ich, die Situation aufzulockern.

Henry lächelte, dann nickte er langsam und streckte die Hand nach mir aus. Ich ergriff sie und ließ mich von ihm näher an sich heranziehen, so nah, bis er beide Arme um mich schlingen konnte und ich mich gegen ihn lehnte.

Er hob seine Hand an mein Kinn und umfasste es sanft. »Geht's dir gut?«

Mein erster Impuls war es, Ja zu sagen, aber das wäre eine Lüge, und ich wollte ihm nichts vormachen. Wenn wir eine Chance haben wollten, dann ging das nur mit Ehrlichkeit. Also schüttelte ich den Kopf.

»Ist es dir zu viel? Du weißt, wenn du aus der Sache rauswillst, kannst du das jederzeit. Es würde sich hier nichts ändern für dich.«

Aus der Sache. Konnten wir die Sache nicht benennen? Was war es denn für eine Sache? Ein Flirt? Eine Affäre? Waren wir zusammen? Oder traf er sich auch mit anderen? Nein, das glaubte ich nicht.

Ich legte meine Hand auf seine Brust und versuchte, meine Gedanken in Worte zu fassen. »Es gefällt mir nicht, mein Bild in der Zeitung zu sehen, noch weniger gefällt es mir, dass andere über uns reden und urteilen, sich einmischen und an uns zerren werden. Aber … ich will das nicht mehr aufgeben. Ich will mit dir zusammen sein«, sagte ich bestimmt und benutzte absichtlich keine vagen Floskeln über irgendeine Sache.

Henry erwiderte meinen Blick ernst, seine Hand an meiner Wange glitt zurück in meinen Nacken, er lehnte sich zu mir vor und küsste mich. Das war mir Antwort genug.

Kapitel 12

Nehmt zuerst die Herde, dann komme ich mit Everdream nach!«, rief ich gegen den Wind und schwang mich aus Jokers Sattel auf den Boden.

Maya und Mike winkten mir zu, um mir zu bedeuten, dass sie verstanden hatten, dann stieg auch Mike ab und öffnete die Stromlitzen, um die Pferde rauszulassen. Wir hatten die trächtigen Stuten auf der neu abgesteckten Wiese hinter dem Reitplatz untergebracht, und obwohl sie einen Unterstand hatten, hielten wir es für sicherer, sie vor dem drohenden Unwetter zurück in den Stall zu holen. Der Unterstand war zu zwei Seiten offen, die Pferde konnten sich frei bewegen und waren damit nicht vor herumfliegenden Trümmern und Ästen geschützt, vor allem, wenn sie sich erschraken und panisch wurden.

Ich blickte hoch in den Himmel. Die schwarzen Wolken zogen schnell näher, türmten sich bedrohlich vor uns auf, in der Ferne grollte der Donner. Laut Wetterbericht hätte das Gewitter erst später am Tag bei uns ankommen sollen, aber die Wolken zogen so schnell auf uns zu, dass es nicht mehr lange dauern konnte. Wir mussten uns beeilen. Henry und Sam holten die Jungpferde von der Weide jenseits der Mitarbeiterunterkünfte, während Josy und Ally die Pferde im Stall in Empfang nahmen.

»Okay, Bonnie, wir sind startklar, hol Everdream!« Mike winkte mir zu, die Stuten liefen an ihm und Maya vorbei Richtung Gestüt. Ich winkte zurück und wartete, bis sie außer Sichtweite waren. Ich durfte Everdream nicht rauslassen, bevor die Stuten nicht im Stall angekommen waren. Sie hatte sich zwar schon ganz gut eingelebt und bereits ersten Kontakt mit den anderen Pferden gehabt, ohne dass es Schwierigkeiten gegeben hätte, aber wir wollten kein Risiko eingehen, schon gar nicht in einer Situation wie dieser, wo alles glatt laufen musste.

Everdream stand am Zaun bereit. Unruhig wie immer ging sie auf und ab, wieherte in einem schrillen Ton den anderen Pferden hinterher und versuchte, über die Stromlitze hinweg Joker zu erreichen, um ihn zu beschnuppern.

»Lass das«, mahnte ich und scheuchte sie mit meiner Gerte zurück. Wenn ich gleich den Zaun öffnete, sollte sie einfach in den Stall laufen, so wie wir es schon ein paarmal geübt hatten. Der Weg dahin war mit Stromlitzen eingefasst. Sie selbst laufen zu lassen war sehr viel sicherer, als sie in die Nähe von Menschen oder anderen Pferden zu bringen.

Joker ließ sich zum Glück nicht von Everdreams Nervosität anstecken. Die Gelassenheitsübungen hatten schon viel gebracht, und in seinem gewohnten Umfeld zu Hause war er sowieso deutlich ruhiger. Deshalb wollte ich so bald wie möglich mit ihm nach Red Oak fahren, um in einer fremden Umgebung mit ihm zu trainieren. Es sollte normal für ihn werden, auch woanders zu performen.

Noch einmal schaute ich Richtung Gestüt, von Mike, Maya und den Stuten war nichts mehr zu sehen, sie mussten gut angekommen sein.

»Okay, Everdream, jetzt bist du dran.« Ich umschloss den Plastikgriff an der Litze und hängte den Zaun aus, um Everdream durchzulassen. Die Stute preschte sofort los, an mir und Joker vorbei, genau so, wie ich es geplant hatte.

Joker spannte sich kurz an, sein Instinkt sagte ihm, dem anderen Pferd hinterherzurennen, der Herdentrieb war stark. Aber er orientierte sich schnell wieder an mir und begriff, dass er bei mir in Sicherheit war. Nach den letzten Wochen war unsere Beziehung schon gut gefestigt.

»Perfekt«, sagte ich und blickte Everdream hinterher, wie sie durchs hohe Gras zu den Dächern in der Ferne galoppierte, dann schwang ich mich zurück in Jokers Sattel, um ihr zu folgen.

Ein Knall zerriss die Luft, derart heftig, dass noch ein dröhnender Nachhall über den Himmel zog. Ich zuckte zusammen, auch Joker spannte sich an, wie kurz vor dem Sprung, um zu flüchten. Everdream schlug einen Haken und rannte zur Seite weg, auf die Begrenzung der Litzen zu. Gleich darauf fuhr ein Blitz über dem Gestüt nieder, noch ein Knall folgte, und der Wind frischte derart auf, dass mir Tränen in die Augen schossen. Es sah aus, als senkte sich eine graue Wand hinter dem Gestüt herab, Regen.

»Everdream!«, rief ich und merkte selbst, dass ich panisch klang. Die Stute rannte zurück, wieder auf uns zu. Ich trieb Joker vorwärts, um Everdream abzufangen, vielleicht beruhigte sie sich in der Nähe eines anderen Pferdes. Sie konnte sowieso nicht weit kommen, das ganze Gebiet war eingezäunt. Aber Everdream preschte an uns vorbei.

»Everdream!« Dicke Regentropfen fielen auf uns herunter, aber noch waren es nur vereinzelte, der große Guss würde erst folgen. »Komm schon! Das ist eine saublöde Idee!«

Die Stute erreichte den Weidezaun, endlich! Jetzt musste sie stoppen oder wieder umdrehen – zum Gestüt.

Everdream vergrößerte den Abstand zu uns, legte noch einen Zahn zu und sprang plötzlich über den Zaun!

»Nein!« Nun war meine Panik komplett, mein Herz raste, meine Kehle schnürte sich zu. »Verdammt, verdammt, verdammt!«

Ich erreichte mit Joker den Zaun und parierte ihn durch, versuchte, Everdream im Blick zu behalten. Sie rannte nach wie vor wie eine Irre über die Wiese, immer weiter weg vom Gestüt und dem Unwetter.

Fluchend zog ich mein Handy aus der Jackentasche und schwang mich aus dem Sattel. Mit zittrigen Fingern wählte ich Mikes Nummer. Ich wusste, dass er mit den trächtigen Stuten zurück im Gestüt war, während ich keine Ahnung hatte, ob Henry und Sam es schon heimgeschafft hatten.

»Verdammt, Bonnie, wo seid ihr?«, schrie Mike ins Telefon, hinter ihm hörte ich tosendes Rauschen. »Hier geht gleich die Welt unter!«

Ich riss die Stromlitzen vom Steher und trat sie zur Seite. »Everdream hat sich erschreckt und ist über den Zaun gesprungen. Sie ist auf und davon.«

Derbe Flüche an meinem Ohr, während ich wieder aufstieg. Der Zaun war offen, wir konnten Everdream folgen.

»Okay, das ist ein verdammter Mist, aber wir können jetzt gerade nichts daran ändern, komm sofort zurück, es ist viel zu gefährlich, noch länger da draußen zu sein. Bring Joker zurück, und wir suchen nach Everdream, wenn das Gewitter nachgelassen hat.«

»Auf keinen Fall! Ich muss Everdream finden!« Ich trieb Joker vorwärts und ritt in die Richtung, in der ich die Stute zuletzt gesehen hatte, das Handy hatte ich zwischen Wange und Schulter eingeklemmt.

»Bonnie, die kriegst du so schnell nicht wieder, wir suchen sie später.«

»Bis dahin ist sie vielleicht schon verletzt oder tot! Wie soll ich das Lady Kerry erklären?«

»Wie soll ich Lady Kerry und Sam und allen anderen erklären, dass *du* draufgegangen bist? Was soll ich Henry sagen?«

»Ich muss sie finden«, sagte ich nur, fasste die Zügel in einer Hand zusammen und nahm mein Handy vom Ohr. Mühsam schob ich es zurück in meine Jackentasche und zog den Reißverschluss zu, dann konzentrierte ich mich wieder auf die graue Düsternis.

Das hohe Gras lag fast senkrecht, der Sturm mähte es geradezu nieder, der Regenguss kam und war so stark, dass ich kaum die Hand vor meinen Augen sehen konnte.

Wohin bist du nur gelaufen?, fuhr es mir die ganze Zeit durch den Kopf. Ich machte mir bereits jetzt riesige Vorwürfe, weil ich Everdream frei zum Stall hatte laufen lassen, ich hätte sie als Handpferd nehmen sollen. Aber ich hatte Angst gehabt, dass sie dann Joker attackierte. Rückblickend wäre es wohl besser gewesen, das Risiko einzugehen, obwohl ich sie selbst dann nicht hätte halten können.

»Everdream!«, rief ich, aber der Wind war so stark, dass ich das Wort nicht mal selbst richtig hörte. Ich streichelte Joker beruhigend über den Hals, während ich ihn weiter im Galopp über die Wiese trieb. Er war so unerschrocken und tapfer, und kurz überlegte ich umzudrehen. Ich wollte nicht, dass das Vertrauen, das wir zueinander aufgebaut hatten, durch diesen nicht ganz ungefährlichen Ritt gefährdet wurde. Doch andererseits: Wie konnte ich es mit meinem Gewissen vereinbaren, Everdream da draußen allein zu lassen? Sie war bestimmt voller Angst. Was, wenn sie sich in ihrer Panik auch noch verletzte?

Vor mir tat sich ein dunkler Umriss auf, ein Gebäude. War das etwa der Pub? Nein, der war noch weiter weg und viel größer. Außerdem stimmte die Richtung nicht.

Ich ritt näher heran, wischte mir zum gefühlt tausendsten Mal Regen aus dem Gesicht, kniff meine Augen leicht zusammen, um sie vom Wind zu schützen. Es war ein Schuppen. Das nasse Holz schimmerte dunkel, dahinter zuckte ein weiterer Blitz vom Himmel.

Ein seltsamer hoher Laut mischte sich ins Tosen des Regens, des Windes und des Donners. Unvermittelt spannte Joker sich unter mir an und wieherte schrill. Er hatte geantwortet! Everdream! Sie rief nach uns!

»Komm, mein Junge.« Wir erreichten die Hütte, und tatsächlich, unter dem Dachvorsprung auf der anderen Seite stand die klitschnasse, zitternde Stute.

»O mein Gott.« Ich schwang mich sofort aus dem Sattel, zog Joker die Zügel über den Kopf und kramte mit der freien Hand Leckerlis aus meiner Tasche, um Everdream anzulocken.

»Nur nicht wegrennen, Süße. Komm her, alles ist gut.«

Ich streckte ihr die Hand entgegen, während sie mich aus großen Augen anstarrte. Ihr Körper war so gespannt, als wäre sie sofort wieder zur Flucht bereit.

»Bitte, bleib hier. Du hast dir den perfekten Ort ausgesucht, Everdream. Du hast Schutz gefunden. Du bist so klug. Also, hau jetzt bloß nicht wieder ab. Dann würdest du uns alle drei in eine ziemlich blöde Situation bringen.«

Ich redete und redete, um ihre Aufmerksamkeit bei mir zu behalten, dann streckte sie tatsächlich den Hals und nahm mit vorsichtigen Lippen das Leckerli aus meiner Hand. Hektisch kaute sie, immer noch die Panik in den Augen, aber sie war abgelenkt. Ich nutzte den Moment, um sie am Halfter zu fassen.

»Hab ich dich.«

Ich gönnte mir eine Sekunde, um aufzuatmen und das Gewitter und alle Gefahren zu ignorieren. Ich hatte Everdream gefunden, es ging ihr gut, ich hielt sie bei mir. Dass Joker und sie so nahe beieinanderstanden, war mir in diesem Moment egal. Ich musste den beiden vertrauen. Dass Everdream in ihrer Herde die Chefin sein wollte, war unbestritten, aber jetzt stand sie da wie ein Häufchen Elend. Zitternd, verängstigt und klitschnass.

»Kommt mit, hier sind wir in Sicherheit.« Ich führte die beiden Pferde zur Tür des alten Schuppens und betete, dass sie nicht abgesperrt war. Ein Metallriegel war vorgeschoben, aber er ließ sich leicht öffnen. Ich ließ Joker kurz los, im Wissen, dass er hierbleiben würde, hielt Everdream weiter am Halfter fest und schob vorsichtig die Tür auf.

Ein feucht-modriger Holzgeruch stieg mir in die Nase, gemischt mit dem von Erde. Ich blinzelte in die Dunkelheit, hinter mir donnerte es erneut, und ein Blitz erhellte die Düsternis. Viel zu nah für meinen Geschmack.

Schnell ging ich hinein und führte die Pferde mit mir, dann schob ich die Tür wieder zu und versuchte, im Inneren etwas auszumachen. Aber es war zu dunkel. Nur zwischen den Holzbrettern drang ein wenig Tageslicht herein.

Ich blinzelte, starrte konzentriert in den Raum, konnte aber nichts erkennen. Also zog ich mein Handy aus der Jackentasche, schaltete die Taschenlampe ein und leuchtete den Raum aus. An einer Wand lagen ein paar Kunststoffsteher für einen Weidenzaun am Boden, da war auch noch eine zerfledderte Rolle an Litzen, aber ansonsten war der Schuppen leer. Hier war nichts, das die Pferde verletzen könnte. Also ließ ich Everdream los und öffnete bei Joker die Schnallen des Zaumzeugs, um es ihm abzunehmen. Auch den Sattel hob ich ihm vom Rücken.

»Okay, dann seht euch mal um. Hier können wir bleiben.«

Ich legte alles neben der Tür auf den Betonboden und sah den Pferden zu, wie sie mit gesenkten Köpfen ihren Unterschlupf begutachteten und den Boden beschnupperten. Sie machten keine Anstalten, einen Kampf ausfechten zu wollen. Ganz im Gegenteil, sie hielten sich dicht nebeneinander, als suchten sie Trost und Wärme beim anderen. Wer hätte gedacht, dass Everdream so friedlich sein konnte? Wenn Dad das nur sehen könnte.

Wieder wurde es für ein paar Sekunden blendend hell, nur knapp darauf donnerte es. Zum Glück schienen die Pferde davon nicht allzu beunruhigt, jetzt, da sie in Sicherheit waren.

Ich zog mein Handy wieder hervor, um Sam und den anderen Bescheid zu geben, dass es uns gut ging, musste aber feststellen, dass ich keinen Empfang hatte. Blödes Unwetter! Hoffentlich machten sie sich keine Sorgen. Jetzt konnten wir nur abwarten. Laut Wettervorhersage würde das Unwetter noch eine Weile dauern, aber vielleicht ging es doch schneller vorbei als gedacht. Der Sturm war schließlich auch deutlich früher gekommen als angekündigt, sonst hätten wir es noch rechtzeitig geschafft, die Pferde reinzubringen.

Ich legte mein Handy mit der Taschenlampe auf den Boden, um mehr Licht hier drin zu haben, ging zu den Pferden und gab ihnen die letzten Leckerlis aus meiner Jackentasche, dann setzte ich mich auf den Betonboden, lehnte mich gegen die Wand und versuchte, das Tosen von draußen auszublenden. Wir waren hier drinnen sicher. Ganz bestimmt. Uns konnte nichts passieren.

Ein Rütteln an der Tür. Ich fuhr hoch und unterdrückte einen Schrei. Die Tür flog auf, die Pferde scheuten zurück, ich sprang auf, um sie wieder zu schließen, bevor die Pferde panisch nach draußen rannten, doch dann sah ich Henry vor mir stehen, am Zügel hielt er den Rapp-Wallach Enzo, der früher ein Schulpferd im Betrieb gewesen war.

»Henry!« Ich trat schnell zur Seite, damit er hereinkommen konnte, und er führte triefend nass das Pferd ins Innere. Schnell schloss ich die Tür wieder.

»Bist du wahnsinnig? Was machst du denn hier?« Ich ging zu ihm, um ihm Enzo abzunehmen, aber er umschloss meine Hand und hielt sie fest.

»Was *ich* hier mache? Was tust *du* hier? Du hättest zurückreiten sollen!«

»Ich habe Everdream gefunden«, erwiderte ich und deutete zu den Pferden. »Sie ist weggelaufen, und …«

»Ja, das habe ich mitbekommen.« Henry wischte sich mit beiden Händen übers Gesicht, er zitterte. Ob vor Kälte oder Aufregung, konnte ich nicht sagen.

»Habt ihr die anderen Pferde alle rechtzeitig reingebracht?«

»Ja, aber dann habe ich erfahren, dass du Everdream hinterhergeritten bist.«

»Natürlich bin ich das. Ich hatte gar keine andere Wahl.«

»Natürlich hattest du die!« Er umklammerte meinen Arm, als wollte er mich schütteln, hielt mich aber nur fest. »Ihr wäre schon nichts passiert. Aber was du getan hast, war absolut unvernünftig und gefährlich, Bonnie. Dir und Joker hätte sonst was passieren können, gar nicht auszudenken, wenn …«

»So wie du?«, unterbrach ich ihn und stemmte eine Hand in die Seite. »Du warst ja anscheinend auch nicht besonders vernünftig. Sonst wärst du nicht hier, oder?«

Henry presste die Lippen aufeinander, sein Kiefer mahlte. »Ich hatte auch keine Wahl«, sagte er dann rau, ließ meinen Arm los, hielt mich aber mit seinem Blick gefangen. Ich wollte gerade etwas sagen, als Everdream sich aus einer Ecke des Schuppens in unsere Richtung bewegte.

Die Stute kam auf uns zu, blieb zwei Schritte entfernt von uns stehen und streckte den Hals. Henry hob die Zügel in seiner Hand wie zu einer Waffe, um Everdream im Fall der Fälle zurückzuscheuchen, aber sie prustete nur gegen Enzos Nüstern, quietschte kurz, stampfte mit dem Vorderhuf und legte die Ohren an. Enzo erwiderte das Gebaren, dann ging Everdream auch schon wieder weg, Joker folgte ihr wie ein Fohlen seiner Mutter.

»Sie hat beschlossen, dass es hier drinnen mit anderen Pferden besser ist als allein da draußen«, sagte ich und ging an Enzos Seite, um den Sattelgurt zu lösen. In diesem Moment blitzte und donnerte es wieder viel zu nahe.

Henry kniff kurz die Augen zu, dann atmete er sichtlich ein und aus und schob mich ein wenig von Enzo weg. »Was soll das werden?«

Verwirrt zog ich die Brauen zusammen. »Ich nehme ihm den Sattel ab. Alles ist nass, und …«

»Wir reiten zurück.«

Automatisch trat ich einen Schritt von ihm weg, da war ein gehetzter Ausdruck in seinem Blick, der mich beunruhigte. »Wovon redest du?«

»Du sattelst Joker, wir nehmen Everdream in unsere Mitte, ich habe einen Führstrick dabei. Wir reiten sofort zurück zum Gestüt.«

»Bist du verrückt geworden, Henry? Hast du gesehen, was da draußen los ist? Everdream wird sich losreißen und …«

Er zuckte kurz zusammen, gleich darauf flackerten weitere Blitze auf. »Wir müssen weg von hier, Bonnie, sofort!«

»Aber wir können da nicht raus!«

»Wir sind nicht so weit vom Gestüt weg, wenn wir schnell reiten, brauchen wir nicht lang. Wir können auf keinen Fall in dieser Bruchbude bleiben.« Er drehte sich um und ging zu Everdream und Joker, während ich ihm nur verwirrt hinterherstarrte. Was war plötzlich los mit ihm? Sonst war er doch immer so ruhig und kontrolliert, und jetzt schien er panische Angst zu haben. Auch die Pferde schienen das zu bemerken, denn Everdream wich ihm aus, und Joker folgte ihr.

»Lass es, Henry, das Unwetter wird nicht mehr lange dauern, dann reiten wir zurück.« Ich wandte mich wieder Enzo zu und löste, jetzt da Henry nicht da war und mich aufhalten konnte, seinen Sattelgurt. Dann nahm ich ihm den Sattel ab und zog ihm auch das Zaumzeug über den Kopf. Befreit ging er zu den anderen Pferden hinüber, an Henry vorbei.

Der fuhr zu mir herum. »Wieso hast du das getan?«

»Das Zeug war klitschnass, und er muss es nicht unnötig mit sich herumschleppen.«

»Wir reiten zurück. Enzo …« Er verstellte seine Stimme, nahm einen sanfteren, lockenden Tonfall an, aber der Wallach ignorierte ihn, so leicht ließ er sich nicht täuschen. Henry fluchte, was mich noch nervöser machte, dann kramte er in seiner Jackentasche herum, vermutlich suchte er etwas Essbares für die Pferde, um sie einzufangen. Aber er zog nur eine leere Hand heraus und fluchte erneut.

»Henry …«

So langsam jagte er mir Angst ein. Mit weitgreifenden Schritten kam er auf mich zu und deutete in einer energischen Geste zurück zu den Pferden.

»Fang sie ein, und sattle sie!«

»Was?«

Er blieb vor mir stehen, die Hände zu Fäusten geballt, als müsste er sich mühsam davon abhalten, sie nirgends dagegen zu schlagen, seine Augen wanderten zornerfüllt durch den Raum. Der Schuppen kam mir plötzlich viel zu klein für uns beide vor.

»Henry«, versuchte ich es noch einmal beruhigend und griff nach seiner Hand, aber er zuckte zurück.

»Ich meine es ernst, Bonnie. Du erzählst doch immer von den ganzen Kursen, die du belegt hast, dann zeig, was du draufhast, und schaff uns hier raus.«

Normalerweise hätte ich ihm so einen Kommentar wirklich übel genommen, aber Henry benahm sich so seltsam, dass ich ihn nicht weiter provozieren wollte. Was zur Hölle war nur los mit ihm?

Wieder drang das Licht der Blitze zu uns herein, gleichzeitig zerriss ein ohrenbetäubender Lärm die Luft. Die Pferde scheuten kurz zurück, Henry kniff wieder die Augen zusammen, dann öffnete er sie und sah mich durchdringend an.

»Wir sind hier nicht sicher, Bonnie. Wenn der Blitz einschlägt, brennt hier alles. Wir müssen raus. Jetzt.« Er umklammerte meinen Arm, wollte mich mit sich ziehen, aber ich befreite mich aus seinem Griff.

»Hier drinnen ist es sicherer als draußen!«, erwiderte ich und schloss meine Hände um seine nasse Jacke, als könnte ich so besser zu ihm durchdringen.

»Nicht, wenn es brennt! Komm endlich!«

Ich hielt inne. Und plötzlich verstand ich. Der Schuppen. Das Feuer. Sein Dad! Henry hatte seinen Vater bei einem Feuer im Stall verloren, und es waren auch mehrere Pferde gestorben, als das brennende Dach eingestürzt war.

Mir wurde eiskalt. Jetzt ergab die Panik in seinem Blick auch Sinn. Die Vorstellung, in einem brennenden Schuppen gefangen zu sein, musste ihn halb wahnsinnig machen. Okay, ich verstand, warum er Angst hatte, aber ich durfte ihn jetzt auf keinen Fall in das Unwetter rennen lassen. Blitz und Donner folgten so schnell aufeinander, dass das Gewitter direkt über uns sein musste, und das hieß, dass wir nichts Dümmeres und Gefährlicheres tun konnten, als gerade jetzt nach draußen zu gehen.

»Henry, ich verspreche dir, wir sind hier sicher.«

Er schüttelte nur den Kopf, trat einen Schritt von mir weg und wollte wieder zu den Pferden, aber ich streckte meinen Arm aus und hielt ihn am Handgelenk.

»Henry. Uns kann hier nichts passieren, vertrau mir. Ich kann mir vorstellen, wie schrecklich es für dich war, mir hinterherreiten zu müssen, und jetzt hier zu sein, und das tut mir leid. Wirklich. Aber mit den Pferden den Schuppen zu verlassen wäre lebensgefährlich – das Gewitter ist direkt über uns. Ich verspreche dir, wir gehen sofort, wenn es ein Stück weitergezogen ist. Aber für den Moment müssen wir hierbleiben.« Ich trat nah an ihn heran und ließ seine Hand nicht los, während ich meine andere Hand an seine Wange legte. »Wir sind hier sicher«, wiederholte ich eindringlich, denn ich wusste, dass ich ihn nicht würde aufhalten können, wenn Henry beschloss, seiner Panik nachzugeben und den Schuppen zu verlassen.

Henrys Augen wanderten von mir zur Tür, dann wieder zu mir, und ich merkte, dass meine Worte zu ihm durchdrangen. Währenddessen wurde das Unwetter immer schlimmer und schlimmer, der Wind ließ die Holzbretter wackeln und knarzen, pfiff durch die Ritzen. Es fühlte sich tatsächlich an, als wäre der Sturm in der Lage, den ganzen Schuppen mit sich zu reißen. Aber das Haus stand hier schon seit vielen Jahren, sagte ich mir, es hatte schon zahlreiche Unwetter überstanden, es würde auch dieses überstehen. Dort draußen wären wir ungeschützt, eins der Pferde könnte sich erneut erschrecken und davonstürmen, wir könnten von Ästen erschlagen werden, die Gefahr durch die Blitze. Im Regen und Sturm wären wir auch fast blind ... Nein, hier war es sicherer. Das musste ich jetzt nur noch Henry erklären.

»Du bist nicht allein«, flüsterte ich und stellte mich auf die Zehenspitzen. »Ich bin bei dir.« Und weil ich nicht wusste, was ich sonst tun sollte, küsste ich ihn.

Henry lehnte sich vor, erwiderte meinen Kuss sanft, sein Mund öffnete sich leicht, dann ertönte erneut Donner, und ich spürte, wie er sich anspannte und zurückweichen wollte, aber ich legte meine Hand in seinen Nacken und küsste ihn tiefer. Bleib bei mir, dachte ich und küsste ihn, als hinge unser beider Leben davon ab. Ich spürte unter meinen Händen, wie er sich entspannte, seine zum Zerreißen gespannten Muskeln lösten sich, er schlang einen Arm um meine Taille und zog mich fest an sich. Ziel erreicht. Er war bei mir, er gehörte mir.

»Bonnie«, seufzte er gegen meinen Mund, ein Laut, der mit einer Gänsehaut über meinen Körper fuhr. Wie schön mein Name aus seinem Mund klingen konnte. Als wäre er etwas ganz Besonderes.

Tausende Empfindungen überfluteten mich. Sein vertrauter Geruch vermischt mit dem des Regens, sein Körper an meinem, der Reißverschluss seiner Jacke, der kurz an meiner Hand schliff, als ich sie an seine Brust hob, sein Mund, seine Zunge, seine Finger, die durch mein nasses Haar strichen.

Es war, als hätte ich einen unsichtbaren Dominostein umgeworfen und damit eine Kettenreaktion in Gang gesetzt, die sich nicht mehr aufhalten ließ. Ich klammerte mich an Henry, drängte mich gegen ihn, um ihm noch näher sein zu können, ihn noch besser spüren zu können. Und als seine Zunge meine umspielte, drang ein leises Stöhnen von meinem Mund in seinen. Das Tosen des Sturms und Grollen des Gewitters war nichts im Vergleich zum Pochen meines Herzschlags.

Henry schlang seine Arme noch fester um mich und hielt mich.

Meine Hände glitten unter seine Jacke, ertasteten die Muskeln und Rippen unter seinem Sweater, berührten seine kühle Haut.

Henrys Körper spannte sich wieder an, nicht aber, als wollte er zurückweichen, im Gegenteil. Seine Hände glitten an mir hinab, umschlossen meinen Po, dann hob er mich plötzlich hoch. Ich schlang meine Beine um seine Hüften, küsste ihn weiter. Henry trug mich in die Ecke des Schuppens und presste mich mit seinen Hüften gegen die Wand, während wir uns weiter innig küssten. Ich nahm nichts mehr wahr, verlor mich nur in unseren Küssen, seinen Fingern auf meiner Haut und seinem Körper, der sich gegen meinen drückte.

Henry schob meine Jacke von meinen Schultern und wurde schließlich auch seine eigene los. Dann stellte er mich zurück auf die Beine und öffnete meine Hose. Ich machte mich inzwischen an seiner zu schaffen. Es ging nicht schnell genug. Wir sahen uns nicht an, konzentrierten uns nur darauf, die nassen Klamotten schnellstmöglich loszuwerden. Ich wusste nicht, wieso ich das

Gefühl hatte, es nicht länger auszuhalten, aber da war irgendwo tief in mir diese Angst, etwas könnte uns jetzt noch auseinanderbringen. Ich schob meine Hose an mir hinunter, strampelte einen Fuß frei, hörte das Aufreißen einer Kondompackung, war aber viel zu benebelt, um mich großartig dafür zu interessieren, warum er eines dabeihatte. Im nächsten Moment hatte Henry mich schon wieder hochgehoben. Seine Lippen fanden erneut meine, seine Hand glitt an mir hinab, und ich hatte das Gefühl, jeden Moment in tausend Stücke zu zerfallen.

Henry lehnte mich gegen die Wand, ich hielt mich mit meinen Beinen an seinen Hüften fest, er schob mein Shirt hoch, und seine Finger glitten über meine Rippen weiter zu meiner Brust. Ein Schaudern fuhr über meinen Körper, ich begann zu zittern. Mir war schrecklich kalt und heiß zugleich. Ich hielt inne, löste meinen Mund kurz von seinem, um ihn anzusehen.

Henry erwiderte meinen Blick und strich mir zärtlich durchs Haar. Alles wurde ruhig, als hätte sogar der Sturm sich gelegt. Die Angst war fort, wir waren zusammen.

Vorsichtig umschloss er mit der freien Hand meine Wange, dann küsste er mich wieder, aber nicht mehr so drängend, sondern, als hätten wir alle Zeit der Welt. Ich löste mich unter seinen Händen auf, schwebte durch die Dunkelheit.

Ganz natürlich verschmolzen wir miteinander und bewegten uns in einem sanft wiegenden Takt, geduldig, behutsam. Ich nahm nichts mehr von dem Unwetter da draußen wahr, da waren nur noch Henry und ich, unsere Küsse, unsere Blicke, unsere Körper, die sich in schier unstillbarem Verlangen aneinanderpressten.

*

Es war still. Das Unwetter musste sich verzogen haben, und trotzdem rührten wir uns nicht. Henry lehnte an der Wand und hielt mich im Arm, ich hatte meinen Kopf an seiner Brust abgelegt und lauschte andächtig seinem Herzschlag.

Von den Pferden, die auf der anderen Seite des Raums vor sich hin dösten, erschöpft von der ganzen Aufregung, konnte ich nur die Silhouetten ausmachen. Auch ich war erschöpft, aber nicht allein von den Nachbeben des Unwetters. Keine Ahnung, wann ich das letzte Mal so entspannt und ruhig gewesen war. Ich hatte es immer sehr genossen, mit Harper zu schlafen, aber das mit Henry war etwas völlig anderes.

Gedankenversunken spielte er mit meinen Haaren, seine Fingerspitzen streiften immer wieder meinen Hals. Er war so zärtlich, und ich fühlte mich so geliebt. Am liebsten wollte ich nie wieder hier weg. Aber ich wusste, wir mussten zurück, bevor die anderen uns suchten.

»Der Sturm ist vorbei«, sagte ich in die Stille, meine Stimme klang heiser, mein Hals war ganz trocken. »Sie machen sich bestimmt schon Sorgen um uns.«

Henry schlang seine Arme noch ein wenig fester um mich, als wollte er mich davon abhalten aufzustehen. Ich musste grinsen. Kaum zu glauben, dass ich mit Henry Beaumont hier lag. Doch den arroganten Duke gab es nicht mehr, da war nur noch Henry, der auf dem Heuboden gesungen hatte, um mich an unsere alte Freundschaft zu erinnern. Und als hätte er meine Gedanken gelesen, fing er an, eine Melodie zu summen. Nur kurz, dann küsste er mich auf die Wange.

»Sing für mich«, flüsterte er in mein Ohr.

»Was?«

»Bitte. Irgendetwas. Ich liebe es, wenn du singst.«

Ich versuchte, mich zu ihm umzudrehen und ihn anzusehen, aber er hielt mich fest, und bevor ich lange nachdenken konnte, begann ich leise, den alten Elvis Song »Can't Help Falling in Love« zu singen. Er passte am besten zu meiner Stimmung.

»Danke«, raunte Henry, als ich endete. »Dass du mich davon abgehalten hast, da rauszugehen.«

»Hier ist es doch gemütlicher«, erwiderte ich lächelnd, woraufhin er meine Schläfe küsste.

»Ja, damit hast du recht. Ich weiß auch nicht, was mit mir los war, irgendwie ist bei mir eine Sicherung durchgebrannt.«

»Schon okay.« Ich wusste zwar Bescheid, wollte das Thema aber lieber nicht ansprechen, um ihn nicht noch mehr aufzuwühlen.

Stattdessen deutete ich zu den Pferden hinüber. »Du bist mit Enzo gekommen. Gehört eins der Pferde im Stall eigentlich dir? Ich meine, klar, du bist Teilhaber, sie gehören dir alle, aber ist irgendeines … *deins*?« So wie Meteor meiner war, auch wenn er mir nicht wirklich gehörte. Aber ich liebte ihn.

Ich spürte, wie Henry den Kopf schüttelte, seine Brust hob sich, als er tief einatmete. »Ich hatte mal eines – Napoleon –, aber er … er kam damals im Feuer um.«

Mein Körper spannte sich an. Nun hatte ich unser Gespräch, ohne es zu wollen, doch wieder zu dieser Schreckensnacht zurückgeführt. Einerseits wünschte ich mir, dass Henry mit mir über diese Nacht sprach, über seine Vergangenheit und den Schmerz, den er ganz offensichtlich in sich trug. Andererseits wollte ich ihn auch nicht drängen. Er sollte selbst entscheiden, wann er mir mehr über diese Nacht erzählte. Also schwieg ich.

Ich dachte schon, unser Gespräch sei beendet, da hörte ich seine raue Stimme leise fortfahren: »Napoleon war ein Schimmel – reinweiß, nicht wie die meisten Schimmel halb grau.« Er lachte kurz bei irgendeiner Erinnerung, die wohl durch seinen Kopf ging, ein liebevoller Laut, und mit deutlicher Zuneigung redete er weiter über dieses Pferd. »Er wusste, wie schön er war, und so stolzierte er auch auf der Koppel herum. Er hatte weiche, federnde Gänge und war so ein stolzes Tier. Mein Dad hatte ihn mir schon als Jährling gekauft, da stand er noch in einem anderen Stall. Er war dreizehn, als ich ihn zu Sam brachte. Ich dachte, wir hätten eine Zukunft dort.«

»Was … was ist denn damals genau passiert?«, fragte ich behutsam. Maya hatte etwas von einem Kabelbrand erwähnt.

Henry verharrte, seine Hand, die noch mit meinen Haaren gespielt hatte, hielt inne. »Es war meine Schuld.«

Seine Worte fühlten sich wie Nadelstiche an. Ich konnte nicht glauben, was er da sagte. Sanft löste ich mich aus seiner Umarmung und drehte mich zu ihm, um ihn zu beruhigen. Doch als ich ihn ansah, sein Gesicht voller Schmerz, spürte ich, wie mir die Tränen in die Augen stiegen.

»Ich hab damals mein Handy im Stall aufgeladen.« Er sprach so ruhig, und trotzdem war ihm der Schmerz in jedem Wort anzuhören. »Ich habe vergessen, es mitzunehmen. Es hat den ganzen verdammten langen Tag da gesteckt.«

»Jeder lässt sein Handy mal am Ladegerät hängen, Henry. Manche die ganze Nacht über. Es war ein schrecklicher Unfall.«

Henry schien meine Worte gar nicht zu hören, er sah an mir vorbei zu den Pferden. »Wir hatten gerade zu Abend gegessen – Sam, Ally, Josy und ich. Die drei haben versucht, mich aufzuheitern – wegen des Streits mit meinem Dad. Aber ich habe keinen an mich rangelassen. An dem Tag hatte ich meinem Vater verkündet, dass ich ausziehe, dass ich zu Sam aufs Gestüt gehe. Wir hatten schon oft darüber geredet, und er wusste, dass ich die Firma nicht übernehmen wollte, dass ich kein Geschäftsmann bin, dass ich dieses Leben hasse. Aber an diesem Tag war es endgültig. Ich packte meine Sachen und ging zu Sam. Ich dachte, ich könnte mich damit befreien. Ich dachte, ich hätte mich endlich gegen ihn durchgesetzt. Von klein auf hatte mein Vater mir eingetrichtert, was einmal aus mir werden sollte. Er hatte bestimmt, auf welche

Schule ich gehe, was ich studiere. Doch alles, was ich immer wollte, war reiten.«

Er lehnte seinen Kopf zurück gegen die Wand und hielt kurz inne. Ich ließ ihm die Zeit, die er brauchte. Dann fuhr er fort.

»Ich dachte, ich hätte ein Recht auf ein eigenes Leben mit meinen dummen einundzwanzig Jahren. Das Studium hatte ich abgeschlossen, in Rekordzeit. Ich hatte alles getan, was mein Vater wollte. Aber dann war da plötzlich nur noch diese Leere in mir. Und ich habe entschieden, dass es genug war, dass ich genug geopfert hatte, und Sam und Ally unterstützten mich, bestärkten mich. Von einem Tag auf den anderen habe ich alles hingeworfen. Und erst heute habe ich verstanden, wie egoistisch das war. Ich bin schuld daran, dass mein Vater tot ist, Bonnie. Meine Entscheidungen haben dazu geführt, dass er auf furchtbare Weise ums Leben gekommen ist.«

»Nein, Henry, das ist nicht wahr.« Ich drückte seine Hand, wollte ihm sagen, dass niemand Schuld an einem Unfall hatte – doch Henry sprach schon weiter.

»Mein Vater wollte mich nicht einfach so ziehen lassen, schließlich hatte er jahrelang in mich investiert. Er kam also aufs Gestüt, um … keine Ahnung, was er eigentlich wollte. Meine Mutter sagt, er hatte sich mit mir aussöhnen wollen. Wahrscheinlich hätte er alles getan, um mich umzustimmen. Aber … er muss den Rauch im Stall gesehen haben. Die Pferde standen in den Boxen und konnten nicht raus. Er ist da einfach reingegangen – mitten ins Feuer. Ein paar der Tiere konnte er noch befreien, bevor …« Er schloss kurz die Augen, schüttelte den Kopf. »Wir wurden erst auf das Feuer aufmerksam, als wir die Pferde hörten. Es war kein Wiehern, es waren Schreie, nie zuvor habe ich so etwas gehört. Wir sind alle hingelaufen, Maya kam auch dazu, aber … es war zu spät. Der Stall stand in Flammen, das Dach brach ein … Ich weiß nicht … es ging alles so unfassbar schnell.«

Tränen flossen über meine Wangen, ein leises Schluchzen entfuhr mir, und dieses Geräusch ließ Henry zusammenzucken. Er sah mich an und schnappte erschrocken nach Luft.

»Bonnie, es tut mir leid.« Er legte seine Hand an meine Wange, wischte mit dem Daumen liebevoll meine Tränen weg. Ein Schmerz durchfuhr mich. Er sollte mich nicht trösten. Ich musste doch diejenige sein, die ihn tröstete.

»Ich hätte nichts sagen sollen.«

»Wie kannst du nur glauben, dass es deine Schuld war?« Es brach nur so aus mir heraus, ich konnte nicht anders. »Bitte, hör auf, so etwas zu sagen, so etwas zu denken. Es ist schrecklich genug, dass das passiert ist. Aber Henry, es war ein Unfall. Und indem du dir die Schuld gibst, machst du deinen Vater nicht wieder lebendig. Aber du zerstörst dich damit. Du musst damit aufhören!«

Ein Lächeln hob seine Mundwinkel an, aber es lag nichts Fröhliches darin, es war ein schrecklicher Anblick, als hätte er aufgegeben. »Keine Sorge, Bonnie. Ich habe alles getan, um mich zu zerstören, zwei Jahre lang. Aber so langsam habe ich mich damit abgefunden. Ich weiß, dass es meine Schuld war, ich weiß auch, warum du das anders siehst. Aber wäre ich nicht so egoistisch und selbstgerecht gewesen und von zu Hause abgehauen, wäre mein Vater noch am Leben. Ich weiß, was ich getan habe, und ich habe gelernt, damit zu leben.«

»Das ist kein Leben.«

Henry sah mich nur traurig an, dann ließ er seine Hand in meinen Nacken gleiten, zog mich zu sich und küsste mich. Es war ein Kuss, der kein Herzflattern auslöste, kein Kribbeln, sondern einen tiefen Schmerz in meiner Brust. Ich hatte ihn nicht überzeugen können, zumindest jetzt noch nicht. Hoffentlich würde er sich irgendwann verzeihen.

*

»Da sind sie!«, hörte ich Sam schon von Weitem rufen. An seiner Seite standen Mike, Maya, Ally und Josy. Alle hatten sich beim neuen Reitplatz versammelt und winkten uns aufgeregt zu. Der Regen hatte aufgehört, ein paar einzelne Sonnenstrahlen griffen aus der grauen Wolkendecke.

Sam eilte durchs hohe nasse Gras auf uns zu. »Wo zur Hölle seid ihr gewesen? Wisst ihr eigentlich, was für Sorgen ich mir gemacht habe? Ich war kurz davor, die Polizei zu rufen, die Feuerwehr! Wieso sind eure verdammten Handys aus?«

»Kein Empfang«, erwiderte ich mit einem Anflug von schlechtem Gewissen. Vielleicht hätten wir vorhin schon jemanden erreichen können, hatten aber gar nicht mehr daran gedacht.

»Und was ist mit ihr?«, wollte Sam wissen und deutete auf Everdream in unserer Mitte. Wir hatten sie am Führstrick festgemacht, und Henry führte sie als Handpferd mit sich.

»Sie war froh, nicht allein zu sein«, sagte ich und schwang mich aus dem Sattel. Es war immer noch windig, und meine Sachen waren auch noch nicht ganz trocken. So langsam spürte ich, wie die Kälte in mich hineinkroch. »Ich habe sie vor einem Schuppen gefunden, dort drin haben wir dann abgewartet, bis der Sturm sich gelegt hat.«

»Das alte Heulager«, erklärte Henry und stieg ebenfalls ab.

»Gott sei Dank, ich hatte gehofft, dass ihr dort seid.« Sam nahm mir Joker ab und winkte den anderen. »Maja, Mike, kümmert ihr euch um die Pferde. Ihr beide …« Er legte seine Hand auf meinen Arm und bedeutete auch Henry, näher zu kommen, »ihr kommt mit mir.« Und damit übergab er Joker weiter an Mike, Maya nahm Enzo, und Sam führte Henry und mich hinüber zu seinem Haus. Ally und Josy gingen schon voraus.

»Jagt mir nie wieder so einen Schrecken ein«, schimpfte Sam. »Ist euch wirklich nichts passiert?«

»Uns geht's gut«, bekräftigte ich und deutete zu den Mitarbeiterunterkünften. »Eigentlich wollte ich mich nur schnell umziehen und dann nach den Pferden sehen.«

»Mit den Pferden ist alles in Ordnung, Bonnie. Zieh dich um, und dann komm rüber ins Haus, du brauchst jetzt einen Tee und etwas Warmes zu essen. Keine Widerrede«, mahnte er streng, als ich etwas sagen wollte.

»Etwas Trockenes zum Anziehen habe ich auch«, raunte Henry mir zu und schloss seine Hand um meine.

Ich wusste nicht, wieso, aber die Art, wie er mich nahe bei sich hielt, gab mir irgendwie das Gefühl, als wollte er mich auf keinen Fall gehen lassen, nicht einmal für eine Sekunde. Oder lag es daran, dass ich mich gerade nicht von ihm trennen wollte? Nach allem, was wir in diesem Schuppen erlebt hatten, nach dieser Nähe – nicht nur körperlich –, wollte ich unbedingt bei ihm bleiben.

»Okay«, sagte ich also und lächelte zu Henry hoch, der meinen Blick mit warmen Augen erwiderte. Nichts deutete darauf hin, dass er sich gerade noch in einer düsteren Stimmung befunden hatte. Vielleicht hatte es ihm gutgetan, mal darüber zu reden. Am liebsten hätte ich ihn sofort wieder geküsst.

»Na, dann kommt«, sagte Sam, der unser Gespräch wohl gehört hatte. »Ab ins Warme.«

Wir liefen den rot gepflasterten Weg zwischen den Blumenbeeten hoch zum Haus und traten ein. Ally stand im Flur, der nur durch das Licht der offen stehenden Eingangstür beleuchtet wurde, und winkte uns zu sich.

»Gott sei Dank, es geht euch gut. Aber ihr seid ganz nass! Ihr müsst halb erfroren sein.«

»Ich leihe ihr was zum Anziehen«, erwiderte Henry und hielt weiterhin meine Hand fest umschlossen.

Ally sah an uns hinunter, ihre Augenbrauen zogen sich kurz zusammen, sie sagte aber nichts, sondern nahm Sam bereits die Jacke ab.

»Okay, in einer halben Stunde gibt's Essen.«

Henry führte mich über eine Holztreppe hoch ins erste Obergeschoss und von dort weiter ins Dachgeschoss. Hier tat sich ein kleiner Vorraum auf, mit einem gemütlichen Polstersessel unter einem Dachfenster, daneben stand ein kleines Bücherregal. Wenn ich nicht so durchnässt gewesen wäre, hätte ich es mir dort direkt gemütlich gemacht, so einladend sah es aus. Zwei Türen gingen von dem Vorraum ab, eine stand einen Spalt weit offen, und ich erkannte ein Badezimmer dahinter, doch Henry zog mich zur anderen. Wir gelangten in einen großen, hellen Raum. Das musste Henrys Zimmer sein. Ich wusste nicht, wie ich es mir vorgestellt hatte, aber sicher nicht so gemütlich. Es sah so normal aus hier drin und wirkte überhaupt nicht wie das Zimmer des Duke of Winterset. Uns gegenüber gab es ein riesiges doppelflügeliges Sprossenfenster und an der Dachschräge zur Linken Oberlichter. Darunter stand ein breites Bett. Ein paar Klamotten und eine E-Gitarre lagen auf der grauen Decke.

Ich ging darauf zu und strich mit der Hand die Kante des spitz zulaufenden Gitarrenkopfs nach. »Ich wusste gar nicht, dass du Gitarre spielst.«

»Manchmal.« Henry ging zum Schrank neben einer Tür, die wahrscheinlich ebenfalls ins Badezimmer führte, und kam mit einer Jogginghose und einem flauschigen Sweater zurück. »Zieh dich am besten gleich um, wir müssen aus den nassen Sachen raus.«

»Okay.« Ich presste die Kleidungsstücke an mich, während Henry noch einmal zu dem Schrank ging, um für sich etwas Trockenes rauszusuchen. Er wühlte darin herum und wandte mir dabei den Rücken zu.

Sollte ich mich hier umziehen? Mit ihm in einem Raum? Wieso fühlte sich das plötzlich so merkwürdig an? Wir hatten doch gerade erst Sex gehabt!

Henry drehte sich zu mir um, er hatte jetzt auch für sich Wechselklamotten in der Hand. Fragend sah er mich an, dann grinste er. »Schüchtern?« Er kam auf mich zu und ließ mich dabei keine Sekunde aus den Augen.

»Nö«, erwiderte ich und schob mein Kinn vor.

Henry blieb dicht vor mir stehen und legte seine freie Hand an meinen Hals. Es war eine kleine und liebevolle Geste, doch sofort stand mein ganzer Körper in Flammen. Ich hatte angenommen, mein Verlangen nach seiner Nähe hätte sich durch den Sex erst mal gelegt, aber das Gegenteil war der Fall. Jetzt, wo ich wusste, wie es sich mit ihm anfühlte, konnte ich nicht genug von ihm bekommen.

Er ließ seine Klamotten zu Boden fallen und griff nach dem Reißverschluss meiner Jacke. Langsam und ohne den Blick von mir zu nehmen, zog er ihn hinunter. Dann lehnte er sich zu mir und küsste mich sanft.

Mein Herz überschlug sich. Ich wusste, wie es war, Henry zu küssen, trotzdem konnte ich mich nicht daran gewöhnen. Es war jedes Mal aufs Neue ein herrlicher Schock, der meinen ganzen Körper erfasste.

Ohne den Kuss zu unterbrechen, schob er mir die Jacke von den Schultern. Mit einem dumpfen Laut fiel sie auf den Parkettboden. Sein Kuss vertiefte sich, und ich spürte, wie ich dahinschmolz. Meine Arme legten sich um seinen Hals, ich hielt mich fest, presste mich an ihn, um noch mehr von ihm zu spüren. Es war so leicht, alles um mich herum zu vergessen, wenn Henry mich küsste. Aber ganz leise im Hintergrund schlummerte noch das Wissen, wo wir uns befanden.

»Warte.« Ich wich ein wenig zurück und warf einen Blick zu seiner Zimmertür. »Das geht nicht. Wir sind hier in Sams Haus.«

Henry küsste mich erneut. »Weißt du was?«, flüsterte er gegen meinen Mund und hauchte dann zarte Küsse auf meine Wange, weiter bis zu meinem Hals. »Wir sind so durchfroren, da wäre eine heiße Dusche jetzt doch genau das Richtige, oder?«

»Eine Dusche?« Ich tat die prickelnde Aufregung mit einem Lachen ab. In Wahrheit war das gerade das Beste, was ich mir vorstellen konnte.

Henry trat mit einem verschmitzten Grinsen einen Schritt zurück, dann zog er nacheinander seine Jacke, sein Sweatshirt und sein T-Shirt aus, bis er nur noch in nassen Jeans vor mir stand. Er sah umwerfend aus.

Das Licht aus den Dachfenstern legte sich auf seine nackte Haut, tanzte über seine schwarzen Haare, seine grauen Augen funkelten mit einem goldenen Schimmer. Er war ein Anblick, der mich sprachlos machte. Seine Bauchmuskeln zeichneten sich gerade so unter der straff gespannten Haut ab, dass es heiß aussah, aber eben nicht zu übertrieben, und auch seine definierten Arme zeigten, dass er nicht nur Zeit im Büro verbrachte.

Henry streckte die Hand nach mir aus, und ich ergriff sie. Ohne ein Wort führte er mich ins Badezimmer.

Dann zog er mich an sich und schob mein T-Shirt hoch, seine Fingerspitzen strichen über meine Rippen.

»Das können wir doch nicht machen!«, flüsterte ich mit einem Hauch von Aufregung und Panik. »Sam, Ally, Josy … sie sind alle da unten und warten auf uns.«

»Die erwarten uns nicht so schnell zurück, keine Sorge.«

»Woher willst du das wissen?«

»Ihnen ist klar, dass wir beide zusammen und jetzt allein in meinem Zimmer sind. Sie können eins und eins zusammenzählen.«

»Das macht es nicht besser.«

Henry grinste nur und deutete an, mir das Shirt über den Kopf zu ziehen. »Also?« Er hielt inne, als wartete er auf meine Erlaubnis, und nickte fragend mit dem Kinn in Richtung Dusche.

Ich blickte zögernd zwischen der Tür und der einladenden Regendusche hin und her. Dann trat ich einen Schritt zurück. Henry ließ mich sofort los, seine Augen verengten sich ein wenig, wachsam. Ich aber lächelte und zog mir mein Shirt über den Kopf. Nur noch im BH stand ich vor ihm. Ich wusste, dass ich nicht aufgeregt sein musste, aber sein Blick auf mir, während ich so vor ihm stand, machte mich nervös. Vorhin im Schuppen waren wir regelrecht übereinander hergefallen, jetzt beobachteten wir einander eingehend, aufmerksam, und es fühlte sich großartig an, seinen mit Verlangen erfüllten Blick auf mir zu spüren. Er schenkte mir ein Selbstbewusstsein, das ich gar nicht von mir kannte, und so hatte ich auch kein Problem damit, meine Jeans zu öffnen. Ich schob sie an mir hinunter und kickte sie davon.

Henry beobachtete mich weiter mit einem beinahe unergründlichen Ausdruck, er kam mir ganz und gar konzentriert vor. Die Luft zwischen uns schien zu knistern, es war so still, man konnte eine Stecknadel zu Boden fallen hören.

Ohne den Blick von mir abzuwenden, ging er zurück zur Tür und sperrte ab, so ganz hatte er also auch nicht vergessen, dass wir nicht allein in diesem Haus waren. Dann kam er zu mir, hob seine Hand an mein Gesicht und umschloss mein Kinn. Eindringlich sah er mir in die Augen. »Du weißt, dass ich … wie viel du mir bedeutest, oder?«

Ich konnte ihn nur ansehen. Solche Worte hatte ich nicht erwartet, und sie kamen mir unwirklich vor, besonders, nachdem ich so lange ein vollkommen anderes Bild von ihm gehabt hatte. Andererseits fühlte auch ich mich ihm so tief verbunden. Nur sagen konnte ich ihm das nicht mehr, denn Henry küsste mich bereits. Es war wieder einer dieser sanften, langsamen Küsse, die mich zum Schmelzen brachten. Er schien überhaupt keine Eile zu haben, weil die anderen auf uns warteten, er schien sich keine Gedanken zu machen, was sie von uns dachten, und er sorgte dafür, dass auch ich sie vergaß. Jetzt war nur noch wichtig, ihm so nahe wie möglich zu kommen.

Ich hob meine Hände an seine Brust, berührte seine heiße Haut, folgte mit meinen Fingern den einzelnen Muskelsträngen.

Henry seufzte auf, sein Kuss vertiefte sich, unsere Atemzüge gingen schneller.

Ich verstand nicht, wieso es sich mit ihm so intensiv anfühlte. Mit Henry kam ich mir vor, als stünde ich unter Strom – nicht nur körperlich, auch die verschiedensten Gefühle schossen elektrisierend durch mich: Glück, Verlangen, Wärme, Liebe, Schmerz und Geborgenheit, verbunden mit der Angst, all das zu verlieren. Aber ich durfte jetzt nicht nachdenken, jetzt gehörten wir nur uns.

Henry öffnete meinen BH und schob mein Höschen von meinen Hüften, dann entledigte er sich auch seiner Jeans und Shorts, er führte mich in die begehbare Dusche, schaltete das Wasser an und schob mich unter den sanft prasselnden Strahl. Ich war absolut willenlos. Ich konnte nur dastehen, während er meinen ganzen Körper mit Küssen übersäte und das warme Wasser und der Dampf mich einhüllten. Es wollte immer noch nicht in meinen Kopf, dass ich mit Henry Beaumont zusammen war. Dabei war er doch viel mehr als das, was in den Medien über ihn zu lesen war. Henry hatte mir da draußen im größten Sturm sein wahres Ich gezeigt, und daraufhin hatte ich mich nur noch mehr in ihn verliebt. Jede seiner Berührungen, jeder Kuss erzählte von einem Mann, der sowohl selbstbewusst als auch verletzlich war. Er wusste, was er tat, und gleichzeitig ließ er sich vollkommen gehen.

Ich hielt es nicht mehr aus, ich wollte ihn endlich spüren. Also presste ich mich an ihn und hörte sein tiefes Stöhnen an meinem Ohr. Ich lehnte mich vor und hauchte Küsse auf seine warme Haut.

Henrys Hand strich meinen Rücken hinunter, immer tiefer, über meinen Po, zur Rückseite meines Oberschenkels, nach vorne, seine Finger glitten wieder höher und hinterließen kleine Feuer, die alle in meiner Mitte zuckten. Seine andere Hand fuhr unter mein Kinn, hob es an, er zog mich wieder zu sich hoch, küsste mich, energischer diesmal. Er hielt mich fest an sich gepresst, lehnte sich gleichzeitig aber auch so stark gegen mich, dass ich mein Gleichgewicht verlor und zurück gegen die Fliesen sank.

Ich wurde noch verrückt, mir wurde immer heißer in diesem Dampf, aber es waren seine Hände, die mich versengten.

Ich versuchte, die Augen zu öffnen, Licht und Schatten tanzten um mich herum. Ich konnte nicht mehr denken, dafür fühlte ich viel zu viel. Sein Mund, seine Hände waren überall.

Plötzlich hob er mich hoch, und instinktiv schlang ich die Beine um seine Hüften. Henry griff an mir vorbei und drehte das Wasser ab, dann trug er mich aus dem Badezimmer und ließ mich aufs Bett sinken.

Ich glitt in die weichen Kissen, Henrys Gewicht lag auf mir, presste mich tiefer hinein, und es gab kein besseres Gefühl, als klitschnass in diesem Bett zu liegen und Henrys heißen Körper über mir zu spüren. Wir liebten uns ohne Eile, eher ehrfürchtig darüber, wie unsere Körper eins wurden. Henry sah mich an, suchte meinen Blick, und ich spürte, dass es für ihn genauso magisch war wie für mich.

Es fiel mir schwer zu glauben, dass ich gerade noch schreckliche Angst um Everdream gehabt hatte, dass ich durch ein Unwetter geritten war, dass Henry mir so düstere Gedanken anvertraut hatte. Das alles kam mir weit weg vor. Dieser Moment jetzt war einfach nur wunderschön.

Wir blieben noch lange nebeneinander liegen und küssten uns. Ich fühlte mich so geborgen und entspannt, dass ich mich erneut zusammenreißen musste, um nicht einzuschlafen. Henry schien es genauso zu gehen, denn irgendwann stand er unvermittelt auf und wischte sich unwirsch übers Gesicht. Dann lächelte er zu mir hinunter. »Hunger?«

Träge richtete ich mich im Bett auf. »Und ob.«

Wir schlüpften in unsere gemütlichen trockenen Sachen und gingen die Treppe hinunter. Vor der Küche wollte ich Henrys Hand loslassen, ich kam mir immer noch komisch dabei vor, unsere Beziehung vor den anderen so offen zu zeigen. Aber Henry verstärkte seinen Griff und zog mich noch näher an sich heran.

Er öffnete die Küchentür, und ein köstlicher Duft nach Essen stieg mir in die Nase. Sofort fing mein Bauch an zu grummeln. Henry an meiner Seite lachte leise. Ich sah zu ihm auf. Ihn so entspannt und ausgelassen zu erleben war immer noch ungewohnt für mich, aber ich liebte es.

»Ah, da seid ihr ja«, rief Ally. Sie stand mit Topflappen in der Hand am Herd. »Seid ihr schön aufgewärmt?«

Ich strich mir die noch feuchten Haare zurück. »Ja, danke.«

Ally lächelte mir zu, dann hob sie einen schweren Topf zum Esstisch in der Ecke am Fenster. Dort saß Sam auf der Bank und schnitt Brot, Josy stand an der Spüle und wusch Salat.

Ich dachte daran, wann ich zuletzt hier gewesen war – für mein Bewerbungsgespräch bei Sam. Damals war die Küche leer gewesen. Heute war sie voll mit Menschen, Wärme, Düften und Leben.

»Kann ich helfen?«, fragte ich, aber Ally scheuchte mich schon zur Eckbank.

»Setz dich. Warte, ich bringe dir gleich etwas zu trinken. Tee?«

»Sehr gern, danke.« Ich ließ mich neben Sam nieder, und Henry rutschte an meine Seite, dabei legte er einen Arm um meine Taille, als wäre es das Selbstverständlichste der Welt.

Doch für mich war es immer noch ungewohnt. Es fühlte sich

nicht unangenehm an, ich fürchtete nur noch ein wenig die Reaktion der anderen. Aber die schienen diese Geste der Zuneigung überhaupt nicht zu registrieren. Und so entspannte ich mich schließlich auch und lehnte mich an Henry. Es war so schön, seine Nähe zu spüren.

»Wie läuft es mit der Band?«, fragte ich Josy, die mit dem Salat fertig war und jetzt Teller zum Tisch brachte.

»Super. Sam sagt, wir dürfen bei der nächsten Country Fair auftreten, und Joey, unser Sänger, hat einen Cousin mit professionellem Equipment zum Aufnehmen von Songs.«

»Das klingt toll. Ihr kommt bestimmt ganz groß raus.«

»Ja, wir müssen jetzt aber erst mal einen neuen Platz zum Proben finden. Joeys Mum hat sich wieder ein Auto gekauft und braucht die Garage.«

»Ich habe doch schon hundertmal gesagt, ihr könnt hier proben«, ließ sich Sam vernehmen, der das Besteck und die Teller auf dem rustikalen Holztisch verteilte. »Wir haben mehr als genug Platz.«

Josy stemmte eine Hand in die Seite. »Und ich habe schon hundertmal gesagt, das kommt nicht infrage.«

»Wieso?«, fragte ich nach und sah, dass Josy tief Luft holte.

»Jetzt geht's los«, flüsterte Henry mir ins Ohr, woraufhin Josy ihm sofort einen giftigen Blick zuwarf.

»Seinetwegen«, sagte sie dann und zeigte mit einem lila lackierten Finger auf ihn.

»Wegen Henry?«, fragte ich verblüfft, was Henry mit einem gespielt ernsten Nicken beantwortete.

»Ich bin zu heiß.«

Josy stieß Würgegeräusche aus, was ihr einen strengen Blick von Ally einbrachte, während Sam nur vor sich hin grinste.

»Ich kann nicht einmal Freundinnen mitbringen«, beschwerte sich dann Josy auch schon weiter, ging zur Spüle und warf unwirsch den Salat von dort in eine Schüssel. »Die flippen alle aus, seit sie wissen, dass Henry hier wohnt. Es geht dann nicht mehr darum, Zeit mit mir zu verbringen oder Musik zu machen, nein, sie stehen drei Stunden vor dem Spiegel und schmachten dann Henry hinterher. Ich meine …« Sie warf die Arme in die Luft, was die vielen Armreife an ihren Handgelenken aneinanderklimpern ließ. »Was finden sie nur an ihm?« Sie wandte sich mir zu und sah mich mit hochgezogenen Augenbrauen an. »Im Ernst, Bonnie, was findest du an ihm?«

»Ich bin gut im Bett«, erwiderte Henry todernst, was mich nach Luft schnappen ließ. Aber ich hatte gar keine Zeit, rot zu werden oder mir Sorgen um die Reaktion der anderen zu machen, denn eine Scheibe Brot flog an mir vorbei und traf Henry mitten ins Gesicht. Sam hatte sie geworfen!

Verwundert sah ich zwischen ihm und Henry hin und her, dann zu Ally und Josy. Alle lachten! Ally ging kopfschüttelnd und kichernd zum Ofen, Josy streckte Henry die Zunge raus und brachte den Salat zum Tisch, und Sam hielt sich den Bauch vor lauter Lachen. Ich konnte nicht anders, ich fiel in das Gelächter mit ein. Die Fröhlichkeit war ansteckend, und mir ging auf, dass das hier eine richtige Familie war. So etwas kannte ich gar nicht. Es hatte immer nur Dad und mich gegeben. Hier fühlte es sich an, als wäre ich Teil einer richtigen, wenn auch sehr chaotischen Familie, und es war traumhaft.

Henry nahm das Brot, das ihm auf den Schoß gefallen war, und biss herzhaft hinein. »Danke«, sagte er an Sam gewandt, »ich bin schon am Verhungern.«

»Ja, iss nur, dann bist du wenigstens still.«

»Die Wahrheit ist schwer zu verkraften«, erwiderte Henry lachend, zog mich näher an sich und küsste meine Wange.

Sam lächelte. Es war ein zärtliches, fast ein wenig verwundertes Lächeln, als wäre es auch für ihn sonderbar, Henry so ausgelassen und gelöst zu sehen. Er schien meinen Blick zu bemerken, denn er zwinkerte mir kurz zu, als wären wir Verbündete. Aber im Grunde waren wir nur zwei Menschen, die sich darüber freuten, Henry glücklich zu sehen. Und das war ich auch. Wunschlos glücklich.

Kapitel 13

Klassische Musik drang sanft aus dem Lautsprecher am Rand des Reitplatzes, während ich mit Joker meine Runden drehte. Ich wollte ihn an Musik und Umgebungsgeräusche gewöhnen, aber nicht gleich mit einem vollen Heavy-Metal-Brett daherkommen. Beethovens *Mondscheinsonate* war nach der Aufregung gestern genau das Richtige.

Anders als das schrille Wiehern aus Richtung Koppel, wo Everdream nach ihrem neuen besten Freund schrie. Seit gestern stand die Stute sogar bei Joker und den anderen Wallachen auf der Koppel, und es gab keine Probleme. Sie ignorierte die anderen Pferde, aber an Joker klebte sie wie Kaugummi an einem Schuh. Jetzt wieherte sie herzzerreißend nach ihm.

»Jaja, bald!«, rief ich über den Reitplatz in ihre Richtung. Sie streckte den Hals über den Stromzaun, ohne ihn zu berühren. »Du kommst auch noch dran.«

Lady Kerry hatte zugestimmt, dass ich Everdream bis zur Auktion ritt, was für mich ein großer Vertrauensbeweis war. Jetzt war aber erst mal Joker dran.

Ich arbeitete ihn locker, sodass er den Hals streckte und den Rücken hob. Fleißig trat er mit der Hinterhand unter den Schwerpunkt. Er war so angenehm zu reiten, nicht einmal der frische Wind störte ihn, und ich freute mich schon darauf, nächste Woche mit ihm nach Red Oak zu fahren und dort erneut mit ihm zu üben.

»Hey, Bonnie.«

Ich blickte über die Schulter zurück und lächelte. Henry kam auf mich zu, lässig in Jeans und T-Shirt, die Haare windzerzaust, ein Lächeln im Gesicht, das ihm so gut stand und das er meiner Ansicht nach viel zu selten zeigte. Obwohl, wenn ich so darüber nachdachte, sah ich es in letzter Zeit ziemlich häufig. Vielleicht war er genauso glücklich wie ich. Konnte es sein, dass ich ihm guttat? Unfassbar!

Ich wendete Joker und trabte zum Reitplatzausgang auf ihn zu. »Hi.« Sein Anblick ließ sofort mein Herz flattern, was wirklich lächerlich war. Ich konnte nicht anders, als über beide Ohren zu strahlen. In seiner Gegenwart war ich so überglücklich.

Henry schob das Reitplatztor auf, kam zu uns herein und tätschelte Jokers Hals. Dann umschloss er mit seiner Hand mein T-Shirt an der Taille und zog mich sanft zu sich hinunter. Ich beugte mich im Sattel vor und küsste ihn. Konnte das wirklich wahr sein? Mein Leben war so schön, dass ich fast schon ein schlechtes Gewissen bekam.

»Ich hab dich gesucht«, sagte Henry schließlich und ließ mich los. Er lehnte sich gegen den Zaun und musterte Joker anerkennend. Vielleicht fiel ihm auf, dass ich ihn heute Morgen gründlich gewaschen hatte, um den ganzen Staub aus seinem Fell zu bekommen.

»Wieso gesucht?«, fragte ich und zupfte ein paar Strähnen der Mähne aus der Satteldecke. »Ich bin ja wohl nicht so schwer zu finden.«

»Stimmt.« Er stützte die Ellbogen links und rechts von sich am Zaun ab und blinzelte zu mir hoch gegen die Sonne. »Ich habe mit Ally ein paar Vorbereitungen für Sams Geburtstag besprochen und …«

»Oh, hast du schon gehört?« Ich richtete mich etwas auf und deutete zum Stall hinüber. »Mike will eine Torte backen! Eine Torte! Er sagt, er kann das! Hättest du das gedacht? Wir überraschen Sam am Sonntag im Stall, also Maya, Mike und ich, wir haben ein kleines Geschenk für ihn und …«

»Ja, darüber freut er sich bestimmt, aber deshalb bin ich nicht hier.«

Erwartungsvoll sah ich ihn an, ein wenig beunruhigt, wie ernst er plötzlich wirkte.

»Sam hat ja am Samstag diesen Cocktailempfang zu seinem Geburtstag drüben in seinem Haus.«

»Die affige Veranstaltung, ich weiß.« Sam war nicht begeistert davon, er mochte solche schicken Zusammenkünfte ja nicht einmal. Aber er wollte die Gelegenheit nutzen, um potenzielle Käufer einzuladen und Kontakte zu knüpfen. Die Country Fair war ein guter Anfang gewesen, aber er musste sich den gesellschaftlichen Verpflichtungen stellen, wenn er ganz oben mitspielen wollte. Dafür feierten wir dann an seinem richtigen Geburtstag, am Sonntag, gemütlich im Stall.

»Genau. Wie gesagt, ich bin mit Ally ein paar Sachen durchgegangen, und da ist mir dein Name aufgefallen. Auf der Liste der Cateringmitarbeiter.« Er kam mir so verwirrt vor, als wüsste er echt nicht, was mein Name auf solch einer Liste zu suchen hatte, was wiederum mich ein wenig verwirrte. Schließlich waren wir uns bei der Huntington-Feier über den Weg gelaufen, ich hatte in der Uniform der Firma vor ihm gestanden.

»Ja, ich arbeite am Samstag wieder. Ich habe vor, heimlich Bier in Sams Champagnerglas zu füllen, dann kann er den Abend vielleicht ein wenig besser ertragen.«

»Du hast echt vor, dort zu arbeiten? In Sams Haus?« Die Entgeisterung in seinem Blick ärgerte mich mittlerweile sogar.

»Ja«, erwiderte ich lang gedehnt. »Das ist mein Job.«

»Ich will, dass du mit mir da hingehst.«

»Was?« Verstand ich ihn richtig? »Zu Sams Feier? Am Samstag?«

Henry nickte ernst und richtete sich auf. »Du gehörst nicht zum Catering, Bonnie, du gehörst zu … uns. Es ist doch klar, dass du beim Empfang dabei bist. Als Gast.«

Ich konnte ihn nur entgeistert ansehen. Ich sollte zu dieser Veranstaltung? Waren wir uns nicht einig gewesen, dass wir solche Dates erst mal lassen sollten? Aber andererseits ging es hier um Sam. Es war seine Geburtstagsfeier, und das allein war doch etwas völlig anderes als das Emporium mit seinen Freunden. Ich könnte zum ersten Mal in meinem Leben mit den anderen Champagner schlürfen und Häppchen futtern, anstatt sie zu servieren. Als Henry Beaumonts Begleitung.

Ich lächelte vorsichtig. Henry wollte mit mir zusammen auf diesen Cocktailempfang. Mir war überhaupt nicht der Gedanke gekommen, dass wir gemeinsam da hingehen könnten. Für mich war klar, dass ich wieder im Catering arbeitete und Henry als Sams Neffe und Teilhaber des Gestüts im Anzug herumlief. Aber jetzt sollte ich dazugehören? So wie ich es mir immer gewünscht hatte?

Allerdings hatte ich das Geld für den Cateringjob bereits fest in das Budget für meinen Führerschein eingeplant. Angestrengt rechnete ich nach, während Henry ungeduldig eine Augenbraue hochzog.

»Und?«, wollte er wissen. »Was gibt es denn da so lange zu überlegen?«

Er konnte natürlich nicht ahnen, dass ich auf das Geld angewiesen war, dieses Gefühl kannte er vermutlich gar nicht. Aber ich bekam bald wieder meinen Lohn ausbezahlt, und gespart hatte ich auch noch etwas. Wenn ich mich außerdem endlich dazu aufraffte und meine alten Reithosen und Stiefel verkaufte, sollte ich genügend Geld zusammenbekommen.

»Okay«, sagte ich also grinsend und sah schon vor mir, wie ich an Henrys Arm durch den Ballsaal schwebte – gut, Sams Haus hatte sicher keinen Ballsaal, und außerdem war es nur ein Cocktailempfang, aber in meinen Gedanken sah ich mich mit Henry wie in *Die Schöne und das Biest* unter goldenen Kronleuchtern zur Musik tanzen – vielleicht lag das aber auch an der klassischen Musik, die immer noch im Hintergrund lief.

»Schön, dass du zur Vernunft gekommen bist«, neckte Henry mich, zog mich wieder an sich und küsste mich. »Soll ich dich von hier oder von zu Hause abholen?«

Ich überlegte. Hier hatte ich nichts Passendes anzuziehen, da fand ich eher noch auf Red Oak etwas. Vielleicht konnte Vanessa mir ja wieder helfen.

»Red Oak«, bat ich also, und Henry nickte.

»Dann bin ich am Samstag um sieben bei dir«, sagte er, streichelte noch mal kurz mein Bein, dann Joker und ging davon. Ich wartete, bis er außer Sichtweite war, dann zog ich das Handy aus der Tasche meiner Reithose. Es kostete mich enorme Anstrengung, nicht laut zu kreischen. Henry und ich zusammen auf Sams Geburtstagsfeier! Sicher waren die Huntingtons eingeladen, also auch Vanessa. Endlich konnten wir mal zusammen feiern, fast schon wie Ebenbürtige.

So schnell ich konnte wählte ich Vanessas Nummer.

»Hi, Bonnie«, meldete sie sich sofort, sie klang müde und geschafft, vielleicht hatte ich sie wieder auf dem Crosstrainer erwischt.

»Rate, wer zu Sam Beaumonts Geburtstagsfeier gehen wird!« Ein Lachen sprudelte in mir hoch, ich konnte es nicht zurückhalten. »Ich!«, platzte es auch schon aus mir heraus, bevor Vanessa antworten konnte. »Henry hat mich gefragt, wir gehen zusammen. Ich werde nicht fürs Catering arbeiten. Du bist doch auch dort, oder?«

»Ähm … ja klar, aber …«

»Das wird so super, Vanessa! Kannst du mir wieder etwas leihen? Und du hast letztens meine Haare so toll hingekriegt, kannst du mir damit auch wieder helfen? Wir können uns zusammen fertig machen und …«

»Das geht nicht.«

Ich verstummte sofort.

»Was meinst du damit?«

»Ich hab keine Zeit.«

»Aber du gehst doch auch hin.«

»Ja eben. Ich muss mich selbst fertig machen, und Mum braucht meine Hilfe, und ja … tut mir leid.«

»Oh … okay.« Enttäuschung stieg in mir auf, aber ich wollte mir nichts anmerken lassen. »Dann … kannst du mir vielleicht etwas zum Anziehen leihen? Ich hole es mir nur schnell ab und …«

»Tut mir leid, ich habe nichts.«

Nun verkrampfte sich mein Bauch. Ein ganz schlechtes Gefühl machte sich in mir breit. Sie hatte nichts Passendes anzuziehen für Sams Geburtstagsfeier? Seit wann? Sie hatte Schränke voller toller Outfits. Und bisher hatte sie mir immer gern etwas geliehen.

»Vanessa … bist du böse auf mich?«

»Nein, wieso? Ich hab nur viel zu tun, das ist alles.«

Eine Ahnung beschlich mich. Sie hatte viel zu tun, genau wie ich in den letzten Tagen. »Ich weiß, ich habe mich ein paar Tage nicht gemeldet, es tut mir wirklich leid, Vanessa. Du hast mir die süßen Fotos von Meteor geschickt, ich wollte dich anrufen. Aber es war so viel los. Du kannst dir ja gar nicht vorstellen, was beim Unwetter passiert ist, Everdream ist abgehauen und …«

»Es ist alles gut, Bonnie, aber ich muss jetzt echt los. Wir sehen uns dann ja am Samstag. Tschüss.« Und damit legte sie auf und ließ mich völlig perplex zurück.

Was war los mit ihr? Ging es wirklich nur darum, dass ich mich in den letzten Tagen nicht gemeldet hatte? Mein schlechtes Gewissen meldete sich, denn es waren nicht nur das Unwetter und die Arbeit gewesen. Ich hatte nur noch Henry im Kopf gehabt. Wenigstens eine kurze Nachricht hätte ich ihr doch schicken können. Aber andererseits hatten wir sonst auch nicht jeden Tag Kontakt gehabt, sie war ja auch meistens beschäftigt. Vielleicht lag es also gar nicht daran. War sie wirklich nur im Stress? Hatte ich ihr sonst irgendetwas getan? Ihre Reaktion gerade hatte mich tief verletzt, doch vor allem machte ich mir Sorgen. Es sah ihr gar nicht ähnlich, mich so hängen zu lassen. Hatte sie vielleicht wieder Probleme zu Hause? Am liebsten wäre ich sofort zu ihr gefahren, aber ich konnte hier wohl kaum alles stehen und liegen lassen, außerdem hatte ich kein Auto, und spätabends fuhr auch kein Bus mehr.

Ich sah in die Richtung, in die Henry davongegangen war. Und auch wenn sich alles in mir dagegen sträubte, ihn um einen Gefallen zu bitten, war Vanessa jetzt wichtiger. Ich musste Henry bitten, mich zu ihr zu fahren.

*

»Immer noch die Mailbox.« Frustriert ließ ich mein Handy in den Schoß sinken. Regen prasselte aufs Autodach und ließ den Asphalt der Straße vor uns glänzen. Das perfekte Wetter für meine düstere Stimmung. Die Sonne war auch schon fast untergegangen.

»Hier kannst du parken.« Ich deutete an den Straßenrand bei der Wiese vor den Stallungen, auf der beim Turnier die Anhänger geparkt hatten. Unter den Straßenlaternen schimmerte sie wieder saftig grün, der viele Regen in letzter Zeit hatte schnell geholfen.

Henry warf mir einen verständnislosen Blick zu. »Was willst du denn hier? Lass uns zum Haus rauffahren.«

Ich verzog das Gesicht beim Gedanken daran. Ich wusste, dass ich dort nicht erwünscht war. Am liebsten wäre ich zuerst zu den

Ställen gegangen, um bei den Pferden nach Vanessa zu suchen, aber natürlich war die Wahrscheinlichkeit höher, sie zu Hause zu finden.

»Okay«, resignierte ich und lehnte mich auf dem Beifahrersitz zurück. »Es tut mir echt leid, dass du deinen Abend damit verbringen musst, mich herumzukutschieren.«

»Wie oft willst du dich noch entschuldigen? Ich habe dir doch schon gesagt, dass du immer zu mir kommen kannst.«

»Ich mache mir einfach so Sorgen um sie.«

»Weil sie am Telefon komisch war.«

»Ja.«

Mehr konnte ich ihm nicht sagen. Denn dann müsste ich ihm auch erzählen, warum ich Vanessa überhaupt angerufen hatte – weil ich etwas zum Anziehen für Sams Geburtstag brauchte, was er nicht wissen sollte. So wie ich ihn einschätzte, würde er mir dann irgendetwas Tolles kaufen, und das wollte ich nicht. Aber damit er meine Sorge um Vanessa wirklich verstand, müsste er auch erfahren, welche Probleme sie zu Hause hatte. Ich müsste ihm von ihrer Essstörung erzählen, von der komplizierten Beziehung zu ihrer Mutter. Aber das waren ihre Geheimnisse, nicht meine. Und für dieses ungute Gefühl in meinem Bauch hatte ich selbst nicht einmal eine Erklärung. Wie sollte er es dann verstehen?

Umso glücklicher war ich, dass Henry sich sofort dazu bereit erklärt hatte, mich nach Red Oak zu fahren, ohne weitere Fragen zu stellen.

Wir gelangten zum Herrenhaus, und Henry blieb direkt vor dem Eingang stehen. Wieder starrte ich über die Steinstufen hoch zur Eingangstür. Das letzte Mal hatte Mrs Darborough mir die Tür geöffnet. Ich bezweifelte, dass ich zweimal so viel Glück hatte.

»Na dann, komm.« Henry stieg aus, und ich folgte ihm. Ganz selbstverständlich eilte er die Stufen hoch, um unter dem Dachvorsprung vor dem Regen geschützt zu sein, und klingelte. Ich ließ mir da schon mehr Zeit, zögerte ganz automatisch. Was, wenn Vanessa aufmachte? Das wollte ich ja einerseits, aber ich hatte auch Angst vor dem, was sie sagte und dass sie aus irgendeinem Grund wirklich richtig wütend auf mich war.

Schwere Schritte ertönten, das war bestimmt nicht Vanessa. Im nächsten Moment schwang die Tür auf, und Lord Huntington stand vor uns. Seine Augenbrauen hoben sich, ein überraschter Laut entfuhr ihm. Völlig perplex sah er zwischen uns beiden hin und her.

»Henry! Bonnie! Was macht ihr denn hier?«

»Mylord.« Henry streckte ihm die Hand entgegen, und Lord Huntington schlug ein, während ich versuchte, an ihm vorbei ins Haus zu spähen. Vielleicht war Vanessa ja ganz in der Nähe und hatte die Klingel gehört. Aber da war niemand.

»Wir wollen Vanessa besuchen«, sagte ich also an Lord Huntington gewandt. »Ist sie da?«

Nun zeichnete sich Verwirrung in seinem Gesicht ab. »Hat sie es dir nicht erzählt? Vanessa ist mit ihrer Mutter für ein paar Tage weggefahren, in ein Wellnesshotel. Sie kommen erst am Samstag zurück, kurz vor der Feier.«

»Oh.«

Damit hatte ich nicht gerechnet. Ein Wellnesshotel! Vanessa und Lady Huntington waren zusammen im Urlaub? War das ein gutes oder ein schlechtes Zeichen? So ein Mutter-Tochter-Urlaub tat ihnen ja möglicherweise ganz gut. Dieser Urlaub würde auch erklären, warum Vanessa am Telefon so kurz angebunden gewesen war. Und am Samstag konnte sie mir nicht helfen, weil sie da erst zurückkam. Es war alles in Ordnung! Ich hatte mir umsonst Sorgen gemacht! Nur wieso hatte sie mir dann nichts davon erzählt?

»Um was geht es denn?«, wollte Lord Huntington wissen. »Soll ich im Hotel anrufen? Die beiden haben leider kein Handy mit –

das macht man dort wohl so, um richtig abschalten zu können«, seufzte er und verdrehte die Augen.

Das erklärte, warum ich Vanessa nicht mehr erreicht hatte. »Nein, danke. Es ist nichts Wichtiges. Ich habe mich nur gefragt, ob wir mal wieder zusammen ausreiten, das ist alles.«

»Ich werde es ihr ausrichten.« Er sah wieder zwischen Henry und mir hin und her, prüfend, als könnte er sich nicht vorstellen, was wir hier zusammen wollten. Wusste er nichts von uns? Das wäre mal eine nette Abwechslung.

»Danke«, sagte ich und deutete zu den Ställen hinunter. Von hier aus sah ich kaum noch mehr als die Beleuchtung drum herum, es wurde schnell dunkel, noch schneller durch die dicke Wolkendecke. »Ich würde noch gern nach Meteor sehen, wenn das okay ist.«

»Natürlich, Bonnie, er wird sich freuen. Schönen Abend«, wünschte er und schüttelte erneut Henrys Hand.

Henry und ich gingen zurück zum Auto. »Es ist also alles okay?«, wollte er wissen und öffnete mir die Tür.

»Scheint so.« Ich setzte mich schnell hin, um aus dem Regen zu kommen, und Henry joggte um den Wagen herum und ließ sich gleich darauf neben mir nieder.

»Ist doch gut, oder?«, fuhr er fort und sah mich prüfend an. »Wieso wirkst du dann so unglücklich?«

»Keine Ahnung. Ich habe immer noch so ein blödes Gefühl. Sie war komisch am Telefon. Aber jetzt kann ich sie eh nicht mehr erreichen, also werde ich wohl bis Samstag warten müssen.«

Henry drückte kurz meine Hand. »Es ist bestimmt alles in Ordnung, und bei Sams Feier könnt ihr dann miteinander reden. Zeigst du mir Meteor?«

Ich lächelte. Die Aussicht, mit Henry zu meinem Lieblingspferd zu gehen, hob meine Laune sofort. Und er hatte ja recht. Bis Samstag konnte ich sowieso nichts unternehmen.

Kapitel 14

Herzlichen Glückwunsch zum Geburtstag.« Ich reichte Sam meine Hand, der mit einem kläglichen Lächeln einschlug und mich dann in eine Umarmung zog.

»Rette mich«, raunte er mir ins Ohr, was mich zum Lachen brachte.

Ich schob ihn von mir und ließ meinen Blick über ihn wandern. Er trug einen schwarzen Anzug, der ihm perfekt stand und ihn ein wenig wie einen rauen Bodyguard aussehen ließ. Die langen schwarzen Haare hatte er im Nacken zusammengebunden, so wie Dad immer, und der dichte Bart war frisch gekämmt und schimmerte von irgendeinem Pflegeöl. Er sah echt gut aus.

»Es läuft doch super«, erwiderte ich und umfasste den Wintergarten seines Hauses mit einer ausschweifenden Geste. Bisher war ich noch nie hier drin gewesen, der Raum war groß genug, um die vielen Gäste unterzubringen, und die goldenen Leuchten an der Wand verliehen ihm ein edles Ambiente; vor den Glasflächen standen Pflanzen in bunten Töpfen, Stehtische waren aufgebaut, und wie schon bei den Huntingtons wurden Tabletts mit Häppchen gereicht. Leider hatte ich Theresa noch nicht entdeckt, sie sollte heute eigentlich arbeiten. Vielleicht half sie in der Küche.

»Ja, super fürs Gestüt«, gab Sam nach und zwinkerte mir zu. »Und wenn dein früherer Boss hier auftaucht, werde ich ihm von Sunshine vorschwärmen, vielleicht nimmt er ihn zum Decken für ein paar seiner Stuten.«

»Das ist eine gute Idee«, erwiderte ich und drehte an meinem Armreif, während ich mich auch gleich nach den Huntingtons umsah. Ich wollte unbedingt mit Vanessa reden, aber noch konnte ich sie nirgendwo entdecken.

Ich blickte auf den goldenen Reif hinab, der im warmen Licht der Seitenleuchten an meinem Handgelenk funkelte. Dad hatte ihn mir für diesen Abend geliehen. Er passte perfekt zu dem kobaltblauen knielangen Kleid, das mit einem weißen Glitzerband im Nacken geschlossen war. Mein einziges Kleid, das zu einer Veranstaltung wie dieser passte.

»Fühlst dich auch fehl am Platz, was?«, fragte Sam und deutete mit hochgezogenen Augenbrauen auf meinen Armreif hinunter, den ich immer noch unruhig hin und her drehte. »Glaube mir, ich würde jetzt auch lieber in kurzer Hose und T-Shirt draußen bei einem kühlen Bier sitzen.«

»Das kannst du ganz schnell wieder vergessen«, ließ sich unvermittelt Ally vernehmen, die an seine Seite trat und sich bei ihm einhängte. Ihr knöchellanges, eng anliegendes Kleid schmiegte sich seidig an ihren langen, schlanken Körper. »Hi, Bonnie, wie schön, dass du da bist. Und was für ein hübsches Kleid! Du siehst hinreißend aus.«

»Danke.«

»Wo hast du denn Henry gelassen?«

Ich deutete zur Decke hoch. »Er hat sein Handy oben vergessen und holt es nur schnell.« Eigentlich hatte er mich mit in sein Zimmer nehmen wollen, aber ich hatte Sam entdeckt und mich selbstbewusst ins Getümmel werfen wollen. Es sollte nicht so aussehen, als müsste ich mich an Henry klammern.

Ally verdrehte mit einem Seufzen die Augen. »Henry und sein Handy, als würde die Welt untergehen, wenn er mal nicht erreichbar ist.«

»Er erwartet wohl einen Anruf von Lord Dunby. Es geht um

Joker«, erklärte ich. Henry hatte mir auf der Fahrt hierher erzählt, dass Lord Dunby Interesse an Joker hatte – als Reitpferd für seine Tochter, die in den Turniersport einsteigen wollte.

»Aber nicht Samstagabend, da bin ich mir sicher. Ah, da ist er ja.« Ally winkte an mir vorbei, und als ich mich umdrehte, kam tatsächlich Henry auf uns zu, das Handy in der Hand hin und her schwenkend.

»So, alles da«, sagte er, ließ es in seiner Sakko-Tasche verschwinden, legte den Arm um meine Taille und küsste meine Wange. »Was habe ich versäumt?«

»Nichts«, schnaubte Sam abfällig. »Auf dieser ganzen Party gibt es absolut nichts, was du verpasst haben könntest. Aber morgen lassen wir es richtig krachen, nicht wahr, Bonnie?«

»Klar.«

Wir hatten eine kleine Feier auf dem Heuboden geplant. Mike würde seine selbst gebackene Torte mitbringen, und Josy wollte uns ihre Boombox leihen. Ich freute mich schon sehr darauf. Aber auch der Empfang heute war deutlich besser, als ich ihn mir vorgestellt hatte. Ich fühlte mich wohl inmitten der Menschen, die sich alle für Pferde zu interessieren schienen.

»Etwas zu trinken?«

Die Stimme kannte ich! Ich drehte mich um und sah wie erwartet in Theresas strahlendes Gesicht. Mit einem Grinsen hielt sie mir ein Tablett mit Champagnergläsern entgegen.

»O mein Gott, Theresa, ich hab mich schon gefragt, wo du steckst!« Ich freute mich so sehr, sie zu sehen, dass ich ihr fast um den Hals gefallen wäre, aber sie wich schnell lachend einen Schritt zurück und hob das Tablett an, um mich daran zu erinnern, dass das keine gute Idee war.

»Ihr kennt euch?«, wollte Sam wissen und sah neugierig zwischen Theresa und mir hin und her.

»Ja, von Red Oak«, erzählte ich aufgeregt. »Theresa ist dort

Pferdepflegerin, und beim Catering haben wir auch schon oft zusammengearbeitet. Das ist Sam Beaumont«, stellte ich an Theresa gewandt vor. »Und das seine Frau Ally und …« Mir ging auf, dass Henry immer noch den Arm um mich gelegt hatte und mich nah bei sich hielt, was mir vor Theresa gerade total seltsam vorkam. Aber auf gewisse Weise war es auch schön. Ich erinnerte mich an das Turnier auf Red Oak und wie Theresa und ich über den Skandal-Herzog geredet hatten. Es kam mir so vor, als wäre das eine Ewigkeit her. Hatten wir damals wirklich über denselben Henry gesprochen? Natürlich hatte ich Theresa auf dem Laufenden gehalten, und jetzt stand ich hier, mit Henry an meiner Seite, und konnte selbst kaum glauben, dass all das die Wirklichkeit war. Dass ich ein schönes Kleid trug und als Gast zur Feier gekommen war, nicht als Teil des Personals. Dass ich mit Henry Beaumont zusammen war und Sam und Ally mich wie ein Familienmitglied behandelten. Das alles war kein Traum. Und in Theresas breitem Lächeln sah ich, dass sie sich für mich freute, was alles noch einmal so viel besser machte.

»Das ist Henry«, schloss ich also und legte meine Hand auf seine, die an meinem Bauch lag. *Mein Freund,* hätte ich beinahe kichernd hinzugefügt, aber ich konnte mich gerade noch zusammenreißen. So wie Theresa mich und Henry ansah, war davon auszugehen, dass sie genau wusste, was zwischen uns lief. Ich hatte das Gefühl, vor Glück fast zu zerspringen.

»Freut mich«, sagte sie und streckte ihr Tablett von sich. »Champagner?«

»Bloß nicht«, stöhnte Sam und lehnte sich ein wenig zu Theresa vor. »Aber wenn du mir ein Bier besorgen könntest …«

»Kommt gar nicht infrage.« Ally sah mit strengem Blick zwischen Sam und Theresa hin und her. Dann nahm sie vornehm zwei der Champagnergläser vom Tablett und reichte Sam eins davon, während er die Augen verdrehte.

»Danke, Theresa«, sagte sie liebenswürdig und tätschelte beruhigend Sams Arm. »Wir trinken den Champagner sehr gern, genauso wie unsere Gäste.«

»Die hätten sicher auch lieber Bier«, grummelte Sam in sich hinein, was Ally nur noch seufzen ließ.

»Ich wusste, worauf ich mich einlasse«, murmelte sie, dann nickte sie uns noch zu und führte Sam mit sich zu ein paar älteren Herren, die einen wichtigen Eindruck machten.

»Ich muss auch weiterarbeiten«, sagte Theresa und drückte kurz meinen Arm. »Wir reden nachher noch, okay?«

»Unbedingt. Ich will auch alles über Alex wissen.«

Theresa grinste breit und zwinkerte mir zu, dann wandte sie sich ab und ging mit ihrem Tablett zu der nächsten Gruppe.

Ich versuchte, mir vorzustellen, wie es gewesen wäre, heute hier zu arbeiten, Champagner zu Sam und den anderen zu bringen, zu Henry. Es wäre kein Problem für mich gewesen, aber so gefiel es mir definitiv besser.

Ich lehnte meinen Kopf an Henrys Brust, und er küsste meinen Scheitel. Sanfte Klavierklänge drangen aus einem alten Plattenspieler, die vielen Gespräche surrten durch den Raum, unterbrochen von Lachen. Ich sah nur freundliche, fröhliche Gesichter. Die Stimmung war entspannt, und das übertrug sich allmählich auf mich. Henrys Hand an meiner Taille fühlte sich so richtig an, als gehörten wir schon lange zusammen und nicht erst seit ein paar Tagen.

Aber dann spannte Henry sich hinter mir plötzlich an, er ließ mich los und drehte sich mit mir zur Glasfront des Wintergartens. Ich hörte ihn irgendetwas murmeln, es klang beinahe wie ein Fluchen, und blickte über die Schulter zurück zum Eingang. Eine elegante Frau in den Fünfzigern betrat gerade den Raum, die schwarzen Haare in stylishem Kurzhaarschnitt, der schlanke Körper in einem Kostüm, das wie angegossen passte. Henrys Mutter.

Verblüfft sah ich zu Henry hoch, der mich mit sich zog, weg vom Eingang, tiefer ins Getümmel.

»Willst du nicht Hallo sagen?«, fragte ich und stemmte mich ein wenig gegen ihn, um ihn zu stoppen.

»Nein.« So viel Härte lag in diesem einen Wort. Ich wusste, dass seine Beziehung zu seiner Mutter nicht die beste war, aber diese Reaktion überraschte mich dann doch. Oder ging es hier um mich?

Abrupt blieb ich stehen. Vermutlich wusste sie nichts von uns beiden, und Henry wollte sie nicht mit der Nase drauf stoßen. Aber andererseits musste sie etwas mitbekommen haben, schließlich ging es um ihren Sohn. Henry wollte mich also nicht vorstellen. Schämte er sich für mich?

Mit einem Schlag fielen das gute Gefühl, das ich bis eben noch gehabt hatte, und das Selbstbewusstsein von mir ab, und ich fühlte mich wieder wie ein Eindringling. *Ich* war das Problem. Henry wollte *meinetwegen* nicht zu seiner Mutter.

»Bonnie.«

Ich hatte gar nicht bemerkt, dass Henry wirklich nicht mehr weitergegangen war und jetzt vor mir stand. Sacht legte er seine Hand auf meine Wange. »Mach dir keine Gedanken. Ich will nicht mit ihr reden, das ist alles.«

»Soll ich weggehen? Damit du in Ruhe zu ihr kannst?«

Seine Augen verengten sich. Er warf einen kurzen Blick in die Richtung seiner Mutter, dann sah er mich wieder an und schüttelte den Kopf. »Das hat nichts mit dir zu tun, Bonnie. Sie hat was gegen mein Leben hier, sie will mich zurück in die Firma holen. Es ist jedes Mal dasselbe, und das muss ich mir an Sams Geburtstag, in seinem Haus, nicht antun. Lass uns einfach zusammen feiern, okay?«

Er lehnte sich zu mir vor und küsste mich sanft, was mich ein wenig beruhigte. Wenn er sich für mich schämen würde, dann würde er das sicher nicht tun. Ich war überempfindlich und bei Weitem nicht so selbstbewusst, wie ich mir gern einredete.

»Wie willst du ihr aus dem Weg gehen?«, fragte ich also und sah mich noch einmal zwischen den vielen Menschen um. Von Henrys Mutter war nichts mehr zu sehen. Aber wenn sie mit ihm reden wollte, dann würde sie ihn auch erwischen, so groß war der Raum dann auch wieder nicht.

Henry verzog den Mund zu einem kläglichen Lächeln und deutete zu einer Gruppe grauhaariger Männer in maßgeschneiderten Anzügen hinüber. »Zuerst kümmere ich mich ums Geschäft, dafür bin ich heute hier. Es geht ums Gestüt. Ob das meiner Mutter passt oder nicht. Kommst du mit?«

Er reichte mir seine Hand, aber in dem Moment entdeckte ich Vanessa hinter ihm. Sie nahm sich gerade ein Glas Champagner von Theresas Tablett, hinter ihr redeten ihre Eltern miteinander.

Ich spürte ein nervöses Ziehen in meinem Bauch. Hoffentlich ging es ihr heute besser und sie freute sich, mich zu sehen. In ihrem marineblauen Cocktailkleid mit dem glitzernden Silberband um die Taille sah sie atemberaubend schön aus, dazu die langen blonden Haare, die ihr glatt über die Schultern fielen. Nur ihr Ausdruck war ernst, da war kein Strahlen, ihre Brauen waren leicht zusammengezogen, der Mund war verkniffen. Ein wenig erinnerte sie mich an ihre Mutter, die gerade eindringlich auf Lord Huntington einredete. Von hier aus konnte ich nicht hören, worum es ging, aber Vanessa war spürbar angespannt. Sie nahm einen großen Schluck Champagner und ging zum offenen Glaselement des Wintergartens, das hinaus auf die Grünflächen führte.

»Ich muss mit Vanessa reden«, wandte ich mich an Henry, berührte kurz seinen Arm und ging dann los. Ich schob mich zwischen den anderen Leuten hindurch, passierte Lord und Lady Huntington, die ich nur kurz mit einem »Guten Abend« grüßte, dann lief ich hinaus in die Dämmerung. Auch hier waren Stehtische aufgebaut, ein paar Raucher hatten sich darum versammelt, Solarleuchten als gelb strahlende Kugeln am Gehwegrand spendeten ein angenehmes Licht. Vanessa stand allein an einem der Tische, sie strich sich gerade die Haare zurück, die der Wind ihr nach vorne blies, und hatte die Augen geschlossen, während sie tief ein- und ausatmete. Erst jetzt fiel mir auf, wie dünn sie in diesem Kleid wirkte, schlaff hing es ihr von den Schultern. War es die nach vorne gebeugte Haltung oder wie sie mit einer Hand den Stehtisch umklammerte, als wäre sie zu schwach, um sich in ihren hohen Schuhen noch aufrecht zu halten?

»Vanessa.« Ich ging zu ihr, immer noch zutiefst besorgt. »Ist alles okay mit dir?«

Vanessa öffnete die Augen und sah mich müde an. »Bonnie.«

»Geht's dir gut?«

Da war kein Lächeln, ihr Ausdruck blieb leer. »Klar.« Sie ließ ihren Blick über mich wandern, als begutachtete sie, wie ich ohne ihre Hilfe zurechtgekommen war, dann richtete sie sich aber auf und wandte sich ab. »Ich muss wieder rein.«

»Vanessa, warte.« Verwirrt torkelte ich ihr in meinen hohen Absätzen hinterher. »Was ist los mit dir?«

Vanessa sah mich nicht einmal an. »Meine Eltern warten, und ich muss Sam Beaumont gratulieren. Du hast ja Henry, der dir Gesellschaft leistet.«

»Henry?« Ich blieb stehen, und auch Vanessa hielt inne, drehte sich zu mir um, als wüsste sie, dass ihre Worte eine Erklärung verlangten. Störte es sie doch, dass Henry und ich zusammen waren? Ich hatte doch mit ihr darüber geredet, sie hatte mir sogar geholfen, mich für das Date mit ihm zu stylen. »Was hat Henry denn damit zu tun?«

Vanessa wartete, bis zwei Frauen an uns vorbei hineingegangen waren, die im Garten geraucht hatten, dann zog sie mich ein wenig zur Seite und senkte die Stimme. »Es ist einfach kompliziert, okay? Meine Mum flippt aus, weil du mit Henry zusammen bist, und ich darf das jetzt ausbaden. Sie will, dass ich mich von dir fernhalte.«

»Oh.« Meine Arme schlangen sich um meine Mitte, plötzlich war mir eiskalt.

Eigentlich war es nichts Neues, dass Lady Huntington Vanessa untersagte, sich mit mir zu treffen. Aber dass Vanessa da jetzt mitspielte, war neu. Ihre Mutter hatte doch immer irgendetwas, das sie störte. Wenn ich nicht mit Henry zusammen wäre, dann würde sie etwas anderes finden.

»Sie hat dich mit Henry zusammen gesehen«, fuhr Vanessa fort und warf einen Blick durch die Glasfront nach drinnen, als fürchtete sie, beim Gespräch mit mir ertappt zu werden. »Das hat sie wahnsinnig aufgeregt. Und ich … es tut mir leid, Bonnie, aber ich hab jetzt einfach keine Kraft, mich mit ihr anzulegen. Ich werde mich weiter mit reichen Typen treffen und zusehen, dass ich jemanden finde, mit dem sie zufrieden ist. Dann gibt sie vielleicht endlich Ruhe.«

»Aber das kann doch nicht die Lösung sein.«

»Für mich schon. Bonnie, mir ist egal, was du davon hältst, ich muss jetzt tun, was das Beste für mich ist, tut mir leid.«

»Also brichst du den Kontakt zu mir ab, weil deine Mutter es so will?«

Vanessa presste die Lippen aufeinander, ihr war anzusehen, wie traurig sie war, aber sie nickte. »Tut mir leid.«

Und damit ging sie an mir vorbei nach drinnen. Ich konnte mich nicht rühren, so geschockt war ich. Vanessa und ich waren miteinander aufgewachsen, wir waren so etwas wie ein Team, auch wenn es nicht immer leicht gewesen war. Ja, wir hatten sogar oft gestritten, uns über den anderen geärgert, aber jetzt fühlte es sich so endgültig an. Sie wirkte so gleichgültig, geradezu erschöpft. Dabei konnte ich ihr nicht einmal einen Vorwurf machen. Ich wusste nicht, wie es war, mit einer Mutter wie Clementine of Huntington aufzuwachsen.

Mein Hals wurde eng von dem dicken Kloß, der sich darin gebildet hatte. Verwirrt blickte ich durch die Glasfront zur Feier hinein und überlegte kurz, was ich tun konnte. Nichts da drin kam mir jetzt noch schön und aufregend vor. Vanessa hatte sich von mir abgewandt, ihre Mutter hatte ihren Willen bekommen, und Lord Huntington …? Sollte ich ihm jetzt gut gelaunt erzählen, wie es mir in meinem neuen Job ging? Dem Job, den er mir besorgt hatte, nachdem er sein Versprechen gebrochen hatte? Oder sollte ich ihn darüber aufklären, wie seine Tochter sich fühlte, was er ja offensichtlich überhaupt nicht mitbekam? Die ganze Familie konnte mir gestohlen bleiben.

Plötzlich fühlte ich mich so wie früher, als wäre ich nicht erwünscht. Wie ein Mensch zweiter Klasse. Am liebsten wäre ich abgehauen, in mein Zimmer, und hätte mich in mein Bett verkrochen. Aber ich musste Henry Bescheid sagen, sonst würde er sich Sorgen machen. Und Sam … Ich durfte ihn nicht im Stich lassen.

Also ging ich zurück hinein in den Wintergarten und sah mich nach Henry um. Aber von ihm fehlte jede Spur. Hatte er nicht etwas Geschäftliches besprechen wollen? Ich schaute zu den Männern, auf die Henry vorhin gezeigt hatte, aber auch da war er nicht.

Ich verließ den Wintergarten und gelangte von dort in den Salon, wo ebenfalls ein paar Leute zusammensaßen und sich unterhielten. Aber auch hier keine Spur von Henry.

Instinktiv griff ich an meine Seite, um mein Handy aus der Hosentasche zu ziehen, aber ich trug natürlich keine Hose, und mein Handy hatte ich in meinem Zimmer gelassen.

Wo waren Sam und Ally? Josy müsste auch hier irgendwo sein. Aber um mich herum blickte ich nur in fremde Gesichter. Und

Theresa? Auch sie konnte ich nirgendwo entdecken. Vielleicht war sie in der Küche. Ein belangloses, nettes Gespräch mit ihr wäre jetzt genau das Richtige. Wenn sie mir erst mal erzählte, wie es mit Alex lief, vergaß ich meine Enttäuschung wegen Vanessa vielleicht.

Ich durchquerte den Salon und gelangte in den Flur, von dem das Badezimmer und auch die Küche abgingen. Die Küche, in der ich vor ein paar Tagen so einen schönen Nachmittag mit Henry, Sam und der Familie verbracht hatte. Die Tür stand offen, und ich hörte Henry.

»Das wird nie passieren!«, sagte er scharf, so viel Zorn lag in seiner Stimme, dass er ganz anders klang. Verwundert blieb ich stehen.

»Was?«, erwiderte eine Frauenstimme verächtlich. »Glaubst du ehrlich, ich kaufe dir ab, dass du dein Leben im Pferdemist verbringen möchtest und mit diesem Stallmädchen in den Sonnenuntergang reitest? Sollen denn schon bald die Hochzeitsglocken läuten, nur um mir eins auszuwischen?«

»Mach dich nicht lächerlich.«

Die Verachtung, die von ihm ausging, ließ meinen Magen verkrampfen. Natürlich war die Vorstellung von einer Hochzeit absurd, aber die Vehemenz in seinen Worten tat trotzdem weh. Ich wusste, dass es besser gewesen wäre, nicht weiter zuzuhören, aber ich konnte mich nicht bewegen. Wie angewurzelt stand ich da, während meine Wangen vor Scham und Demütigung brannten.

»Was soll ich denn denken?«, fuhr die Frau fort, die ich für seine Mutter hielt. »Wie soll ich wissen, wie weit du gehen wirst, nur um deinen Standpunkt zu vertreten und vor deiner Verantwortung wegzurennen?«

»Sehr weit, das kannst du mir glauben. Denn die Firma ist nicht meine Verantwortung, das Gestüt ist es. Und es geht dich nichts an, wen ich irgendwann mal heirate.«

»Du hast einen Namen, Henry, und mit diesem Namen genießt du sehr viele Privilegien, aber du hast eben auch Verpflichtungen. Du hast uns jetzt lange genug blamiert. Es wird Zeit, eine angemessene Partnerin zu finden, deinen Platz in der Firma einzunehmen und daran zu denken, was für ein Bild die Öffentlichkeit von dir hat.«

»Es ist mir so was von egal, was die Leute von mir denken.«

»Ach, ist es das?« Ein herablassendes Lachen erklang. »Hast du das Mädchen deshalb vor die ganzen Kameras geschleift? In diesen Club? Weil dir egal ist, was die Leute von dir denken? Damit du allen zeigen kannst, dass du nicht vorhast, erwachsen zu werden? Tu nicht so, als wäre das keine Botschaft an mich gewesen.«

»Ja, es war eine Botschaft an dich, und ich hoffe, sie ist angekommen.«

Eine Botschaft? Übelkeit stieg in mir auf, ich musste mich an der Wand festhalten, um nicht zusammenzusacken. Der Club, unser erstes Date, die Kameras … Henry hatte gewusst, dass man Fotos von uns machen würde, er hatte mich ja sogar vorgewarnt. Er hatte betont, dass er unsere Beziehung nicht geheim halten wollte, und ich hatte mich geschmeichelt gefühlt, sogar gedacht, ich sei etwas Besonderes für ihn. Aber in Wahrheit war es ihm nur darum gegangen, gegen seine Mutter zu rebellieren. Seine Worte prasselten weiter auf mich ein, jedes einzelne ein schmerzhafter Hieb.

»Irgendwann werde ich sesshaft werden und eine angemessene Frau finden, Mum. Aber jetzt bin ich noch nicht bereit dazu. Ich will Spaß haben. Ich will leben.«

Eine angemessene Frau. Spaß haben. Darum ging es? War ich wirklich nichts als eine weitere Uma für ihn, an die er sich später nicht einmal mehr erinnerte?

Mein Hals schnürte sich zu, Tränen schossen mir in die Augen. Natürlich wollte ich auch noch nicht heiraten, und ja, auch mir ging es um den Spaß, ich verstand ihn ja. Aber trotzdem war da etwas so Abfälliges in seinen Worten, als käme jemand wie ich nicht für etwas Ernsthaftes infrage. Nie zuvor hatte ich mich so erniedrigt gefühlt. Ich hörte nicht einmal mehr die Antwort seiner Mutter. Das Blut rauschte in meinen Ohren, und mir war schwindelig vor Enttäuschung. Er hatte mich belogen, mich vor allen Menschen, die mir etwas bedeuteten, gedemütigt, mich ausgenutzt. Alles, was wir gehabt hatten, alles, was ich *geglaubt* hatte, war eine Lüge gewesen.

Die Tür der Küche wurde aufgerissen, und ich erstarrte. Henry und seine Mutter standen vor mir. Seine Mutter sah mich an, verdrehte dann seufzend die Augen, als könne sie das bevorstehende Drama nicht ertragen, und ging durch den Flur davon Richtung Ausgang.

Henry aber stand stocksteif da, als wäre er genauso geschockt wie ich. Er war ganz blass, Panik stand in seinen Augen. Na klar, er war aufgeflogen.

»Bonnie …« Mein Name klang schwach aus seinem Mund, als traute er sich gar nicht richtig, ihn auszusprechen.

Er streckte die Hand nach mir aus, und diese Reaktion brachte wieder Leben in mich.

Wie von der Tarantel gestochen schoss ich los, ebenfalls durch den Flur zum Ausgang. Nichts wie weg von hier! Ich wollte kein Wort von dem hören, was er mir zu sagen hatte. Ich wollte die Erinnerungen, die wunderschönen Bilder der letzten Wochen nicht länger im Kopf haben, aber sie ließen sich einfach nicht verdrängen. Und das machte alles noch mal viel schlimmer. Wie hatte ich nur so naiv sein können?

»Bonnie, warte.« Er holte mich ein, eilte um mich herum und verstellte mir den Weg. »Ich weiß nicht, was du gehört hast, aber meine Mutter …«

»Gott, ich bin so bescheuert«, stieß ich atemlos aus.

Ja, plötzlich ergab alles einen Sinn. Henry hatte während der Country Fair eine Auseinandersetzung mit seiner Mutter gehabt, und kurz darauf hatte er mich zum ersten Mal geküsst.

»Schon bei unserem ersten Kuss ist es nur darum gegangen, deiner Mutter eins auszuwischen.«

»Was?«

»Du hast mit ihr auf der Country Fair gestritten und mich dann geküsst. Zufall? Ich schätze, eher nicht.« Ich lachte freudlos auf.

Henry schloss kurz die Augen und schüttelte den Kopf, genervt, wütend. »Ja, ich war durch den Wind an dem Tag, ich hatte einen Streit mit ihr, und ja, vielleicht war das auch der Auslöser dafür, dass ich dich geküsst habe.«

Ich war fassungslos. Nie hatte ich erwartet, dass er es zugab. Ich hatte die Wahrheit hören wollen, aber dass er offenbar überhaupt keine Skrupel hatte, sie auszusprechen, tat höllisch weh. Ich wollte weg, doch da umschloss Henry schon meine Schultern und lehnte sich zu mir hinunter, um mir tief in die Augen zu sehen.

»Ich habe dich geküsst, weil ich dich küssen wollte, Bonnie, schon lange. Ich hatte es mir die ganze Zeit verboten, weil ich wusste, dass meine Mutter es nicht gutheißen würde. Aber an diesem Tag, nach dem Streit, konnte ich mir nicht länger nehmen lassen, was ich so unbedingt wollte.«

Ich sah ihn mit völliger Verachtung an. »Und du kriegst immer, was du willst, oder?« Ich trat einen Schritt zurück, doch er ließ mich nicht los, zum ersten Mal hielt er mich gegen meinen Willen fest. »Du nimmst dir, was du willst, bis etwas Besseres daherkommt, richtig? Etwas *Angemesseneres*.« Ich schüttelte den Kopf und sah dann mit auffordernd hochgezogenen Augenbrauen auf meine Schulter, die immer noch unter seiner Hand lag. »Lass mich los, Henry. Ich habe dir nichts mehr zu sagen.«

Henry zögerte, ihm war anzusehen, dass er verzweifelt darüber nachdachte, wie er mich umstimmen konnte. Dann aber ließ er den Kopf hängen, löste seine Hände und trat einen Schritt zurück. Schmerz lag in seinen Augen, doch das war mir egal. Er würde es kurz bedauern und sich dann ein neues Spielzeug suchen, mit dem er seine Mutter ärgern konnte. Sie hatte ja so recht. Er war nicht erwachsen, er übernahm keine Verantwortung.

»Ich verabschiede mich noch von Sam. Lass mich in Ruhe.«

»Wenn wir darüber reden … Ich kann dir das alles erklären.«

»Nein, Henry, keine Erklärungen mehr, ich will mir nicht noch mehr Lügen anhören.« Und damit drehte ich mich um und ging den Flur zurück zum Salon. Henry folgte mir zum Glück nicht, vielleicht hatte er in meinen Augen gesehen, dass ich es ernst meinte und jedes Wort, das er jetzt sagte, alles nur noch schlimmer machen würde.

Vor der Tür blieb ich stehen, verbot mir, mich zu Henry umzudrehen, und sammelte mich kurz. Ich durfte mir nichts anmerken lassen. Ich straffte die Schultern und machte mich auf den Weg in den Salon. Gerade als ich fast den Wintergarten erreicht hatte, zerriss ein schriller Schrei die Luft.

»George!«

Der Schrei ging mir durch Mark und Bein, den anderen schien es genauso zu gehen, alle drehten sich um zum Wintergarten. Dann war da der nächste Schrei.

»Jemand muss den Notarzt rufen! Schnell! O Gott, George!« Und jetzt erkannte ich die Stimme. Es war Lady Huntington.

Mein Herz machte einen Satz, ich setzte mich in Bewegung, rannte durch die offen stehenden Schiebetüren in den Wintergarten, der auf einmal wie leer gefegt wirkte. Alle hatten sich in der Ecke beim Ausgang versammelt. Dort war auch Vanessa. Sie taumelte rückwärts, die Hand auf den Mund gepresst, und sank schließlich gegen die Glasfront, wo sie sich langsam zu Boden gleiten ließ.

Ich rannte auf sie zu, ging vor ihr auf die Knie. »Vanessa, was ist passiert?«

Sie sah mich nicht an, sondern starrte an mir vorbei ins Leere. »Dad«, stieß sie aus und ließ ihre zitternde Hand sinken. »Er ist zusammengebrochen.«

Ich sah zurück zu der Menschentraube, hinter der irgendwo Lord Huntington sein musste. Ich konnte ihn nicht sehen.

»Er hat sich an die Brust gefasst und …« Sie schüttelte den Kopf.

Um uns herum redeten alle durcheinander, ich konnte kaum etwas verstehen, hörte nur immer wieder Lady Huntingtons aufgeregte Stimme, die nach dem Notarzt rief.

Mit schweren Beinen stand ich auf und ging näher heran. Ich musste Lord Huntington sehen, ich brauchte den Beweis, dass es ihm besser ging, um Vanessa zu beruhigen. Ich schob mich zwischen ein paar Leuten hindurch, und dann sah ich ihn.

Er lag auf dem Boden, bleich wie der Tod, sein Hemd war geöffnet, seine behaarte Brust und der ausladende Bauch offenbart. Sam kniete neben ihm, und dann … begann er mit einer Herzdruckmassage.

Erschrocken schnappte ich nach Luft, und nun war ich diejenige, die sich die Hand vor den Mund presste, um nicht zu schreien. Ich sah auf zu Lady Huntington. Ally hatte die Arme um sie gelegt und versuchte, sie zu beruhigen.

»Der Notarzt ist gleich hier.« Immer wieder hörte ich diese Worte und betete, dass sie wahr waren.

Lord Huntington durfte nicht sterben! Wie hatte das nur passieren können? So völlig aus dem Nichts! Er hatte doch gerade noch neben seiner Frau gestanden und Champagner geschlürft. Wie hatte ich ihm vorhin aus dem Weg gehen können? Nur ein knappes »Guten Abend« hatte ich ihm zugeworfen, um seiner Frau auszuweichen, aber auch ihm, weil ich immer noch getroffen war. Obwohl es mir hier doch so gut ging und ich glücklich war! Was für ein nachtragender, schlechter Mensch ich war! Mein ganzes Leben hatte ich auf seinem Gestüt verbracht, ich war unter seiner Obhut aufgewachsen. Jetzt lag er da, und es war möglich, dass er starb! Dass Sam eine Herzdruckmassage machte, bedeutete, dass sein Herz nicht mehr schlug, dass er nicht mehr atmete!

Abrupt drehte ich mich um und ging zurück zu Vanessa, in diesem Moment kam Henry auf uns zu. Er sah mich gar nicht an, sondern kniete vor Vanessa nieder, ein Glas Wasser in der Hand.

»Ich hab die Sirenen gehört, sie sind gleich da«, sagte er und gab ihr das Glas. Vanessa umschloss es mit schwacher Hand und trank einen kleinen Schluck.

Henry sah zu mir auf, Sorge stand in seinem Blick und eine Frage. Ich beantwortete sie mit einem Kopfschütteln, es sah nicht gut aus. Henry presste die Lippen aufeinander und nickte, dann setzte er sich neben Vanessa auf den Boden, und ich ließ mich auf der anderen Seite nieder. Ich wusste nicht, was ich sagen sollte, wie ich ihr helfen konnte, also ergriff ich nur ihre Hand und hielt sie fest. Henry nahm ihre andere Hand, und so saßen wir schweigend da und starrten zu den Menschen, die sich um Lord Huntington versammelt hatten. In diesem Moment war nicht wichtig, dass Vanessa dem Druck ihrer Mutter nachgegeben hatte und mich nicht mehr treffen wollte, es war nicht wichtig, dass Henry mich schwer enttäuscht hatte. Nichts war mehr wichtig, nur dass der Earl nicht starb. Nicht hier. Nicht so.

Laute Stimmen brandeten im Salon auf. »Da drin«, hörte ich heraus, im nächsten Moment tauchten schon die Männer und Frauen in ihren grünen Ambulanzuniformen auf.

Vanessas Zittern verstärkte sich noch, oder zitterte ich mittlerweile mit ihr mit? Ich wusste es nicht, ich wusste gar nichts mehr.

»Zur Seite!«, hörte ich Sam plötzlich rufen, es waren immer nur einzelne Wortfetzen, die zu mir hindurchdrangen, darunter aber auch das Piepsen eines Defibrillators.

Mir wurde schlecht. Mein Kopf rauschte, was ging nur vor sich? Die Menschen um uns herum verschwammen hinter einem grauen Schleier. Ich sollte Vanessa trösten, ihr irgendetwas Aufmunterndes sagen, aber mir fiel nichts ein. Ich war absolut nutzlos. Vanessa war meine Freundin, seit ich denken konnte, und jetzt, da sie mich brauchte, saß ich nur wie gelähmt da und hielt ihre Hand.

Plötzlich kam Bewegung in die Leute vor mir, sie wichen zurück und gaben den Blick auf Lord Huntington frei. Er lag auf einer Trage, intubiert, an einen Monitor angeschlossen. Ein Monitor, der einen Herzschlag zeigte.

Vanessa sprang auf. »Geht es ihm gut?« Sie wollte auf ihn zulaufen, aber Henry und ich hielten sie zurück. Lady Huntington kam auf uns zu.

»Ich fahre mit ihm ins Krankenhaus. Henry … bitte sei so gut, und bring Vanessa nach Hause.«

»Natürlich.«

»Aber …«, fing Vanessa an, woraufhin ihre Mutter ihr einen scharfen Blick zuwarf.

»Nicht jetzt, Vanessa, wirklich. Tu *einmal*, was man dir sagt. Fahr nach Hause. Ich melde mich aus dem Krankenhaus, wenn ich mehr weiß.«

Vanessa sank in sich zusammen, es fiel mir schwer, sie aufrecht zu halten. Zum Glück hielt Henry sie ebenfalls von der anderen Seite. Am liebsten hätte ich Lady Huntington die Meinung gesagt, ihr versucht klarzumachen, wie schlimm es Vanessa ging, aber auch sie war am Boden zerstört. Dieses eine Mal sollte ich wohl Verständnis für sie haben.

Die Sanitäter schoben Lord Huntington hinaus, mit seiner

Frau an ihrer Seite, die anderen zerstreuten sich wieder. Betroffene Blicke wurden getauscht und darüber gesprochen, wie schrecklich das doch war. Alles kam mir so unwirklich vor, als wäre es ein Film, der sich vor meinen Augen abspielte.

»Komm, lass uns fahren«, hörte ich Henry, er legte seinen Arm um Vanessa und nahm ihr das Glas aus der Hand. »Kommst du mit?«, fragte er mich.

Ich sah ihn verwirrt an. Mir fiel es schwer, einen klaren Gedanken zu fassen. Ich wusste überhaupt nicht, was ich tun sollte. Mit Henry mitfahren? Nach Red Oak? Ja. Ich musste dahin. Auf keinen Fall wollte ich Vanessa allein lassen, zu Hause war niemand für sie da, und außerdem musste ich unbedingt Dad Bescheid geben. Lord Huntington war sein Freund. Er musste die Nachricht so schnell wie möglich bekommen. Aber nicht am Telefon. Ich musste zu ihm.

»Ja, ich komme mit.«

Henry nickte, übergab mir Vanessa, die immer noch zitterte und unfassbar blass war, und ging zu Sam hinüber. Die beiden besprachen irgendetwas, aber ich konnte mich nicht auf sie konzentrieren. Ich hatte immer noch das Bild des intubierten Lord Huntingtons vor mir.

Vanessa neben mir fing an zu schluchzen. Ich streichelte ihren Arm, mein Mund öffnete sich, um ihr zu sagen, dass alles gut werden würde, aber wie sollte ich so etwas versprechen? Die Worte hätten keine Bedeutung, und Vanessa wusste das.

Ich war froh, als Henry zurückkam und uns nach draußen zu seinem Auto führte. Ich setzte mich zu Vanessa auf den Rücksitz, hielt sie fest, während sie leise weinte, und versuchte, mich davon nicht anstecken zu lassen. Mir war ebenfalls zum Weinen zumute, die schrecklichen Ereignisse hatten sich aufgebaut bis zum schlimmsten Höhepunkt. Ich dachte an all die schönen Augenblicke mit Lord Huntington, an die Momente, wenn er am Reitplatzrand gestanden und mir zugesehen hatte, daran, wie er bei meinem ersten Parcours gejubelt und applaudiert hatte, an die ersten richtigen Lederreitstiefel, die ich von ihm zum Geburtstag bekommen hatte. Er hatte sich immer um mich gekümmert, er durfte nicht sterben! Wie hatte das alles überhaupt passieren können? War es ein Herzinfarkt? Klar, er hatte schon länger gesundheitliche Probleme, aber das waren doch nur Rückenschmerzen. Wir waren alle davon ausgegangen, dass er überarbeitet war, dass er nur ein wenig zurücktreten musste. Seine Frau hatte ihn doch auch zu diesen Saftkuren gezwungen, sein Herz konnte nicht einfach schlappmachen!

Der Wagen hielt an, und ich brauchte ein paar Momente, um zu begreifen, dass wir auf Red Oak angekommen waren und vor dem Herrenhaus der Huntingtons standen. Henry stieg aus und öffnete die Tür an Vanessas Seite.

Vanessa krabbelte aus dem Wagen, und ich folgte ihr. In diesem Moment ging die Haustür auf, und Mrs Darborough stürzte heraus.

»O Gott, Kinder, kommt, kommt schnell rein.«

»Du weißt es schon?«, fragte ich verwundert.

Mrs Darborough wischte sich Tränen aus dem Gesicht. »Lady Huntington hat vorhin angerufen. Vanessa, was kann ich tun?«

»Es geht schon«, erwiderte sie und schien nach der Fahrt tatsächlich ein wenig gefasster, der Schock schien nachgelassen zu haben.

»Dann lasst uns reingehen, ich mache uns eine heiße Schokolade, das beruhigt die Nerven. Henry, Bonnie, ihr kommt auch mit.«

»Eigentlich wollte ich schnell zu Dad«, erwiderte ich und sah hinüber zum Cottage. Vanessa war jetzt in guten Händen, ich musste Dad die schlimme Nachricht überbringen. Bestimmt wollte er gleich ins Krankenhaus fahren.

»Lady Kerry ist schon hinübergegangen, um ihm Bescheid zu sagen«, erwiderte Mrs Darborough und streckte die Hand nach mir aus, um mich mitzunehmen. Aber ich trat einen Schritt zurück.

»Ich muss trotzdem zu ihm.«

»Sobald ich etwas weiß, melde ich mich«, versprach Vanessa, und ich nickte ihr dankbar zu.

Henry schob die Autotür zu und sah mich ein wenig unentschlossen an. »Soll ich mit dir gehen?«, fragte er dann und deutete mit dem Kinn zum Cottage. »Zu deinem Dad?«

Ich schüttelte den Kopf. »Ist schon gut.«

Ich war ihm dankbar, dass er Vanessa und mir zur Seite gestanden und uns gefahren hatte, aber das änderte nichts daran, dass ich unsere Beziehung, oder was auch immer es gewesen war, für beendet hielt. Zumindest konnte ich jetzt nicht darüber nachdenken, und das Letzte, was ich wollte, war, darüber zu reden. Im Moment zählte nur Lord Huntington.

Henry presste die Lippen aufeinander und nickte, er schien zu verstehen. »Danke, Mrs Darborough«, wandte er sich dann an die Haushälterin. »Ich fahre zurück, Sam braucht sicher Hilfe bei der Auflösung der Feier.«

»In Ordnung. Bonnie, wenn du nachher rüberkommen willst, die Tür steht offen.«

»Danke.«

Ich drückte noch kurz Vanessas Hand, dann machte ich mich auf den Weg. Hoffentlich ging es Dad gut. Lady Kerry war bei ihm, auch sie musste sich schrecklich fühlen, schließlich war es ihr Bruder, der im Krankenhaus lag. Beide mussten sich schrecklich fühlen. Wenn ich ihnen nur helfen könnte! Aber was sollte ich sagen, wenn ich ankam? Wie verhielt man sich in so einer Situation?

In meinen hohen Absätzen stolperte ich die Straße zum Cottage hoch. Es war kalt, oder vielleicht empfand ich es auch nur so.

Der Wind zerrte an meinem dünnen Kleid, fuhr mir bis in die Knochen, aber ich erlaubte mir nicht, etwas anderes als Mitleid für Vanessa und ihre Familie zu fühlen. Arme Vanessa … Das Warten und Bangen musste so schrecklich sein, es war doch schon für mich kaum auszuhalten, nicht zu wissen, was da im Krankenhaus geschah. Ich sah Lord Huntington vor mir, an Maschinen angeschlossen, in einem OP-Saal, ich sah Ärzte um ihn herum, seine Frau im Wartezimmer, wie sie panisch auf und ab rannte.

Ich erreichte das Cottage und schob die Eingangstür auf. Sofort hörte ich Stimmen aus der Küche und fühlte mich kurz zu dem Moment zurückversetzt, als ich Henry und seine Mutter belauscht hatte.

»Das kann nicht dein Ernst sein«, rief Lady Kerry wütend, was mich vor Überraschung kurz innehalten ließ. Ernsthaft? Die beiden stritten schon wieder? Jetzt? Konnten sie sich nicht zusammenreißen?

»Sie hat ein Recht, es zu erfahren«, fuhr die Schwester des Earls fort. »George könnte sterben, sie muss es wissen. Kannst du wirklich damit leben, Daniel?«

»George und ich hatten eine Abmachung.«

»Aber die zählt jetzt nicht mehr, weil er einen Herzinfarkt hatte!«

Genervt ging ich zur Küche, um wieder einmal den Streit zu schlichten und die beiden daran zu erinnern, was jetzt wirklich wichtig war.

»Bonnie sollte bei ihm sein, Daniel! Sie sollte die Gelegenheit haben, ihn noch einmal zu sehen. Er soll operiert werden, und wenn da etwas schiefgeht … Glaubst du wirklich, sie wird uns das verzeihen? Sie ist doch immerhin seine Tochter!«

Ich verharrte in der Küchentür und schnappte nach Luft, ein Geräusch, das die beiden zu mir herumfahren ließ.

Der Raum wurde immer kleiner, die Wände bewegten sich auf mich zu, da waren nur Dads und Lady Kerrys weiße, geschockte Gesichter.

Das hier war ein nicht enden wollender Albtraum. Wie hatte dieser Tag nur derart außer Kontrolle geraten können? Ich hatte mich verhört. Genau! Ich war so durcheinander wegen der Sache mit Henry und dann Lord Huntingtons Herzinfarkt, dass ich durchdrehte. Das konnte einfach nicht wahr sein!

»Dad …?« Meine Stimme zitterte, war schwach, aber gleich würde alles gut werden, er würde mir versichern, dass alles ein Missverständnis war. Aber der Schmerz in seinen Augen sagte etwas anderes.

Ich sackte zusammen, als mich die Erkenntnis mit voller Wucht traf: Eine Lüge. Mein ganzes Leben war eine einzige Lüge.

Autorin

Ella Adams ist das Pseudonym einer österreichischen Autorin. Nach ihrer Matura an der Handelsakademie arbeitete sie als Studentenbetreuerin in einem internationalen College für Tourismus, ehe sie das Schreiben zum Beruf machte. Ihre Liebe zu Pferden hat sie zum Auftakt ihrer New-Adult-Reihe »The Way We Kiss« inspiriert.